《周易》
与思想政治教育

管卫华·著

文化艺术出版社
Culture and Art Publishing House

图书在版编目（CIP）数据

《周易》与思想政治教育 / 管卫华著. —北京：
文化艺术出版社，2019.11
ISBN 978-7-5039-6828-0

Ⅰ.①周… Ⅱ.①管… Ⅲ.①《周易》—研究 ②大学生—
思想政治教育—研究—中国 Ⅳ.①B221.5 ②G641

中国版本图书馆CIP数据核字（2019）第250396号

《周易》与思想政治教育

著　者　管卫华
责任编辑　王　红　韩　潇
责任校对　董　斌
书籍设计　顾　紫
出版发行　文化藝術出版社
地　　址　北京市东城区东四八条52号（100700）
网　　址　www.caaph.com
电子邮箱　s@caaph.com
电　　话　（010）84057666（总编室）　84057667（办公室）
　　　　　　84057696—84057699（发行部）
传　　真　（010）84057660（总编室）　84057670（办公室）
　　　　　　84057690（发行部）
经　　销　新华书店
印　　刷　国英印务有限公司
版　　次　2019年11月第1版
印　　次　2019年11月第1次印刷
开　　本　710毫米×1000毫米　1/16
印　　张　22.75
字　　数　213千字
书　　号　ISBN 978-7-5039-6828-0
定　　价　58.00元

版权所有，侵权必究。如有印装错误，随时调换。

序

邓球柏

管卫华博士希望我能为她即将出版的新著《〈周易〉与思想政治教育》写序,我欣然同意了。

管卫华博士的新著《〈周易〉与思想政治教育》的主体是其博士学位论文《〈周易〉思想政治教育理论研究》。这部专著凝结了管卫华博士研究生学习期间的倾心付出。此专著主要内容共五章,整体架构延承了思想政治教育理论的一般范式,即主要从目的、内容、原则、途径和方法等方面进行研究和分析论述。这项研究属于中国古代思想政治教育史研究范围,较为系统全面地探究了《周易》中与思想政治教育相关的思想,具有开创性,在一定程度上填补了空白。

管卫华博士攻读博士学位期间,认真学习领会习近平总书记的系列重要讲话精神,以习近平新时代中国特色社会主义思想为指导,牢固树立"四个意识",坚定"四个自信",做到"两个维护",坚定不移跟党走,对党忠诚,勇于担当,勇于创新,勇于探索,发前人未发之秘,创造性转化、创新性发展《周易》思想政治教育的理论,知行合一,以知促行,确有真知灼见。她的博士学位论文是《周易》研究的最新成果,值得推荐给学术界的专家学者和所有的《周易》爱好者。

把《周易》与思想政治教育相结合进行系统性研究,既是《周易》的优秀思想在新时代思想政治教育领域进行创造性转化和创新性发展的尝试，也是对思想政治教育学科尤其是中国古代思想政治教育史研究的有益开拓和贡献，具有较高的学术价值和现实意义。我为文化艺术出版社能够出版这样有价值的学术专著而高兴。

管卫华博士的这项研究难度极大，跨越了《周易》与思想政治教育两大领域，具有挑战性，极具开创性。面对困难和挑战，尤其是之前并没有《周易》的知识背景，卫华博士原本有较为轻松的研究主题选择，但她最终还是决定迎难而上，选择了《周易》思想政治教育理论研究。有志者事竟成，管卫华博士通过四年刚毅坚卓的探索，为学为师、求实求新，最终交上了一份令人满意的优秀答卷。

到底是什么动力鼓舞和激励着卫华博士全身心地倾注于这项研究？我想可能有家风熏陶、经历促使和社会促成三个方面的主要原因。卫华博士生长于儒家文化习俗浓厚的鲁西南，祖父母辈仁厚朴实、大方热情、和睦邻里乡亲，父母与人为善、谦逊宽和、勤俭敬业，亲人们的言行举止、接人待物等为人处世方式，浸润着儒家文化仁和温润的芬芳，这样的氛围，潜移默化地影响着她的成长。家庭的影响，无形无痕又无时无刻不以潜在的形式相伴相随；这种影响，直至其博士选择了"中华优秀传统文化与思想政治教育"方向，博士入学后又选择导师尤为熟悉的领域《周易》作为自己的典籍研究对象，而逐渐显现。随着时间的推移，卫华博士愈加坚定地立志致力于思想政治教育事业，这与她的学习研究和工作经历也密切相关。从硕士到博士，她一以贯之的是思想政治教育理论的学习；从国家公务员到高校思政课教师，她一直从事的是思想政治教育实践相关的工作。而且这项《〈周易〉与思想政治教育》的研究又适逢其时，党的十九大以来，在习近平新时代中国特色社会主义思想指引下，在实现中华民族伟大复兴中国梦的过程中，社会对于中华优秀传统文化创造性转化和创新性发展的要求愈发迫切，这无疑给《周易》等中华优秀传统文化研究提供了明确的引领方向、肥沃的社会土壤和广阔的发展空间。

最终形成《〈周易〉与思想政治教育》这一优秀学术成果，有偶然，有必然，源于兴趣，源于发挥自我价值和社会价值的内在动力，更缘于新时代亟需中华优秀传统文化创造性转化和创新性发展的社会大环境。我为管卫华博士的迅速成长而高兴，为我们国家、我们学校培养出这么优秀的有责任心的人才而自豪，为思想政治教育事业和中华优秀传统文化传承后继有人而骄傲，为卫华博士的专著《〈周易〉与思想政治教育》的出版而高兴。祝愿卫华博士在自己选择的道路上收获更加丰硕，为实现中华民族伟大复兴的中国梦、为实现"两个一百年"的奋斗目标、为实现人民对美好生活的向往，撸起袖子加油干，取得更加优异的学术成果。

戊戌年腊月三十日
序于首都师范大学易学研究所

目 录

绪 论 | 1

第一节 《周易》富含思想政治教育相关的思想 | 5
第二节 如何理解"《周易》思想政治教育"这一概念 | 8
第三节 《周易》思想政治教育研究的意义 | 13
  一、理论意义 | 13
  二、实践意义 | 16
第四节 《周易》思想政治教育研究状况综述 | 20
  一、《周易》研究状况概览 | 20
  二、《周易》思想政治教育相关研究的概述 | 27
第五节 《周易》思想政治教育研究的思路、方法和创新点 | 42
  一、基本思路 | 42
  二、研究方法 | 42
  三、主要创新点 | 45

第一章 《周易》思想政治教育概观 | 47

第一节 《周易》思想政治教育涉及的基本范畴 | 49
  一、"道"与"器" | 49
  二、"德"与"业" | 69
  三、"时"与"位" | 86

第二节　《周易》思想政治教育的理论基础 | 103

　　一、一阴一阳辩证统一的宇宙观 | 103

　　二、趋吉向善的人性观 | 112

　　三、道以致用的实践观 | 118

第三节　《周易》思想政治教育的主要特征 | 119

　　一、时空与变化相统一 | 120

　　二、人道与天道相统一 | 121

　　三、人文与德行相统一 | 125

第二章　《周易》思想政治教育目的 | 137

第一节　《周易》思想政治教育的总体目的 | 140

　　一、培养仁智俱全、德业日新之人 | 140

　　二、追求贵时适变、出入以度境界 | 165

第二节　《周易》思想政治教育的具体目的 | 170

　　一、《周易》思想政治教育的个体目的 | 170

　　二、《周易》思想政治教育的社会目的 | 173

第三章　《周易》思想政治教育内容 | 177

第一节　以保合太和为指针的政治教育 | 180

　　一、保合太和的政治理想 | 180

　　二、振民以德的民本路线 | 187

　　三、明罚敕法的法制教育 | 193

　　四、自强不息厚德载物的民族精神 | 200

　　五、革故鼎新与时偕行的时代精神 | 205

第二节 以适变以度为导向的思想教育 | 215

　　一、穷变通久的世界观教育 | 216

　　二、进德修业的人生观教育 | 219

　　三、元亨利贞的价值观教育 | 223

第三节 以崇德向善为指向的道德教育 | 227

　　一、敬义立德不孤、内外合一的社会公德教育 | 228

　　二、德业互促、知行合一的职业道德教育 | 231

　　三、言信 — 行恒 — 正家、情理合一的家庭美德教育 | 233

第四章 《周易》思想政治教育原则、途径与方法 | 239

第一节 《周易》思想政治教育原则 | 241

　　一、随顺时势循序渐进原则 | 241

　　二、求同存异中正有度原则 | 243

　　三、原始要终持之以恒原则 | 270

第二节 《周易》思想政治教育途径 | 276

　　一、"学""问"是基本途径 —— 学以聚之,问以辨之 | 276

　　二、"思""辨"是关键途径 —— 思患预防,辨物居方 | 280

　　三、"行"是实践途径 —— 成德为行,日见之行 | 299

第三节 《周易》思想政治教育方法 | 306

　　一、感而遂通的情感体验教育法 | 306

　　二、蒙以养正以懿文德的熏陶感染法 | 310

　　三、小惩大诫遏恶扬善的比较鉴别法 | 313

　　四、顺逆皆宜的环境教育法 | 315

　　五、反身修德的自我教育法 | 317

第五章 《周易》思想政治教育简评 | 321

第一节 《周易》是中国古代思想政治教育的重要思想源泉 | 323
一、《周易》蕴含早期的宇宙观 | 324
二、《周易》蕴含早期的政治观 | 325
三、《周易》蕴含早期的德育观 | 327
四、《周易》蕴含早期的价值观 | 328

第二节 科学对待《周易》思想政治教育 | 329
一、科学对待《周易》中与思想政治教育相关的思想 | 330
二、传扬《周易》中与思想政治教育相关的优秀思想 | 332
三、《周易》思想政治教育研究有待拓展和深化 | 334

第三节 《周易》思想政治教育的新时代价值 | 336
一、《周易》思想政治教育思想观念的新时代价值 | 336
二、《周易》思想政治教育思维方式的新时代价值 | 337
三、《周易》思想政治教育人文德行的新时代价值 | 339

结　语 | 341

参考文献 | 343

后　记 | 351

绪　论

《周易》富含为人、处世、治国理政等思想政治教育相关的内容。新时代思想政治教育也离不开《周易》等中华优秀传统文化的土壤。本书以中国化、时代化、大众化的马克思主义最新成果——习近平新时代中国特色社会主义思想为指导，立足于思想政治教育理论与实践，在查阅大量相关资料基础上，系统深入地梳理、阐释和发掘《周易》与政治教育、思想教育、道德教育相关的思想，对于丰富新时代思想政治教育的理论与实践，推动《周易》思想精华在新时代的创造性转化和创新性发展等，都具有积极的理论意义和现实意义。

"文化是一个国家、一个民族的灵魂。文化兴国运兴，文化强民族强。没有高度的文化自信，没有文化的繁荣兴盛，就没有中华民族伟大复兴。要坚持中国特色社会主义文化发展道路，激发全民族文化创新创造活力，建设社会主义文化强国。中国特色社会主义文化，源自于中华民族五千多年文明历史所孕育的中华优秀传统文化，熔铸于党领导人民在革命、建设、改革中创造的革命文化和社会主义先进文化，植根于中国特色社会主义伟大实践。发展中国特色社会主义文化，就是以马克思主义为指导，坚守中华文化立场，立足当代中国现实，结合当今时代条件，发展面向现代化、面向世界、面向未来的，民族的科学的大众的社会主义文化，推动社会主义精神文明和物质文明协调发展。"①

思想政治教育是新时代凝聚共识的重要途径，是使社会成员形成符合新时代中国特色社会主义伟大实践要求的思想品德的社会实践活动。当代社会国际形势变幻迅疾，中国国家实力增长迅速，科技发展日新月异，人际交往、国际交往日益便利频繁。但同时新情况新问题也层出不穷，思想政治教育面临的挑战也越来越多、越来越复杂，从懵懂幼童至耄耋老人、从田间农民至高校教授、从个体从业者至国家公务员，不同年龄、不同职业、不同身份的人在认知水平、思考能力和精神境界上日益多元，如何在思想认知水平多元的思想政治教育对象中更好地发挥思想政治教育凝聚共识的作用、产生更切实有效的教育效果，值得不断深思和探索。

中国特色社会主义进入新时代，要求加强思想道德建设，发掘中华优秀传统文化中的思想观念、人文精神和道德规范，使优秀传统文化在中国

---

① 习近平：《决胜全面建成小康社会　夺取新时代中国特色社会主义伟大胜利——在中国共产党第十九次全国代表大会上的报告》，人民出版社2017年版，第40—41页。

特色社会主义先进文化的践行中创造性转化和创新性发展，促进人们思想觉悟、道德水平、文明素养和社会整体文明程度的提高，使人们在理想信念、价值理念和道德观念上团结一致，为实现中华民族伟大复兴的中国梦而努力奋斗。

《周易》是中华优秀传统文化中的元典之一，素有群经之首、三玄之冠、大道之源等称誉。清朝纪昀总纂的《四库全书总目提要》认为"《易》道广大，无所不包，旁及天文、地理、乐律、兵法、韵学、算术"①等各个领域。在当代，对于《周易》引申而长、触类旁通的研究，也已广泛涉及哲学、文学、史学、社会学、管理学、美学、心理学等众多学科领域，不过在思想政治教育学领域，还没有非常成熟的、系统性的、学科建设性的研究成果，而这则是本书努力的方向。

新时代传承和弘扬《周易》的优秀思想和智慧精华，发挥其强大凝聚力。《周易》这部经典是中国传统文化的源头活水，它"幽微而昭著，繁富而简明"②，富含为人、处世、治国理政的思想和哲理，五千年间始终影响着中华民族的人生哲学、社会生活及政治生活。它符号单纯，只有阴阳两种，文字简约，约两万四千字，但蕴含的智慧和思想，给后代诠释者留下了广阔空间，吸引历代学人不断探究，而历代研究者的成果也丰富了中华民族文化的宝库。习近平总书记在《培育和弘扬社会主义核心价值观》中强调，中华文化"积淀着中华民族最深层的精神追求"，"博大精深的中华优秀传统文化是我们在世界文化激荡中站稳脚跟的根基"。③中华优秀传统文化是中国传统文化中的精华部分，是中华民族生生不息的血脉和共有的精神家园。在中华优秀传统文化中，中华易学是一门向往美好生活、追求幸福、具有中华文化特色的学科，此学科从一形成就表现出对中

---

① （清）纪昀总纂：《四库全书总目提要》，河北人民出版社2000年版，第50页。
② 任继愈："总序一"，载罗炽、萧汉明《易学与人文》，中国书店2004年版，第1页。
③ 《习近平谈治国理政》，外文出版社2014年版，第164页。

华民族极大的凝聚力。①

　　发掘并阐析《周易》中与思想政治教育相关的思想，展现其刚健生命力，继而发展、转化为《周易》思想政治教育理论基本框架体系。在探讨自然规律和社会规律时，马克思主义和思想政治教育的最终落脚点是人，而《周易》的最终落脚点也是人，这是研究《周易》和思想政治教育的重要基础和前提。任何传统文化的研究，都应同当代文明建设联系起来考量，走现代化道路，即古为今用，让中华优秀传统文化在新时代焕发强大的生命力。研究《周易》，古人有古人的重点，今人有今人的角度，结合新时代要求，以习近平新时代中国特色社会主义思想为指导，运用马克思主义的立场和观点，发掘《周易》中的智慧，不局限于经传本身，注重其在实际社会生活中的作用和影响，注重促进人的思想政治道德认知水平和德行修养的提升，促进人与社会的和谐发展。系统深入地梳理、阐释和挖掘《周易》中与政治教育、思想教育、道德教育相关的思想内容，对于推进新时代思想政治教育、推动中华优秀传统文化创造性转化和创新性发展等，都具有积极的理论意义和实践意义，二者结合，相得益彰。

第一节　《周易》富含思想政治教育相关的思想

　　"《周易》与思想政治教育"的研究对象是《周易》这部书中保存下来的古人与思想政治教育相关的理念、方法等。那么，《周易》能否穿越时空，为当今思想政治教育所用呢？研究的可行性在哪里？

　　首先，《周易》蕴含丰富的思想政治教育相关的思想。《周易》明于天道，察于民故，含有丰富的崇德广业、一致百虑、以懿文德等政治教化、

---

① 参见邓球柏《白话易经》"导论"，人民出版社2012年版，第1页。

思想认知和道德修养方面的内容,存在大量与思想政治教育相关的思想。所以,虽然在《周易》形成时期及《周易》典籍中,也许没有现代意义上明确的思想政治教育概念,但实际上却含有丰富的政治教育、道德教育、思想教育等方面的思想、内容和形式。因此,《周易》蕴含着丰富的思想政治教育相关的思想和内容,这为《周易》思想政治教育研究提供了丰富的资料,也打下了非常厚实的思想基础。

其次,《周易》与思想政治教育的主旨一致。《周易》"本质上说是教人追求幸福、向往幸福的一部书"①,其主旨与当代思想政治教育的根本目的也即最高目的是促进人自由而全面的发展内在一致。《周易》原为卜筮之书,商周之际经周文王整理著述,后又有《系辞》等十翼解释经的传文,丰富完整,由此完成了《周易》从卜筮到哲理化的创造性转换,也由卜筮进入"天人之际"的人文领域。《周易》认为人类伦理道德与天地变化规律一致,因此常用的表达逻辑展现为:由于天地是如何变化的,所以人类的政治伦理和道德活动也应如此这般。②《周易》中由天道至人道的做人做事道理,让凡事趋向吉利,促使人获得自由、赢得幸福,这与思想政治教育的目的相一致。

再次,"如何做人、怎样做事"是《周易》与思想政治教育的交叉点。《周易》讲天、地、人之道,因天道而明人事,人道是最终的落脚点和归宿。"《周易》就是中国古人的一部人学著作。"③这部书告诉人们怎样生活、怎样从客观世界中争得自由。《周易》中渊深的义理,涵盖国家、社会乃至个人各个层面,涉及政治、法制和道德等各个领域,很多哲理历久弥新,无形地存在于我们的意识中,延续成为我们共同的民族精神记忆。思想政治教育也是在教育人如何在符合社会发展规律中为人处世。《周

---

① 邓球柏:《白话易经》"导论",人民出版社2012年版,第17页。
② 参见刘纲纪《〈周易〉美学》,武汉大学出版社1996年版,第44页。
③ 吕绍纲:《〈周易〉的哲学精神——吕绍纲易学文选》,上海古籍出版社2005年版,第9页。

易》与思想政治教育一样，都是在指引人们"如何做人，怎样做事"，它们在新时代的社会生活、学习和工作中，从不同的角度和方位，或隐性或显性地发挥着重要作用。

最后，《周易》的人文思想与思想政治教育的理论基础即马克思主义有相通之处。马克思主义是思想政治教育的指导思想和理论基础，而《周易》包含朴素的唯物论和辩证法，其中很多思想哲理与马克思主义内在相通。如唯物辩证法的三大基本规律即对立统一规律、质量互变规律、否定之否定规律，在《周易》中都有所呈现。从郭沫若开始，很多学者以马克思主义研究《周易》。易学家金景芳一生治易，认为《周易》包含朴素的唯物论和辩证法，他1939年完成的《易通》是中国第一部以马克思主义哲学系统研究《周易》的学术著作，认为《周易》是一部讲哲学思想的书，《易传》基本是孔子所作，《周易》哲学就是孔子哲学，主张研究《周易》与孔子结合。在96岁高龄时他又出《周易·系辞》一书，进一步论定了《周易》是一部讲辩证法的书。所以，《周易》与思想政治教育存在紧密结合的相通之处。

天体物理学者从《周易》中找到宇宙模型，生物学家从中找到生物进化与太极宇宙结构模式，人体科学家从中找到太极图与人体生物钟，还有的科学家从中找到遗传密码与《易经》八卦的关系……事实表明，对《周易》进行研究的学者具备什么样的知识结构，就可以从中找到这一知识领域的思想因素、知识模型。[①] 从《周易》中发掘、阐释思想政治教育相关的思想，让《周易》中隐性地存在于我们生活中的为人处世的道理，在思想政治教育的理论和实践中显性地展现出来，增强和提升思想政治教育的亲和力和感召力，提高思想政治教育的实效性。这也是在马克思主义最新理论成果——习近平新时代中国特色社会主义思想的指导下，挖掘中华优

---

① 参见邓球柏《白话易经》"导论"，人民出版社2012年版，第16页。

秀传统文化中思想政治教育相关的思想，是中国古代思想政治教育理论创新的一个尝试和体现。

综上所述，《周易》富含思想政治教育相关的思想，它与思想政治教育一样都是围绕"如何做人、怎样做事"展开，二者主旨内在一致，马克思主义哲学成为二者紧密联系的结合部。所以，《周易》思想政治教育研究具有切实可行性。

第二节 如何理解"《周易》思想政治教育"这一概念

对于"《周易》思想政治教育"这一核心概念的认识是否准确，直接影响到对本书的理解和整体把握，所以，有必要先厘清现代语境中《周易》思想政治教育"的概念。

首次看到"《周易》思想政治教育"这一概念，可能会有人产生疑问：《周易》是中华优秀传统文化中的古老经典，怎么能与当代的思想政治教育联系到一起？况且中国古代到底有没有思想政治教育？《周易》中有没有或者说它本身是不是蕴含着思想政治教育的思想？"《周易》思想政治教育理论"是不是指《周易》中蕴含着的思想政治教育理论？"《周易》思想政治教育理论"研究是不是按照思想政治教育理论框架去框住《周易》？带着这些疑惑，我们下面来解析"《周易》思想政治教育"这一概念。

"思想政治教育"是一个在现代社会出现并使用的概念，《周易》成书时期并没有这一说法，那么，《周易》中到底存不存在思想政治教育活动或相关思想呢？这里首先要对思想政治教育的概念有一个客观清晰的认识，然后，再看古代及《周易》中是否存在与思想政治教育相关的思想或实践活动。

思想政治教育是20世纪80年代产生的马克思主义理论一级学科之下的二级学科。思想政治教育概念的提出和演变经历了一个历史过程，马克思、恩格斯在《共产主义者同盟》中讲盟员要"具有革命毅力和宣传热情"，此"宣传"是思想政治教育概念的雏形；后来列宁提出"政治教育""政治教育工作"概念；毛泽东在《论联合政府》中强调掌握"思想教育"是团结全党进行政治斗争的中心环节；1951年5月，刘少奇在《党在宣传战线上的任务》中提出"思想政治工作"概念；1957年毛泽东在《关于正确处理人民内部矛盾的问题》中进一步阐述了"思想政治工作"；党的十一届三中全会后，概念使用上以"思想政治工作"和"思想政治教育"为主，这两个概念含义基本相同，一般情况下可通用，主要区别是，思想政治工作除包含思想政治教育外，还包括党的组织工作、统一战线工作、群众工作等。[①] 思想政治教育专业自1984年创办以来，学科体系逐步完善。[②] "从学科内涵上看，思想政治教育学科是运用马克思主义理论与方法，专门研究人类社会中思想政治教育及其规律的学科。"[③] "思想政治教育是教育者和受教育者根据社会和自身发展的需要，以正确的思想、政治、道德理论为指导，在适应与促进社会发展的过程中，不断提高思想、政治、道德素质和促进全面发展的过程。"[④] 它是人类社会的普遍活动，其本质在于社会主导意识形态的教化，引导正确的人生观、世界观、价值观和符合社会发展要求的思想道德素质形成，其终极目的也即最高目的是促进人自由而全面的发展。"一定社会发展所提出的思想品德要求与人们思想品德水平之间的矛盾"[⑤] 是思想政治教育的基本矛

---

① 参见《思想政治教育学原理》编写组编《思想政治教育学原理》，高等教育出版社2016年版，第1—3页。
② 参见王树荫、高峰、陈迎《近年来思想政治教育学科理论研究述评》，《教学与研究》2000年第9期。
③ 刘建军：《思想政治教育学科建设》，《思想理论教育》2007年第Z1期。
④ 《思想政治教育学原理》编写组编：《思想政治教育学原理》，高等教育出版社2016年版，第5页。
⑤ 《思想政治教育学原理》编写组编：《思想政治教育学原理》，高等教育出版社2016年版，第154页。

盾。这个矛盾是思想政治教育存在的内在依据，贯穿思想政治教育的始终，推动它的发展，这个矛盾也能够对应《周易》一阴一阳之道在思想政治教育领域的体现。人的发展与社会发展辩证统一，思想政治教育的根本依据和最终动力存在于人的发展与社会发展的矛盾中，思想政治教育立足于人的发展，通过把人的思想道德素质提高到社会发展所要求的水平上以解决矛盾。思想政治教育在与时俱进的马克思主义理论指导下，结合自身特点逐步发展和完善。

由以上简要论述可知，思想政治教育是现代出现的词汇，马克思主义是思想政治教育的理论基础，那么，这是不是意味着思想政治教育在近代才有，只有共产党成立后才有？中国古代到底有没有思想政治教育呢？关于这类质疑，如同外国有没有思想政治教育这一命题，若外国没有思想政治教育之命题成立，则不存在中外思想政治教育比较这一学科。看待古代或外国是否存在思想政治教育，关键是对思想政治教育本质的界定。在阶级社会中，思想政治教育是一种客观存在，其本质在于社会主导意识形态的教化，引导人们形成符合社会发展要求的思想道德素质，其"核心内容是政治教育"。[1] "古今中外各个国家的统治阶级，为了使本阶级的思想成为国家占统治地位的思想，无不采取各种方式展开思想、政治与道德教育，实现思想政治上的统治。"[2] 所以，思想政治教育活动是自阶级形成和国家产生以来的一种客观存在，只是在不同的阶级社会、不同的历史时期，名称不一样，在一些国家或一定历史时期不一定有"思想政治教育"之名，但却存在思想政治教育之实。中国古代和现代的思想理论继承脉络不甚明晰，因为中国古代思想政治教育是中国特定的社会经济、政治条件下产生的本土理论，而"现代中国思想政治教育的理论基础则是接受了一

---

[1] 参见陈立思主编《比较思想政治教育》，中国人民大学出版社2011年版，第3页。
[2] 郑永廷主编：《思想政治教育方法论》，高等教育出版社2010年版，第23页。

种先进的外来思想"①,这亦是中国思想政治教育有别于其他国家的一个明显特征。《周易》思想政治教育研究努力在马克思主义及其最新理论成果的指导下,为发挥中国古代思想政治教育的新时代价值增添一份力量。

但是即使中国古代存在思想政治教育之实,在《周易》中有没有或者是不是其本身蕴含着思想政治教育的思想?又如何理解"《周易》思想政治教育"这一概念?这一问题又如同"中国哲学"的概念刚出现时所遇到的对于中国是否有"哲学"的质疑。"哲学"一词本源于西方,时人甚至把"西方哲学"就等同于"哲学",有人担忧"中国哲学"是不是因沿用西方哲学术语的内涵外延而多少会有些削足适履,但时至今日"中国哲学"这一概念已被广为认可。情同此理,思想政治教育虽是现代概念,古代并没有这一概念,但《周易》中确实存在着思想政治教育相关的政治教化、德行修养等思想,故彼时虽无其名但确有其实。在《周易》形成时期,西周政权开始摆脱神学控制,周朝统治者以礼乐等形式把思想政治教育作为治国的重要手段②,思想教育、政治教化就以一定的形式在治国理政中发挥着重要作用,也就意味着当时存在思想政治教育相关的思想和实践活动,并且这些思想和实践也在《周易》中得以体现。"《周易》思想政治教育"是《周易》蕴含的与思想政治教育相关的思想和理念,在新时代思想政治教育领域创造性转化与创新性发展而形成的新概念。

《周易》思想政治教育理论就是《周易》思想政治教育相关思想的理论化和系统化,是《周易》中思想政治教育相关的思想在新时代转化和发展的系统性理论成果。那么,《周易》思想政治教育理论的研究是不是按照思想政治教育理论框架去框住《周易》?这个问题是不是又如同:《周易》美学、《周易》管理学等研究,是否用美学、管理学的框架套用《周易》?答案是否定的。《周易》思想政治教育理论研究是在马克思主义及

---

① 王瑞荪主编:《比较思想政治教育学》,高等教育出版社 2001 年版,第 131 页。
② 参见杨生平、隋淑芬《思想政治教育理论研究》,首都师范大学出版社 1999 年版,第 175—176 页。

习近平新时代中国特色社会主义思想的指导下，立足于新时代思想政治教育的理论和实践而进行的《周易》研究，是从思想政治教育这条路径走进博大精深的《周易》，力求较为全面地、系统地、客观地探析《周易》中存在的、能够为思想政治教育所汲取的思想理念和智慧营养，是《周易》中的优秀思想、理念在新时代思想政治教育领域的转化和发展，非但不是框约局限《周易》广博渊深的魅力，反倒是从思想政治教育这条新的途径，使《周易》的思想精华得以转化、发展、传承和弘扬。

综上所述，中国古代和《周易》中存在思想政治教育之实，《周易》蕴含思想政治教育相关的思想，《周易》思想政治教育就是《周易》所蕴含的与思想政治教育相关的思想在新时代思想政治教育领域的转化与发展。《周易》思想政治教育理论则是在马克思主义及习近平新时代中国特色社会主义思想指导下，以思想政治教育理论与实践为研究路径，以促进人的全面发展为出发点和归宿，对"《周易》思想政治教育"进行全面的、系统的、学科建设性的研究的最新理论成果，是《周易》蕴含的与思想政治教育相关思想的系统化和理论化。把《周易》蕴含的政治教育、思想教育和道德教育等思想理念，以现代社会更容易理解接受的方式和话语，予以转化、发展和传承，激起人们的新鲜感和好奇心[①]，从而提高对思想政治教育的兴趣。这有利于提升人们对以《周易》为代表的中华优秀传统文化的认同感，有利于提升思想政治教育的凝聚力和实效性，有利于发挥《周易》在新时代思想政治教育领域无与伦比的独特价值和魅力。

---

① 参见刘建军《思想政治教育的话语转换及其路径》，《安徽师范大学学报》（人文社会科学版）2016年第4期。

第三节 《周易》思想政治教育研究的意义

《周易》思想政治教育是《周易》的思想精华在思想政治教育领域的转化和发展。历代易学家大多把《周易》视为总结历史经验、处理人际关系、经世济民的教科书，它对治理国家、正确处理各种社会矛盾、改善管理、发展经济等都大有裨益。[①] 人们往往以一定的眼光和视域去理解宇宙与人生，找寻其中蕴含的有关生存与发展的理则、方法和途径。《周易》就提供了面对宇宙人生时，理解和理清解决问题的视域、原则、方法与途径，这在思想政治教育领域具有积极的意义和价值。

一、理论意义

全面系统研究《周易》思想政治教育，其理论意义主要体现在四个方面，即完善思想政治教育学科建设、促进思想政治教育理论发展、推动中华优秀传统文化在思想政治教育领域创造性转化和创新性发展、坚定文化自信的需要。

（一）完善思想政治教育学科建设的需要

思想政治教育学科建设是一个逐步完善的过程。思想政治教育是马克思主义理论一级学科中的二级学科，在马克思主义指导下实现了从无到有、从经验到科学的发展过程。有人认为思想政治教育是中国共产党独有的学科，但事实并非如此，进入阶级社会后，中外不同国家和不同时期都有思想政治教育之实。从空间看，有中国思想政治教育和外国思想政治教育之别；从时间看，有古代、近现代和当代思想政治教育之分；从社会性

---

① 参见朱伯崑主编《周易通释》，昆仑出版社2004年版，第175页。

质看，有奴隶社会、封建社会、资本主义社会、社会主义社会等不同社会形态思想政治教育之异；从执政党看，中国共产党和其他政党都有自己的思想政治教育。相对于中国共产党的思想政治教育研究，中国古代思想政治教育领域的研究尚不足，中华优秀传统文化与思想政治教育学科方向亟待加快完善的脚步。

《周易》思想政治教育研究是完善思想政治教育学科建设，尤其是中华优秀传统文化与思想政治教育学科方向的需要。中华优秀传统文化是中国社会主义核心价值观和思想政治教育的历史文化根基，是维系和加强民族凝聚力的强力纽带，同时从民族认同、民族情感和民族精神等层面维持着社会的和谐与稳定。《周易》是中华优秀传统文化中的重要渊源性经典，其思想和理念已潜移默化地渗透在中国两千多年的政治体制、意识形态、思想文化和社会习俗之中。深入发掘《周易》中的思想政治教育思想，可在一定程度上充实"中华优秀传统文化与思想政治教育学科方向"（即"中华古代思想政治教育史"——"马克思主义理论"一级学科下的三级学科）的研究领域，有利于思想政治教育学科的发展和完善。

（二）促进思想政治教育理论发展的需要

《周易》思想政治教育研究属于中国古代思想政治教育理论研究的范畴。"实践发展永无止境，认识真理永无止境，理论创新永无止境。"[①] 从思想政治教育理论研究来说，比较思想政治教育学也已把研究范围扩展到资本主义社会和古代社会。如同文化一脉相承，思想政治教育理论也在传承中发展和完善。追根溯源，《周易》等经典在古代思想政治教育发展过程中的作用不言而喻，虽然当今与《周易》产生的时代相比有了翻天覆地的变化，但《周易》中那些超越时空并且富有魅力的思想政治教育相关的

---

① 胡锦涛：《坚定不移沿着中国特色社会主义道路前进　为全面建成小康社会而奋斗》，人民出版社2012年版，第9页。

思想，仍然是新时代思想政治教育理论可以继承和发扬的宝库。传承这些宝贵资源并赋予其新时代特征和价值，为思想政治教育理论创新提供继往开来的内在动力。

（三）推动中华优秀传统文化创造性转化和创新性发展的需要

《周易》思想政治教育研究，有助于推动包括《周易》在内的中华优秀传统文化在新时代的创造性转化、创新性发展，进一步发挥中华优秀传统文化的新时代价值。汲取中华优秀传统文化的精髓，弘扬以爱国主义为核心的民族精神和以改革创新为核心的时代精神，挖掘中华优秀传统文化中的守诚信、讲仁爱、尚和合等时代价值，"使中华优秀传统文化成为涵养社会主义核心价值观的重要源泉"[①]。《周易》蕴含宇宙人生之道，在中华优秀传统文化中占有重要位置。马江龙在《周易我读》"前言"中说"不懂《周易》，不可能真正懂中华文化"，其实不为过。"文化的发展进步，是在前人文化成果积累的基础上实现的，没有这种积累，就失去了发展的基础，价值观的发展、创新也是如此。"[②]《周易》中的合和思想、自强不息、厚德载物、居安思危等优秀思想观念，在长期的历史发展过程中经不断升华和融合，已是中华各族人民历来认同的共同价值观念，成为中华民族精神的重要组成部分。"为此，我们需要从中华易学中发掘整理出有益于中华民族凝聚力形成的合理内核。"[③]《周易》思想政治教育研究丰富了《周易》义理的研究视角、路径和切入点，能够推动《周易》乃至中华优秀传统文化在新时代的转化与发展，发挥以《周易》等典籍为代表的中华优秀传统文化的新时代价值。

---

① 《习近平谈治国理政》，外文出版社2014年版，第164页。
② 杨生平、隋淑芬：《思想政治教育理论研究》，首都师范大学出版社1999年版，第281页。
③ 邓球柏：《白话易经》"导论"，人民出版社2012年版，第7页。

（四）坚定文化自信的需要

习近平新时代中国特色社会主义思想明确了实现社会主义现代化和中华民族伟大复兴的总任务，在政治、经济、法制、文化、教育等方面都做了理论分析和政策指导。在文化领域，文化自信是国家和民族发展中基本的、持久的力量，提出要坚持马克思主义，树立共产主义远大理想和中国特色社会主义共同理想，培育和践行社会主义核心价值观。推动《周易》等典籍为代表的中华优秀传统文化的创造性转化和创新性发展，是坚定文化自信的重要途径，而《周易》思想政治教育就是《周易》中的优秀思想在新时代思想政治教育领域的转化和发展。古人研究《周易》的目的并非完全相同，有人以发掘《周易》的义理为目的，有人为提高个人道德修养"齐家""治国""平天下"，掌握自然变化规律，与天地参。[①]中国人崇德、谦敬、重义、慎独、和而不同、自强不息、厚德载物等独特的人文精神，至今仍有鲜活的生命力，是构建当代中国精神价值的重要资源。[②]《周易》的思想精华和道德精髓，在中华文明的传承中逐渐成为中国独特的人文精神和民族精神的重要组成部分。《周易》思想政治教育研究能够发挥以《周易》为代表的中华优秀传统文化的凝聚力，推动《周易》等中华优秀传统文化在新时代的转化与发展，有助于更加坚定中华文化自信。

二、实践意义

实践方面，新时代新情况新问题不断出现，站在时代高度和客观角度研究《周易》思想政治教育，对于完善思想政治教育实践、提升思想政治教育魅力和弘扬中华优秀传统文化具有重要作用。

---

① 参见廖名春《〈周易〉经传十五讲》，北京大学出版社 2012 年版，第 4 页。
② 参见陈新夏《唯物史观与人的发展理论》，江苏人民出版社 2013 年版，第 276 页。

（一）完善思想政治教育实践的需要

中国新时代的思想政治教育实践离不开《周易》《道德经》等典籍为代表的中华优秀传统文化土壤的滋养。"当代中国的精神价值和文化建构，要根植于当代中国现代化建设的实践，面向世界和未来，又要充分吸收优秀的传统文化思想资源，体现中国文化的特色和优势。"[①] 当前我国经济、社会发展进入新阶段，经济成分、社会组织形式多样化，各种文化和思潮交流、交锋、交融，意识形态领域的斗争复杂，人们的心理状态、价值观念、思维方式、行为习惯等方面变化很大。思想政治教育作为意识形态工作的重要组成部分，应植根于中华优秀传统文化，面向未来和世界，面对新情况、新问题和日益多元的教育对象，稳健主动地寻求有效对策。《周易》思想政治教育重视人的生存与发展，注重顺天应人，在精神层面和物质层面给人以符合自然规律和社会规律的引导，注重时势的变化，贯穿与时偕行、天人合一的理念，有助于客观灵活面对当前思想政治教育中层出不穷的新问题新情况，促进思想政治教育实践的发展与完善。

（二）提升思想政治教育魅力的需要

思想政治教育的魅力体现在其吸引力、生命力和凝聚力之中。《周易》主张明于天道、察于民故，彰往察来，其中与思想政治教育相关的思想和智慧，能够提升思想政治教育的吸引力、旺盛思想政治教育的生命力和增强思想政治教育的凝聚力，从而提升思想政治教育的魅力。

首先，《周易》思想政治教育研究可以提升思想政治教育的吸引力。思想政治教育的吸引力是根据人的生存和发展需要，引发其兴趣和关注，产生思想和行为，以提高思想政治道德主体的情感体验。《周易》中"感而遂通天下之志"的理念，注重由内而外的感同身受和身体力行，注重为

---

① 陈新夏：《唯物史观与人的发展理论》，江苏人民出版社2013年版，第277页。

人处世过程中的顺天应人和主动为之的内在主动性,动之以情晓之以理,有助于思想政治教育实践中贴近生活、深入浅出,回应人们的情感诉求和精神归宿。把《周易》中的这些相关思想引入思想政治教育领域,能够提升思想政治教育的亲和力和吸引力。

其次,《周易》思想政治教育研究可以旺盛思想政治教育的生命力。生命力是维持自身生存和发展的能力。只有不断创新、积极探索,思想政治教育才能既不断满足人和社会发展的需要,又完善自身,拥有更强的生命力,为中华民族伟大复兴持续提供更大的主动力。《周易》是"原始要终"的经典,很多与时俱进的思想可以为新时代思想政治教育的理论和实践所用,如循序渐进、求同存异、持之以恒等思想政治教育原则,蒙以养正、以懿文德、反身修德等思想政治教育方法。《周易》思想政治教育发掘《周易》中与思想政治教育相关的智慧,使思想政治教育更有效地进入人们的工作和生活,发挥更大的作用和价值,从而旺盛思想政治教育的生命力。

最后,《周易》思想政治教育研究可以增强思想政治教育的凝聚力。文化是民族凝聚力的重要源泉,认同中华优秀传统文化是增强思想政治教育的凝聚力的重要途径。中华优秀传统文化传承的空间广袤、时间悠久,各族人民同根同源共同创造了灿烂的中华文化,逐渐形成了抽象意义上的祖先认同、民族认同和文化认同,由于历史、文化的联系而产生亲切感、亲和力,从而增强了凝聚力。"同祖先、同传统、同文化渊源将世界上的华人世世代代联系在一起,这是一条维系和加强民族凝聚力的坚实纽带,也是中华文明古国所具有的教育优势。"①《周易》具有文化凝聚力的优势,自强不息的奋斗精神、厚德载物的博大情怀等思想已经被深深载入民族精神之中,在不同历史时期不同程度地影响着为民族富强而奋斗的无数仁

---

① 杨生平、隋淑芬:《思想政治教育理论研究》,首都师范大学出版社1999年版,第277页。

人志士，在增进国家统一和民族融合中发挥着巨大的内在凝聚作用。《周易》思想政治教育一方面从思想政治教育的角度增强国家民族的内在凝聚力，另一方面从中华优秀传统文化的角度亦能为中华民族伟大复兴凝聚力量。

（三）弘扬中华优秀传统文化的需要

马克思主义是在吸收和改造人类两千多年文明成果基础上发展起来的科学，这些文明成果中就包含中华优秀传统文化。马克思说"人们自己创造自己的历史"，但并非随心所欲地创造，"而是在直接碰到的、既定的、从过去承继下来的条件下创造"。[①] 中华文化五千年的文明发展史从未间断，"积淀着中华民族最深层的精神追求"[②]，是中华民族的突出优势和最深厚的文化软实力。中国特色社会主义植根中华文化沃土、反映中国人民意愿、适应时代发展要求，历史渊源深厚，现实基础广泛。在全球化背景下"保持和体现人的发展的中国特色，必须正确理解和处理接轨全球化与保持自身民族文化特色的关系"[③]。继承和弘扬长期的社会实践中培育形成的中华优秀传统文化和传统美德，发挥思想政治教育宣传阵地的优势，弘扬《周易》《论语》等典籍中的思想精华，促进其古为今用。"努力实现中华传统美德的创造性转化、创新性发展，引导人们向往和追求讲道德、尊道德、守道德的生活，让13亿人的每一分子都成为传播中华美德、中华文化的主体"[④]，凸显中华优秀传统文化的时代价值，提升中华文化软实力。

总的来说，无论在以《周易》为首的中华优秀传统文化研究领域，还

---

① 《马克思恩格斯文集》第 2 卷，人民出版社 2009 年版，第 470—471 页。
② 《习近平谈治国理政》，外文出版社 2014 年版，第 164 页。
③ 陈新夏：《唯物史观与人的发展理论》，江苏人民出版社 2013 年版，第 275 页。
④ 《习近平谈治国理政》，外文出版社 2014 年版，第 160—161 页。

是在思想政治教育领域,《周易》与思想政治教育的研究都具有重要价值,而且这项研究对于实现"两个一百年"奋斗目标、实现中华民族伟大复兴中国梦,对于构建人类命运共同体,对于牢固树立"四个意识"、坚定"四个自信"、坚决做到"两个维护",对于承扬和发展"天行健君子以自强不息""地势坤君子以厚德载物"的变革和开放精神、将改革开放进行到底等,都具有积极意义。

第四节 《周易》思想政治教育研究状况综述

时至今日,人们从不同方面对《周易》进行的广泛而深入的研究,形成了丰硕的成果宝库,但是,关于《周易》中蕴含的思想政治教育相关思想的研究却相对薄弱。由于《周易》思想政治教育研究以思想政治教育为立足点、视角和研究路径,以《周易》原典研究为基础,因此,相关的研究状况主要从《周易》研究状况概览和《周易》思想政治教育相关研究的概述两大方面,综述相关学者的思想和研究成果。

一、《周易》研究状况概览

古今研究《周易》之人各有侧重,历代研究者的成果丰富了中华民族文化的宝库,选择其中与本研究相关的文献资料进行归纳整理分类,为《周易》思想政治教育研究打下一个尽可能坚实的基础。

(一)国内研究概况

国内《周易》研究的梳理以时间纵轴为主线,以古代、近现代和当代为顺序。

1. 古代《周易》研究简述

据《左传》《国语》记载,春秋时期古人对《周易》就已开始学理性探究,而较为系统全面的研究则始于战国时期成书的《易传》。汉代是《周易》研究的首个鼎盛时期,有古文派和今文派之别。古文易学以西汉时期的费直为代表,其易学为民间易学;今文易学是田何所传易学,西汉时得到官方承认而推广。汉代还有一派京氏易学,属象数派。总体看,汉代易学以象数为重点,注重字词训诂和义理发挥。

汉代后,注释、解说《周易》的著作很多(尤其是唐宋明清时期)。魏王弼《周易略例》中"得象而忘言""得意而忘象"之说重义理,在易学史上影响深远。唐孔颖达《周易正义》十卷,卷首八篇专论,论《周易》名义与作者等问题。唐李鼎祚《周易集解》是研究象数易学及易学发展史的重要参考。宋欧阳修《易童子问》以童子问、先生答的形式讨论《周易》,在易学史上首次对《易传》作者提出质疑,认为其非一人之言、非孔子所作。宋周敦颐的《太极图说》仅一卷,分两部分,即太极图和太极图说,"说"解释图,不足三百字,对宋代易学及理学均有直接影响。宋张载《横渠易说》(共三卷)注重发挥《周易》的经传义理,以象解易、以气解易,认为"有气方有象""气之生即是道是《易》"。宋程颐《易传》(共四卷)以儒解《周易》,对其哲学多有阐发。宋苏轼《苏氏易传》,亦称《东坡易传》(共九卷),为苏轼晚年未完之作,融会了其人生体会和感悟。宋朱熹《周易本义》共十二卷,重在解释经传义理,言简意赅。宋丁易东《周易象义》共十六卷,重阐发《周易》义理,因象以明义,故称"象义"。明来知德《易经集注》,又称《周易集注》,历时二十九年终成,特点是重象轻理,以为象在理先,明象胜于明理。清黄宗羲《易学象数论》(共六卷),是象数学第一本概括性专著。清王夫之《周易内传》(共六卷),阐释《周易》经传义理,卷末《发例》是王夫之易学思想的纲领性著作。清李光地《周易折中》(共二十二卷),集之前各家说解,再为之折中而出己见。清惠栋《易汉学》目的是复汉易之旧,揭其条例与要旨。① 可见,《周易》义理的研究在中国古代社会和文化中居于较为重要的地位。

2. 近现代《周易》研究新境界

近现代,随着马克思主义传入中国,《周易》研究进入新境界。这一时期的研究学者及其成果大体如下。尚秉和(1870—1950),近代象数易学研究大家,著《周易尚氏学》等。刘师培(1884—1919),幼时习《易》等四书五经,被蔡元培称赞"学问渊深,通知今古",其《经学教科书》编入《中国中古文学史讲义》。郭沫若(1892—1978),蔡尚思主编的《十家论易》中第一家就是郭沫若,其代表作为1927年《〈周易〉时代的社会生活》和1935年《〈周易〉之制作时代》,他尝试用辩证唯物主义与历史唯物主义的方法打开《周易》的神秘殿堂。冯友兰(1895—1990)生前为北京大学教授,他的著作《中国哲学史》《中国哲学简史》《中国哲学史新编》等是20世纪中国学术的重要经典,论及《周易》的起源和《易传》的作者、宇宙间事物的发展变化循环、易象与人事等。闻一多(1899—1946)以《周易义证类纂》著名,以字词考释和古礼俗制度辩证见长。高亨(1900—1986)生前为山东大学教授,现代治易名家,著有《周易古经今注》《周易大传今注》《周易杂论》等,《周易古经今注》卷首之《周易古经通说》和《周易大传今注》卷首之《〈周易大传〉通说》是《周易》经传的概论性著作。李镜池(1902—1975)生前为华南师范大学教授,早期以古史辨派学术观点治《易》,以社会发展史观点推勘典籍史料,从语言学及《周易》与殷商甲骨卜辞之比较推断《周易》作者与成书年代,主要成果为《周易探源》;后期主张从分析各卦卦爻辞的全面组织结构理解《周易》的内容与思想,主要成果为《周易通

---

① 参见吴辛丑《周易讲读》,华东师范大学出版社2007年版,第11—14页。

义》。金景芳（1902—2001）生前为吉林大学教授，着重于六十四卦结构内部蕴藏的思想和哲学，认为《周易》是用辩证法理论写成的书，认为《易大传》是孔子所作，明确《周易》是哲学著作，著有《易通》《周易全解》《周易讲座》《周易系辞新编详解》等书，其中1939年写成的《易通》是中国第一部运用马克思主义哲学思想研究《周易》的著作。李景春（1904—1979）生前为中央党校教授，以马克思主义哲学尤其是唯物论和辩证法解读《周易》，著有《周易哲学及其辩证法因素》。张岱年（1909—2004）生前为北京大学教授，注重阐释《周易》的哲学思想，并把《周易》与中国传统文化结合起来考察研究，认为《周易》卦爻辞含有辩证思想，是中国表现辩证思想的最古典籍，认为《周易大传》揭示了自然世界及社会生活的对立统一规律，提出以刚健为宗旨的人生观，"自强不息""厚德载物"是中华民族精神和中华文化精神的核心内容，论著有《论〈易大传〉的著作年代与哲学思想》《〈易传〉与中国文化的优良传统》《〈周易〉经传的历史地位》等，收入《张岱年哲学文选》。黄寿祺（1912—1990）师从尚秉和，生前为福建师范大学教授，精研易学史，对历代易学典籍与人物进行考证和评议，著有《易学群书平议》《六庵论易杂注》《周易译注》等。综观近现代的《周易》研究，随着中西方文化交流的发展，可以发现近现代的《周易》研究受到了西方哲学和马克思主义的影响，尤其是马克思主义为近现代《周易》研究提供了新的研究方法，使《周易》研究展现出新气象、新境界。

3. 当代《周易》研究新特点

在当代的《周易》研究中，象数、义理还是主要内容，也是最大派别，但就研究内容和倾向而言，易学出现一些新变化。当今哲学派和古代义理派相近，首先认定《周易》是哲学书，试图从马克思主义理论高度审视《周易》哲学，发掘其合理内核，代表人物有金景芳、李景春、张岱年等。科学派（也称科技派）有两个特点：一是用现代科学理论与方法研究《周易》，二是发掘《周易》蕴含的科技价值，用《周易》中的思想探讨科技问题。医学派（也称医易派）主要研究《周易》与中医及保健养生的关系。图数派以研究河图、洛书及各种易图为主要内容，是象数派的分支。训诂派以考究《周易》字词原本含义为主，由古代注疏之学发展而来，多冠以"译注""全译""白话解"等名目。考古派利用考古发现的文物、文献研究《周易》，以求《周易》早期面貌，解决易学疑难问题，有张政烺《试释周初青铜器铭文中的易卦》《殷墟甲骨文中所见的一种筮卦》等研究成果。虽派别众多，但都渊源于《周易》，可谓殊途同归，一致百虑。

20世纪后50年，《周易》研究基本上在马克思主义的观点和方法指导下进行，前后出现两次《周易》热潮。一次是60年代初，以《周易》的性质、哲学思想、作者、成书等研究开始，以其哲学史方法论的讨论告终，成果有李景春《周易哲学及其辩证法因素》、高亨《周易杂论》、李镜池《周易探源》等。第二次是80年代后，主要表现如下：（1）《周易》经传译注纷纷面世，如李镜池《周易通义》、高亨《周易大传今注》、徐志锐《周易大传新注》、黄寿祺和张善文《周易译注》等，对《周易》思想文化内涵做出了多方面诠释。（2）《周易》研究史成绩可观，朱伯崑《易学哲学史》、余敦康《易学今昔》、廖名春《周易研究史》、郑万耕《易学源流》以及高怀民《先秦易学史》《两汉易学史》等，为此后的易学研究奠定了基础。（3）《周易》考古研究成果丰硕。帛书《周易》与数字卦的考古研究，对了解《周易》象数问题、筮卦的原始形态和卦画演变过程等提供了史料依据。邓球柏立足马克思主义立场，实事求是，独树一帜，开辟了《周易》研究新途径，撰写了《帛书周易校释》，成为全面校释帛书《周易》的第一人。于豪亮、韩仲民、张政烺、李学勤、张立文、刘大钧等也都在帛书《周易》领域颇有建树。（4）《周易》哲学研究呈现繁荣景象，张立文《周易思想研究》、刘大钧《周易概论》、邓球柏《周易的智慧》、吕绍纲《周易阐微》、李廉《周易思维与逻辑》、张祥平《易与人类思维》、刘纲纪《〈周易〉美学》、郑万耕《易学与哲学》、赵建功《周易与现代化》、凌志轩《神秘易经》、王延升《周易经世学新论》等，从哲学、美学、思维方式等方面进行研究，研究角度转向《周易》与中华民族精神、与中国文化的关系等更具时代性的方面。（5）《周易》科学的研究。董光璧《易图的数学结构》、丘亮辉《周易与自然科学》等，对《周易》中蕴含的科学思想进行了有价值的探索。（6）《周易》辞书蔚为大观，《周易》辞书20世纪80年代后应运而生，如由戚文研究员、胡道静编审、王振复教授、邓球柏教授等国内外众多学者组成编委会、蔡尚思教授主编的《中华易学大辞典》，朱伯崑主编的《易学知识通览》、吕绍纲主编的《周易辞典》、萧元主编的《周易大辞典》、张其成主编的《易学大词典》、张智文主编的《周易辞典》等，填补了辞书与易学史上的空白。（7）象数《周易》研究空前繁荣，钱世明《易象通说》、林忠军《象数易学发展史》、刘大钧《象数易学研究》等，使《周易》研究更广泛，促进了易理与易术的结合。

新时代《周易》研究呈现新特点，如易理与易术、《周易》研究与古今科学技术研究有融合趋势，义理研究横向面广等。以义理研究来说，朱伯崑师从现代哲学大师冯友兰，注重思维方式和方法，著有《易学哲学史》四卷，认为《周易》是一种文明的创造，其文化价值在学不在术，不研究易学很难深入了解中国哲学，探讨易学与科技的关系，关键是研究易学思维方式，研究《周易》系统的典籍要用历史的分析的方法，开创了哲学史研究同经学史研究相结合的道路，论证了儒家传统哲学中的形上学和本体论来源于易学体系，将易学思维分为直观思维、形象思维、逻辑思维和思辨思维四个层次，有意识地将历史主义与逻辑分析相结合。① 邓球柏

---

① 参见郑万耕《易学与哲学》，上海科学技术出版社2013年版，第440—457页。

的《白话易经》1993年在海峡两岸同时出版,其《前言》第一次提出了"中华易学与中华民族的凝聚力"和"《周易》——炎黄子孙的幸福论"两大全新的观点论述,此后,又经过数年的潜心钻研,《白话易经》三易其稿,于 2012 年 9 月由人民出版社出版。在此基础上,这五年来邓球柏运用习近平总书记的系列重要讲话指导自己撰写了《易经新解》,更加凸显了《周易》思想政治教育的理论和实践价值。易学博大精深,这些研究成果,既体现出《周易》在思想政治教育领域存在的巨大潜力,也奠定了其在思想政治教育领域发挥强大作用的基础。

(二)国际研究概况

向西方传播《周易》的人早期以传教士居多,后来有科学家和学者相继研究。较早的有 1659 年来华的比利时传教士柏应理(1623—1693)。莱布尼茨(1646—1716)也是在 17 世纪末 18 世纪初在传教士帮助下了解到《周易》,提出了他认为与中国"先天八卦"相吻合的二进制,对后来计算技术有极大影响。黑格尔(1770—1831)认为《周易》表达了抽象的思想和纯粹的范畴,揭示了作为纯粹的思想存在中最深邃而普遍的东西与偶然外在的东西之间的对比。卫德明(1905—1990)对《周易》做了简洁易懂且系统的讲解,被认为是当代西方研究《周易》的权威。20 世纪 80 年代及 90 年代初,西方人将《周易》研究成果应用于自然科学,在《周易》哲学与现代科学之间建立相互发现和认同的关系。1989年,美籍华裔哲学家成中英提出当代国际化《周易》研究的十大基本范围:《周易》的文史研究或称文史易,还有哲学易、科学易、逻辑易、语言易、管理易、医学易、宗教易、艺术易和民俗易。在易学研究多元化情形下,如何将民间习用和科技界的关注提升到哲学层次,使之既与中国哲学精神一致,又不断开拓人类的社会生活,可能是未来国际《周易》研究的重点所在。

二、《周易》思想政治教育相关研究的概述

在浩如烟海的《周易》研究成果中,选择、学习、参考与《周易》思想政治教育研究相关的主要成果和书籍,从哲学视界、传统文化和文明视界、思想政治教育角度等方面予以概述。

(一)哲学视界内与《周易》思想政治教育相关的研究
1. 以马克思主义为指导研究《周易》

用马克思主义的立场、观点和方法研究《周易》。唯物史观的《周易》研究方法首倡者和最早尝试者是著名史学家郭沫若。中华人民共和国成立后,随着马克思主义在整个意识形态领域指导地位的确立,更多学者应时代要求以马克思主义为指导研究《周易》。李景春《周易哲学及其辩证法因素》较为系统地论述《周易》中的朴素的唯物辩证法因素。金景芳一生治易,以王弼、程传为依归,坚持用马克思主义理论、方法研究《周易》,认为《周易》包含朴素的唯物论和辩证法的观点,确认《周易》是一部讲哲学的书,确认《易传》基本为孔子所作,《周易》哲学就是孔子哲学,主张研究《周易》与研究孔子相结合,又出《周易·系辞》一书,进一步论定《周易》是一部讲辩证法的书。邓球柏《帛书周易校释》是真正用马克思主义哲学指导研究《周易》、影响世界《周易》研究、极具影响力的重要学术成果,实事求是地用辩证唯物主义的世界观和方法论大胆创新。吕绍纲在《〈周易〉的哲学精神》中认为《周易》哲学的核心为人生论,《易》之用在于顺天应人以达天人合德、主客统一的境界,即适应客体的自然变化、提高主体的道德修养,还指出《周易》与儒家属同

一思想系统，老子的思想则可能源于殷《易》①，他坚持义理治《易》是正道，认为辩证法的源头在《周易》。廖名春在《〈周易〉经传十五讲》中对《象》思想从自然观、政治观、人生观三方面论述。在《象》自然观中，乾坤因"交感"而生成万物，天地交而万物相通，尚消息盈虚，天地之功、圣人之业都顺应规律而动，这是对自然规律和社会规律的深刻认识。《象》政治观的核心特征一般认为是法天治人，圣人虽以神道设教，但还有法天应人之面，受天地阴阳变化启发提出变革说。《象》中的人生观是尚中守正说和好谦说。他还认为《大象》思想是纯粹的儒家思想，其中政治观基本上是儒家的民本论，有"容民畜众""裒多益寡"等德治思想，也有"明罚敕法""明慎用刑"等法治主张，强调道德修养的重要性，提出"育德""修德""崇德""厚德""顺德"等主张。王博在《易传通论》中认为，《象》凸显了"天施地生的宇宙论"，突出了天是万物之始，万物有赖天而得到形体和性命，但天必须依靠地的配合才能完成这一任务，天地相感万物才能产生。《大象》是君子的教科书，"育德保民"，注重礼乐教化、明罚慎刑。《周易》是崇德广业、极深研几、穷神知化、彰往察来的典籍，《象》偏重于德性的修养、《系辞》"主要从阴阳刚柔的角度来探讨"②。以上这些以马克思主义为指导研究《周易》的成果，对本书具有较为重要的参考价值。

2. 关于《周易》思维方面的研究

有学者认为易学受到历代学人重视，关键在于其作为有文化特色的庞大学术思想体系，蕴含观察思考宇宙人生问题的思维方式。因此，他们研易时用逻辑分析的方法探讨传统易学中的形象思维、辩证思维、象数思维

---

① 参见吕绍纲《〈周易〉的哲学精神——吕绍纲易学文选》"序一"，上海古籍出版社 2005 年版，第 2—4 页。《易》有三易：夏曰《连山》，殷曰《归藏》，周曰《周易》，夏《易》已失传，殷《易》有断简残篇出现但罕为人知，唯《周易》行世。
② 王博：《易传通论》，中国书店 2003 年版，第 213 页。

及直观思维等,推进了易学研究。王章陵在《周易思辨哲学——辩证的中道论》中认为,《周易》是一部论述思辨哲学的著作,他把《周易》"太极论"和老子的"道论"、黑格尔的"辩证的理性论"做了比较,认为《周易》的思辨逻辑是太极生两仪"一分为二""合二为一",《道德经》中有"道生一,一生二,二生三,三生万物",黑格尔的理性是唯一的真理即主客统一;"与时消息"较为明显地体现了"质量互变规律"、八卦图体现的"对立统一规律""否定之否定规律",《周易》中道哲学论、历史哲学有宇宙万物变动的思想形式。象数派朱兴国致力于解读古代意象体系,力求古人立象尽意的思维方式和表达方式,著有《古代意象体系解读》《三易通义》。唐琳在《朱震的易学视域》中辨析了北宋末南宋初朱震的人性观、修养论、境界论,指出朱震以得"意"为目的,以象数为基础,将象数与易理统一,表达了宋代象数易学家的人文情怀。朱震作为程门弟子,其易学在很大程度上受义理影响。张立文主编的《和境——易学与中国文化》认为,《周易》包含整体思维、有序思维、辩证思维、直觉思维、类推思维等思维方式,含人道关怀、重德、重人格修养、重视群体交往与合作等社会伦理思想。这些《周易》思维研究对于中国社会传统思维方式的形成和发展具有重要作用,对于思想政治教育亦有重要意义。

3. 中国哲学中的《周易》研究

冯友兰在《中国哲学史》"自序"中认为,中国哲学史对于中国古代史所持的观点,与黑格尔历史哲学颇为相合;又认为《周易》展现了宇宙间诸事物的发展变化和循环,"《易》之一书,即宇宙全体之一缩影也"[①]。吾淳在《中国哲学的起源——前诸子时期观念、概念、思想发生发展与成型的历史》中论及中国哲学思维与观念的源头,如"象"观念、"类"思维、"天人"观念、"阴阳"观念、"道"观念、"中""和"

---

① 冯友兰:《中国哲学史》上,华东师范大学出版社2011年版,第221页。

观念、自然"天人观"中的"宜""因"观念,从宗教"天命"到自然"天道",形上观念论述了"天""神""命""道""气"等,道德与社会观念中论述了家族伦理之"孝"、政治德行与个人德行之"德","敬德"与"保民","受命""中""和"与"德",伦理道德概念论述了"信""义""仁""敬""善""恶"等概念,道德与社会重合观念论及"礼""法""功""利""用""义利""公私"等。张立文认为《周易》中"富有之谓大业,日新之谓盛德,生生之谓易"是和合的价值三原理,即价值空间增益原理、价值时间创新原理和价值化生的再生原理,终臻"乾道变化,各正性命,保合太和"的价值目标。[①] 中国哲学中的《周易》研究,对于《周易》思想政治教育哲学基础的研究具有重要参考价值。

(二)传统文化和文明视界内与《周易》思想政治教育相关的研究

翟廷晋主编的《周易与华夏文明》认为,《周易》几乎涵盖了后来华夏文明的各个方面,有时代"古"和内容"博"两大特点,认为《周易》古经是孔子创立儒家学派的主要思想源头之一,在思维方法、天道观、伦理观、政治决策方面都受其影响,对孔子和早期儒家思想的影响主要表现在中道思想、损益思想和忧患意识等方面。还认为《易传》是战国时期儒家吸收道家和阴阳家的自然观和辩证思维方法,借"述"而"作",自强不息、振民育德是《易传》思想的主旋律,追求辩证思维,探索世界本体,给儒家思想注入活力,也给后来中国哲学的发展以启迪。李娲在《易经——传统文化与现代人生》中论及传统修身之法主要有"正心"和"慎行",传统的治国之道主要有以身行令、以人治人、以义为利。罗炽、萧汉明《易学与人文》把《周易》与中国人文精神结合概括了十二方面,如天人合德、内圣外王的理想人格,崇一尚独、膜拜圣贤的政治信念,重

---

① 参见张立文主编《和境——易学与中国文化》"前言",人民出版社 2005 年版,第 2 页。

人轻神、顺天法道的认知方式,自强不息、立功成器的经世目标,厚德载物、兼爱天下的道德情操,忠诚爱国、视死如归的民族气节,重道轻艺、重义轻利的价值取向,惧以终始、慎独敬德的忧患意识等,认为中华易文化对中国的人文精神形成有决定作用。① 传统文化和文明角度中的《周易》研究,拓展了《周易》思想政治教育研究的文化视野和文明视域。

(三)古文字研究、中国古代思想政治教育或思想教育史中与《周易》思想政治教育相关的研究

古文字研究专家张政烺是马王堆帛书的整理者之一,他在《张政烺论易丛稿·自述》述其所做的古文字研究工作第四类就是用古文字资料研究《周易》,著有《试释周初青铜器铭文中的易卦》《易辨——近几年根据考古材料探讨〈周易〉问题的综述》等,这些都是学界公认的大发现。

邓球柏多年从事思想政治教育理论与实践的研究。他 1999 年所"著的《中国传统文化与思想政治教育》是中国古代思想政治教育史研究的开山之作,奠定了中国古代思想政治教育研究的基础"②。王瑞荪在此书序言中表述:"球柏同志原系湖南省湘潭大学哲学系教授,专门从事中国哲学史的教学与研究,并以《周易》研究成果卓著而闻名于世。"③ 他把邓球柏对《周易》研究的贡献概述为三方面:一是对《帛书周易》的研究开创了《周易》研究的新途径,研究成果《帛书周易校释》饮誉海内外;二是对《周易》与中国文化的研究开辟了《周易》研究的新领域,研究成果《周易与中国文化》中的序言先后在《瞭望周刊》《人民日报》《新华文摘》上发表,该书后以《周易的智慧》为名出版;三是对《周易》普及的研究

---

① 参见罗炽、萧汉明《易学与人文》,中国书店 2004 年版,第 38—42 页。
② 李丽娜:《孔子思想政治教育理论研究》,博士学位论文,首都师范大学,2015 年。
③ 王瑞荪:"序言",载邓球柏《中国传统文化与思想政治教育》,首都师范大学出版社 1999 年版,第 1 页。

开启了《周易》研究的新思维，研究成果《白话易经》在湖南和台湾两地同时出版，促进了两岸文化交流。在《中国传统文化与思想政治教育》一书中，邓球柏研究《周易》《老子》《大学》《中庸》《论语》《孟子》《荀子》《韩非子》《春秋繁露》等中国古代经典中的思想政治教育理论，提出中国传统文化与思想政治教育的结合点就是教导人如何做人和做事。书中专有一章探讨了《周易》中的思想政治教育理论，认为《周易》思想政治教育的目标是积德修身，主要表现在积善修身、积小蓄德、常德行习教事三个方面；《周易》思想政治教育的主要内容为乾元坤元的世界观教育、保合太和的政治观教育、大畜养贤的人才观教育、成性存存的道义观教育、元亨利贞的品德观教育、进德修业的事业观教育；确立了崇德广业、天人合一、自强不息、忠信进德、立诚居业、积善敬义的原则；运用仰观俯察、易知简能、日新其德、居安思危、刚柔建顺、安身易心、求福求吉、好下安卑和损益无妄的方法达到思想政治教育目标。这在二十多年前是非常可贵难得的研究成果。

隋淑芬侧重从思想教育和政治伦理角度阐述传统文化形成的核心价值和民族凝聚力。她在《中国古代思想教育史》中认为，中国古代思想教育通常称"教化"，包括政治观、价值观、人生观等方面。"德"为西周治国新思想，以敬天、保民、明德为主，刑罚与道德规范兼用，以加强思想教育和控制。典型教育是周人常用的教育方法，即将政治原则、伦理规范与具体人事结合，如夏禹、商汤、周文王等，使人们由崇拜进而学习效仿。政治教育主要通过实施各种活动的礼乐进行，如通过祭礼培养同祖共宗观念进行爱国教育。西周政治教育的特点：一是政治规范有天神崇拜和盲目信仰的色彩；二是刑礼合一，礼重教化，刑重惩罚；三是政教合一、君师合一，天子是政治统治者和道德示范者；四是礼乐为主要教育方式，礼教在中国古代思想教育和思想控制方面发挥着重要作用。①凝聚力是国家统一的基础，形成道德向心力，物质利益、情感、礼义三条纽带联系在一起形成凝聚合力。②

黄钊从德育角度解析《周易》。他在《中国古代德育思想史》中对《周易》中的德育观念主要阐述了四点：一是"元、亨、利、贞"的观念，后来儒家学者称为"四德"，升华到极高道德境界；二是"直、方、大、不习"的观念，正直、大方、宽大、不贪，则无不利，实质是提倡朴厚、纯正的道德品质；三是"谦"的观念；四是"无交害"的观念，不要相互伤害，要相互帮助，为"同舟共济"的思想渊源。③黄钊认为这四方面为我国传统道德教育观念的形成提供了思想萌芽，还认为周公的德育观念是"敬德""保民""子孝父慈、兄友弟恭"等。《易传》属于儒家的德育思想，倡导"自强不息""厚德载物""居安思危""革故鼎新""崇德广业"等道德精神，反映了祖先的道德追求，是中华民族精神的重要组成部分；修身方法则主张"遏恶扬善""直内方外""穷理尽性"。认为《易传》道德学说有三个特征，一是涉及德目丰富、数量多，在我国古文献中处领先地位；二是人文精神浓郁，"自强不息""厚德载物"等道德精神有鲜明民族特色，承载强烈的人文意识；三是首创性，"遏恶扬善""直内方外"等道德修养方法原则命题的提出，在我国文化史上具有开创性。④

关于《周易》与中国传统文化精神的研究，朱伯崑曾说《周易》"原属于儒家经典，后来又分别为道家和佛家文化所吸收，在中国文化中占有重要的地位，并对中华传统文化的发展起了重大影响"⑤。对于如何把握《周易》与中华优秀传统文化的关系，有学者透过易学发展史从文化精神

---

① 参见隋淑芬《中国古代思想教育史》，红旗出版社2005年版，第11—28页。
② 参见隋淑芬《中国古代思想教育史》，红旗出版社2005年版，第233—248页。
③ 参见黄钊《中国古代德育思想史论》，中国社会科学出版社2011年版，第47—49页。
④ 参见黄钊《中国古代德育思想史论》，中国社会科学出版社2011年版，第96—104页。
⑤ 杨庆中：《二十世纪中国易学史》，人民出版社2000年版，第540页。

发生学角度,探索《周易》在中国文化思想形成、发展中的作用及其中的文化思想精髓,从价值理性和人文精神层面研究《周易》有助于全面把握《周易》的实质。

(四)文学、美学、民俗、多元文化视界中《周易》思想政治教育相关的研究

关于《周易》与中国文学的关系,沈志权在《〈周易〉与中国文学的形成》中认为,《周易》是人类童年时代的百科全书,其文学样式有诗歌的雏形、寓言的萌芽、散文的前驱、小说的胚基、戏剧的因子,有"观物取象""法象制器"的具象思维、"精义入神""周流六虚"的意象思维、"言曲而中""事肆而隐"的隐喻思维、"范围天地""曲成万物"的联想与想象思维,其结构特色为经传合璧、文象并构、六位成章、三才一体,叙事形象生动、善用象征寓意旷远、巧设比兴贴切自然、引用典故言简意赅,对中国文学的形成影响巨大,在中国文学发展史上具有重要地位和作用。

刘纲纪在《〈周易〉美学》中认为,《周易》包含能与艺术相通的内容,《易传》的主导思想属于儒家,儒家历来对与审美、文艺相关的"文"很重视,如与美、文艺有重大关系的"象"的理论。从天地产生万物和人的生存发展两方面看,《周易》的美就是"元、亨、利、贞"的完满实现,坤"含章"之美、"文"之美、自然界的形状花纹等之美,同"好""善"观念紧密联系。

刘道超从传统民俗视角以民俗为切入点走进《周易》,认为《易经》根源于民俗,民俗实践易道,如以驾驭自然为目的的积极进取的巫术民俗、依时而作的生产民俗、取之有道的理财民俗、人天和谐的风水民俗、生生不息的婚姻民俗、尊重自然珍惜生命的禁忌民俗等,寓深奥于通俗,至俗至雅,雅俗交融。

谭德贵在《多维文化视野下的周易——中国易文化传统研究》中探讨了《周易》对中国文化的影响，认为《周易》对中国传统文化教育思想影响很大，《周易》的思维有唯象思维、符号逻辑、全息思维、中和思维、唯圣思维等特点；概括了《周易》之中华民族精神四个方面：强烈的忧患意识、自强不息的奋斗精神、厚德载物的宽容精神、无处不在的中庸之道；概述了中国古代宇宙生成论思想三种模式：盖天说、浑天说、宣夜说；①提出系统教育观，有智能教育、政治伦理教育、乐教、刑教、神道设教和舆论控制教育，教育方法有启发式、强制性、有教无类、淘汰法等。这些不同角度的《周易》研究拓展了本研究的思维和视野。

（五）《周易》研究史中与《周易》思想政治教育相关的研究

杨庆中在《二十世纪中国易学史》序言中说，20世纪易学研究多以"求真"为目的，注重发扬《周易》蕴涵的中华文化精神。张岱年把《易传》中"自强不息""厚德载物"看作中国传统文化的基本精神。郭沫若首先在史学领域举起马克思主义旗帜，认为《易经》的辩证法思想在《易传》得到进一步发展，辩证宇宙观则集中体现在《序卦》。②人类社会的进化由相反相成的两对立物产生出来，于事物中看出矛盾，于矛盾中看出变化，于变化中看出整个世界。金景芳认为唯物辩证法的对立统一、质量互变、否定之否定三条基本法则在《周易》中都有阐发，太极、两仪、四象、八卦蕴涵阴阳对立的两种性质，与唯物辩证法对立统一法则相符合；六十四卦两两相对，首《乾》《坤》，终《既济》《未济》，每相反两卦视为一环，此环"前一卦为正，后一卦为反或对，其相邻次环之前一卦为合"，此与否定之否定法则相符合，推动事物发展进入较高阶段；每环中前一卦可视为事物发展过程呈现的质，经初爻至上爻的递进，质之量逐渐

---

① 参见谭德贵《多维文化视野下的周易——中国易文化传统研究》，齐鲁书社2005年版，第166页。
② 参见杨庆中《二十世纪中国易学史》，人民出版社2000年版，第105页。

增长，后一卦则可视为变成的新质，此变化与质量互变法则相符。任继愈从三方面概括《周易》辩证法思想基本内容：其一是观物取象，《周易》从自然事物中选八种东西作为其他更多东西的根源，八种之中天地是总根源，而天地和万物的总根源则是阴阳；其二是万物交感，万物在阴阳两种势力的推动、矛盾中变化，变化过程是交感；其三是发展变化，一切事物有进有退、有顺有逆，事物发展到一定阶段会过渡到对立面。① 高亨也注重《周易》的辩证法思想，认为其中贯注着自发性的、朴素的、简单的、甚至幼稚的辩证法因素，探讨了《易传》关于宇宙形成和社会的发展过程等问题。② 冯友兰认为《易传》对辩证法思想的贡献在于认识到辩证法的普遍性和一般性，认识到一切事物都在变动中，事物自身包含矛盾的对立面，两个对立面中一个居于主要的地位、一个居于次要的地位，认识到量变质变的转化规律，认为《易传》与《老子》都强调防止事物发展到至极的重要性。③ 与冯友兰把《易传》哲学思想视为唯心主义相反，从马克思主义视角看，王明认为作为战国末期新兴地主阶级哲学思想的反映，《易传》首先提出"盈天地之间者唯万物"的唯物主义命题，李景春基本肯定《易传》哲学的唯物主义性质，讨论其中的辩证法思想，认为"一阴一阳之谓道"体现着唯物主义思想，"阴阳二气就是道，气外无道，气是物质的，道是气的体现"。④ 张立文的"和合学"中，和合世界的结构模型与易学相对应，地、人、天三才之道分别对应和合学的和合生存世界、和合意义世界、和合可能世界三界，三界又分六层：和合生存世界的"境"（生存活动环境）和"理"（生存行为原理）、和合意义世界的"性"（价值活动本性）和"命"（价值行为使命即命运）、和合可能世界的"道"（逻

---

① 参见杨庆中《二十世纪中国易学史》，人民出版社2000年版，第186页。
② 参见杨庆中《二十世纪中国易学史》，人民出版社2000年版，第187、197页。
③ 参见杨庆中《二十世纪中国易学史》，人民出版社2000年版，第194—195页。
④ 参见杨庆中《二十世纪中国易学史》，人民出版社2000年版，第195—199页。

辑活动的思维道路即道理）和"和"（逻辑或动之义理和谐），三界六层包括内部纵向层间贯通、和合三界之间横向界际贯通，构造出"和合学"所揭示的整体贯通，大化流行结构。① 这些思想为《周易》思想政治教育提供了理论基础研究的参考。

（六）思想政治教育理论中与《周易》思想政治教育相关的研究

邱伟光、张耀灿主编的《思想政治教育学原理》强调批判地继承中国重教化的传统思想道德教育资源，建立中国特色的社会主义思想政治教育学，批判地继承符合我国国情的历史文化传统和思想道德教育的优秀传统。古代社会重视社会教化且有目的和内容，古代中央政府设礼部，各级官吏都要"以教化为大任"，教化方式多种多样，各朝代礼部所制礼乐浩繁，颁布箴规、诰诫、圣谕以教民众，注重环境教育在道德教育中的功能，中国传统道德的一贯思想及核心强调为社会、国家、人民的整体主义思想，这是中国伦理道德传统有别于西方的一个重要特点。② 郑永廷主编的《思想政治教育方法论》为《周易》思想政治教育的研究提供了客观理论借鉴。书中认为中国古代思想政治教育方法具有伦理方法的传承性，中国奴隶社会已实行"政治与伦理的同一"，周朝灭商朝总结教训提出"以德配天""明德慎罚""敬德保民"的思想，实行"德政"，注重教育方式的内在性，注重环境的感化、刑法的强制，强调内化、"内圣"，倡导"化民成俗"。③ 隋淑芬在《思想政治教育理论研究》中认为，中国古代社会思想家从社会稳定角度提出了思想政治教育的必要性，从"人"的角度研究思想政治教育的作用。教育的作用就在于引导人保存、找回和扩充其固有的善端，王夫之认为人性"日生日成"，因此应重视教育对人"继善

---

① 参见杨庆中《二十世纪中国易学史》，人民出版社2000年版，第425—432页。
② 参见邱伟光、张耀灿主编《思想政治教育学原理》，高等教育出版社1999年版，第48—51页。
③ 参见郑永廷主编《思想政治教育方法论》，高等教育出版社2010年版，第24—27页。

成性"的作用。比较思想政治教育学中，王瑞荪主编的《比较思想政治教育学》认为，中国古代思想史一个重要特点是政治道德化、道德政治化、以道德为治国基本和根本原则，这种"道德中心论"自孔子后经历朝统治者采纳运用，在理论和实践上日臻完善，是古代中国政治统治区别于西方政治统治的重要特征之一，"形成中国人自强进取的人生态度和重群体利益的价值取向，生成浓厚的爱国主义传统"。① 中国古代思想政治教育的理论基础，大体上可以概括为天命观、人性观、义利观三方面，在中国奴隶社会形成期夏朝，奴隶主用"天命"论证其统治合理性，假借宗教进行统治，商朝用政治手段把巫术和宗教相结合，周朝统治者则利用"天命"论证灭商根据和取而代之的合理性，春秋末期，孔子将夏朝、商朝、周朝的思想政治实践经验系统化、理论化为天命观和等级观念。② 这些研究成果，为《周易》思想政治教育研究提供了《周易》相关的古代思想政治教育的重要参考。

（七）《周易》工具书、诠释书和教辅书

《周易》思想政治教育研究离不开研究《周易》的工具书。这类书主要有 2008 年 12 月上海古籍出版社的《中华易学大辞典》，1992 年张善文编著的《周易辞典》，1991 年萧元、廖名春主编的《周易大辞典》等。戚文教授在《中华易学大辞典》之《导言：中华民族自强不息的强大动力》中说，《易传》发挥《易经》占辞中"无平不陂，无往不复"的思想，认为"物极必反"，而且"物不可尽"；《易经》《易传》蕴含事物辩证发展的重要规律，引导人们在规律面前采取积极的态度。李学勤在《周易溯源》中研究西周、春秋的《易》，考证《易传》的年代和帛书《周易》研究等。诠释类较多，如上海古籍出版社 1989 年出版的黄寿祺、张善文

---

① 参见王瑞荪主编《比较思想政治教育学》，高等教育出版社 2001 年版，第 29—32 页。
② 参见王瑞荪主编《比较思想政治教育学》，高等教育出版社 2001 年版，第 131—132 页。

的《周易译注》，就 400 多条卦爻辞和《易传》诸多章节撰成 500 则"说明"，就六十四卦及《系辞》等五篇文字写下 69 篇"总论"；邓球柏 2007 年版《易经通说》，把经与传分开解读论述。讲授普及《周易》思想的书有《傅佩荣译解易经》《听傅老师讲〈易经〉》、曾仕强《易经的奥秘》、南怀瑾《易经杂说》等。廖名春《〈周易〉经传十五讲》谈及《周易》影响支配我们思维习惯和人生态度的三大原因：一是其思想深邃；二是其表现形式和方法特殊，卦画符号和卦爻辞结合形成一种早期的符号哲学"无所不包"；三是其历史特殊，经历上古八卦、中古六十四卦、下古的《易传》阶段。因此，《周易》是一门与时俱进的发展的学问。

（八）台湾地区《周易》研究中与《周易》思想政治教育相关的研究

台湾地区《周易》研究经历了与大陆不同的历程，总的来说沿袭了民国时期的学术作风和思维。1949 年以前已有一定影响的有屈万里、高明、南怀瑾、高怀民、方东美等，屈万里、高明、南怀瑾等以经传研究为主，研究易学史的有戴君仁、高怀民等人，侧重易学思想及哲学研究的有方东美、牟宗三等。台湾地区的易学研究由于没有经过对儒学和唯心主义哲学的批判，传统色彩较浓。高怀民依传统"三圣""三古"说将先秦易学分为三个时期：自伏羲至周文王为"符号易时期"，自周文王演易至孔子为"筮术易时期"，自孔子以下为"儒门易时期"，这三个时期又分别对应"天道思想时代""神道思想时代""人道思想时代"。[①] 已故哲学家方东美从五方面分析生生之理：其一育种成性义，指生命日新月异，发荣滋长，展开全部宇宙的发生历程；其二开物成务义，指生命之源盎然充沛，勤勉不倦，永无枯竭；其三创进不息义，指宇宙生命的大化洪流波波相续，重重涌现，新新不已；其四变化通几义，指生命与时间合流同体，刹

---

① 参见杨庆中《二十世纪中国易学史》，人民出版社 2000 年版，第 484 页。

刹生灭，除旧出新，表现无穷机趣；其五绵延不朽义，指生命潜能奔腾活泼，薪尽火传，直奔未济。他认为在"生生之理"的五大要义中，人的生命始终在与宇宙生命的合流磨荡中"当下"成就，直指精神价值，生生之理、旁通之理、化育之理为《周易》形上学的三大原理。① 台湾地区的易学研究者也积极地促进着《周易》研究的发展。

（九）期刊、博硕士论文中与《周易》思想政治教育相关的研究

目前为止，还没有专门研究《周易》思想政治教育的系统性理论化成果，但有些《周易》与思想、道德或政治分别相关的研究成果。中国知网上搜索以"周易、道德"为主题的论文主要有李学明《〈周易〉道德教育思想对大学生德育的启示》、黎远方《〈周易〉道德修养思想研究》、黄正泉《论〈周易〉的道德谱系》等；以"周易、思想"为主题的论文主要有叶福翔《〈周易〉思想综合分析——兼论〈周易〉成书年代及作者》、唐明邦《忧患意识与乐观情怀——〈周易〉思想与21世纪》、宋丽波《西方表象活动周期理论与中国周易思想的一致性》、刘新生《〈周易〉思想与中华民族共有精神家园建设》等；以"周易、政治"为主题的论文主要有徐松岩《〈周易〉政治思想分析》、张克宾《马王堆帛书〈易传〉政治思想探微》、赵忠文《略论〈周易〉的政治思想》、谭德贵《〈周易〉政治思想及其影响——中国文化传统寻根之二》等。硕士、博士学位论文主要有蔡鹏飞硕士学位论文《〈周易〉道德教化思想研究》、丁丽琼硕士学位论文《〈周易〉忧患意识研究》、于文霞博士学位论文《时空观念与宋代天象岁时赋》等。这些硕博士学位论文和期刊论文，在一定程度上展现了《周易》研究可持续发展的人才基础，也为《周易》思想政治教育研究提供了借鉴资源。

---

① 参见杨庆中《二十世纪中国易学史》，人民出版社2000年版，第522—523页。

目前，国外没有与《周易》思想政治教育直接相关的研究，但有些间接研究，主要涉及中国哲学研究、中西哲学比较、《周易》经传研究等方面。例如，日本明治时代高岛吞象《高岛易断》，百余年来以汉、英等多种文字流传世界，注重义理，偏重象数，在阐发《周易》人文思想的同时，通过对卦爻辞的活解和各类占题的活断，再现我国东汉古占法。新加坡学者赖蕴慧《剑桥中国哲学导论》注重从总体上把握中国哲学的内涵与特点，认为《周易》注重情景变化及变化带来的影响，个体如何应对变化以将损失降到最低，体现了"中国哲学的实用导向"，概括了《周易》哲学的七大特点：观察的首要地位、整体及周遍的视角、辩证互补的二元论、关联思维与感应、对卦义及其对应关系的诠释进路、恒变与常动、判断对行为的指导性。这些国外的学术成果，为《周易》思想政治教育研究开拓了思路和视野。

由上可知，古今中外的学者从不同角度、在诸多领域研究《周易》，取得了大量成果。这些都为《周易》思想政治教育研究奠定了深厚基础，提供了可借鉴的资源和方法。但是，其中即使有与本书相关的专项研究，也是以涉及《周易》中的道德研究、政治研究或思想研究中某一个领域为主，更多的是由某一着力点开始阐发，这些相关的研究大多比较零散。也就是说，在《周易》思想政治教育研究领域，目前还没有系统性、整体性的专著研究成果，不过已有的相关研究成果却为《周易》思想政治教育研究提供了宝贵资源。

第五节 《周易》思想政治教育研究的思路、方法和创新点

一、基本思路

本书以马克思主义（辩证唯物主义和历史唯物主义）和习近平新时代中国特色社会主义思想为指导，以思想政治教育学原理为根基，以《周易》为研究原典，从实现人的全面发展上总体把握，从思想政治教育的路径对《周易》展开系统深入的研究。从思想教育、政治教育、道德教育等方面全面系统性地研究《周易》中所涉及的思想和内容，这既让思想政治教育成为《周易》走进新时代的一个新载体，也让《周易》成为展现思想政治教育之中国特色的一个经典渊源。本书的基本思路：绪论分析《周易》思想政治教育研究的主要概念、研究意义、创新点等，正文部分论述《周易》思想政治教育概观、目的、内容、原则、途径和方法等，最后对《周易》思想政治教育进行简要评析。

二、研究方法

本书的研究方法主要有马克思主义的根本方法和新时代中国化马克思主义的创新方法、解释学方法、文献研究法、考证法等。以根本方法和创新方法为主导，综合运用其他各种具体方法，力争以科学的方法探究《周易》思想政治教育。

（一）马克思主义的根本方法和新时代中国化马克思主义的创新方法——创造性转化、创新性发展

《周易》思想政治教育理论研究是《周易》优秀思想在新时代思想政治教育领域创造性转化和创新性发展的探索。本书坚持以历史唯物主义和

唯物辩证法为指导，立足于思想政治教育的理论和实践，以《周易》为典籍研究对象，系统地论述《周易》思想政治教育。历史唯物主义把问题放入历史范围内，用唯物辩证法的观点去考察、分析和解决，历史与逻辑相统一，还原《周易》形成时期的社会条件，按一定逻辑结构对原始资料进行解析，进一步揭示其发展脉络和历史经验，结合新时代思想政治教育实际，在原本意义上扬弃和传承。恩格斯曾说："马克思的整个世界观不是教义，而是方法。它提供的不是现成的教条，而是进一步研究的出发点和供这种研究使用的方法。"① 世界是普遍联系和永恒发展的。以习近平新时代中国特色社会主义思想为指导，以创造性转化、创新性发展为创新方法，在当代思想政治教育领域，对《周易》义理进行创造性转化和创新性发展，对《周易》中优秀的思想政治教育相关的理念勇于创造性转化和创新性发展，勇于变革勇于创新，尽可能科学客观、准确、正确地建构《周易》思想政治教育体系，为更好地构筑和弘扬中国精神、中国价值、中国力量和中国智慧尽薄绵微力。

（二）解释学方法

解释学是人文社会科学普遍运用的方法，是一门专门研究理解说明、解释的理论。历代关于《周易》的研究成果众多，形成了多方位、多层次体系。《周易》思想政治教育研究，一方面要历史地辩证地考察相关的理论成果，明晰《周易》中的基本观念；另一方面，要彰显《周易》思想政治教育的新时代价值，这具有理论创新性。《周易》思想政治教育研究适应当代思想政治教育创新发展的需要，在已有相关研究成果的基础上，力求对《周易》中与思想政治教育相关的思想作出科学、客观、符合时代要求的解读，同时亦以传扬其新时代价值。

---

① 《马克思恩格斯文集》第10卷，人民出版社2009年版，第691页。

（三）文献研究法

任何理论研究都离不开文献的阅读、梳理、总结和归纳。文献研究法是通过搜集、鉴别、整理文献、研究文献，科学认识事实的方法。文献研究为理论创新、阐释问题提供资料和基础，应坚持以历史唯物主义的方法研究文献。《周易》思想政治教育研究的重难点之一是研读《周易》这部经典，沿着《周易》思想政治教育研究的这条路径，在大量的《周易》资料搜集整理过程中，翻阅整理《周易》思想政治教育相关的研究成果，尽可能运用第一手材料，为《周易》思想政治教育研究扩展思维空间打下扎实基础。

（四）考证法

对于传统文化典籍的研究离不开一定的考证，对《周易》的研究更是如此。时下"易学热"背后潜藏着迷信的暗流，有人打着预测学的幌子行卜筮之实。真正科学的态度，应对"《周易》文本及人们研究它的历史，进行认真地回顾考察"[1]。考证主要包括三方面：一是文字的考证，二是资料、史料的考证，三是前人观点之得失的考证。文字的考证主要是对一些重要而颇引争议的字词进行训诂，如对"易""元"等字的解释，可参考的工具书有《说文解字》《说文解字注》等。史料考证主要是对一些传说有误或本来面目不清的史料进行厘清。前人观点之得失的考证主要是对前人的一些错误认识进行纠正，如孔颖达《周易正义》中误疏王弼注的辩证，即属此例。[2] 在《周易》思想政治教育研究中，需要考证大量相关的文字资料，力争以科学的态度、运用科学的方法，增强研究的客观性和科学性。

---

[1] 萧元主编：《周易大辞典》"编纂说明"，中国工人出版社1991年版，第2页。
[2] 参见杨庆中《二十世纪中国易学史》，人民出版社2000年版，第497页。

三、主要创新点

《周易》中很多优秀思想具有超越阶级和超越时代的特性,《周易》思想政治教育研究运用马克思主义的观点和方法,力求在前人研究成果的基础上,试图在研究领域、研究视角、体系构建上有所突破。

第一,开拓思想政治教育理论研究的新领域。在思想政治教育领域,从政治教育、思想教育、道德教育等方面较为系统全面地发掘《周易》中的宝贵思想资源,将《周易》中的有关思想运用到思想政治教育中,为当今思想政治教育理论与实践的创新和发展增添一份基础性研究的努力。

第二,开辟阐释《周易》的新途径。《周易》研究仍有很多空间亟待发展和完善。自古以来,人们对于《周易》是"日用而不知",其大道局限于学者书房和大学课堂,平常百姓了解认知少。《周易》思想政治教育可让《周易》的思想更好地为人所知所用,提高人们的思维能力和空间,提升人们精神境界,促进中华优秀传统文化的传承和发扬。让人们对《周易》的态度向自为认知、自由运用的方向发展,让《周易》义理发挥更大作用。把握思想政治教育这条研究《周易》的路径方向,在研究《周易》的基本观点和基本思想的基础上,利用二者的共通之处,对《周易》进行现代性阐释、转化和发展,发挥《周易》在思想政治教育领域的价值。古今从不同角度研究《周易》者多,但从思想政治教育的途径研究得较少,思想政治教育是通往《周易》神秘殿堂的新途径。

第三,初步构建《周易》思想政治教育体系。《周易》中有关思想教育、政治教育、道德教育等方面的内容是思想政治教育理论的宝贵资源。本书从思想政治教育的目标、内容、原则、途径、方法等方面,探寻古代先贤圣哲关于思想政治教育方面的理论和实践,充实中国古代思想政治教育研究的内容,尽可能构建较为客观的系统的《周易》思想政治教育理论的基本框架体系,在推进思想政治教育学科建设中做出一份努力。

本书的特色是系统地发掘《周易》蕴含的思想政治教育相关的思想。这既是从思想政治教育这条新途径研究《周易》中的思想和精神，又是以《周易》中的优秀思想来充实丰富思想政治教育理论与实践，二者共同丰盈了新时代思想政治教育的中华优秀传统文化内涵，既有利于传播、普及《周易》的优秀思想，又有利于更有效地发挥思想政治教育的功能和价值。

第一章 《周易》思想政治教育概观

本章首先着力分析了道与器、德与业、时与位这三组重要的基本概念；接着论述了《周易》思想政治教育的理论基础，即一阴一阳辩证统一的宇宙观、趋吉向善的人性观和道以致用的实践观；最后探析了《周易》思想政治教育理论的三个主要理论特征，即时空与变化相统一、天道与人道相统一、人文与德行相统一。

《周易》从形式上看是卜筮之书，而实质上是一部蕴藏深邃哲学和政治思想、道德理念的理论经典。《周易》思想政治教育概观从《周易》思想政治教育的基本范畴、理论基础和基本理论特征三个方面予以分析和论述。

第一节 《周易》思想政治教育涉及的基本范畴

"中国哲学，综为二大宗派，而以孔老二大哲人为开山。二哲之思想结晶，则在《周易》与《老子》，是二书也，体大思精，并为百代所祖，而尤以《周易》为最正确、最有体系。"[①]《周易》思想政治教育就是从《周易》中探析思想政治教育的相关思想和智慧，所以，有必要先对《周易》中思想政治教育相关的基本范畴，即道与器、德与业、时与位进行探析。

一、"道"与"器"

"道"与"器"是《周易》中的一对重要范畴。"形而上者谓之道，形而下者谓之器"（《系辞》）明确了《周易》的"道"与"器"，与此紧密相

---

① 金景芳：《周易通解》，长春出版社 2007 年版，第 7 页。

关的还有《系辞》另外两句,"一阴一阳之谓道"以及"形乃谓之器"。①这三句话涉及形而上与形而下、道与器、形与道器、道与阴阳之间的关系。古今之人对"道"与"器"有很多不同的理解,中国哲学史中的道器之辨即围绕上述范畴展开。

(一)《周易》中的"道"

《说文解字》释"道"为:"所行道也""一达谓之道"。②《说文解字注》:"道者人所行也""亦为引道""首者,行所达也"。③"道"从首从走,本义是意识带领行动、从头开始遵从"首者"而行的道路。在这条道路上,始终行为有度、不偏不倚,进而"道"引申为能够通过的、成立的,符合规律、规范的,也就是正确的事物、理论或学说,引申为万事万物运动变化的客观规律。现代汉语中,"道"为道路、道理、秩序、途径、方向、道德、技术、学术或宗教的思想体系等。《周易》的世界观认为世间万物变动不居,但有典常,即运动遵循某种不变的规律,这条不变的路就是"道"。"道可道,非常道。"(《道德经》)"道"虽然或高高在上,或隐于无形,但"人能弘道","道"与人的日常和修养紧密相关,能够在生活实践中得以体现。

"道"在《周易》中共出现106次,其中经文出现1次(即《复》卦辞"道$_{36}$"),其他在《系辞》出现27次、《说卦》4次、《序卦》3次,《象》《彖》以及乾、坤的《文言》中共57次。可见,"道"是《周易》中一个极其重要的概念。含有"道"字的《周易》原文整理如下("道"字

---

① 所涉原文转引自邓球柏《白话易经》,人民出版社2012年版,第358、339、354页。说明:本书中的《周易》原文均引自邓球柏所著的《白话易经》,在插入脚注时(因六十四卦的卦爻等辞较易查找,故主要对没有直接系于六十四卦的传文进行注解),以标注"转引自"来说明引用的是著作中的《周易》原文,若没有标注则引用的是作者的思想、观点等,以下同类情况均如此。
② (汉)许慎撰,(宋)徐铉校定:《说文解字》,中华书局2013年版,第36页。
③ (汉)许慎撰,(清)段玉裁注:《说文解字注》,浙江古籍出版社2006年版,第75页。

右下角数字序号,为"道"字在六十四卦〔经文及随附卦的彖象辞和爻辞〕、《系辞》《说卦》《序卦》《杂卦》中先后出现的顺序编号,后文其他字的解读,同等情况下顺序编号如"道")。

《乾·彖》:乾道$_1$变化,各正性命。

《乾·象》:终日乾乾,反复道$_2$也。

《乾·文言》:"或跃在渊",乾道$_3$乃革。

《坤·彖》:君子攸行,先迷失道$_4$,后顺得常。

《坤·象》:驯致其道$_5$,至坚冰也。……不习无不利,地道$_6$光也。……龙战于野,其道$_7$穷也。

《坤·文言》:坤道$_8$其顺乎?……地道$_9$也,妻道$_{10}$也,臣道$_{11}$也。地道$_{12}$无成而代有终也。

《比·象》:后夫凶,其道$_{13}$穷也。

《小畜》:初九:复自道$_{14}$,何其咎?吉。

《小畜·象》:复自道$_{15}$,其义吉也。

《履》:九二:履道$_{16}$坦坦,幽人贞吉。

《泰·彖》:君子道$_{17}$长,小人道$_{18}$消也。

《泰·象》:后以裁成天地之道$_{19}$。

《否·彖》:小人道$_{20}$长,君子道$_{21}$消也。

《同人·象》:同人于宗,吝道$_{22}$也。

《谦·彖》:天道$_{23}$下济而光明,地道$_{24}$……天道$_{25}$亏盈而益谦,地道$_{26}$变盈……人道$_{27}$恶盈……

《随》:九四:……有孚在道$_{28}$,以明何咎。

《随·象》:有孚在道$_{29}$,明功也。

《蛊·象》:干母之蛊,得中道$_{30}$也。

《临·彖》:刚中而应,大亨以正,天之道$_{31}$也。

《观·彖》：观天之神道$_{32}$而四时不忒。圣人以神道$_{33}$设教而天下服矣。

《观·象》：初六童观，小人道$_{34}$也。……观我生进退，未失道$_{35}$也。

《复》：反覆其道$_{36}$，七日来复。利有攸往。

《复·彖》：反复其道$_{37}$，七日来复。

《复·象》：中行独复，以从道$_{38}$也。……迷复之凶，反君道$_{39}$也。

《大畜·象》：何天之衢，道$_{40}$大行也。

《颐·象》：十年勿用，道$_{41}$大悖也。

《习坎·象》：习坎入坎，失道$_{42}$凶也。……上六失道$_{43}$，凶三岁也。

《离·象》：黄离元吉，得中道$_{44}$也。

《恒·彖》：久于其道$_{45}$也。天地之道$_{46}$，恒久而不已也。……圣人久于其道$_{47}$而天下化成。

《晋·象》：惟用伐邑，道$_{48}$未光也。

《家人·彖》：而家道$_{49}$正。正家而天下定矣。

《睽·象》：遇主于巷，未失道$_{50}$也。

《蹇·彖》：不利东北，其道$_{51}$穷也。

《解·象》：九二贞吉，得中道$_{52}$也。

《损·彖》：损，损下益上，其道$_{53}$上行。

《益·彖》：自上下下，其道$_{54}$大光。……利涉大川，木道$_{55}$乃行。……凡益之道$_{56}$，与时偕行。

《夬·象》：不胜而往，咎也。有戎勿恤，得中道$_{57}$也。

《姤·象》：系于金柅，柔道$_{58}$牵也。

《艮·象》：动静不失其时，其道$_{59}$光明。

《渐·象》：妇孕不育，失其道$_{60}$也。

《节·彖》：苦节不可贞，其道$_{61}$穷也。

《节·象》：安节之亨，承上道$_{62}$也。……苦节贞凶，其道$_{63}$穷也。

《既济·象》：终止则乱，其道$_{64}$穷也。

《既济·象》：七日得，以中道$_{65}$也。

《系辞》：《乾》道$_{66}$成男，《坤》道$_{67}$成女。……六爻之动，三极之道$_{68}$也。

《易》与天地准，故能弥纶天地之道$_{69}$。

知周乎万物而道$_{70}$济天下，……通乎昼夜之道$_{71}$而知……

一阴一阳之谓道$_{72}$。……故君子之道$_{73}$鲜矣。……成性存存，道$_{74}$义之门。

子曰：君子之道$_{75}$，或出或处，或默或语。

显道$_{76}$神德行。……子曰："知变化之道$_{77}$者，其知神之所为乎！"

《易》有圣人之道$_{78}$四焉……子曰：《易》有圣人之道$_{79}$四焉者，此之谓也。

夫《易》，开物成务，冒天下之道$_{80}$，如斯而已者也。……是以明于天之道$_{81}$，而察于民之故。

是故形而上者谓之道$_{82}$，……天地之道$_{83}$，贞观者也。日月之道$_{84}$，贞明者也……

其德行何也？阳，一君而二民，君子之道$_{85}$也。阴，二君而一民，小人之道$_{86}$也。

《易》之为书也，不可远，为道$_{87}$也屡迁。……既有典常，苟非其人，道$_{88}$不虚行。

柔之为道$_{89}$，不利远者，其要无咎，其用柔中也。

《易》之为书也……有天道$_{90}$焉，有人道$_{91}$焉，有地道$_{92}$焉。……三材之道$_{93}$也。

道$_{94}$有变动，故曰爻；……其道$_{95}$甚大，百物不废。……此之谓《易》之道$_{96}$也。

《说卦》：和顺于道$_{97}$德而理于义，穷理尽性以至于命。

是以立天之道$_{98}$曰阴与阳，立地之道$_{99}$曰柔与刚，立人之道$_{100}$曰仁与义。

《序卦》：需者，饮食之道$_{101}$也。……夫妇之道$_{102}$……家道$_{103}$穷必乖……井道$_{104}$不可不革，故受之以革。

《杂卦》：夬，决也，刚决柔也。君子道$_{105}$长，小人道$_{106}$忧也。

根据以上《周易》含有"道"字原文，下文试从"道"的含义、类型、特点、形式和意义五个方面进行解析。

1. "道"的含义

《周易》中的"道"是一阴一阳之"道$_{72}$"。现实中，"道"指人们往来行走的路而形成的道，而一阴一阳的运动变化规律则是天地万物往来运动的"路"而形成的道，阴阳往来运动是抽象的、无形的，故假借道路之"道"以明之，因此又可将"道"理解为客观规律。"道"是终极本体，开生出"阴阳"，和谐于万物，而"阴阳"也统一于"道"。一阴一阳对立统一、相生互动、求同存异、整体和谐的发展规律就是"道"。《周易折中》："一阴一阳，兼对立与迭运二义，对立者，天地日月之类是也，即前章所谓'刚柔'也，迭运者，寒暑往来之类是也，即前章所谓'变化'也。"① 一阴一阳，阴进为阳，阳退为阴，往来不穷，故阴阳互更。《管子·正第》："无德无怨，无好无恶，万物崇一，阴阳同度，曰道。"② 阴阳进退往来互更，迭运无穷，推动天地万物生生不息。因此，《周易》中的"道"是一阴一阳对立统一、相互制约和互相转化而形成的抽象意义上的客观规律。

对于"道"，仁者见仁智者见智。《系辞》："仁者见之谓之仁，知者见之谓之知。"③ 一阴一阳之道存在于天地万事万物之中，无所不包，无处不在，但人们对它的认识不全面或全不认识，从不同角度看亦会得到不同认识。"道"有一阴一阳两方面，"继之者善也"谓化育之功、是阳之事，"诚之者性也"为生物之事、是阴之事，阴与阳相对应，阴是知，阳是仁。人们看见"道"的一面就以为是"道"的全体了，即看见阳面以为"道"就是"仁"，看见阴面的人以为"道"就是"知"。说"道"是

---

① （清）李光地纂，刘大钧整理：《周易折中》，巴蜀书社2008年版，第416页。
② 李山、轩新丽译注：《管子》，中华书局2019年版，第690页。
③ 转引自邓球柏《白话易经》，人民出版社2012年版，第339页。

"仁"或是"知"都不全面，只有合观，阴阳兼体，才能把握"道"的全貌。一阴一阳之道很少被真正认识，寻常百姓其实天天与"道"打交道，但却不知"道"为何物。这并非说"一阴一阳之道"中的自然之道少，自然之道永远存在，无所不在，无时不在。从马克思主义的观点看，我们应全面地、联系地、客观地、科学地认识"一阴一阳之道"。

2."道"的类型

《周易》中的"道"表现为天道、地道与人道三个层面，此三者统称三才之道或三极之道。《系辞》说《周易》内容极其广大，关于自然界的和关于人类社会的知识和思想无所不包，其以卦爻涵盖广大悉备的内容。天地人三才，各代表一卦六爻中的两爻，人道为中间两爻。六爻刚柔相推，表达的就是天地人三才之道，无论怎样变动，也都离不开天地人三极。《说卦》："昔者圣人之作《易》也，将以顺性命之理。是以立天之道曰阴与阳，立地之道曰柔与刚，立人之道曰仁与义。兼三才而两之，故《易》六画而成卦。分阴分阳，迭用柔刚，故《易》六位而成章。"①《周易》中"天道"共出现3次，其中《谦·象》2次，《系辞》1次；"地道"出现6次，其中《坤·象》1次，《坤·文言》2次，《谦·象》2次，《系辞》1次；"人道"出现3次，其中《泰·象》1次，《谦·象》1次，《系辞》1次。天地人三才之道中，天道、地道是指自然规律，人道指的是社会规律。

天地人三才遵从一阴一阳之道。阴爻与阳爻的不同排列组合而成六十四卦，卦与卦之间以及各卦内部均有一分为二、对立统一、相反相成等关系存在。每一卦有六爻，六爻按照阴阳二元分成三部分，即天才、人才、地才，其中上面两爻即"上"爻、"五"爻是天才，中间"三"爻、"四"爻是人才，下面的"初"爻、"二"爻是地才。每一卦都是天地人三才的

---

① 转引自邓球柏《白话易经》，人民出版社2012年版，第421页。

统一（人立于天地之中），每一"才"的两爻又有阴阳之分。可见，一阴一阳之道和谐于天地人，是人顺应遵循的客观规律，现代社会中的思想政治教育同样也包含着其相应的一阴一阳矛盾变化之道。

三才之道在现实中各自有不同体现。天道展现为日月之道、乾道等，特性是刚健。地道效法天道，展现为大地之道、坤道、妻道、臣道等，特性是柔顺。人道效法天地之道，继善成性，崇尚仁义。按照对天地之道的理解、把握和运用程度的不同，人道又有圣人之道、君子之道和小人之道的区别。《系辞》中圣人之道（道$_{78}$、道$_{79}$）表现在辞、变、象、占四个方面，其中辞与占一类、变与象一类，"辞"即用语言表达的卦辞与爻辞，"占"即用来指导人们未来行动方向的吉凶悔吝无咎等，"变"是表现在卦爻里面的、无形的、以象来反映的穷变通久，"象"是《易》表达思想的基本手段。一君统二民、二民共事一君是君子之道（道$_{85}$），二君一民、一民事二君是小人之道（道$_{86}$）。《杂卦》："君子道长，小人道忧也。"《周易》还重视家"道$_{49}$"（《家人》）和饮食之道（《需》），《序卦》："需者，饮食之道$_{101}$也。"万事万物处于运动中，各自都有自己的运行变动之道，所以，人宜把握不变的"典常"即规律来应对瞬息万变的世界。

3."道"的特点

《周易》中的"道"有三大特点：一是变化之道（变易——变通性），二是不变之道"典常"（不易——不变性），三是简易之道（简易——易知性和易从性）。

变化之道，唯变所适。其一，《周易》中的"道"有变通性，是生生不息的变化之道。《系辞》三次提到变通，变通即是乾与坤、阴与阳的变通，乾坤之变通就像门的开合，门关上与打开就是变，往来不穷就是通。乾坤二卦变化而成其他六十二卦，故曰《易》蕴藏在乾坤二卦之中。"子曰:《乾》《坤》其《易》之门耶?"① 门打开为乾,合上为坤,乾坤不断运动变化、不断开合而致通。"变"包括化与裁两方面,"化"是自然而化的量变,量变达一定程度,加以人为裁定使之完成质变,旧质变为新质,事物质变后,继续发展变化,就是"通",世界上最能反映变通的是"四时",圣人把《周易》中变通的道理在人类社会应用即成事业。"道"常有变动,变动在六十四卦中以"爻"体现。"道"有一阴一阳,一卦设六位,分阴分阳,代表天道、地道和人道都符合于一阴一阳之道。天道有昼夜日月等变化、地道有刚柔燥湿等变化、人道有行止动静吉凶善恶等变化,圣人效法三才之道生生不息的变化而设六爻,"爻"有刚爻与柔爻两类,分别以奇画和偶画为标志,奇偶两画又为实物。"道"的一阴一阳变化是抽象的,而《周易》卦中有了刚柔奇偶两类爻画的实物,就把抽象的"道"具体化了,人们就可以通过刚柔两类爻画的变化,了解和掌握客观规律即一阴一阳之道。其二,变化之道是光明之道。《艮·象》:"时止则止,时行则行,动静不失其时,其道光明。"艮为止,《艮》卦揭示的"抑止"之道要适时而用,不可妄施,但并不是绝对的静止不动,而是依据具体条件该动则动,该止则止,动静不脱离其具体条件,其道才能光明。李光地《周易观象》:"言天下之道,行止如循环然,不可偏于一也。但止为行之基耳。能当止而止,则能当行而行,而动静不失其时矣。止静之中,人所不见,疑于不光明也。惟其为动行之本,而应用不穷,故曰'其道光明'。"② 其三,穷变通久,唯变所适。《易》"穷则变,变则通,通则久""为道也屡迁。变动不居,周流六虚,上下无常,刚柔相易,不可为典要,唯变所适"。③ "屡迁"谓道变通而不滞于物,即一阴一阳之道的客观规律不受具体事物制约,而是制约着具体事物的运动变化。一卦设

---

① 转引自邓球柏《白话易经》,人民出版社2012年版,第381页。
② 《中华易学大辞典》编辑委员会编:《中华易学大辞典》,上海古籍出版社2008年版,第207页。
③ 转引自邓球柏《白话易经》,人民出版社2012年版,第366、387页。

六爻有六位，六爻即在六位之上刚柔两类爻画的变化，代表着一阴一阳的"道"即客观规律在具体事物中的运动和变化，这两类爻画在六位或上或下是无常的，刚与柔互相更易，所以阴阳有定位，刚柔无定居（因两类爻画由揲蓍决定）。蔡渊《周易经传训解》："卦虽六位，则刚柔爻画，往来如寄，故以虚言。或自上而降，或由下而升，上下无常也。柔来文刚。分刚上而文柔，刚柔相易也。""典，常也。要，约也。"①六爻刚柔在六位的周流变化，不可用常法约束，所往唯变，变是绝对的。

彰往察来，"既有典常"。在认识、践行"道"的过程中，可能有"先迷失道"的情况，也可能有"复自道"、吝道、未失道、反复其道、道大悖、失道、未失道、道穷等情况，但一般会"后顺得常"。《系辞》："初率其辞，而揆其方，既有典常，苟非其人，道不虚行。"②初，即始。率，即循。辞，即象爻之辞。揆，即度。方，即向。典常，即典籍中所载常法一定而不可易。既，即终。初学时，遵循卦爻辞而揆度其方向，最终能在无常变化中体察到不变的常法。孔颖达《周易正义》："易虽千变万化，不可为典要，然循其辞，度其义，原寻其初，要结其终，皆唯变所适，是其常典也。"③虽然变是绝对的，六爻在六位上的变化无章典可循，但其一出一入却有固定法度，通过内外应比关系使人知畏惧，不仅如此，还要使人明了忧患与事故的缘由，从而趋吉避凶。"不可为典要"即变无方，"既有典常"即理有定，所以易为变易，又为不易。观其过往，察及将来，变化之中，有常道可循，万事万物总是变易与不易的统一。

易简易从，可大可久。《系辞》："《乾》知大始，《坤》作成物。《乾》以易知，《坤》以简能。易则易知，简则易从。易知则有亲，易从则有

---

① 《中华易学大辞典》编辑委员会编：《中华易学大辞典》，上海古籍出版社2008年版，第293页。
② 转引自邓球柏《白话易经》，人民出版社2012年版，第387页。
③ （魏）王弼、（晋）韩康伯注，（唐）孔颖达正义：《周易正义》，中国致公出版社2009年版，第297—298页。

功。有亲则可久，有功则可大。可久则贤人之德，可大则贤人之业。易简而天下之理得矣。天下之理得，而《易》成位乎其中矣。"[1] 就乾坤养育万物而言，乾阳主元气万物滋始，坤阴承乾阳之气使万物生成；乾主万物之始健而能动，道理很平易，坤顺从乾而行，简约而不繁；乾主始物并不神秘，易于知晓，坤主生物的道理简而不繁，人人可以遵从；由于乾主始物的道理易知晓，则亲近者多，坤主生物的道理易遵从，人人致力于此，则有功效；有人亲近则可以永恒不绝，能发挥效用就可使之发扬光大；掌握永恒不绝的道理就具备了贤人的德性，掌握了可以发扬光大的道理就能创造出贤人的业绩。明白了易简二字，则得天下万物生成之理，此生成之理即孤阳不始物、独阴不生物，只有阴阳合成一体才能发挥作用，其理容易且简单，得此易简之理，则可确定卦爻中阴阳刚柔上下六位的变化，从而掌握《周易》之道。其思维逻辑为：乾知大始—乾以易知—易则易知—易知则有亲—有亲则可久—可久则贤人之德；坤作成物—坤以简能—简则易从—易从则有功—有功则可大—可大则贤人之业。所以，由乾坤易简易从之道，致可久之德和可大之业。

4."道"的形式

《周易》中的"道"是"形而上者"，是乾坤和阴阳变易的法则，是器物里存在着的道理，无形无体，超脱于有形的事物之外。《系辞》："形而上者谓之道。"[2] 万物都有形质，形质里面存在着的无形的道理是"道"。就《周易》来说，阴阳迭用，变动不居，不断变化的规律，就是道。一阴一阳之道作为客观规律，是无形的、抽象的，也可以说，脱离形体的、形体之上的才叫作"道"。

5."道"的研究意义

从思想政治教育角度来说，研究、认识、理解和把握《周易》中的

---

[1] 转引自邓球柏《白话易经》，人民出版社2012年版，第334页。
[2] 转引自邓球柏《白话易经》，人民出版社2012年版，第358页。

"道",有哪些意义和价值呢?结合《周易》原文分析如下。

居安思危,趋吉避凶。了解"道"、尊重"道",思考和行动符合客观规律,可使人居安思危、防患于未然,趋吉避凶,有利于人的生存和发展。《系辞》说《易》从始至终告诉人们要懂得敬惧,以求无咎,无咎就是善补过,无咎必须有敬惧,所以,《周易》也是居安思危的寡过之书。

认知、感悟、践行"道"并非一帆风顺,也有道穷、道悖、失道等情况。其一,吝道、迷道、失道与道穷。此类情况有"同人于宗,吝道也"(《同人·象》)、"迷复之凶,反君道也"(《复·象》)、"龙战于野,其道穷也"(《坤·象》)、"君子攸行,先迷失道,后顺得常"(《坤·象》)、"后夫凶,其道穷也"(《比·象》)、"不利东北,其道穷也"(《蹇·象》)、"终止则乱,其道穷也"(《既济·象》)、"苦节不可贞,其道穷也"(《节·象》)。以《节·象》"道穷"为例,意为超越限度去节制就变得非常困难,苦苦节制也难使其归于正中,这对于节制来说是穷途末路。二是道大悖,道未光。有"十年勿用,道大悖也"(《颐·象》)、"惟用伐邑,道未光也"(《晋·象》)。三是失道与未失道。例如"观我生进退,未失道也"(《观·象》)、"习坎入坎,失道凶也"(《习坎·象》)、"遇主于巷,未失道也"(《睽·象》)、"妇孕不育,失其道也"(《渐·象》)。为道屡迁,人们认识"道"宜与时俱进,及时发现变化和苗头,把握机遇,也要防患于未然,认识"道"、把握"道"、运用"道",合道而行。

认识和践行"道"出现以上不顺情况时,应如何做?《周易》中有如下建议和原则。

一是反复道。比如"终日乾乾,反复道也"(《乾·象》)、"复自道,何其咎?"(《小畜》)、"复自道,其义吉也"(《小畜·象》)、"反复其道,七日来复"(《复》)、"中行独复,以从道也"(《复·象》)。认识"道"、践行"道"需要一个及时调整和反复的过程。

二是中道而行。有如"黄离元吉,得中道也"(《离·象》)、"九二贞吉，得中道也"(《解·象》)、"有戎勿恤，得中道也"(《夬·象》)、"七日得，以中道也"(《既济·象》)。可见，中道而行，是为正道。

三是"道上行""承上道"。《损·象》："损下益上，其道上行。"山泽《损》由地天《泰》变来，《泰》乾下坤上，减损下卦乾体之九三，增补上卦坤体之上六，取下以益上，故云"其道上行"。《节·象》："安节之亨，承上道也。"泽上有水，水泽节。节，是有限而止，是一种限制，使事物不至于发展太过，应适可而止。《节》六四的"安节"而亨的一个重要原因，它上承九五"甘节"的刚中之道，六四以阴居阴，当位得正，顺承九五正中之君，故亨。事物发展自有其规律，《损》之道自下而上行、《节》之六四顺承刚中之道，都符合其卦中事物发展规律的要求和方向。

四是久于其道。《恒·象》："恒亨无咎，利贞。久于其道也。天地之道，恒久而不已也。利有攸往，终则有始也。日月得天而能久照，四时变化而能久成，圣人久于其道而天下化成。观其所恒，而天地万物之情可见矣。"恒，即常久。雷风恒巽下震上，由地天《泰》变来，常久之道可以亨通，亨通则无咎，九四之刚在上体，初六之柔在下，刚上而柔下是正常的，正常就有恒久之义。而且雷风交助成势，这也是一种常道。天地之道恒久不已，但又非一成不变，随时变易、有始有终、终而复始方是恒久之道。"恒"与"不恒"具有相对性和统一性，"恒"中有"不恒"，"不恒"中有"恒"。

五是"其道大光"。《坤·象》六二说地道涵育万物而使之发扬光大。《益·象》："益，损上益下，民说无疆。自上下下，其道大光。利有攸往，中正有庆。利涉大川，木道乃行。益动而巽，日进无疆。天施地生，其益无方。凡益之道，与时偕行。"

居安思危，正确对待认识、践行"道"的过程，遇到不顺的情况，理性分析，反复道—行中道—承上道—久于其道—光其道，中道而行，趋吉避凶。思想政治教育中的"道"也是形而上者，其一阴一阳分别对应于人们的思想政治品德水平与社会发展要求，其规律也同样具有变易性、不变性和简易性。把握思想政治教育的规律和本质，结合新时代思想政治教育的具体实际，及时察知不良因素，从根源上杜绝隐患，防患于未然，创造良好的思想政治教育环境和氛围，在理论输入与实践体验中，提升教育效果和受教育者的思想政治品德水平。

（二）《周易》中的"器"

"器"字的本来意义，有学者认为是"犬吠声"。许慎《说文解字》："器，皿也。象器之口，犬所以守之。"① 左安民认为："这是将'器'字的假借义误为本义。'器'字本义为'犬吠声'，后来其本义消失，被假借为陶器、器皿。"② 段玉裁《说文解字注》："器，皿也。皿部曰：皿，饭食之用器也。然则皿专谓食器，器乃凡器统称。……木部曰：有所盛曰器，无所盛曰械。"又："械，桎梏也。从木，戒声。一曰械，器之总名。一曰械，治也。"③ 即"器"与"械"如一体之两面，有所盛为"器"，无所盛称"械"，与"治"义关联。皿专指饭食之器，而"器"乃凡器的统称。虽从不同的角度来说定义或名称有所不同，但"器"有用，能产生作用和价值却是共同的。现代汉语中，"器"为器具、器官、度量、才能、器重之意。

"器"字在《周易》中共出现12次，都出现在《易传》中。其中《系辞》10次，《序卦》1次，《象》1次，经文没有提及。《周易》出现"器"字的原文如下：

---

① （汉）许慎撰，（宋）徐铉校定：《说文解字》，中华书局2013年版，第44页。
② 左安民：《细说汉字》，九州出版社2005年版，第186页。
③ （汉）许慎撰，（清）段玉裁注：《说文解字注》，浙江古籍出版社2006年版，第86、270页。

《萃·象》：君子以除戎器$_1$，戒不虞。

《系辞》：乘也者，君子之器$_2$也。小人而乘君子之器$_3$，盗思夺之矣。

以制器$_4$者尚其象，以卜筮者尚其占。……见乃谓之象，形乃谓之器$_5$。

备物致用、立成器$_6$以为天下利莫大乎圣人。……形而下者谓之器$_7$。

弓矢者，器$_8$也。……君子藏器$_9$于身，待时而动，……语成器$_{10}$而动者也。……

象事知器$_{11}$。

《序卦》：主器$_{12}$者莫若长子，故受之以震。

依据《周易》原文"器"字的梳理，以下对其从含义、类型、制器原则、形式和研究意义五个方面进行论述。

1."器"的含义

《周易》中的"器"是人为的或自然的有形存在。《系辞》："见乃谓之象，形乃谓之器，制而用之谓之法，利用出入民咸用之谓之神。"① 乾坤天地间的变化往来不穷，从可见的角度说，显现出来被人感知认识的是"象"；从可以感知、有形的角度说，有现实存在的实际形体的称为"器"。

2."器"的类型

《周易》中的"器"根据使用它的主体的社会地位不同，有君子之器和小人之器的区别。《系辞》说"小人"背着财物乘坐"君子"的车上，盗贼一看便知这财物和车子并非"小人"所有，就想来抢夺。其实，《周易》中的小人并非贬义地指德行的卑劣，他们只是在德行的合理性上不如君子罢了，也正因小人与君子在德行的认知、修养上的不同，于是就有了社会中相应"位"的不同，而"位"的不同其对应的"器"也就不同，体现了《周易》成书时期"德"—"位"—"器"的对应性和三者的统一性。

---

① 转引自邓球柏《白话易经》，人民出版社2012年版，第354页。

3. 制"器"原则

《周易》中制"器"有尚象的原则。制器尚象，象事知器。关于制器尚象，《系辞》："以制器者尚其象，以卜筮者尚其占。"① 以，即用。尚，即主。"器"即器物，器物都有具体的形象，"象"指卦象，"卜"为龟卜，"筮"为揲蓍，"占"即占卦、行筮法以求卦。《系辞》认为，说理论事应以卦爻辞为主，卦爻辞通过语言文字论断一卦一爻吉凶悔吝之理，告知人趋避；爻画刚柔的变化代表着客观事物按其发展规律而变化，指导人们的具体行动应以爻画刚柔变化为主；卦象又分八卦之象和六十四卦之象，卦象反映事物的形象，引导制作具体的器物应以卦象为主。《周易》卦爻中各有取象，用之以制器，则可以尽创物之智。《系辞》说变化的发生有征兆，观察它所象征的事物，就会知道所形成的器物，占筮事情则会知道未来的发展，此即"象事知器"。卦象反映事物的形象，制作具体器物以卦象为主。

4. "器"的形式

《周易》中，"器"指卦画和有形之物，为"形而下者"。"形"一般指形状、形体。《说文解字》："形，象形也。"② 《系辞》说《周易》在定乾坤、设卦位、分刚柔、生吉凶之后，就可以把在天的日月星辰之象、在地的山川动植之形的变化都显现出来。《系辞》："圣人有以见天下之赜，而拟诸其形容，象其物宜，是故谓之象。""在天成象，在地成形，变化见矣。"③ "象"是日月星辰之属，"形"是山川动植之属，变化是《易》中蓍策卦爻阴变为阳、阳化为阴，圣人作《易》，因阴阳的实体而为卦爻之法象。一阴一阳之道，往来不穷，无象无形，阴阳的一来一往如同门的一开一合，阴阳往来变化的抽象道理就被如此形象、由虚而实地说明了。

---

① 转引自邓球柏《白话易经》，人民出版社2012年版，第352页。
② （汉）许慎撰，（宋）徐铉校定：《说文解字》，中华书局2013年版，第182页。
③ 转引自邓球柏《白话易经》，人民出版社2012年版，第358、333页。

从门这个具体器物可以裁制出抽象的一阴一阳的变化法则,即由实而虚。所以,器物是抽象"道"在现实世界中有形有体的具体显现,是"形而下者"。

5. "器"的意义

《周易》中的"器"是有形的现实存在,其意义主要表现为有用、"主器"、"藏器"与"成器"。

其一,"器"是有用之物。《系辞》:"小人而乘君子之器,盗思夺之矣。""备物致用、立成器以为天下利莫大乎圣人。"① "乘"即乘车,"盗"即盗贼。"小人"背负财物乘"君子"之车,盗贼就想来抢夺,所以,"器"对于人,不仅是有用之器物,还与身份和社会地位紧密相关。这里的"成器"指卜筮,圣人利用已成之器即已创立的龟卜筮占,效法天地之形象、四时之变通、日月之昭明,使天下人社会生活便利。引而申之,创新"器物"才能更好地用器,建设物质文明,造福人类。

其二,"器"与主器之人的社会地位相对应。《序卦》:"革物者莫若鼎,故受之以鼎。主器者莫若长子,故受之以震。"② 此"器"是政权、权力的象征,"主器者"乃是执政之人。"震"为长子,长子可以传承国家位号、继父之位而主祭天地宗庙。主器具有一定的社会意义,不同社会地位的人所主之器有所不同。比如古代社会的主仆在服饰、用具等方面存在的差异。主器之人拥有"器"的行使权,于国家、社稷而言,主器行为也有相应的社会作用和影响。现代社会,不同年龄、不同职业、不同认知水平的人所用所主之器也有差异。所以,提升物质文明和精神文明水平也是新时代社会发展中的重要课题。

其三,成器而动。《系辞》:"《易》曰:'公用射隼于高墉之上,获之无不利。'子曰:隼者,禽也。弓矢者,器也。射之者,人也。君子藏器

---

① 转引自邓球柏《白话易经》,人民出版社2012年版,第345、354页。
② 转引自邓球柏《白话易经》,人民出版社2012年版,第444页。

于身，待时而动，何不利之有？动而不括，是以出而有获。语成器而动者也。"① 此句是对《解》卦上六爻辞的解读，意为处于解之极险难虽缓解，但不可无戒备，常备武器于身，有祸患即可平息。《系辞》引用这条爻辞以说明屈伸往来的道理。君子解决问题，比如要除去高位的"隼"，需有解决问题之策，而且要抓住时机，时候不到不动，时候到了必动，即"藏器于身，待时而动"，这是"屈"；一旦时机成熟，果断付诸行动以致成功，即"动而不括，是以出而有获"，这是"伸"。藏器于身为"屈"，成器而动为"伸"，欲伸必先屈，屈而后伸，屈伸结合而前进。引而申之，锻炼能力，储备个人实力，机会来临时才能够把握机会，成器而动，出而有获，从而促进个人、集体或社会的发展和完善。

（三）《周易》中"道"与"器"辩证统一

"道"与"器"的关系在哲学上是本质与现象、规律与实体的关系。"道"作为本体，是万物所共著和万有所同出，是抽象的，没有形体；"器"有形体，是具体的。那么，如何认识《周易》中"道""器"关系？历代易学家对此有不同见解，各具其理。

道本器末说。易学史上，晋唐易学"道""器"之辨从晋人韩康伯开始，他认为一切有形有象的事物都是器，无形无象的为道，"道"为形器的根本，而"一阴一阳之谓道"就是以既无阴又无阳为道，阴阳作为有形的器依靠无形的道才能存在，道既不是阴阳变化的过程，也不是阴阳变化的规律，而是阴阳赖以存在的根据。韩康伯的道器之辨以道为形器的宗主或根本，"属'天地万物皆以无为本'的玄学理论体系"②。

道体器用说。唐朝初年孔颖达在《周易正义》中以体用范畴发展了韩康伯的道器观，认为道无形故为"无"，器有形象故为"有"，"道是无体

---

① 转引自邓球柏《白话易经》，人民出版社2012年版，第374页。
② 郑万耕：《易学与哲学》，上海科学技术出版社2013年版，第167—168页。

之名，形是有质之称。凡有从无而生，形由道而立，是先道而后形，是道在形之上，形在道之下。故自形外而上者谓之道也，自形内而下者谓之器也"①。道为体、器为用，以"道体器用"解释易理"有"和"无"的关系。事物的本性和发展规律属于"道"，事物的生成过程和变化之"情"表现于"器"，阴阳自然而有，开通万物，"道"作为阴阳二气存在和生成万物的属性，不离阴阳也不等于阴阳，重新肯定和宣扬了以阴阳二气说为核心的世界观。

器体道用说。唐代另一位易学家崔憬提出"器体道用"说，与孔颖达"道体器用"说相反，认为天地万物有形质，为器、为体，究其性质的功能和作用，为道、为用，实体的功能是无形的，为"形而上"，实体的体质是有形的，为"形而下"，就此说法，是形而上的道依赖于形而下的器。这种"器体道用"说成为宋明易学功利学派反对理学派"道本器末"说的有力支撑。

道器象形说。北宋张载《横渠易说》认为形而上的"道"虽无形却有象，无形而有象的"道"指气而言，气化的过程就是"道"，把道器之分视为象形之分。

道器理气说。程颐"体用一源，显微无间"体用观，以道为体，以阴阳为用，认为有形的阴阳之气是无形之道阴阳之理的表现形式，将道器有无之争引向道器理气之争，是宋明哲学中理气之辨的开始。南宋朱熹继程颐之后，更明确地指道为"理"，认为理乃事之所以然、为事本原，构成事物本质，"理"建立其理本论的易学哲学体系。

道器本一、道器合一说。南宋杨简透过心学解读道器关系，提出"道即器"的论断，认为器中蕴道，道器本一体。南宋永嘉学派主要代表人物

---

① （魏）王弼、（晋）韩康伯注，（唐）孔颖达正义：《周易正义》，中国致公出版社2009年版，第278页。

叶适主张道器合一①,指出万物皆动,强调事物的运动与发展。元明易学家的"道寓于器"即本体寓于现象中,不能脱离现象求本质,这种道器观对王夫之影响很大。

天下惟器说。清朝王夫之对历史的道器之辨做了一次总结,他继承二程、朱熹的观点,主张道器不可分,反对"悬道于器外",提出"天下惟器"等命题,解决了"道""器"谁依赖谁的问题。王夫之认为"道"无形"器"有形,无形为隐,有形为显,"器"指个别存在,"道"是规律、规范或本质,本质和规律存在于个体事物之中,形上和形下是一个实体的两方面,统一于"形器",若没有形器,就无所谓形上和形下,即"据器而道存""无其器则无其道"。②其"天下惟器"说深化了以器为主的思想,是对传统道器关系阐释的发展和创新。③王夫之道器关系的落脚点在于人之德性,达德之后,可以尽失其器而存德。君子之道尽失其器而已矣,据"道"得"器"达"德"后,可"道"在而"器"不留,从而达到以道崇德的目的。王夫之的道器交与为体,相涵相因,流变会通,把道器既对立冲突,而又统一融合的性质和特征做了完整的阐述,对道器和合论做出历史的贡献。④

可见在中国哲学发展史中,对于"道"与"器"的认识和理解是逐步发展完善的。"道""器"相互会通,互促发展,象征着规律和事物、本体和现象、一般和个别。张立文以横向与纵向的结构对道器之辨做了系统性归总,即"有无"转化的横向进程和"道器上联阴阳、下行心物"的纵向

---

① 参见郑慧、张恩普《叶适道器合一思想与其发展的文学观》,《东北师大学报》(哲学社会科学版) 2013 年第 1 期。
② 李秀娟:《物兼道器与一体两面——试论王船山对传统道器观的价值开新》,《船山学刊》2009 年第 1 期。
③ 参见汪学群《王夫之易学——以清初学术为视角》,社会科学文献出版社 2002 年版,第 190—199 页。
④ 参见张立文《船山论道器、理气与物器(上)》,《船山学刊》2001 年第 1 期。

进程,涵盖了汉唐儒学和宋明理学有关道器的基本观点。①

从思想政治教育的角度来说,把握"器"是把握"道"的前提,把握"道"是把握器的目的。"器"的范围可以由实物延伸至制度、精神层面,通过把握"器"而把握"道",认识、掌握、尊重事物发展的客观规律,以更好地治"道";而把握"道"又能更好地治"器"和用"器",二者辩证统一,互促发展。人是关联"道"与"器"的主体,在深化对二者认识的同时,也促进了自身理论水平和实践能力的发展。

二、"德"与"业"

《周易》中的"德"与"业",是"道"与"器"在人类社会精神层面和物质层面的延伸和体现。"德"是人们对天地之道的效仿,是人道在精神、道德层面的展现;"业"是制器、用器、修器、成器的成果,是人道在物质生产和社会实践层面的展现。

(一)《周易》中的"德"

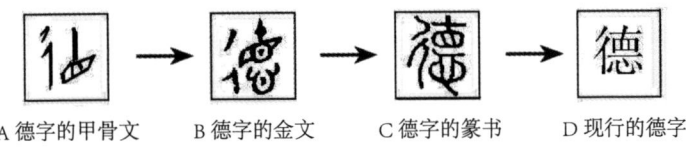

A 德字的甲骨文　　B 德字的金文　　C 德字的篆书　　D 现行的德字

"德"字演变的大体过程如上图。甲骨文中,"德"左边是"彳",表示道路、行动,右边是一只眼睛,眼睛之上是一条垂直线,表示目光直射,意为看得正、行正直的道路。金文中,"目"下加"心",即目正、心正地行动。小篆中,右上方变成"直",《说文》中十目所见为直,故

---

① 参见张立文《中国哲学范畴发展史(天道篇)》,中国人民大学出版社1988年版,第392—422页。

直为正见。从"德"字初期发展看,由看正—行正,到看正—心正—正见—行正,兼备观察、思考、修养和行动,强化了人心的主观能动作用,经历了由直观的具体意义向抽象概念转变的过程。《说文解字》:"德,升也。"①《说文解字注》:"升当作登。德训登者。公羊传:公曷为远而观鱼。登来之也。何曰:登读言得。得来之者,齐人语。齐人名求得为得来。作登来者,言其大而急。由口授也。唐人诗:千水千山得得来。得即德也。"②《说文解字注》中"德"字又经历了升—登—得—德的演变过程。现代汉语中,"德"为道德、品行、政治品质、心意、恩惠之意。从"德"字的整体发展过程看,它本身就是内外兼修、不断发展完善的过程,"德"内化于心,儒家认为"德"包括忠、孝、仁、义、信、温、良、恭、俭、让等;外化于行,发自于心的合理德行在社会关系中又展现为"礼",周人制礼作乐,形成当时的社会礼仪规范,规定了秩序和行为准则,为中国现代社会的精神文明建设、道德政治秩序和伦理生活方式奠定了传统文化和传统礼仪的基础。

"德"字在《周易》中共出现78次。其中经文出现5次(分别为下文梳理的德$_{20}$、德$_{22}$、德$_{33}$、德$_{34}$、德$_{38}$),其他73次分布在《象》《彖》《文言》《系辞》《说卦》中。可见,《易经》成书时已经比较重视"德",而且这一概念在《易传》成书时又得到进一步发展。"德"字的《周易》原文整理如下:

《乾·象》:见龙在田,德$_1$施普也。……用九天德$_2$,不可为首也。

《乾·文言》:君子行此四德$_3$者,故曰:乾,元、亨、利、贞。

龙德$_4$而隐者也。……龙德$_5$而正中者也。……德$_6$博而化。……君德$_7$也。

君子进德$_8$修业。忠信,所以进德$_9$也。……君子进德$_{10}$修业,欲及时也。

---

① (汉)许慎撰,(宋)徐铉校定:《说文解字》,中华书局2013年版,第37页。
② (汉)许慎撰,(清)段玉裁注:《说文解字注》,浙江古籍出版社2006年版,第76页。

"飞龙在天",乃位乎天德$_{11}$。……君子以成德$_{12}$为行,日可见之行也。

《易》曰:"见龙在田,利见大人。"君德$_{13}$也。……夫大人者,与天地合其德$_{14}$。

《坤·彖》:坤厚载物,德$_{15}$合无疆。

《坤·象》:地势坤。君子以厚德$_{16}$载物。

《坤·文言》:坤,至柔而动也刚,至静而德$_{17}$方。……敬义立而德$_{18}$不孤。

《蒙·象》:山下出泉,蒙。君子以果行育德$_{19}$。

《讼》:六三:食旧德$_{20}$,贞;厉。

《讼·象》:自下讼上,患至掇也。食旧德$_{21}$,从上吉也。

《小畜》:上九:既雨既处,尚德$_{22}$载。

《小畜·象》:君子以懿文德$_{23}$。……德$_{24}$积载也。

《否·象》:天地不交,否。君子以俭德$_{25}$辟难,不可荣以禄。

《大有·象》:其德$_{26}$刚健而文明。

《豫·象》:雷出地奋,豫。先王以作乐崇德$_{27}$,殷荐之上帝,以配祖考。

《蛊·象》:山下有风,蛊。君子以振民育德$_{28}$。……干父用誉,承以德$_{29}$也。

《大畜·彖》:大畜,刚健笃实辉光,日新其德$_{30}$。

《大畜·象》:君子以多识前贤往行,以畜其德$_{31}$。

《习坎·象》:水洊至,习坎。君子以常德$_{32}$行,习教事。

《恒》:九三:不恒其德$_{33}$……六五:恒其德$_{34}$。

《恒·象》:不恒其德$_{35}$,无所容也。

《晋·象》:明出地上,晋。君子以自昭明德$_{36}$。

《蹇·象》:山上有水,蹇。君子以反身修德$_{37}$。

《益》:九五:有孚惠心,勿问,元吉。有孚惠我,德$_{38}$。

《益·象》:惠我德$_{39}$,大得志也。

《夬·象》:君子以施禄及下,居德$_{40}$则忌。

《升·象》:君子以慎德$_{41}$,积小以高大。

《渐·象》：君子以居贤德$_{42}$善俗。

《节·象》：君子以制数度，议德$_{43}$行。

《系辞》：可久则贤人之德$_{44}$，……鼓万物而不与圣人同忧，盛德$_{45}$大业至矣哉。

富有之谓大业，日新之谓盛德$_{46}$。……易简之善配至德$_{47}$。

夫《易》，圣人所以崇德$_{48}$而广业也。……有功而不德$_{49}$……德$_{50}$言盛，礼言恭。

显道神德$_{51}$行。是故可与酬酢，可与佑神矣。

是故蓍之德$_{52}$圆而神，卦之德$_{53}$方以知。

圣人以此齐戒，以神明其德$_{54}$夫。……默而成之，不言而信，存乎德$_{55}$行。

天地之大德$_{56}$，……于是始作八卦。以通神明之德$_{57}$，……

其德$_{58}$行何也？阳，一君而二民。

以崇德$_{59}$也。……德$_{60}$之盛也。……子曰：德$_{61}$薄而位尊，知小而谋大。

阴阳合德$_{62}$而刚柔有体，以体天地之撰，以通神明之德$_{63}$。

《履》，德$_{64}$之基也；《谦》，德$_{65}$之柄也；《复》，德$_{66}$之本也；

《恒》，德$_{67}$之固也；《损》，德$_{68}$之修也；《益》，德$_{69}$之裕也。

《困》，德$_{70}$之辨也；《井》，德$_{71}$之地也；《巽》，德$_{72}$之制也。……《恒》以一德$_{73}$。

若夫杂物撰德$_{74}$，辨是与非，……《易》之兴也，其当殷之末世，周之盛德$_{75}$邪？

夫《乾》，天下之至健也，德$_{76}$行恒易以知险。夫《坤》，天下之至顺也，德$_{77}$行恒简以知阻。

《说卦》：和顺于道德$_{78}$而理於义。

依据以上整理，下面试把《周易》中的"德"从含义、类型、特点和意义四个方面进行解析。

1. "德"的内涵

《周易》中有"大德""盛德""至德"等"德"在不同层面的极致状态,有"尚德""明德""进德"等态度和行动,有"崇德""议德行"等治国议政理念。如此重视"德",与《周易》形成时期的社会环境密切相关。商纣统治期间,政治方面统治者穷奢极欲,置自己于覆亡危机,以姬昌为代表的周以蓬勃生命力聚集力量;思想方面在天命论前提下强调伦理思想教化,主张"育德""敬德保民",出现了道德与政治融为一体的思想,并用这种思想解释周革殷命的合理性。也就是说,尚德、崇德顺应了当时社会发展的需要。

其一,"德"即功能或功德。天地之"德"意为天地的功能、功德。《乾·文言》解释九五爻辞"飞龙在天"时说九五"位乎天德"。朱熹《周易本义》以天位解释天德,认为天德即天位,五为天位,具有天子之德的人宜居九五这一至尊天位;高亨《周易大传今注》释天德为天的功德,认为九五是阳爻上升至高位,象阳气上升之盛大,此时约周历九月十月,草木长成,天德之功已成,阳气已升到最高位置,其成就万物的功德已经完成。[①] 故天地之德亦是生生养育之德。《系辞》:"天地之大德,曰生""生生之谓《易》,成象之谓《乾》,效法之谓《坤》"。[②]"大德"是相对于天地而言,"生"乃天地的大德,"生生之谓易"是对一阴一阳之道的具体阐释。天地的功能或功德是促成万物生生不息、阴阳对立面互相变易又互相生息。

其二,"德"即恩德、道德或德行。人之"德",即人的道德或德行,经文有5处直接言及。《讼》:"六三:食旧德[20],贞:厉,终吉,或从王事无成。"享受先王昔日的恩德不是好事,但仍可获得吉祥。《小畜》:"上九:既雨既处,尚德[22]载。"《小畜》上九续六五之义,靠劫掠邻人的

---

① 参见《中华易学大辞典》编辑委员会编《中华易学大辞典》,上海古籍出版社2008年版,第302页。
② 转引自邓球柏《白话易经》,人民出版社2012年版,第362、341页。

牲畜致富，车载归途中遇到断续的雨阻遏，说明天道尚德义之载，反对不义之财。《恒》："九三：不恒其德$_{33}$，或承之羞。""六五：恒其德$_{34}$。贞：妇人吉，夫子凶。"《恒》九三爻辞意为不能持久坚持德行的人可能要承受羞耻，六五爻辞意为要常保柔顺美德。《益》："九五：有孚惠心，勿问，元吉。有孚惠我，德$_{38}$。"《益》九五与六二相应，怀有诚信的惠下之心，损己有余之刚以益六二之不足，互惠补益达到刚柔均衡，故六二必推诚而感悟九五的恩德，不用占筮可知大吉。总的来说，这五处"德"更强调的是思想意识或行为规范，其中"尚德""恒德""惠德"，更是强调道德修养及其重要性。

阴阳合德，德合无疆。其一，阴阳合德。《系辞》："《乾》，阳物也。《坤》，阴物也。阴阳合德而刚柔有体，以体天地之撰，以通神明之德。"[①] 德，即德性、性质。以，即用。撰，即为。乾坤代表阴阳，由于乾坤交合才产生了六十四卦所各具的刚柔爻画之实体，用卦之乾坤刚柔的变化去体现天地的作为、通晓神妙变化的道理。六十四卦刚柔之体皆以乾坤合德而成，乾坤合德是一阴一阳合德的体现。其二，乾坤合德。《坤·彖》："坤厚载物，德合无疆。"地体厚重，承载万物，天覆其上，地与天相合的德性无可限量，天有无疆之德而坤与之相合，乾主资生，地主生成，坤不自生，顺承天之施，地厚足以容载万物，其德足与乾德相合。其三，与天地合德。《乾·文言》："夫大人者，与天地合其德，与日月合其明，与四时合其序，与鬼神合其吉凶。"[②]"大人"与天地、日月、四时、鬼神相合是因为合乎道，天地蕴含道，鬼神则是造化之迹，日月、四时皆天地变化所为，有象而照临者为日月，循序而运行者为四时，往来屈伸而生成万物者为鬼神，名虽殊，其实一。《文言》将其引申为大德之人居于九五之尊位，而与乾德融为一体；与乾德融为一体，也就掌握了天道规律。因此，

---

① 转引自邓球柏《白话易经》，人民出版社2012年版，第381—382页。
② 转引自邓球柏《白话易经》，人民出版社2012年版，第412页。

"大人"与天地化育万物的德性合而为一，与日月合其光明而照临四方，与春夏秋冬合其次序而言动无过，与阴阳二气屈伸往来主使万物有生有灭赐吉降凶而无掺杂之念。王宗传《童溪易传》："'先天而天弗为'，时之未至，我则先乎天而为之，而天自不能违乎我。'后天而奉天时'，时之既至，我则后乎天而奉之，而我亦不能违乎天。盖大人即天也，天即大人也。"① 与天道自然规律相默契的大德之人，先于天道自然规律而动不相违，后于天道自然规律而动不相背，达到了天人和谐。

另外，"德"与"道""位"紧密相关。"德"的本体依据是"道"，且与时位密切关联。一方面，从天道得人道，天人合一、天人相通。"德"是"道"的体现，依道而行。天道生生不止，人宜自强不息；地道坤厚顺承，人宜厚德载物，"道"因德而显现于物质世界和人类社会。"道"是"德"的内在渊源，主观方面人因修道而有德，实践层面成德为行，行是德的外现。另一方面，"德"与时位紧密相关，以《益》卦来说，《益》震下巽上，六二与九五从卦爻时位来说既中且正。李光地认为："刚柔中正不中正之谓'德'。刚柔各有善不善，时当用刚，则以刚为善也；时当用柔，则以柔为善也。唯中与正，则无有不善者。然正尤不如中之善，故程子曰，正未必中，中则无不正也。六爻当位者未必皆吉，而二五之中，则吉者独多，以此故尔。"② 故有"德配位"或"德不配位"之说。

2."德"的类型

《周易》中的"德"有多种类型，例如天德、龙德、地德、贤人之德、君子之德、盛德、至德等。

其一，自然界层面体现为天德、龙德与地德。《周易》中乾为天、为龙，"天德"出现2次，分别在《乾·象》和《乾·文言》中；"龙德"在《乾·文言》中出现2次。天德是生生不息之德，或谓天之功德，对应或

---

① 《中华易学大辞典》编辑委员会编：《中华易学大辞典》，上海古籍出版社2008年版，第304页。
② （清）李光地纂，刘大钧整理：《周易折中》，巴蜀书社2008年版，第12页。

对等于天位，以德配位，朱熹以天位解释天德，高亨以天德为天的功德。"龙德"指龙能行于地、飞于天，并非潜藏不动。"龙德而隐者"比喻有才德之人将来能够有大作为，但此时个人实力和时机还均不适合出世。乾代表天，《乾》卦六爻从初至上，分别以潜龙、现龙、惕龙、跃龙、飞龙、亢龙语之，故龙德是天德的一种呈现形式，于人而言，龙德较天德则相对更具体形象。天德、龙德都是天道的体现，是天道层面的"德"。地德即大地的功德，大地包容承载万物，使万物得以产生和发展。天德、龙德与地德代表的是客观物质世界的功能或功德。天德主万物之开始、发生，地德主万物发展、生成，万物生生不息，天地之德恒久而广博。

其二，人类社会层面体现为人德。具体体现为大人之德、贤人之德、圣人之德与君子之德等。大人之德，即人与天地合德，方能自由全面地发展。贤人之德，由乾之德性发展而来。《系辞》说乾以易知——易则易知——易知则有亲——有亲则可久——可久则贤人之德，即掌握了可以永恒不绝的道理并行之以恒就具备了"贤人之德"。《易传》中圣人崇德，顺天而时行，"感人心而天下和平""知进退存亡而不失其正"。① 君子之德为行元、亨、利、贞四德。于"德"而言，君子进德，圣人崇德，可久则贤人之德，大人之德则与天地、日月、四时、鬼神合德，是个体之"德"的理想境界、是"德"在个体各个层面持久和谐的整体稳定境界或状态。

其三，境界层面体现为盛德与至德。《系辞》："德言盛。"② "盛德$_{45}$"是说"道"的盛大德性和业绩无以复加，相对于"大德"而言其作用范围和影响更大，在"道"支配下万物生生不息，推陈出新，因此说它"德$_{46}$"行盛大。精研事物之至理而穷尽各种神妙，知晓变化之道，穷极微妙之神，乃是圣人"德$_{60}$"之盛极。盛德已是"德"之高境界，而"至德$_{47}$"则又上一层楼，是《周易》中"德"的最高状态。阴阳交合生万

---

① 转引自邓球柏《白话易经》，人民出版社 2012 年版，第 236、413 页。
② 转引自邓球柏《白话易经》，人民出版社 2012 年版，第 345 页。

物,其相互变化之义可与日月相匹配、可同天地至高无上的德性相匹配,易而不难、简而不繁。就乾坤生育万物而言,乾阳主元气万物滋始,坤阴承乾阳之气使万物生成,乾主万物之始健而能动,道理平易,坤顺从乾而行,简约不繁,明白"易简"二字则得天地万物生成之理,易简之善即"至德"。故盛德是一阴一阳之"道"的功能和所展现的盛大状况;至德是易简之"善",是与天地合德,是"德"的最高理想状态。

3."德"的特性

《周易》中的"德"主要有"圆而神"和"方以知"的两个特性。《系辞》:"子曰:夫《易》何为者也?夫《易》,开物成务,冒天下之道,如斯而已者也。是故圣人以通天下之志,以定天下之业,以断天下之疑。是故蓍之德圆而神,卦之德方以知,六爻之义易以贡。圣人以此洗心退藏于密,吉凶与民同患,神以知来,知以藏往。其孰能与于此哉?古之聪明睿知神武而不杀者夫!"① "卦之德"是说卦的性质,圆是动,方是不动,"智"是对于六十四卦中包含丰富的哲学、社会、政治和思想内容而言。蓍通过数的抽象运算求卦,变幻莫测,事先并不知道会得到哪一卦,如同圆的滚动不可测度,"圆"意味着运而不穷,圆而神是说变化无方。"知"同智,六十四卦各有固定不变的卦爻符号和卦爻辞,有如方形体静止不动,它集中了往昔圣贤的智慧。所以,德之"圆而神"的特性是相对于变通而言,如"蓍"变化莫测、圆通运而不同;"方以知"的特性则是相对于不变的规律"典常"而言,通晓卦爻符号的相对关系及其意蕴道理,在社会中加以践行,则言行合宜,进退有度。

4."德"的意义

由天地之德到人德,重要的是在人类社会中"德"的意义和价值。《周易》中人"德"之发展体现了崇德(方向)—日新(践行)—盛德(践

---

① 转引自邓球柏《白话易经》,人民出版社2012年版,第354页。

行目标）—至德（理想状态）的过程。

尚德崇德，日新以盛德。《小畜》以一阴畜五阳，阳止而阴积畜，上九为一卦终了，畜道已成，达到了阴阳平衡，阴阳和洽，这是尊尚阴德而积满的结果，故言"尚德$_{22}$载"。君子修德，圣人崇德，终臻社会之盛德，追求易简之善相应的至德，落到现实层面，重要的还是修德、日新至盛德的过程。

明德—成德—恒德以修德。《周易》中的"德"具有较为完善的发展过程，由明德到成德，持之以恒地修德。其一，自昭明德。《晋·象》："明出地上，晋。君子以自昭明德$_{36}$。"孔颖达《周易正义》："昭亦明也。"①《大学》："明明德。"②《晋》卦体坤下离上，坤为地离为明，其象为光明的太阳出现在地上，徐徐上进，故称晋，君子观太阳出现在地上之象，以此昭明自己固有的德性。人生本来就有自明的德性，但有时被物欲所蔽则不明，只要去掉欲望之私，其德则自明，如同太阳一样自升自起自然明亮。明德，即明君子固有之德。自昭，即自有此德而自明之。人德本明，知其所以自明，本然之明如日之出地。其二，成德为行。《乾·文言》："君子以成德$_{12}$为行，日可见之行也。"③乾天性质刚健，永恒运动变化不息，所以能察知险陷之事；坤地性质静止不动，所以能察知天下险阻之事。《国语·周语下》："成，德之终也。"④但成德是一个不断完善的过程。其三，恒以一德。《恒》："九三，不恒其德$_{33}$，或承之羞。贞：吝。""六五，恒其德$_{34}$。贞：妇人吉，夫子凶。"《恒·象》："天地之道，恒久而不已也。"《系辞》："《复》，德之本也；《恒》$_{67}$之固

---

① （魏）王弼、（晋）韩康伯注，（唐）孔颖达正义：《周易正义》，中国致公出版社2009年版，第152页。
② （宋）朱熹：《四书章句集注》，中华书局1983年版，第3页。
③ 转引自邓球柏《白话易经》，人民出版社2012年版，第411页。
④ 陈桐生译注：《国语》，中华书局2013年版，第107页。

也。"《恒》以一德₇₃。"① "一"谓终始如一。"恒"为长久守恒,持守善德终始如一。天地的运行恒久不止,人应日新其德持之以恒。《恒》卦义为永恒长久,复归人性本善,永恒长久地使人的本来善性得以巩固,始终如一。

修德的方式多样。如修养"俭德₂₅",不断"反身修德₃₇""以畜其德₃₁"等。②《系辞》三陈九卦之德,强调践礼是修养道德的基础,谦恭有礼是道德所当执之柄,复归人本来的善德,长久守恒以巩固善性,减损恶念与私欲以修养德行,增益善念美行迁善改过以益其德,经过困苦考验辨别道德是否充实完善。井的德性如同大地涵养无穷广施与人。行德如风深入事物细微之理,遇事裁制无不合宜。以礼待人则和而不争,执礼谦恭自损而别人愈尊敬反而光大自己。礼以和为贵,和谐行事;谦顺从制礼而行,自觉复归善性;持守善德,减损恶念私欲远离祸害;处理事务巽顺其理,灵活裁断。所以,修德益德方式多样,只要于修德有利,殊途同归,则无不可。厚德载物,德合无疆,大地负载万物,坤的阴德与乾的阳德相结合,无边无际,人之"德"效仿天地之"德",修德厚德,以承载万物。人与天地合德,以达天人合一之境。

(二)《周易》中的"业"

《说文解字》:"业,大版也。所以饰悬钟鼓,捷业如锯齿,以白画之。象其鉏铻相承也。"③ "业"指乐器架子上方横木上的用来装饰支架、悬挂钟鼓的大版,大版形状像锯齿参差不齐,并用白色颜料涂画,大版和所悬钟鼓之间,参差错落又相互承接,丵是"业"的古文写法。成书在《说文解字》之前且列入经书的《尔雅》认为,"业"是筑墙板。《尔

---

① 转引自邓球柏《白话易经》,人民出版社2012年版,第107、108、237、384页。
② 转引自邓球柏《白话易经》,人民出版社2012年版,第279、307、294页。
③ (汉)许慎撰,(宋)徐铉校定:《说文解字》,中华书局2013年版,第53页。

雅·释器》:"大版谓之业。"① 郭璞注"业"为筑墙板。《尔雅》释"业"为"大",业者,版之大也。② 又《尔雅·释诂》释"业"为绪。绪,头绪之义,即业是所做的有次序的事情。"绩、绪、业,事也。"③ "绩,成也。"④ 又魏张揖《广雅·释诂一》:"业,始也。"⑤ 有创始之义。有古代书册的夹板也叫"业"。可见,有成为绩,绩、绪、业为"事","业"为有创始、有成、有次序、可大的事。《孟子·告子下》:"愿留而受业于门。"⑥ "业"作为佛教用语时,称一切行为、言语、思想为业,是梵文 Karma(羯磨)的意译,业由身、口、意三处发动,叫"三业"。现代汉语中,"业"指行业、职业等。

《周易》中"业"字共出现 12 次,分布在《易传》的《文言》和《系辞》中,如同"器"字,经文中没有出现,可以推测人们对"业"的认识和深化是《易经》成文后逐步展开的。

《乾·文言》:子曰:"君子进德修业$_1$。忠信,所以进德也。修辞立其诚,所以居业$_2$也。"
　　　　　子曰:"君子进德修业$_3$,欲及时也,故'无咎'。"
《坤·文言》:君子黄中通理,正位居体,美在其中,而畅于四支,发于事业$_4$,美之至也。
《系辞》:可久则贤人之德,可大则贤人之业$_5$。
　　　　鼓万物而不与圣人同忧,盛德大业$_6$至矣哉。
　　　　富有之谓大业$_7$,日新之谓盛德。……夫《易》,圣人所以崇德而广业$_8$也。
　　　　是故圣人以通天下之志,以定天下之业$_9$,……八卦定吉凶,吉凶生大业$_{10}$。
　　　　举而错之天下之民谓之事业$_{11}$。……爻象动乎内,吉凶见乎外,功业$_{12}$见乎变,

---

① 邓启铜注释:《尔雅》,东南大学出版社 2015 年版,第 141 页。
② 邓启铜注释:《尔雅》,东南大学出版社 2015 年版,第 4 页。
③ 邓启铜注释:《尔雅》,东南大学出版社 2015 年版,第 14 页。
④ 邓启铜注释:《尔雅》,东南大学出版社 2015 年版,第 31 页。
⑤ (清)王念孙:《广雅疏证》,上海古籍出版社 1983 年版,第 1 页。
⑥ 万丽华、蓝旭译注:《孟子》,中华书局 2006 年版,第 265 页。

圣人之情见乎辞。

1."业"的含义

《周易》中的"业"大致有两种含义：事业（进德修业₁、₃、居业₂、崇德而广业₈、天下之业₉、功业₁₂）和业绩（贤人之业₅、盛德大业₆、富有之谓大业₇、吉凶生大业₁₀）。一阴一阳之道作为客观规律，无形而抽象，阴阳对立统一相互转化、相互制约就叫"变"，事物由量变到质变，继续发展变化以致通达。《系辞》中圣人因循《易》之道并应用于人事，把《周易》变通的道理应用到天下国家大事和社会中的人事上来。以阴阳变化之道处理万事万物则无穷无阻，取阴阳变通之理施于天下百姓，这就是《周易》中圣人的事业。这种意义上的事业依然适用于新时代，它能够促进人与社会的发展，有始、有序、有成、有绩，积累而成业绩、乃至"大业"。

"业"显现于变化中。《系辞》："爻象动乎内，吉凶见乎外，功业₁₂见乎变。"① 因为刚柔两种爻画是仿效阴阳斗争胜负变化的两种形态，所以爻象变动于卦中，而吉凶则见于卦外，即卦中刚柔两类爻画形态的变动，反映着天地间阴阳互相争斗的自然之理，吉凶由此而定。朱熹《周易本义》："内谓蓍卦之中。外谓蓍卦之外。"② 见到吉凶的变化就知道趋和避，功业由吉凶之变而得，"业"因变化而呈现，修业以成业，这是不断进步发展变化积累的过程和结果。

2."业"的类型

从业绩层面的内涵看，"业"有广业和大业之分。《系辞》："《乾》以易知，《坤》以简能。易则易知，简则易从。易知则有亲，易从则有功。有亲则可久，有功则可大。可久则贤人之德，可大则贤人之业。""夫

---

① 转引自邓球柏《白话易经》，人民出版社2012年版，第362页。
②《中华易学大辞典》编辑委员会编：《中华易学大辞典》，上海古籍出版社2008年版，第285页。

《易》,圣人所以崇德而广业也。"①由此可见,圣人是广业之人,广业即行事立而固、行而顺,体天尽器、切于事理,身体力行;贤人则是促成社会大业之人,大业的特点是"富有",富有即使得万物和谐发展。所以,《周易》中圣人效法天地之道而崇德广业,贤人则以易简易知之道成就可久之德和可大之业。

3."业"的意义

"业"是人类社会对乾健坤顺、一阴一阳变化之道的效法。天之道健行不已,地之道容载万物,故《周易》中有君子修业和圣人广业之说,最终目的是成就大业。大业由《周易》中坤的德性发展促成,乾乾修业则由乾健的德性发展而来。《系辞》说坤作成物—坤以简能—简则易从—易从则有功—有功则可大—可大则贤人之业,掌握了可以发扬光大的道理和规律就能创造出贤人的业绩,即大业。从社会角度来说,"业"在一定程度是文明程度的表征;从思想政治教育的角度看,"业"是德行之健"行"、恒"行"的结果,这也体现着个人价值和社会价值。

"业"的最佳状态是美德由内而外的充分发挥。《坤·文言》:"君子黄中通理,正位居体,美在其中,而畅于四支,发于事业,美之至也。"②此句解《坤》六五爻辞"黄裳,元吉"。一方面,美德内涵于内,黄中通理,美在其中。"黄中通理"释"黄裳"的"黄",黄是地之色、代表坤,"黄中"即坤居中,表示柔顺之德蕴藏于内、存之于中,"美在其中"指粹然无疵的柔顺美德藏于中则理无所不通,故"黄中通理"。③朱熹《周易本义》:"黄中,言中德在内。释'黄'字之义也。"④《说文解字》:"中,内也。从口丨,上下通。""内,入也。从口,自外而入也。"⑤

---

① 转引自邓球柏《白话易经》,人民出版社2012年版,第334、341页。
② 转引自邓球柏《白话易经》,人民出版社2012年版,第417页。
③ 金景芳、吕绍纲:《周易全解》,吉林大学出版社2013年版,第47页。
④ (宋)朱熹撰,廖名春点校:《周易本义》,中华书局2009年版,第48页。
⑤ (汉)许慎撰,(宋)徐铉校定:《说文解字》,中华书局2013年版,第8、104页。

有美在于内，必通畅于外。故另一方面"畅于四支"，美德表现于外，正位居体，畅于四肢，发于事业。"正位居体"释"黄裳"的"裳"，"居体"即"裳"以下体自居。一卦六位之中，五为上卦中位，又是至尊正位，六五居上体之中，居中位则得中道，如同坤地一样通晓事物相中相和、无过无不及的情理，《坤》六五以柔爻居尊贵的中正之位则得中正之道、知晓中和之理，所以它又甘居于下，以保持与乾阳的中和，《坤》发展到第五爻位阴柔虽已很强盛，但仍居于在下的卑顺姿态随从乾阳，"正位居体"即身居尊位却甘于处人之下，至柔而恭。故六五德藏于内"美在其中"，与六四"括囊"藏而不发不同，六五藏于内的美德要表现出来发挥作用，既内藏柔顺之美，又居高位做大事且谦谦处世，其坤顺之美德"畅于四肢""发于事业""美之至也"。坤顺之德达到如此程度可谓极致，古人常以伊尹、周公旦的德行比拟《坤》六五爻，而"大业"则是内在"美德"在人类社会实践中的外在呈现。

（三）《周易》中"德"与"业"的关系

"盛德大业至矣哉。富有之谓大业，日新之谓盛德。"（《系辞》）盛德与大业是赞叹"显诸仁，藏诸用"[①]的，盛德是说"显诸仁"的社会呈现，大业是说"藏诸用"的社会成果。大业的特点是"富有"，就空间而言"富有"意味着大而无外、无所不包。盛德的特点是"日新"，就时间而言，"日新"意味着变通不止、恒而不穷。

圣人从"德"与"业"两方面学《易》用《易》，也就是说《易》从"德"与"业"两个方面给圣人以指导。《易》包容宇宙天地万物而成其"大业"，包含宇宙天地万物的发展变化"日新"而"盛德"。《系辞》："子曰：《易》其至矣乎？夫《易》，圣人所以崇德而广业也。知崇礼卑，

---

① 转引自邓球柏《白话易经》，人民出版社2012年版，第341页。

崇效天，卑法地。天地设位，而《易》行乎其中矣。成性存存，道义之门。"①孔子认为崇德广业的圣人是品德至高的圣明君王，从道德修养方面说其德崇高，从成就事业方面说其业广大。德与知相关，业与行相关。知讲究见识越高明越好，行关乎礼则越谦卑越好，所以说"知崇礼卑"其实是崇德广业的途径。在行为和事业上要像地那样谦卑，获取知识、修养德性要像天那样崇高。崇德应崇知，崇知则效天；广业应礼卑，礼卑则法地。于人而言，若能像天与地那样"知崇礼卑"，则能"成性存存"，成存本性，此为"道义之门"。

《周易》中"德"与"业"是人生价值的一体两面，"德"涵于内而"业"现于外。"德"是人效法天的乾健之德与地的坤顺之德的天地合德、阴阳合德，是一种伦理精神和道德人格的修养与建构，具体表现为"自强不息""厚德载物"等精神和品质的培育和养成，有了这样的德性就可以无愧于天地间，生命和人生的意义由此彰显。"业"是天地之德在人类社会的效法、推扩而达到的功效和成果。天道刚健，主万物资始，为开物，道理易而不难，使人亲近，故长久不绝，掌握永恒的道理就具备贤人之"德"；地道柔顺，主万物生成，为成务，简而不繁，人人可遵从，故有功绩且可大，可大则成就贤人之"业"。不断身体力行"道"，日新不已，以共同成就盛德之情状；不断地尽人之性，乾乾以践行，便能成就大业之况。"盛德""大业"为人们提供了道德信念和行为指南，引导着努力方向。"德"是人的内在道德修养，极高程度为"盛德"；"业"是外在实践及功业，极大程度为"大业"。德与业是古代圣贤在明天道、察民故的基础上人生价值和社会价值的呈现方式。

人的发展在德业兼修中不断完善。《周易》中人的完善过程体现在君子和圣人这两个递进的理想人物形象上。君子是进德修业、可望可及的人

---

① 转引自邓球柏《白话易经》，人民出版社2012年版，第341页。

物形象；圣人崇德广业，仁智俱全，并臻盛德大业，虽难企及，但给我们方向上的指引。成就德业离不开崇德广业的精神追求和行为上的积极主动努力，崇德即敬重、崇尚道德并乐意践行，日进于高明。明末清初之际的思想家王夫之从知能同功和天地人合论的角度阐释德业观，结合天地人的关系论知能和德业，认为知者为天事、能为地事、知能者为人事，知能同功成德业。①"乾知大始"，天以健德显示自身机理，能的功效由地成就，万物生于其上即地之能的作用；"坤作成物"，地以顺德成就万物的功能。人秉承天地精华，效法天地，乾健用知，坤顺用能，知能并进，乾健坤顺，继善成性，成就天地参的盛大德业。这既有道德认识论和道德本体论的意义，也有道德价值论和人生价值论的蕴含。德与业相互促进而发展，大德必生大业，大业则促大德，君子进德修业，圣人崇德广业，德业互促而发展。古代贤哲注重德业兼修，比如周敦颐注重以德立业、以业显德，有"志向伊尹"的为政动机、"中正仁义"的德业精义及"尊道贵德重人"的价值诉诸。②朱熹也认为乾坤健顺之道是成就人生德业的基本修养途径，既强调刚健进取又注重虚顺守敬，内外并进。③然而在当代社会，有些人过于功利，责任感、正义感、公德心等低落，物质相对富有，精神相对贫乏，所以，新时代注重德业并行双修亦有现实意义，德与业微观层面对应个人的道德修养和事业，宏观层面对应国家、社会的精神文明和大业，其中个人德业是根本，与社会、国家的德业有机统一、相互促进。崇德广业，德业并建互促，在"德""业"的知行合一中，共赴盛德与大业。

---

① 参见王泽应《船山的德业观与崇德广业之旨趣》，《船山学刊》2016年第2期。
② 参见曾勇《周敦颐的德业精神及其当代价值》，《湖北大学学报》（哲学社会科学版）2014年第1期。
③ 参见张克宾《朱熹理学视域中的"乾坤"》，《周易研究》2010年第4期。

三、"时"与"位"

"时"与"位"对应现代语境的时间和空间,与"德""业"息息相关,是《周易》的另一对核心范畴。有人认为《周易》就是讲"时"与"位"的书,这是有一定道理的。

(一)《周易》中的"时"

《说文解字》中"时"指春夏秋冬四时,"时""是"相应。时,"四时也"[①],也是四季,繁体字形采用"日"作边旁,"寺"是声旁。段玉裁《说文解字注》:"四时也。本春秋冬夏之称。引伸之为凡岁月日刻之用。释诂曰。时,是也。此时之本义。言时则无有不是者也。"[②] 现代汉语中,"时"指时间、时候、季节、当前、时俗、时辰、时机、时常等。

"时"字在《周易》中共出现58次。其中经文出现1次(见《归妹》九四爻辞),其余57次见于《系辞》《杂卦》《文言》《彖》和《象》。

《乾·彖》:大明终始,六位时$_1$成,时$_2$乘六龙以御天。

《乾·文言》:"乾乾"因其时$_3$而"惕",……君子进德修业,欲及时$_4$也,故"无咎"。

"见龙在田",时$_5$舍也。……"终日乾乾",与时$_6$偕行。……"亢龙有悔",与时$_7$偕极。

时$_8$乘六龙以御天也。……故乾乾因其时$_9$而惕,……与四时$_{10}$合其序,……后天而奉天时$_{11}$。

《坤·象》:含章可贞,以时$_{12}$发也。

《坤·文言》:坤道其顺乎?承天而时$_{13}$行。

《蒙·彖》:蒙,亨。以亨行时$_{14}$中也。

---

① (汉)许慎撰,(宋)徐铉校定:《说文解字》,中华书局2013年版,第134页。
② (汉)许慎撰,(清)段玉裁注:《说文解字注》,浙江古籍出版社2006年版,第302页。

《大有·彖》：应乎天而时$_{15}$行，是以元亨。

《豫·彖》：故日月不过而四时$_{16}$不忒。……豫之时$_{17}$义大矣哉！

《随·彖》：而天下随时$_{18}$。随时$_{19}$之义大矣哉！

《观·彖》：观天之神道而四时$_{20}$不忒。

《贲·彖》：观乎天文，以察时$_{21}$变。

《无妄·彖》：先王以茂对时$_{22}$，育万物。

《颐·彖》：颐之时$_{23}$大矣哉。

《大过·彖》：大过之时$_{24}$大矣哉！

《习坎·彖》：险之时$_{25}$用大矣哉！

《恒·彖》：四时$_{26}$变化而能久成。

《遁·彖》：刚当位而应，与时$_{27}$行也。……遁之时$_{28}$义大矣哉！

《睽·彖》：睽之时$_{29}$用大矣哉！

《蹇·彖》：蹇之时$_{30}$用大矣哉！

《解·彖》：解之时$_{31}$大矣哉！

《损·彖》：二簋应有时$_{32}$，损刚益柔有时$_{33}$。损益盈虚，与时$_{34}$偕行。

《益·彖》：凡益之道，与时$_{35}$偕行。

《姤·彖》：姤之时$_{36}$义大矣哉！

《升·彖》：柔以时$_{37}$升。

《井·彖》：旧井无禽，时$_{38}$舍也。

《革·彖》：天地革而四时$_{39}$成，……革之时$_{40}$义大矣哉！

《革·象》：君子以治历明时$_{41}$。

《艮·彖》：时$_{42}$止则止，时$_{43}$行则行，动静不失其时$_{44}$。

《归妹》：九四：归妹愆期，迟归有时$_{45}$。

《丰·彖》：天地盈虚，与时$_{46}$消息。

《旅·彖》：旅之时$_{47}$义大矣哉！

《节·彖》：天地节而四时$_{48}$成。

《节·象》：不出门庭凶，失时$_{49}$极也。

《小过·象》：过以利贞，与时$_{50}$行也。

《既济·象》：东邻杀牛，不如西邻之时$_{51}$也。

《系辞》：变通配四时$_{52}$……揲之以四以象四时$_{53}$……变通莫大乎四时$_{54}$……变通者，趣时$_{55}$者也。……君子藏器于身，待时$_{56}$而动，何不利之有？……六爻相杂，唯其时$_{57}$物也。

《杂卦》：大畜，时$_{58}$也。

1.《周易》中"时"的含义

《周易》中的"时"主要有以下三种含义。其一，表示四时。如"与四时$_{10}$合其序"(《乾·文言》)、"日月不过而四时$_{16}$不忒"(《豫·彖》)、"观天之神道而四时$_{20}$不忒"(《观·彖》)、"先王以茂对时$_{22}$"(《无妄·象》)、"四时$_{26}$变化而能久成"(《恒·彖》)、"天地革而四时$_{39}$成"(《革·彖》)、"天地节而四时$_{48}$成"(《节·彖》)、"变通配四时$_{52}$""揲之以四以象四时$_{53}$""变通莫大乎四时$_{54}$"(《系辞》)。① 这里的"四时"即是指春、夏、秋、冬。其二，表示天时。《乾·文言》："先天而天弗违，后天而奉天时$_{11}$。"② 这句话将《乾》九五爻辞中的"大人"引申为大德之人，居尊位，与乾德融为一体，掌握天道规律，与天地化育万物的德性合而为一，与日月合其光明而照临四方，与春夏秋冬四季合其次序而无过错，与一阴一阳主使万物屈伸往来、有生有灭、有吉有凶而无杂念，先于自然规律而动则不违，后于自然规律而动则尊奉不背，达到天地人的和谐统一。这里的"天时"意为自然规律。其三，表示时机、条件、时间。"时"为时机、条件。《乾·文言》："故'乾乾'因其时$_{3}$而'惕'""终

---

① 转引自邓球柏《白话易经》，人民出版社2012年版，第412、223、226、293、237、253、262、341、349、354页。

② 转引自邓球柏《白话易经》，人民出版社2012年版，第412页。

日乾乾'，与时$_6$偕行。……'亢龙有悔'，与时$_7$偕极""时$_8$乘六龙以御天也"；《坤·象》："含章可贞，以时$_{12}$发也"；《坤·文言》："坤道其顺乎？承天而时$_{13}$行"；《大有·象》："其德刚健而文明，应乎天而时$_{15}$行"；《遁·象》："刚当位而应，与时$_{27}$行也"；《损·彖》："二簋应有时$_{32}$，损刚益柔有时$_{33}$。损益盈虚，与时$_{34}$偕行"；《升·彖》："柔以时$_{37}$升"；《井·象》："旧井无禽，时$_{38}$舍也"；《艮·彖》："时$_{42}$止则止，时$_{43}$行则行，动静不失其时$_{44}$，其道光明"；《归妹》："九四：归妹愆期，迟归有时$_{45}$"；《丰·彖》："天地盈虚，与时$_{46}$消息"；《既济·象》："东邻杀牛，不如西邻之时$_{51}$也"；《系辞》："变通者，趣时$_{55}$者也""君子藏器于身，待时$_{56}$而动""六爻相杂，唯其时$_{57}$物也"；《杂卦》："大畜时$_{58}$也"。① "时"即指特定时间的具体时机状态、具体情况或相应条件。《损·彖》："二簋应有时$_{32}$，损刚益柔有时$_{33}$。损益盈虚，与时$_{34}$偕行。"用二簋至薄的祭品祭祀，并不是任何情况下都可用，唯在应减损的条件下才可行，减损阳刚增益柔顺是在一定条件下发生的，并非任何时候都如此，即损其当损、益其所当益，才是损益合时之道，损益盈虚都脱离不开具体的时间和条件。也有的"时"表示时间和时义。比如："观乎天文，以察时$_{21}$变"（《贲·彖》）、"险之时$_{25}$用大矣哉"（《习坎·彖》）、"遁之时$_{28}$义大矣哉"（《遁·彖》）、"睽之时$_{29}$用大矣哉"（《睽·彖》）、"蹇之时$_{30}$用大矣哉"（《蹇·彖》）、"解之时$_{31}$大矣哉"（《解·彖》）、"姤之时$_{36}$义大矣哉"（《姤·彖》）。②

通过以上对"时"的字义分析，不难看出，《周易》中的"时"主要为四时、天时或时机条件，事、理、象都有其相对应之"时"。清朝李

---

① 转引自邓球柏《白话易经》，人民出版社2012年版，第405、409、410、269、414、221、238、245、250、316、255、177、258、331、362、374、390、450页。
② 转引自邓球柏《白话易经》，人民出版社2012年版，第228、235、238、242、243、244、248页。

光地从事理等角度，概括了《周易》中"时"的四种内涵：消息盈虚之谓"时"，《泰》《否》《剥》《复》之类；指事言"时"，《讼》《师》《噬嗑》《颐》之类；以理言"时"，《履》《谦》《咸》《恒》之类；以象言"时"，《井》《鼎》之类。① 金景芳则从三方面释"时"：一是"时"即因时代环境不同而各为适当必要的措施；二是"时"为孔子的基本哲学；三是"时"之用恒与权偕。② 不论从哪种角度，都丰富了对《周易》"时"的认识和探索，现实世界，"时"无时无处不在。

2.《周易》中"时"的特点

《周易》中的"时"具有恒久性、连续性、流变性和客观性的特点。首先，"时"有恒久性。《周易》谈及天地万物规律时离不开"时"，规律就是在连续变化的"时"里找到的恒常。除规律和物质运动的永恒变化，再没有恒常不变的东西。天地之道恒久不已，"恒久"指整个自然界的存在是永恒的、无端无终，"不已"指整个自然界变化不已、有生有灭、具有相对性。其次，"时"有连续性。"恒久"由无数个"暂时"连续而成，每个"暂时"都是"恒久"的特定组成部分，二者不可分割。《乾》卦"时成"指六位依据不同"时"的具体条件而成其变化，"时乘"是随时乘借"六龙"的变化以驾御天道规律，由片段具体的"时"连续而成整体的"时"。再者，"时"有流变性。"时"最突出的特点就是流变性。《周易》以"流"表达万物运动变化的状态。如"云行雨施，品物流行"（《乾·彖》）、"水流湿，火就燥"（《乾·文言》）、"地道变盈而流谦"（《谦·彖》）、"水流而不盈"（《坎·彖》）、"旁行而不流""周流六虚"（《系辞》）等。③ 万物处于变化流动之中，呈现出流变性的同时亦具过程性，刚与柔在虚位以待的六位中升降往来，循环流转不止息。《周易》六

---

① 参见（清）李光地纂，刘大钧整理《周易折中》，巴蜀书社2008年版，第12页。
② 参见金景芳《周易通解》，长春出版社2007年版，第53页。
③ 转引自邓球柏《白话易经》，人民出版社2012年版，第212、407、222、234、339、387页。

十四卦和三百八十四爻的卦辞、爻辞、彖、象，本质上都是针对事物不同发展阶段"时变"的认知、判断与应对。时机变化无时不在，看似无常又有"典常"，天地与时盈虚消长，"时"的流变性体现为不同"时"的具体条件不同，时时变化，人宜因时而变，在"时"变中发展前行。最后，"时"有客观性。"天地以顺动，故日月不过而四时不忒。"（《系辞》）①日月运行有常规无过失，四季变化有固定规律不会错，规律有客观性，展现规律的"时"亦具客观性。日月久照、四时久成，时间与物质世界不能分割，故言"时"不能脱离空间，就时空而言，具有客观性。

《周易》中"时"的恒久性、连续性、流变性和客观性，存在于自然界和人类社会，影响着人们对于过去、现在、未来的认识、思考和实践，在中国哲学发展史上以及新时代的社会实践中都具有重要意义。

3.《周易》中"时"的研究意义

《周易》中"与时偕行""变通趋时""时中"等"时"观念，对于在自然和社会生活中的人而言，无论是在理论上还是实践中都有重要价值。

与时偕行是言行的重要原则。"与时偕行"在《周易》中出现了三次，指主观意识和行为与时间及相应变化相适应，强调主观与客观相符合——天人合一，这使《周易》中"时"的哲学概念成为一种指导社会实践的世界观和方法论。《乾·文言》中的与时偕行意为自然界阳气随时间的进展不断向前推进，有德的君子终日勤勉奋发，与时间、时运、时势共行，在事业上不断进取，如此即使处危厉之境也无灾咎。夏秋之季草木茂、果实熟不断增益，冬季则花草树木凋零，此损益之道亦为"与时偕行"。《周易》还多次出现"与时偕行"相近的表达"与时行也""时行"等。《坤·文言》说"坤道""承天而时行"，《小过·彖》有"过以利贞，与时行也"。②矫枉过正有时难免，但要有度，适合一定的时间条件，如

---

① 转引自邓球柏《白话易经》，人民出版社2012年版，第223页。
② 转引自邓球柏《白话易经》，人民出版社2012年版，第414、263页。

祭祀有时丰盛为宜、有时节俭为宜，以时间条件为转移。现实中，因时位不同，有时要益，有时需损。《大有·象》说人有刚健文明之德，应天而时行，则事业广大美好。这是一种天人协调的世界观与人生观，世界在永恒变化之中，人宜与时偕行。

变通趋时具有方法论意义。变通趋时是《易传》开创性论"时"的重要表征。《周易》中的变通总与"时"联系在一起，四时更替不止，变通与时偕行，故"变通趋时"，穷—变—通—久。紧随时代变动趋势，努力把握机遇，改变旧格局，创造新局面，促使事物顺畅发展，变通是事物的长远发展之道。万物变动不居，变通中的变化具有不确定性，故应唯变所适，在变通中积极发挥主体的主观能动性，使变通更加通畅。趋时即趋向变通和时中，时中体现了"适时之变"。随时"时中"是发挥人的主动性和创造性的最佳变通途径。变通趋时，唯变所适，时中是唯变所适和变通、通畅的最佳途径。

"时中"以"通变"。清人惠栋："易道深矣！一言以蔽之曰：时中！"[①]一方面，"时中"是随时而中，是做到运行规律中的恰到好处。另一方面，客观世界的变化通达是"时中"的运行特征之一。于人而言，通变则是对时中由感性到理性、由不知到知的认知践行过程。认识"时"，不违"时"，把握"时"，时刻变化中的"时中"是一个兼认识性、价值性和实践性的概念。圣人在揭示"时中""通变"时，仰观于天，俯察于地，近取诸身远取诸物，彰往察来知微知彰，极数知来，知来藏往，认识由现象到本质、由外部联系到内在规律。"时中"是主体依据客观事物发展的不同时期和不同阶段的具体情况，采取的相应变动，是在中道上与时共进。若没有对"时"之客观规律性和必然性的正确认知和把握，就不能有科学的预见性，也就不能进而采取合理的行动。以《蒙》"时中"为例。

[①] 引自董根洪《"亨行时中"，"保合太和"——论〈易传〉的中和哲学》，《周易研究》2002年第3期。

"蒙,亨。以亨行时中也。"(《蒙·彖》)《蒙》卦论说启蒙,启发教育蒙童有亨通之道,即行时中之教。何谓时中?时,即当其可之谓。中,即无过与不及、恰如其分。《蒙》之"时中"就是从蒙童的实际出发,恰当地实施教育;蒙宜养正,过此而后养非时中,脱离实际,盲目地进行启蒙教育,错过合适的时机,对开蒙不利。另外,动静应合乎时宜,"时止则止(《离》《坤》《兑》《乾》《坎》《艮》),时行则行(《艮》《震》《巽》)"①,其道光明。

《易传》还频繁使用"时"的其他表述方式。如"及时""随时""趋时""时行""时发""时用"等,表达的都是"时中"的实质,强调充分发挥人的主观能动性,把握时机,力求主客观相一致,积极进取。《周易》六十四卦及三百八十四爻都象征着客观事物发展的不同时期和不同阶段,相对而言,卦表示一个较完善的发展时段,而六爻则是六个小阶段,六爻又自下而上可分"初""中""终"三个时期。"天地盈虚,与时消息。"(《丰·彖》)雷火丰,离下震上,离为日、为明,震为动,《丰》卦象为无限光明的太阳逐渐运动,升至高空,光芒万丈,极其丰盛,"丰"又称大,故《丰》言其势盛大,告诉我们天地间一切事物的盛衰变化,都是这样有盈满就有虚无,有消息就有生息,都随时间条件的变化而变化。盈虚谓盛衰,消息为进退,天地的变化在于随时进退。以日月为例,太阳过了中午则西斜,盛极而转衰,月亮圆了则转亏,满极而损,以此在人类社会的知晓变通过程中趋向"时中""守中"之重要性。

顺应客观自然规律体现了时中原则。"时中"是适时而变、待时而动、与时偕行、变通趋时的运行准则,本质上是在顺应天地之道基础上,主体适时而变,发挥人的主观能动性,把握和利用事物发展的有利时机。主体主动顺应规律并力求做到"时中",营造适合自身生存和发展的客观环境

---

① 朱兴国:《三易通义》,齐鲁书社2006年版,第268页。

与关系,反映了主体与时偕行、有效合理生存发展的本体认识,是主体通变的实践过程,体现出人的生存和发展的智慧。无论方法论的"中",还是理想境界的"中",都由适时变通而来。"时"并非抽象固定不变,而是处于流变状态,在具体的时遇里,因应具体变化和具体条件,而得以展现和实现"中";离开了具体时遇,"中"不存在、也难以真正展现和实现,至多只是唯心的观念形态或空想的理想主义形态。因此,"中"是各种特定条件下的"时中"。时遇变化难测,主体只能准确把握具体环境条件,契应其性质和发展的规律方向,相应而行,认识并努力达到其对应的"时中"。《周易》中的"时中以通变",通过六十四卦各卦二、五两爻蕴示着的不同时况得以展现。

把握"时义"力求"时中"。对时机的认识和把握称"时义",是对"时"的含义、作用和价值的深刻认识与领悟。在《颐》《大过》《解》《坎》《睽》《蹇》《豫》《遁》《旅》《革》诸卦的彖辞中都重视"时"。《周易》中,认识"时义"才能更好地做到趋时、察时、明时、因时、待时、随时、及时、对时、时发、时升、时舍、时止、不失时等,唯其时物便好。把握"时义",做到"时中",才能适时而变、"待时而动",以"出而有获"。识"时义"是"时中"的必要环节,能"时中"则又何不利之有?

时中实质在于变通,而变通实质则在于时新。"时中"需把握时新,在"时中"过程中时新,故"时中"亦是时新,又是时新的"时中"。"革故鼎新"就是时新的显著表现,是适应新变化的新变革。生生谓易,日新盛德,日新其德强调主体以其创造性的时新与天地合德,这是一种充满活力的整体和谐境界。"时中"以日新为实质以致生生变通,在日新、顺应变通规律的"时中"实践中,实现天地人的"太和"境界。① 天人合一的时中、时新、鼎新的理念,不仅存在于进德修业等具体实践领域,也

---

① 参见董根洪《"亨行时中","保合太和"——论〈易传〉的中和哲学》,《周易研究》2002 年第 3 期。

同样存在于概念范畴的抽象领域。

(二)《周易》中的"位"

现代汉语中,"位"指所在或所占的地方、职位、地位、君主的地位、一个数中数码所占的位置、量词(用于人,含敬意,如诸位)等。《说文解字》:"位,列中庭之左右,谓之位。从人、立。"①《说文解字注》:"古者朝不屋,无堂阶,故谓之朝廷。……《左传》云有位于朝是也。引伸之凡人所处皆曰位。"②字形采用"人、立"会意。

"位"字在《周易》中出现82次,其中经文1次(《萃》九五爻辞),其他81次分布于《系辞》《说卦》《文言》《彖》和《象》中。

《乾·彖》:大明终始,六位$_1$时成。

《乾·文言》:是故居上位$_2$而不骄,在下位$_3$而不忧。

贵而无位$_4$,高而无民,贤人在下位$_5$而无辅,……"飞龙在天",乃位$_6$乎天德。

《坤·文言》:君子黄中通理,正位$_7$居体。

《需·彖》:位$_8$乎天位$_9$,以正中也。

《需·象》:虽不当位$_{10}$,未大失也。

《比·彖》:显比之吉,位$_{11}$正中也。

《小畜·彖》:小畜,柔得位$_{12}$而上下应之。

《履·彖》:刚中正,履帝位$_{13}$而不疚,光明也。

《履·象》:咥人之凶,位$_{14}$不当也。……夬履贞厉,位$_{15}$正当也。

《否·象》:包羞,位$_{16}$不当也。……大人之吉,位$_{17}$正当也。

《同人·彖》:柔得位$_{18}$得中而应乎乾,曰"同人"。

---

① (汉)许慎撰,(宋)徐铉校定:《说文解字》,中华书局2013年版,第161页。
② (汉)许慎撰,(清)段玉裁注:《说文解字注》,浙江古籍出版社2006年版,第371页。

《大有·彖》：柔得尊位$_{19}$，大中。

《豫·象》：盱豫有悔，位$_{20}$不当也。

《随·象》：孚于嘉，吉。位$_{21}$正中也。

《临·象》：甘临，位$_{22}$不当也。……至临无咎，位$_{23}$当也。

《噬嗑·彖》：柔得中而上行，虽不当位$_{24}$，利用狱也。

《噬嗑·象》：遇毒，位$_{25}$不当也。

《贲·象》：六四，当位$_{26}$，疑也。

《恒·象》：久非其位$_{27}$，安得禽也。

《遁·彖》：刚当位$_{28}$而应，与时行也。

《大壮·象》：丧羊于易，位$_{29}$不当也。

《晋·象》：鼫鼠贞厉，位$_{30}$不当也。

《家人·彖》：女正位$_{31}$乎内，男正位$_{32}$乎外。

《家人·象》：富家大吉，顺在位$_{33}$也。

《睽·象》：见舆曳，位$_{34}$不当也。

《蹇·彖》：当位$_{35}$贞吉，以正邦也。

《蹇·象》：往蹇来连，当位$_{36}$实也。

《解·象》：解而拇，未当位$_{37}$也。

《夬·象》：其行次且，位$_{38}$不当也。

《萃》：九五：萃有位$_{39}$，无咎。

《萃·象》：位$_{40}$不当也。萃有位$_{41}$，志未光也。

《困·象》：虽不当位$_{42}$，有与也。

《鼎·象》：君子以正位$_{43}$凝命。

《震·象》：震苏苏，位$_{44}$不当也。

《艮·象》：君子以思不出其位$_{45}$。

《渐·彖》：进得位$_{46}$，往有功也。……其位$_{47}$刚得中也。

《归妹·象》：征凶，位$_{48}$不当也。

《归妹·彖》：其位$_{49}$在中，以贵行也。

《丰·彖》：丰其蔀，位$_{50}$不当也。

《旅·彖》：旅于处，未得位$_{51}$也。

《巽·彖》：九五之吉，位$_{52}$正中也。

《兑·彖》：来兑之凶，位$_{53}$不当也。……孚于剥，位$_{54}$正当也。

《涣·彖》：刚来而不穷，柔得位$_{55}$乎外而上同。

《涣·象》：王居无咎，正位$_{56}$也。

《节·彖》：当位$_{57}$以节，中正以通。

《节·象》：甘节之吉，居位$_{58}$中也。

《中孚·象》：或鼓或罢，位$_{59}$不当也。……有孚挛如，位$_{60}$正当也。

《小过·彖》：刚失位$_{61}$而不中，是以不可大事也。

《小过·象》：弗过遇之，位$_{62}$不当也。

《既济·彖》：利贞，刚柔正而位$_{63}$当也。

《未济·彖》：虽不当位$_{64}$，刚柔应也。

《未济·象》：火在水上，未济。君子以慎辨物居方。……未济征凶，位$_{65}$不当也。

《系辞》：卑高以陈，贵贱位$_{66}$矣。……天下之理得，而《易》成位$_{67}$乎其中矣。

是故列贵贱者存乎位$_{68}$。

天地设位$_{69}$，而《易》行乎其中矣。……谦也者，致恭以存其位$_{70}$者也。

贵而无位$_{71}$，高而无民，贤人在下位$_{72}$而无辅，是以动而有悔也。

天数五，地数五，五位$_{73}$相得而各有合。

圣人之大宝，曰位$_{74}$。何以守位$_{75}$，曰仁。

危者安其位$_{76}$者也，亡者保其存者也，……德薄而位$_{77}$尊，知小而谋大。

二与四同功而异位$_{78}$，其善不同。……三与五同功而异位$_{79}$……

天地设位$_{80}$，圣人成能。

《说卦》：分阴分阳，迭用柔刚，故《易》六位$_{81}$而成章。……天地定位$_{82}$，山泽通气。

1.《周易》中"位"的含义

《周易》中的"位"主要表示时空中的位置和人类社会中的位置两个方面的含义。

其一,"位"指时间、空间位置。《周易》注重时中、中正。时中之"中"指时间上最佳时机所对应的"时位",中正之"中"则指的是空间上的合适位置。对于六十四卦来说,"位"指一卦中每一爻的位置,即爻"位"。一卦六爻,每一爻可以对应事物发展的某一阶段,此又即时"位"。从空间的爻序排列上说,从下向上分别为初、二、三、四、五、上位,初位是始位,上位是终位,三、四是上下卦际之位,二是下卦中位,五是上卦中位。按天地人三才来分,初爻、二爻是地位,三爻、四爻是人位,五爻、上爻是天位。按阴阳来分,初、三、五奇数位是阳位、刚位,二、四、上偶数位是阴位、柔位。任何一卦的二位或五位之爻都可称"得中"。其他位上只要刚爻居刚位,柔爻居柔位,即为"得正",可称作"得位"或"当位",反之为"不正"或"不当位"。

其二,"位"指不同等级。在《周易》中,等级有上下尊卑,一般而言,高为尊、低为卑,阳为尊、阴为卑。《系辞》:"天尊地卑,《乾》《坤》定矣。卑高以陈,贵贱位矣。……天下之理得,而《易》成位乎其中矣。""天地设位,而《易》行乎其中矣。"①古人直观自然,天高在上,地卑在下,从而定出乾坤两卦。《周易》以卦的形式模拟客观世界万事万物,《乾》代表天,《坤》代表地,天地为世界之根本,六十四卦《乾》《坤》居首,如此其他六十二卦及其六爻位置也相应而定。《乾》《坤》两卦既定,地下天上又有高低贵贱之分,依此又定由下至上六爻,以初、三、五阳位为贵,二、四、上阴位为贱,《彖》称五为尊位,俗说"位登九五""九五之尊",就是把五位当成天子位。一卦设六位,六位分

---

① 转引自邓球柏《白话易经》,人民出版社2012年版,第333—334、341页。

阴阳，阳贵阴贱，上贵下贱，贵贱就在于每一爻处于何种地位，但还需综合一卦之义全面判断，如"贵而无位""高而无民"则贵而不足贵。《周易》中阳尊阴卑、上贵下贱，卑高对应天地万物上下之位，贵贱对应卦爻上下之位，引申到人类社会尤其到了封建社会，发展为君臣有别、男尊女卑的尊卑贵贱等级之分。"位"的贵贱上下尊卑高低，《周易》产生时或许并无褒贬之意、无等级之分，只是指不同时段对应"位"的不同状态，只因德业高尚之人顺天应人、行时中之道，得位乃至得天下，相较于德业低卑者逐生尊卑之分，延至后来君臣之别，有了尊卑贵贱等级。位尊者未必高枕无忧，宜居安思危；位低卑微也未必不好，同样也有可尊之处，如水之存在，高低缓急因地制宜。正如处于不同的人生阶段，人的生理、心理和认知能力等方面有所不同，在进行思想政治教育时，就得因循他们各自所在的阶段和特点，因人制宜地进行。《周易》思想政治教育中的尊卑贵贱延用《周易》原文中无褒贬的立场，即仅表示事物发展过程中不同阶段的不同状态，于人的成长而言，只要德行修养的努力方向正确，就可由卑而尊、由贱至贵、由下而上，德行逐渐完善。

2.《周易》中"位"的种类

《周易》中"位"的种类主要从数字之"位"、空间之"位"和社会之"位"三个方面进行分析。其一，数字之"位"："五位"与"六位"。"五位"指天数和地数之分的数字之位。《系辞》："天数五，地数五，五位$_{73}$相得而各有合。"① "天数五"指一、三、五、七、九，"地数五"指二、四、六、八、十，"五位相得"即一与二相得、三与四相得、五与六相得、七与八相得、九与十相得，五个天数合为二十五，五位地数合为三十，五十又五这个天地之数可以推算八卦衍变。"六位"指一卦的初、二、三、四、五、上这六个爻位。《乾·彖》："大明终始，六位$_1$时成，

---

① 转引自邓球柏《白话易经》，人民出版社2012年版，第349页。

时乘六龙以御天。"《说卦》："分阴分阳，迭用柔刚，故《易》六位$_{81}$而成章。"① "六位"指六爻相应之位。六位根据具体条件而变化，如日落日出是一个终始运动过程，一卦设六位也是依据具体条件而成其终始变化，《乾》借"六龙"在六爻位的随时变化表达天道规律的变化。其二，空间之"位"："位"表示位置。根据所处位置以及外部联系，"位"有多种情况。比如，位中、正位、位当与位不当：位正中（编号11、21、52），正位（编号7、31、32、43、56），居位中（编号58），位当（编号23、63），位正当（编号15、17、54、60），位不当（编号14、16、20、22、25、29、30、34、38、40、44、48、50、53、59、62、64、65）。当位与未当位：当位（编号26、28、35、36、57），不当位、未当位（编号10、24、37、42），主体是人或物。得位与失位：未得位、柔得位、尊位（编号12、18、19、46、51），失位（编号61）。在位、有位、成位、其位与异位：顺在位（编号33），有位（编号39、41），成位（编号67），（不出／安／存）其位（编号45、47、49、70、76），同功而异位（编号78、79）。《周易》中当位与不当位、得位与失位等，与人在不同阶段的生存和发展紧密相关。"位"还有上下位、天地位之分。上下位（编号2、3、5、72）。天地位：位乎天位（编号9）；位乎天德（编号6）；地位（编号13）；天地设位（编号69、80）；天地定位（编号82）。其三，社会之"位"：即社会地位（编号66、71、77）。列贵贱者存乎位（编号68）；圣人之大宝曰位（编号74）；守位（编号75）。《周易》中"位"的贵贱之分主要根据德行高低，如同《周易》中的君子与小人，德行高的贵为尊位，低的则居卑贱之属，作为个体的人在人格上是平等的，德行卑微者可以通过乾乾努力走向尊位。进入奴隶社会、封建社会后，这一思想逐渐被统治者所利用，于是有了人在等级上的贵贱尊卑之分，从而也就有了

---

① 转引自邓球柏《白话易经》，人民出版社2012年版，第421页。

褒贬之意。《周易》中涉及的位置类型如上下位、天地位，多用于卦爻、客观自然世界层面，而贵贱位则多用于人类社会。

3.《周易》中"位"的研究意义

合位相宜而为。《系辞》："易简而天下之理得矣。天下之理得，而《易》成位乎其中矣。"① 不同位置对应不同的合宜行为，如《乾》由六阳爻组成，阳爻代表主动力，是变化的主导因素，是刚健不已的生命创造力，取龙为象以喻阳气升降，基本性质为"健"。《乾》之初始，龙潜伏深藏没发挥作用，喻阳气潜藏于地下，或大德之人隐居不出等待时机。九二阳气升出地面，龙呈现于地面，即有利于大德之人出现于世。九三居下体之终上体之始，登高临渊有危险，君子宜终日刚健不息。九四处下卦之终、上卦之始，为龙或上跃腾起或潜伏深渊，可上可下可进可退。九五"飞龙在天"，即龙跃飞上云天，喻乾阳已到鼎盛时期，就人事而言，表示大德之人登上高位，大有作为。上六"亢龙有悔"，乾至上爻，阳气已发展至极，从象来说龙已飞到高点而不知退返必有悔过，从人事而言圣人以德居天位，若久居而不退也必有忧悔。故乾阳发展到穷极之地，若不知进退转化会有忧悔。由《乾》六爻根据时位变化可知，《周易》讲究时机与位置，客观地认识自己，知道自己的处境和奋斗目标，建立高尚的行为动机，保持自强不息的动力，合位合时，相宜而行，年轻时做潜龙之准备，将来才可能一飞冲天大展宏图。

中正当位。对于"位"而言，当位中正是关键。《周易》原文中"位正中"出现3次，"正位"5次，"位当"2次，"位正当"4次，"位不当"18次。《坤·文言》："君子黄中通理，正位居体。"② 此句解《坤》六五爻辞，"黄"为地之正色，"中"为中位，六五居上卦之中位，又是至尊之正位，居此中正之位，得中正之道，通晓中和之理，居中位、得中

---

① 转引自邓球柏《白话易经》，人民出版社2012年版，第334页。
② 转引自邓球柏《白话易经》，人民出版社2012年版，第417页。

道，通晓事物相和无过无不及的道理，则顺畅通达。"正位"同"当位"，凡刚爻居阳位、柔爻居阴位即当位得正，吉者多；凡刚爻居阴位、柔爻居阳位为"不当位"，有阴阳失和之意，多凶咎。《履·象》"位$_{14}$不当也"和九五爻辞"位$_{15}$正当也"，都属于是否当位的情况。《需·彖》："位$_8$乎天位$_9$，以正中也。"意为诚实信守需待之道不妄动，而后出险，光大亨通，因九五居天位，得中正之位行中正之道，不该动不动，该动必动，故能出险而亨通。正因我们常处"不当位"，故需认清当前主体情况和客观形势，及时反思调整，在"中正"之"位"顺畅前行。

仁以守位。《系辞》："圣人之大宝，曰位$_{74}$。何以守位$_{75}$，曰仁。何以聚人，曰财。"① 此为论述如何保持"位"的"贞夫一"，天地大德生生不息，圣人宝贵的是政位，仁人爱物，得众望所归，政位自然稳固。大德之人的仁爱言行，使其继续在"位"上发挥更大的作用和价值，造福更多的人。

（三）《周易》中"时"与"位"的关系

"时""位"相应，不可或缺。《周易》讲变化，而变化又主要体现在"时"与"位"上。一定的"时"必有其相应之"位"，而一定的"位"也必有其所居之"时"，二者如一体两面，统一于万物的发展过程之中。不同时间和位置状态，对应不同的思考和行动，如每卦六爻，每一爻都象征一定的时位，而这一爻又与卦中其他爻都有紧密联系。时位相伴而行，故察时与位，知进与退，可趋吉避凶。

"时""位"中正促进事物发展。"时"与"位"是古代哲学方法论的基本内容之一②，二者不可分离。《乾》六个阳爻表示的六个时位、六种状态、六种做法，用"龙"比喻从下往上就是潜龙、现龙、惕龙、跃龙、飞

---

① 转引自邓球柏《白话易经》，人民出版社2012年版，第362页。
② 参见刘慧晏《古代文化思想"时"、"位"合论》，《齐鲁学刊》1992年第5期。

龙、亢龙，标志着事物的孕育、发生、发展、高峰、衰落、重生的过程。六个时位、六种状态，必须用六种不同的做法，才能趋利避害。也就是说，及时、随时调整自己正当的位置和状态，趋时得中，在中正之时、处中正之位、行中正之道，通达顺畅地发展前行。

第二节 《周易》思想政治教育的理论基础

《周易》为中华文化的思想体系提供了基本框架和一些基本要素，如刚健有为、中和、神道设教、崇德利用、天人协调等思想。天人协调思想解决人与自然的关系，崇德利用思想解决人类自身的关系，神道设教解决人与鬼神的关系，中和思想解决人与人的关系等，刚健有为思想是处理各种关系的人生总原则。[①] 而思想政治教育也是致力于和谐人与人、人与社会、人与自然关系的学科。《周易》思想政治教育研究跨越《周易》和思想政治教育两大领域，紧密联结它们的纽带是融通二者的理论基础。

一、一阴一阳辩证统一的宇宙观

"宇，指空间；宙，指时间。宇宙，则为天地万物的总称。"[②] 宇宙观即世界观，是哲学的重要组成部分，是客观存在的反映，"是对思维和存在、精神和物质、主观和客观的关系的不同认识"，马克思主义哲学的辩证唯物主义和历史唯物主义是理论化、系统化的科学世界观。[③] 客观存在

---

① 参见郑万耕《〈周易〉略说——代前言》，载《易学与哲学》，上海科学技术出版社2013年版，第15页。
② 《哲学大辞典》编辑委员会编：《哲学大辞典（修订本）》，上海辞书出版社2001年版，第1860页。
③ 参见李淮春主编《马克思主义哲学全书》，中国人民大学出版社1996年版，第641页。

的宇宙在空间上无界无限，在时间上无始无终，无限空间由具体空间组成，无始终的时间由具体时间组成。"阴"与"阳"最初的含义很朴素，表示阳光的向背，向日为阳、背日为阴，后来引申为气候的寒暖，方位的上下、左右、内外，运动状态的动与静等。[①]《周易》中宇宙万物是一阴一阳辩证统一的存在，一阴一阳是万物发生发展过程中的二要素，在实践中正确认识一阴一阳辩证统一的规律，利用所认识的规律促进人自身更好地发展。结合《周易》含有"阴""阳"的原文，试对《周易》中一阴一阳辩证统一的宇宙观从宇宙的存在方式、宇宙存在的二要素和其宇宙观的意义三方面进行分析论述。

（一）宇宙是一阴一阳对立统一的存在

《周易》中的阴与阳一般对称出现。《易传》中"阴"与"阳"各有19处，经文中仅在《中孚》出现了1次"阴"字，故《周易》中"阴"字共出现20次，"阳"字出现19次。

《乾·象》：潜龙勿用，阳$_1$在下也。

《乾·文言》："潜龙勿用"，阳$_2$气潜藏。

《坤·象》：履霜坚冰，阴$_1$始凝也。

《坤·文言》：阴$_2$虽有美，含之，以从王事，弗敢成也。……阴$_3$疑于阳$_3$必战。为其嫌于无阳$_4$也。

《泰·象》：内阳$_5$而外阴$_4$，内健而外顺，内君子而外小人，君子道长，小人道消也。

《否·象》：内阴$_5$而外阳$_6$，内柔而外刚，内小人而外君子，小人道长，君子道消也。

《中孚》：九二：鸣鹤在阴$_6$，其子和之。

《系辞》：一阴$_7$一阳$_7$之谓道。

---

① 参见张立文主编《中国哲学史》，中国大百科全书出版社2014年版，第5页。

阴$_8$阳$_8$不测之谓神。……阴$_9$阳$_9$之义配日月，易简之善配至德。

鸣鹤在阴$_{10}$，其子和之。

阳$_{10}$卦多阴$_{11}$，阴$_{12}$卦多阳$_{11}$。其故何也？阳$_{12}$卦奇，阴$_{13}$卦偶。

阳$_{13}$，一君而二民，君子之道也。阴$_{14}$，二君而一民，小人之道也。

《乾》，阳$_{14}$物也。《坤》，阴$_{15}$物也。阴$_{16}$阳$_{15}$合德而刚柔有体。

《说卦》：参天两地而倚数，观变于阴$_{17}$阳$_{16}$，而立卦……是以立天之道，曰阴$_{18}$与阳$_{17}$。

分阴$_{19}$分阳$_{18}$，迭用柔刚，故《易》六位而成章。

乾，西北之卦也，言阴$_{20}$阳$_{19}$相薄也。

宇宙的存在方式展现为一阴一阳的生生不息。生生谓易，《周易》认为天地的大德就是生生不息，世界生物不息、日有所新，一阴一阳对立面互相变易又互相生息。"《易》之为书也，广大悉备。有天道焉，有人道焉，有地道焉。"（《系辞》）①《周易》这部书包含了世界如何存在的道理和规律，生生之道贯穿宇宙、自然和人类社会，是一种关于存在的普遍原则和伦理精神。"生生"变易的实质是一阴一阳对立面的互相转化。"生生"即为"易"。"易"讲阴阳，但阴阳并不就是"易"，一阴一阳生生才是"易"，"生"在此为转换、转化的意思。一阴一阳恒动不已的变易之理，是生生之理，天地终而复始的生物成物作用，即阴阳所显示的生生之理，天地有生生之大德，也就有天地的好生之德，此生生之理，亦是人性及人道之道德实践的超越形上的根源。②

宇宙中一阴一阳对立统一。"一阴一阳之谓道。"（《系辞》）③宇宙中万物的发展，实质上可归结为一阴一阳的相互依存、相互对立、相互转化和相互作用，阴中有阳，阳中有阴，一阴一阳既对立又统一于宇宙万物之

---

① 转引自邓球柏《白话易经》，人民出版社2012年版，第394页。
② 参见曾春海《易经哲学的宇宙与人生》，文津出版社1997年版，第213—214页。
③ 转引自邓球柏《白话易经》，人民出版社2012年版，第339页。

中。宏观而言，宇宙间的一切事物都可以分解为一阴一阳的结构，不同事物显现出不同的阴阳结构，在质和量方面都有各自明确的范畴，阴阳总是处于相互转化之中，造成事物的不断变化，构成各种各样的纷杂事物。微观来说，阴阳也指事物的两种属性，阳者刚而和，阴者柔而顺，两者总是成对出现。阳刚与阴柔相互变化而生成万物，同时两者又保持和谐关系，以使万物顺利地生存和发展，阴阳不和、天地不交则万物不兴。对于思想政治教育领域中"一定社会发展所提出的思想品德要求与人们思想品德水平之间的矛盾"①这一基本矛盾来说，"一定社会发展所提出的思想品德要求"为"阳"，"人们实际的思想品德水平"为"阴"，此一阴一阳的矛盾发展变化，贯穿思想政治教育始终，推动着思想政治教育理论与实践的发展。

"太极"是《周易》一阴一阳对立统一的抽象而又形象的体现，蕴含着万物生生不息的规律。在诸子文献中，太极最早出现在《庄子·大宗师》，"在太极之先不为高，在六极之下不为深"②。朱熹："太极者，如屋之有极，天之有极，到这里便没去处，理之极至者也。"③《周易》《道德经》乃至黑格尔关于宇宙的论述虽表述有异，但内涵有相似之处，都在探讨宇宙本原和规律，分别提出的"太极""道"和"理性"也都包含了辩证法。《系辞》："是故《易》有太极，是生两仪，两仪生四象，四象生八卦，八卦定吉凶，吉凶生大业。"④北宋易学家邵雍《观外物篇》："太极一也，不动生二，二则神也。神生数，数生象，象生器。"⑤太极，为太一或元气。太极产生阴阳，阴阳消息而生太阳、少阳、太阴、少阴四象，四象生八卦，八卦是世界的八种基本物质或规律，通过相荡生万物，后来被陈

---

① 《思想政治教育学原理》编写组编：《思想政治教育学原理》，高等教育出版社2016年版，第154页。
② 方勇译注：《庄子》，中华书局2015年版，第102页。
③ 王章陵：《〈周易〉思辨哲学上——辩证的中道论》，齐鲁书社2007年版，第38页。
④ 转引自邓球柏《白话易经》，人民出版社2012年版，第354页。
⑤ 王章陵：《〈周易〉思辨哲学上——辩证的中道论》，齐鲁书社2007年版，第33页。

抟、周敦颐等发挥成太极图式，代表了中国古代宇宙观。周敦颐《太极图说》："太极动而生阳，动极而静，静而生阴，静极复动。一动一静，互为其根；分阴分阳，两仪立焉。阳变阴合而生水火木金土。五气顺布，四时行焉。五行一阴阳也，阴阳一太极也。"① 太极图以阴阳合一为中心观念，阴阳对立互动互补，万物都处动态的对立双方互为消长、相互补充中，如一阴一阳两鱼环抱，规律运行，阴阳互动，相互对立相互依存渗透，构成太极。太极是内在的和谐系统，其上的无极则是开放的和谐大系统，这个无限的和谐大系统包含无数太极小系统，周敦颐"无极而太极"发展了《周易》的太极思想。②《周易》一阴一阳对立又和谐统一的宇宙观启迪了后世哲人的思想，创生了中华民族一阴一阳对立统一、和而不同的和谐思维。宇宙万物在太极之一阴一阳对立统一的生生之理运行下，旁通统贯，整体和谐，平衡发展，展现为宇宙中的恒生与绵延不已。

（二）宇宙的一阴一阳二要素

"《易》有太极，是生两仪。"③《系辞》以太极为卦象或天地万物的根源，从哲理方面说，是讲宇宙的发生问题。孔颖达《周易正义》："太极谓天地未分之前，元气混而为一，即是太初、太一也。"④ 太极即太一。《庄子·天下篇》："建之以常无有，主之以太一。"⑤ 宇宙最初是天地未分前无限大的整体，阴阳未分，元气混而为一，后太极分而为二，元气分为阴阳二气。这一方面是说宇宙最初的浑然一体的元气分解为二，形成天地物质实体；另一方面有天地就有阴阳二气相匹配，两仪在卦中以奇偶符号

---

① 李敖主编：《周子通书·张载集·二程集》，天津古籍出版社2016年版，第3页。
② 参见桑东辉《〈周易〉和谐思想简论》，《学术论坛》2006年第8期。
③ 转引自邓球柏《白话易经》，人民出版社2012年版，第354页。
④ （魏）王弼、（晋）韩康伯注，（唐）孔颖达正义：《周易正义》，中国致公出版社2009年版，第277页。
⑤ 方勇译注：《庄子》，中华书局2015年版，第580页。

"—"和"— —"表示。就乾天坤地生育宇宙万物而言,乾阳主元气万物滋始,坤阴承乾阳之气生成万物。

《周易》宇宙观的核心要素是一阴一阳。阴与阳是《周易》中的一对核心概念,宇宙本质上是一阴一阳动态的统一。辩证唯物主义和历史唯物主义宇宙观承认宇宙是一个充满矛盾的、不断运动、变化和发展的统一体,其内部矛盾的对立和统一是它自身运动、变化和发展的根本原因。① 一阴一阳之道提出了一阴一阳对立的两个方面,以一阴一阳解说《周易》的卦象、爻象和事物的根本性质及发展规律。"一阴一阳"指有阳有阴,两个方面相互影响、相互作用、相互制约、相互转化,这是一切事物变化发展的规律,是一阴一阳之"道"。具体来说,"一阴一阳"与"阴阳"蕴意略有不同。"阴阳"指气,气是形而下的,实在可见,古人认为万物莫非气,气总是分为阴阳两面,如昼夜、寒暑、阴晴、动静、屈伸、前后、左右、盈亏、隐显、君子与小人等,事物总是分为相互为用的阴阳两个方面,这是关于事物对立统一的观念,用"阴阳"这一古老概念表达。《周易》中"阴阳"不能算是"道",它没有说到事物的运动发展变化,而"一阴一阳"才是"道",即事物总处于运动变化发展的状态中、而且按照一定的规律进行,这个规律就是"一阴一阳",指气之流动的规律是形而上的,虚无不可见,阴转为阳、阳转为阴,阴又转为阳、阳又转为阴,阴阳交迭运动中事物向前发展。犹如行路左脚右脚一步一步交错才可前进,又如时间的流逝总是表现为昼与夜、春夏与秋冬的交替,如果走路左脚动右脚不动那么人便不能行动,时间有白天没有黑夜,则时间也将停止。

一阴一阳对立统一(认识论角度)。一阴一阳之道概括了《周易》的基本原理、自然界和人类社会生活中的一切事物的性质和变化。阴和阳抽

---

① 参见《哲学大辞典》编辑委员会编《哲学大辞典(修订本)》,上海辞书出版社2001年版,第1349页。

象出来指代宇宙中一切事物相辅相成、相反相同的方面，是万事万物的一般原理和普遍规律，"一阴一阳"与"万物"构成了本质与现象的关系。① 一阴一阳两仪不可偏废，在对立统一中，形成事物发展变化的规律。比如日月体现了一阴一阳的对立统一规律，日月相推而明生，寒暑相推而岁成。八卦体现了一阴一阳的对立统一规律。《说卦》："天地定位，山泽通气，雷风相薄，水火不相射，八卦相错。"② 阴阳两仪缺一不能成卦象，邵雍《观外物篇》："阳不能独立，必得阴而后立，故阳以阴为基。阴不能自见，必待阳而后见，故阴以阳为唱。阳知其始而享其成，阴效其法而终其劳。"③ 阳主始，阴主成，任何一方都不能孤立存在，彼此相互依赖、相互影响、相互制约、相互作用，统于一体。

一分为二，合二为一（方法论角度）。有什么样的世界观就有什么样的方法论。《周易》的宇宙观蕴含"一分为二、合二为一"的认识论和方法论，由"变"中认知宇宙本体这个"绝对"不变的"一"，也就有了《周易》思想政治教育研究的重要方法论。太极—两仪—太极，一分为二，合二为一。"分"与"合"，一而二，二而一，一而万，万而一，也是推演法与归纳法的统一，相反（对立）相成（统一）。太极为一，这是整体的、绝对的一，世界原来就是整体的一；一分为二，产生两仪有了天地，然后化成万物。整体看"一"是不动的，太极是"一"、是"道"，是一分为二和合二为一的统一。现在所见的太极图圆圈代表"一"，从外向里看是"一分为二"，从里向外看是"合二为一"。一分为二，合二为一，对立存在，辩证统一。《易传》将万物的属性抽象为一阴一阳，对大地而言，阴与阳即是柔与刚。事物的变化发展由一阴一阳两种势力变化而定，若势力配置得当，则刚柔谐调相济。汉末的虞氏易学认为阴阳是《周

---

① 参见龚培《〈周易〉本体论中的和谐精神》，《湖北大学学报》（哲学社会科学版）2010年第2期。
② 转引自邓球柏《白话易经》，人民出版社2012年版，第422页。
③ 王章陵：《〈周易〉思辨哲学上——辩证的中道论》，齐鲁书社2007年版，第104页。

易》精髓所在，天阳地阴对峙，日月往来引动，贯通三才之道，基于仁与义的践行，引动人类迈向理想世界。①黑格尔认为《周易》包含着中国人的智慧，他的"正—反—合"的辩证思想与《周易》一阴一阳之道有相通之处，"阳"为正，"阴"为反，"道"为合；莱布尼茨是计算机的创始人，是二进制最初的发明人，他以阴爻（--）代表0，阳爻（—）代表1，阳爻和阴爻、1和0之间刚好与二进制契合，并从邵雍《伏羲六十四卦次序图》和《伏羲六十四卦方位图》中得到印证，他惊奇中国古代就有二进制的图式，从这个意义上讲，现代科学技术验证了《周易》一阴一阳之道的合理性。②不论是"正—反—合"还是二进制，都与《周易》宇宙观中一分为二、合二为一的思想相合。《说卦》："穷理尽性以至于命。"③《周易》以一阴一阳奇偶两画组成的六十四卦，蕴含了一阴一阳的对立统一，穷尽了万物之理、人之性、自然和社会规律。

（三）一阴一阳辩证统一宇宙观的意义

宇宙本原即宇宙本体，本体有何意义？"《易》之一书，即宇宙全体之一缩影也。"④而《周易》又是言一阴一阳变化之书。熊十力指出四义："一、本体是万理之源，万德之端，万化之始（始，犹本也）。二、本体即无对即有对，即有对即无对。三、本体是无终无始。四、本体显为无穷无尽的大用。"⑤《周易》中一阴一阳辩证统一的宇宙观，神妙而有"大用"。

其一，原始要终以为质。《系辞》："《易》之为书也，原始要终以为

---

① 参见王新春《阴阳之道视域下的虞翻易学》，《周易研究》2016年第5期。
② 参见张立文《中华文化精髓的〈周易〉智慧》，《社会科学战线》2013年第7期。
③ 转引自邓球柏《白话易经》，人民出版社2012年版，第419页。
④ 冯友兰：《中国哲学史》，华东师范大学出版社2011年版，第221页。
⑤ 王章陵：《〈周易〉思辨哲学上——辩证的中道论》，齐鲁书社2007年版，第36页。

质也。"① 原，即察。要，即求。质，即体。考察事物之所始，探求事物之所终，以组成一卦卦体。以《乾》为例，穷其之初，乃初九潜龙勿用之时，要其终，乃上九亢龙有悔之际，形成《乾》整体阶段的完整衍变过程。一阴一阳相互作用、相互转化，推动事物发展。对于社会而言，原始要终，明天道、察人事，《周易》原始要终以为质。

其二，原始反终，知死生之说。《易》彰往察来，明于天之道而彰明以往之理，察于民之故而知未来之事，知微知彰，见微知著，知柔知刚，刚柔相互转化，细微之事也可阐发幽隐之机。"知幽明之故，原始反终，故知死生之说。"（《系辞》）② 知一阴一阳变化之所以然，推原万事万物之所始，复归其所终，便知死生之说不外乎一阴一阳的变化使然。

其三，惧以终始。《系辞》："《易》之兴也，其当殷之末世，周之盛德邪？当文王与纣之事邪？是故其辞危，危者使平，易者使倾。其道甚大，百物不废，惧以终始，其要无咎。此之谓《易》之道也。"③《易经》这部书大概产生于殷商末期西周初期、纣王与文王的时代，书中多危辞，知畏惧才能平安，轻易怠慢则易倾覆，书中讲的一阴一阳变化之道适用广泛，无所不包，如若开始时就心怀敬畏，则可防微杜渐，防患于未然，守正处中，终时方可持盈守成，不至满倾。

其四，循环往复，发展变通。日月相推生明，寒暑交替成岁，日往月来不断，循环往复无限，相关"环"的内容在易学也有很多种图示表达，从中可直观感知《周易》中循环往复的逻辑变化关系。一阴一阳对立统一，有始有终，有终有始，循环往复。宇宙中的万事万物在一阴一阳对立统一中的趋时而变，就空间而言充塞于四方，就时间而言贯穿于既往、现今与未来。

---

① 转引自邓球柏《白话易经》，人民出版社2012年版，第390页。
② 转引自邓球柏《白话易经》，人民出版社2012年版，第338页。
③ 转引自邓球柏《白话易经》，人民出版社2012年版，第394页。

二、趋吉向善的人性观

《周易》思想政治教育研究要遵循科学的人性观。人性是教育的起点和归宿，是自然性、社会性和主体性的统一。人性观是对人性的基本观点或看法，在一定程度上决定着教育观。从马克思对人、人性和人的本质的阐述可知，人性是现实性与历史性的统一、整体性与个体性的统一、普遍性与特殊性的统一，这决定了马克思人性观的实践性、全面性和生成性等特点。① 在思想政治教育中，在充分尊重人性的基础上，顺应人性，引导、激励主体充分发展，发挥作用和价值。《周易》中继善成性、趋吉向善的人性观，遵循人的发展规律（主体性）、人的身心发展规律（自然性）和社会的发展规律（社会性），具有主体性、自然性和社会性，促进主体自身、自然、社会的和谐发展。

（一）《周易》中的"善"

《说文解字》训"善"为"吉"，训"吉"为"善"，"善""吉"互训。《说文解字》："譱（善），吉也。从誩，从羊。此与義美同意。""吉，善也。从士、口。""誩，竞言也。从二言。"② 现代汉语中，"善"为善良、慈善、善行、友好、擅长等义。

---

① 参见蒋怀柳、彭光灿《马克思人性观的飞跃——马克思人性观的特点及其对传统人性论的超越》，《理论月刊》2014 年第 6 期。

② （汉）许慎撰，（宋）徐铉校定：《说文解字》，中华书局 2013 年版，第 52、27、52 页。

《周易》中"善"共出现18次，分别在《文言》《象》《系辞》和《说卦》中，原文整理如下。

《乾·文言》：元者，善$_1$之长也。……善$_2$世而不伐，德博而化。

《坤·文言》：积善$_3$之家，必有余庆；积不善$_4$之家，必有余殃。

《大有·象》：君子以遏恶扬善$_5$。

《益·象》：君子以见善$_6$则迁，有过则改。

《渐·象》：君子以居贤德善$_7$俗。

《系辞》：无咎者善$_8$补过者也。……一阴一阳之谓道。继之者善$_9$也，成之者性也。

易简之善$_{10}$配至德……出其言善$_{11}$……出其言不善$_{12}$……善$_{13}$不积不足以成名。

小人以小善$_{14}$为无益而弗为也……有不善$_{15}$，未尝不知。

二与四同功而异位，其善$_{16}$不同。……诬善$_{17}$之人其辞游。

《说卦》：其于马也，为善$_{18}$鸣、为馵足、为的颡。

结合含"善"的《周易》原文和参考文献，对《周易》中的"善"解析如下。

1. 善者继一阴一阳之道

"善"指一阴一阳之道持续不断的状态。"一阴一阳之谓道。继之者善$_9$也，成之者性也。"（《系辞》）① "继"是继续不断，生生不已无尽头。"一阴一阳"即阴阳相互转化，阴转为阳—阳转为阴，阴又转为阳—阳又转为阴，事物在阴阳交迭运动中向前发展。"一阴一阳之道"是说事物总处在按一定规律运动变化的发展中。一阴一阳之道，继续不断生生不已，没有尽头，这就是"善"。"成之者性也"是说生生不已的"善"一旦落

---

① 转引自邓球柏《白话易经》，人民出版社2012年版，第339页。

实而成为某一具体事物时便是"性"。依戴震《原善》的说法,"善"包括仁、礼、义三方面,生生不已是"仁",生生而有条理是"礼",有条理而截然不可乱是"义"。① 促使生生不已的一阴一阳之"道"处于完美无缺的理想状态的就是"善"。"继之者善也"谓化育之功,"成之者性也"为生物之事,《系辞》认为继承"一阴一阳之道"法则的就是"善",一阴一阳之间的相互运作产生宇宙万物,成就事物的共性与特性。

"广大配天地,变通配四时,阴阳之义配日月,易简之善$_{10}$配至德。"(《系辞》)② 《易》之广大可与天地相匹配,"穷则变,变则通"可与春夏秋冬四时运行无终无始相匹配,一阴一阳互相转化之义可与日月相匹配,《周易》所讲的一阴一阳交感生万物,具有易而不难、简而不繁的至善之理,可同天地至高无上的德性相匹配。吴澄《易纂言》:"《易》书广大之中,有变通焉,有阴阳之义焉,亦犹天地之有四时、日月也。《易》之广大变通阴阳,皆易简之善为之主宰,而天地之至德亦此易简之善而已。是《易》书易简之善配乎天地之至德也。"③ "易简"匹配易的"至德",是易最为抽象、层次最高的特点,"易简"的"易"是易而不难(属于乾),"易简"的"简"是简而不繁(属于坤),一阴一阳交感流变易而不难(乾)、简而不繁(坤)的至善之理,同天地至高无上的德性"至德"相匹配。苏轼《东坡易传》:"阴阳交而生物,道与物接而生善,物生而阴阳隐,善立而道不见矣。"④ 善者乃道之继,在阴阳往来运动更迭中,促使一阴一阳交感流变、万物生生不息的,就是"善"。

2. "元"乃"善"之长

"元者,善$_1$之长也。"(《乾·文言》)⑤ "长"训为首,《易传》以天

---

① 参见金景芳、吕绍纲《周易全解》,吉林大学出版社2013年版,第409页。
② 转引自邓球柏《白话易经》,人民出版社2012年版,第341页。
③ 《中华易学大辞典》编辑委员会编:《中华易学大辞典》,上海古籍出版社2008年版,第274页。
④ (宋)苏轼注,龙吟点评:《东坡易传》,吉林文史出版社2002年版,第296页。
⑤ 转引自邓球柏《白话易经》,人民出版社2012年版,第402页。

地生万物的过程释元亨利贞。"元"为生物的开始，为始、大。"一切善的事物的开始，都可以叫做元，所以说元是善之长，善之首。春天是最典型、最易见的'善之长'。"①万物的生发，都从春天开始。天地阴阳变化生万物无偏私，天地有此美德而"元"居众美之首。孔颖达《周易正义》："天之体性生养万物，善之大者莫善施生，'元'为施生之宗，故言'元者，善之长'。"②"元"的始生之德是众善之首。

3."善"为言行美德或施善

"善"为促进一阴一阳之道发展的美德。《大有·象》："火在天上，大有。君子以遏恶扬善$_5$，顺天休命。""休"训为美。《大有》象征天上的太阳之火照耀温暖着万物生长，有善无恶无偏私，而万物生长之后却有善有恶，君子观大有之象并效法，杜绝恶的不好的，弘扬善的美好的，如此则是顺应天道盛美之命。《益·象》："风雷，益。君子以见善$_6$则迁，有过则改。"《益》卦之象为风雷激荡、互相增益，君子以此象修身，即见到别人有善言善行则迁而就之，虚心学习，有过失立即改正，这样修养身心就会日渐增益。贤德之人为善，施德于世而不自夸功劳。《乾·文言》："善$_2$世而不伐，德博而化。"③《渐·象》："山上有木，渐。君子以居贤德善$_7$俗。"《渐》卦之象为山上有树木渐渐生长，君子观此卦象就积累自己的贤德，感人从善，逐渐移风易俗。

积善有庆。《坤·文言》："积善$_3$之家，必有余庆；积不善$_4$之家，必有余殃。"④从正反两个方面阐发《坤》初六爻辞"履霜，坚冰至"，谓修身积善的家族必有很多庆祥留于后代，不修身积恶行则必有很多祸殃留给后代。积渐而久，以致后来之吉凶，这两句也是对前文坤道其顺、承天

---

① 金景芳、吕绍纲：《周易全解》，吉林大学出版社2013年版，第16页。
②《中华易学大辞典》编辑委员会编：《中华易学大辞典》，上海古籍出版社2008年版，第298页。
③ 转引自邓球柏《白话易经》，人民出版社2012年版，第404页。
④ 转引自邓球柏《白话易经》，人民出版社2012年版，第415页。

时行的解读。小善小恶皆顺势而长，同时也强调事物的发展变化由小积大的过程，应于细微处警觉，谨慎观察事物变化，促进好的苗头出现，同时也避免向不好的方向进展。

（二）趋吉向善

趋吉向善是对一阴一阳之道的体认和顺应，是对先机征兆的敏锐和觉察，是彰往察来基础上的居安思危。《系辞》："'吉凶'者，失得之象也。"[1]《周易》卦爻辞的吉凶断语分九个等次：元吉—大吉—吉—无咎—悔—吝—厉—咎—凶。吉凶是好与不好的最基本断语。"吉"是吉祥、吉利，是有所得、走向成功，"凶"则反。元吉好于大吉，大吉好于吉。"吉"字本义是"善"，"凶"字本义是"恶"，吉凶是事实判断，善恶则是价值判断，凡吉善即是好的、可行的，凡凶恶即是坏的、不可行的。《周易》初始作为卜筮之书注重吉凶，当对吉凶的认识发展到善恶层面后，就逐渐丰富了《周易》中的人道思想以及哲学思想内涵。

首先，趋吉向善是体认顺应一阴一阳之道。《系辞》："六爻之动，三极之道也。是故君子所居而安者，《易》之序也。"[2]处于卦爻的何种地位就于那种地位而言行合宜。但人无完人，出现过失也在情理之中，迁善改过。"咎"为过错。无咎，即善补过。意即本来有过失，因善于补救，就把过失清除了，让言行复归正道。不管是"安其序"还是"善补过"，都是顺应规律，让人尊重"道"、行正道，不做违背规律之事，趋吉避凶向善。

其次，趋吉向善是敏锐觉察先机征兆。《系辞》："忧悔吝者存乎介。"[3]介，即纤介，细微。悔吝之"介"即悔吝的细微，在悔吝还处于萌

---

[1] 转引自邓球柏《白话易经》，人民出版社2012年版，第336页。
[2] 转引自邓球柏《白话易经》，人民出版社2012年版，第336页。
[3] 转引自邓球柏《白话易经》，人民出版社2012年版，第338页。

动之时，就察于几微，忧虑预防，使不至于悔吝，趋吉避凶。《系辞》："夫《易》，圣人之所以极深而研几也。唯深也，故能通天下之志；唯几也，故能成天下之务；唯神也，故不疾而速，不行而至。"①《周易》中圣人穷极深奥的道理，故能通晓天下万事万物，研究极其细微的运动变化，故能判定天下万事万物，《易》道神妙，不疾却又神速，没看到如何行动已达到目的。《系辞》："几者动之微，吉之先见者也。"②几微是事物发展过程中显示出来的微弱细小的苗头变化，往往预示着事物未来的发展方向，掌握了几微就掌握了主动权，故称"吉之先见者"。能够见微知著，知晓柔刚的相互转化，这样的人会得到万人仰望。在事物有不好的苗头时能觉察，适时而止，避免向不吉方向发展，好的苗头则顺势促进、趁势助长，使其发展得更好。敏锐审慎地察知几微，趋吉避凶向善。

最后，趋吉向善是彰往察来中的居安思危。《易》是忧患之书，文辞中惊惧自危，唯有知危才能使之平安，轻易怠慢则会使之倾覆，《易》中阴阳变化之道甚大，无所不包，在事物开始时就心怀恐惧则能防微杜渐、不至出差错，于终结之时心怀敬惧则能持盈守成不致满倾，如此则知无过之要在于"敬惧"，惧以终始则无咎。敬慎可以防患于未然。《系辞》："'初六：藉用白茅，无咎。'子曰：苟错诸地而可矣。藉之用茅，何咎之有？慎之至也。夫茅之为物薄，而用可重也。慎斯术也以往，其无所失矣。"③本来把祭品直接放在地上就可以了，何况还用白茅垫上，更小心谨慎，慎重还能有过错？真是慎重之至，防备不好的可能以消除隐患。《周易》彰往察来，使人知惧有度，可显现细微之事、亦可阐发幽隐之机，开列六十四卦卦名无不恰当，通过卦名和卦象可辨别它所代表的各类事物，卦爻辞论断的吉凶悔吝直言不讳，无所不备。六爻在六位上的变化虽然无

---

① 转引自邓球柏《白话易经》，人民出版社2012年版，第352页。
② 转引自邓球柏《白话易经》，人民出版社2012年版，第375页。
③ 转引自邓球柏《白话易经》，人民出版社2012年版，第345页。

章典可循，变是绝对的，但其一出一入却有固定法度，通过内外应比关系以使人知道畏惧，使人明了忧患与事故的缘由，从而趋吉避凶。

《周易》中继善成性、趋吉向善的人性观，让人规避风险障碍，使事物向好的方向发展，在促进人的德行修养过程中，遵循人的德行发展规律、身心发展规律和社会发展规律，尊重人的主体性、自然性和社会性，注重主体自身、主体与自然、主体与社会的和谐发展，充分发挥人的主观能动性，顺应规律改造世界。

三、道以致用的实践观

重"行"是《周易》中的基本实践观。实践活动是人类生存和发展最基本活动，实践具有客观性、社会性、历史性和主观能动性，实践观点是马克思主义认识论的首要和基本观点。马克思的实践观以人的解放和人的自由全面发展为核心，强调全部社会生活在本质上是实践的。①《周易》中的"行"就是实践活动，离开"行"，学与知也失去实际意义。王夫之强调知来源于行故重行；朱熹虽强调知先行后但同样重行；王守仁的"知行合一"矛头虽针对朱熹的知先行后说，却更突出"行"的重要性。②《易经》的卦爻辞以及《易传》蕴含大道，来源于"行"的认知、感悟和思考，而这些又反作用于"行"，是指导吉利而"行"的宝典。关于《周易》中的"行"，因其重要性，故在第四章第二部分"行"是实践途径中专门论述。

中道而行，道以致用。《周易》倡导行中行、中道而行。"道"是《周易》对客观世界的认识，源于社会实践，并应用于社会实践，以使人们远离灾难挫折、走向吉祥顺利，使社会和谐多彩、生机盎然，使一切自然有

---

① 参见冯向东《实践观的演变与当下的教育实践》,《高等教育研究》2013 年第 9 期。
② 参见张锡勤、关健英《从中国古代的知行学说论及德育的内涵》,《道德与文明》2012 年第 5 期。

序运行。《彖》和《象》对应于六十四卦，说明卦爻象，并从卦爻象中引申出道理，若当位该怎么行动会有利于发展，若不当位有何不好应如何规避风险，亦或是不管当不当位、是否得位在位，都应以中正和中道为行动原则。古人发现天的运行刚健不止，于是思考应当如何做，故效法这一特性而"自强不息"。《乾》上九阶段是有悔的，但若及时对所处时位有较为客观正确的认识，并对不当之行反思悔改，则可走向无咎，在吉凶程度上相当于有悔，故悔自凶而趋吉，接受教训可以悔而无咎。《周易》中的"道"来自中国古代先贤的社会实践，以之为今所用，亦能指导现实社会生活实践，走向幸福人生。

《周易》是一部极深研几、崇德广业、开物成务、穷理尽性之书，是一部道以致用的充满实践智慧的经典，明晓天道、察知民情，是人们行动的指导，表现了道以致用的实践观念或思想。《周易》中把天道应用于人道，把认识到的世界发展规律应用于改造世界，让人类更好地生存和发展。人之所以有吉凶祸福、悔吝忧虞，无不是个人言行举止的后果，圣人作《易》的目的，不但在于模仿真实宇宙自然的规律，而且在于设计特定时空情境下最佳的行动方案。《周易》中道以致用的实践理念，蕴含着丰富的指导人们行动或提出行动的建议，具有积极的现实意义。用现代语言来说，以在社会实践中认识到的规律反过来应用于社会实践，最终目的就是让人趋吉向善、自由而全面地发展，促使社会更加和谐地发展。

第三节 《周易》思想政治教育的主要特征

《周易》思想政治教育主要有时空与变化相统一、天道与人道相统一、人文与德行相统一三个主要特征。

一、时空与变化相统一

《周易》中"时""位""变"为一体。"位"对应于空间,"时""位"相应,"时"变"位"变,"位"随"时""变"。"变"是绝对的,但又有相对性,有量变与质变两种状态。《渐》卦体现了量变的过程,风山渐,艮下巽上,艮为山,巽为木,山上的树木渐渐生长,有渐进、缓缓而进之意,《渐》卦中"渐"为女子出嫁渐渐到夫家,六爻取鸿雁为象,鸿雁是水鸟,春季渐渐往北飞,秋季渐渐往南飞,往来进退有序而不乱,以喻女子出嫁渐进之义。《艮·彖》:"时止则止,时行则行。动静不失其时。"以时为依据,动静适时,事半功倍,前途光明。《随·彖》:"天下随时。""随"是做人做事随时而为的一种状态,即随时间变化而作空间上相应的调整,这样会有元、亨、利、贞之通达。六十四卦代表不同的情境,如《屯》代表事物出生之时、《坎》代表身处困境之时等,所处位置状态不同,相应行为方式也不同。事物的变化发展是过程性的,由量变渐渐而质变,与时而行。《乾》从初九潜龙勿用、九二见龙在田、九三君子终日乾乾、九四或跃在渊、九五飞龙在天至上九亢龙有悔,六爻之变与时、位紧密相关。随着时、位的变化,及时、客观地认识自我,认清处境,明确方向和奋斗目标,建立清晰高尚的动机,保持自强不息的动力,由潜龙至现龙、乾龙、跃龙,直到"飞龙在天"的最佳境界,但此时也更应审慎警惕,凡事宜谦虚处下,以防亢龙阶段有悔的情况出现。六十四卦的每一爻都是发展过程的一个具体阶段,代表不同的处境,故不同位置上宜相应而动,即随着时间的变化,空间位置或在社会位置也相应变化,时变与位变相统一,时、位、变为一体。

把握时空之变,易简而行。易简即宇宙间复杂的事物与现象的变化可以简化为两种原则功能:一为易知;二为易从。易知有助于理解和了解,易从有助于实践。事物便于理解则人人亲近而有兴趣,可长久坚持,这样就能养成"贤人之德",成就"贤人之业"。《系辞》:"《乾》以易知,《坤》以简能。易则易知,简则易从。易知则有亲,易从则有功。有亲则可久,有功则可大。可久则贤人之德,可大则贤人之业。易简而天下之理得矣。天下之理得,而《易》成位乎其中矣。"① 易简之法就如以象数表现宇宙之理,用象数记录下来抽象的思想形式(如八卦分别对应不同的自然现象),靠思维和思想去把握"易简"的阴阳之道、天地之理,顺应"时""位"之变,中正而行。

《周易》告诉我们如何判断事物的兴衰成败、吉凶祸福,把握好"时"与"位"的变化关系,审其时、度其势。在思想政治教育的理论与实践中,注重时空与变化相统一,辩证地、客观地、历史地、联系地、发展地看待事物的变化与发展。这不仅有利于展现思想政治教育的系统性和客观性,而且有利于具体问题具体分析,有利于认识、分析、解决现实中层出不穷的新现象和新问题,有利于提高思想政治教育的实效性。

二、人道与天道相统一

人道顺合天道,天道才能更有利于人道。《周易》哲学的核心实为人道、人生论,明天道及人事,指导如何为人处世、顺天应人。《周易》揭示了宇宙自然的一般规律,指引在特定时空情境下最佳行动方案。人道与天道相统一,发展才能顺利通畅。

(一)由天道至人道——人宜顺合客观规律

《周易》中的天道为生生变化之道。其一,天道为生生之道。"《乾》知大始,《坤》作成物。"(《系辞》)② 朱熹说"知"犹"主",《九家易》说

---

① 转引自邓球柏《白话易经》,人民出版社2012年版,第334页。
② 转引自邓球柏《白话易经》,人民出版社2012年版,第334页。

"始"为乾禀元气万物滋始,《乾凿度》说乾坤是阴阳的根本。① 就乾坤养育万物而言,乾阳主元主始;坤阴主万物滋生,坤阴承乾阳之气使万物生成。其二,天道为变化之道。《乾·彖》:"乾道变化,各正性命,保合大和,乃利贞。""变"是化之渐,"化"为变之成,项安世说推其本统而言为"乾元"、极其变化言之为"乾道"。② 乾阳元始之气的变化,赋予万物以生命,利于万物获得各自的属性。对于"乾道"之"道",熊十力认为有二义:一是"道"为实体之名,乾坤同一实体,而就《乾》而言则曰乾道,明示乾有实体而非虚幻,《坤》言地道,则以坤道取地为譬喻,不妨称地道;二是"道"犹理,中译佛籍有时以道、理二字合用,道,犹路,亦有条理等义。③ 综上二义,乾有实体,乾是生生,为理根。也就是说"道"非虚幻,有实体,犹如路,而乾又为天,故天道即天所运行的道路,也就是天运行变化所遵循的规律,天道健行不息。

《周易》彰往察来,融通于自然和社会。《周易》把天道运行中一些异常变化看作警示,提醒人们修省改过,注意修德明庶政,延续几千年的政治惯例根源即在于对天人关系的体认。④ 天之道是古代圣人"仰观俯察"并赋予人类的思索和智慧的结晶,作八卦以通神明之德、类万物之情。天道展现的生生变化神妙无穷,微显阐幽,彰往察来,理通天地自然及人类社会。

"天之道"是自然规律,"人之道"是社会规律。天道、地道和人道虽有"天人之分",形式内容不一,但本质上是合一的,都是一阴一阳之道的体现。⑤ 圣人观察天的运行法则,象物、行礼、拟议、设卦,立象尽意,阴阳刚柔相推而生变化,尽显天地人三极之道。《周易》中关于人道与天

---

① 参见《中华易学大辞典》编辑委员会编《中华易学大辞典》,上海古籍出版社2008年版,第268页。
② 参见《中华易学大辞典》编辑委员会编《中华易学大辞典》,上海古籍出版社2008年版,第182页。
③ 参见熊十力《乾坤衍》,上海书店出版社2008年版,第199—200页。
④ 参见桑东辉《〈周易〉和谐思想简论》,《学术论坛》2006年第8期。
⑤ 参见董根洪《"亨行时中","保合太和"——论〈易传〉的中和哲学》,《周易研究》2002年第3期。

道相统一、推天道明人事的内容很多,诸如"天道亏盈而益谦,地道变盈而流谦……人道恶盈而好谦"(《谦·彖》)、"天地以顺动,故日月不过而四时不忒。圣人以顺动,则刑罚清而民服"(《豫·彖》)、"观天之神道而四时不忒。圣人以神道设教而天下服矣"(《观·彖》)、"观乎天文,以察时变;观乎人文,以化成天下"(《贲·彖》)、"君子尚消息盈虚,天行也"(《剥·彖》)、"天地养万物,圣人养贤以及万民"(《颐·彖》)、"日月丽乎天,百谷草木丽乎土,重明以丽乎正,乃化成天下"(《离·彖》)、"天地感而万物化生,圣人感人心而天下和平,观其所感而天地万物之情可见矣"(《咸·彖》)、"天地之道,恒久而不已也。……日月得天而能久照,四时变化而能久成,圣人久于其道而天下化成。观其所恒,而天地万物之情可见矣"(《恒·彖》)、"归妹,天地之大义也。天地不交而万物不兴。归妹,人之终始也"(《归妹·彖》)、"日中则昃,月盈则食。天地盈虚,与时消息"(《丰·彖》)、"天地节而四时成。节以制度,不伤财,不害民"(《节·彖》)、"天地革而四时成,汤武革命,顺乎天而应乎人"(《革·彖》)。①《彖传》的这些句式基本一致,前面部分讲天道,后面部分引出人道,表现出相同的思维模式,可见《周易》推天道以明人事,人道建立在天道基础上,并效法天道。

由天道至人道,人宜中道健行。程颐认为:"天者天之形体,乾者天之性情。乾,健也,健而无息之谓乾。"②即天的形体是"天",天的性情是"乾",乾的特点是健而不止,人效法天道也应健而不息。宇宙间充满两两对立,如天地、日月、四时,故作为个体要合"一阴一阳之道",中道而行。有学者认为中国人从天道中学到了"公""诚""仁""中""行"

---

① 转引自邓球柏《白话易经》,人民出版社2012年版,第222、223、226、228、229、233、235、236、237、257、258、262、253页。
② (宋)程颐:《伊川易传》,载《中国古代易学丛书》第三卷,中国书店1992年版,第351页。

五个字，形成人道，传承数千年。① 能从容中道，需无私；因无私，故天地合而万物兴。天地日月的运动大公无私，"大公"的精神是"执两用中"的源头，"执两用中"是实现大公的道路与方法，天地日月运行真实无妄，因它而使至诚之德不息悠远，博厚高明，此天理之本然，即天道。② 天的运行永不停息，人应该顺合天道，中道健行，奋斗不止。

（二）由人道而天道——人宜发挥主观能动性

人道顺承天地之道，继善而成性。天地万物展现的一阴一阳之道作为客观规律无形而抽象，无形而抽象的"道"是一阴一阳的对立统一，对立统一的双方互相转化、互相制约展现为"变"，推行阴阳变化之道处理万事万物则无阻故称"通"，取阴阳变通之理而施之于天下百姓即事业，这是就一阴一阳变通之道推广实行而言的。万物承一阴一阳之交而生发，让生生之理持续不断地发展，无不善美，当生成之后万物便各有其属性，此为由同而异、"一致而百虑"的状态。宇宙处于永恒的变化之中，每一个存在都是宇宙中时空中的一份子，生生才能不息，每一个存在都有生死，有其来源和归宿，不过由生到死的过程各有不同，故由天道而至人道态势纷呈，由人道而天道万物趋同。

效法天道发挥主观能动性。顺应天道规律以与天地感应，主动把握和利用自然规律。利用天道规律，促进人的生存和发展，与社会、乃至天下万物和谐统一，成就天地之职能。《系辞》："备物致用、立成器以为天下利莫大乎圣人。""天地设位，圣人成能。"③ 天地只能示人以一定的客观规律，却不能直接告诉人以吉凶，圣人则可根据天地显示出的固有规律，作《易》以显示种种变化，告诉人如何趋吉避凶。天地所不能之事，圣人则

---

① 参见陈立夫《天道、人道、道统》，《周易研究》1989 年第 2 期。
② 参见王章陵《〈周易〉思辨哲学上——辩证的中道论》，齐鲁书社 2007 年版，第 7—8 页。
③ 转引自邓球柏《白话易经》，人民出版社 2012 年版，第 354、397 页。

能成就之。圣人以《易》崇德广业，以《易》断天下之疑、极深而通天下之志、研几以成天下之务定天下之业等，都是在顺应天道的前提下，发挥人的主观能动性，主动而为之。天助顺应之人，人助诚信之人，故人宜履信思顺。效法天道规律，言行谦虚谨慎，安身而后动、易心而后语、定交而后求，善补过失，则言寡过行寡悔，是以趋吉避凶。天人原无间隔，可由尽心知性以知天。穷尽事之理、穷尽人之性，力求与自然规律相一致，与天地合德、与日月合明、与四时合序、与鬼神合吉凶、先天而天弗违、后天而奉天时。《周易》让人处困境中犹能奋发进取，困苦中对未来仍心生希望和信心，有利于把握机会，创造形势，化危为安，启发我们利用一切资源条件，奋斗进取，向梦想前进。"宇宙论和人生论，相即不离"①，人道效法天道，通过"振民育德"等方式把主体因素渗透到天道之中，既尊重顺应天道客观规律，又发挥主观能动性去谋求最好的发展，"'天人和谐'是'天人合一'所达到的境界"②。认识天道，尊重、利用天道，以利人道。天道与人道相统一，是《周易》思想政治教育的一个重要特征。

三、人文与德行相统一

人文与德行是《周易》中人道的重要概念。在人类社会，德行展现为人文，人文影响着德行。

（一）以人文化育天下

现代汉语中，"人"指能制造和使用工具劳动、能用语言交流的高级动物。段玉裁《说文解字注》以人为"天地之性最贵者"。《说文解字》

---

① 冯友兰：《中国哲学史》，华东师范大学出版社2011年版，第4页。
② 转引自邓球柏《白话易经》"导论"，人民出版社2012年版，第5页。

中"文"是"错画也,象交文"①,即"文"是交错的笔画,像交叉的纹案,是物错综所成的纹理或形象。《哲学大辞典》解释"人文":"唐孔颖达疏:'圣人观察天文,则诗书礼乐之谓,当法此教而化成天下也。'《后汉书·公孙瓒传论》:'舍诸天运,征乎人文。'唐李贤注:'人文,犹人事也。'"②天象阴阳并陈迭运、刚柔交错以成文,《周易》中的人文是相对于天文而言的,泛指一切人事,是人类各种文化现象的泛称,指社会制度、刑法典狱、文化教育、道德规范等对人类言行有所教化与制约的上层建筑。从人类社会历史的角度来说,人文指人类社会制度和文化教育。《贲·彖》:"观乎天文,以察时变;观乎人文,以化成天下。"社会制度、文化教育都是让人有所行止,治国者观天文而察时序变化,观察人文以化育天下。

《周易》中"文"字共出现25次,"人文"一词出现2次(都在《贲·彖》中)。相关原文整理如下:

《乾·文言》"见龙在田",天下文$_1$明。

《坤·象》:黄裳元吉,文$_2$在中也。

《小畜·象》:君子以懿文$_3$德。

《同人·象》:文$_4$明以健。

《大有·象》:其德刚健而文$_5$明。

《贲·彖》:柔来而文$_6$刚,故亨。分刚上而文$_7$柔,故小利有攸往,天文$_8$也;文$_9$明以止,人文$_{10}$也。观乎天文$_{11}$,以察时变;观乎人文$_{12}$,以化成天下。

《明夷·彖》:内文$_{13}$明而外柔顺,以蒙大难,文$_{14}$王以之。

《革·彖》:文$_{15}$明以说,大亨以正。

《革·象》:大人虎变,其文$_{16}$炳也。君子豹变,其文$_{17}$蔚也。

---

① (汉)许慎撰,(宋)徐铉校定:《说文解字》,中华书局2013年版,第182页。
② 《哲学大辞典》编辑委员会编:《哲学大辞典(修订本)》,上海辞书出版社2001年版,第1182页。

《系辞》：仰以观于天文$_{18}$。……通其变，遂成天地之文$_{19}$。……观鸟兽之文$_{20}$，与地之宜。其旨远，其辞文$_{21}$，……物相杂，故曰文$_{22}$；文$_{23}$不当，故吉凶生焉。……当文$_{24}$王与纣之事邪？

《说卦》：坤为地、为母……为大舆、为文$_{25}$、为众、为柄，其于地也为黑。

《周易》的人文概念由"文"义引申而来。"文"为"物相杂"，有天文、人文、鸟兽之文（同纹）之别。《系辞》："物相杂，故曰文$_{22}$；文$_{23}$不当，故吉凶生焉。"① "人文"是人类社会德行错杂所呈现的"纹理"。"故曰文"指六爻刚与柔互相交错间杂在六位之上作六位的文饰。陈梦雷《周易浅述》："'物相杂'，指阴爻阳爻之相间。有阴无阳，有阳无阴，则无所杂而文不见。自乾坤二卦之外，皆阴阳错杂以成文者也。"② 文饰的结果是产生了当与不当的问题，凡刚爻居阳位、柔爻居阴位为"当"（当则吉），反之，刚爻居阴位、柔爻居阳位为"不当"（不当则凶），文不当则吉凶生。作《易》者仰观天文日月星辰的运行，俯察地理水土草木的枯荣，天文是日月星辰的错列、寒暑阴阳的代变，观日月星辰的运行，察四时春夏秋冬的变迁。

坤为文（物相杂而成文）。《说卦》："坤为地、为母、为布、为釜、为吝啬、为均、为子母牛、为大舆、为文、为众、为柄，其于地也为黑。"③ 说明《坤》象征的十二种物象。坤为地，地生育万物，故有大地母亲之象；布同佈，为广佈万物，故坤又为佈；釜即锅，能化生为熟，坤为地能成熟万物，故坤又为釜；坤为阴性，"其静也翕"，受而不施，故为吝啬；坤为阴性，广生万物，无所取舍，故为平均；坤为牛，又为小母牛，繁殖能力强，生生不穷；大舆即大车，坤为地能承载万物，大车也能

---

① 转引自邓球柏《白话易经》，人民出版社2012年版，第394页。
② 《中华易学大辞典》编辑委员会编：《中华易学大辞典》，上海古籍出版社2008年版，第295页。
③ 转引自邓球柏《白话易经》，人民出版社2012年版，第431页。

载物，故坤又为大车；文为文采，坤为地广生万物，互相间杂以成文采，故坤又为文采。孔颖达《周易正义》："为文，取其万物之色杂也。"[①] 坤地之上物相杂，呈现不同的地之理，鸟兽之文与地理环境相关。《系辞》："观鸟兽之文$_{20}$，与地之宜。"[②]《革·象》："大人虎变，其文$_{16}$炳也。君子豹变，其文$_{17}$蔚也。"虎变是借虎变脱毛的花纹昭著说明变革成功，新君继位（九五爻）行新政而有光辉；上六称豹变，为一卦之终，君子受感化而自新其德，如豹换毛，虽不及虎的文采显著，但也隐约可见。大地上万物春生夏长秋收冬藏，呈现万般变化着的纹理现象，但大地纹理的变化亦有规律性。

刚柔相杂为文。《贲》论说文与质的关系，贲为文饰，文饰为外表现象，有表象则必有实质。其一，二刚为质，以柔文刚。《贲·彖》："柔来而文$_6$刚。"释卦辞"亨"，指《贲》下卦之离，离本是乾体，由于坤的一个柔爻来交于二乾而成离，因此离以刚为质，以柔为文，故言"柔来而文刚"。《离》二刚为质，一柔为文，外表柔弱，内质刚强，故"亨"。刚为质，柔为文，柔来而文刚。《杂卦》："贲，无色也。"[③]《序卦》："贲者，饰也。"[④] 无色为素，素为素质，饰为文饰，质与文不可分，有质则有文，质与文通过刚柔交错来表现。其二，二柔为质，以刚文柔。"分刚上而文$_7$柔。"（《贲·彖》）解卦辞"小利有攸往"，上卦艮本是坤体，由乾体分出一个爻来文饰坤而居于两个柔爻之上而成卦，所以艮是以二柔为质，一刚为文，正因艮以柔为质，从外表现象看很刚强，但本质却很柔弱，不可能有大作为，故言有小利，宜有所往。其三，"文"为文饰、文采，指一卦六爻刚柔相参杂以成文采。《系辞》："参伍以变，错综其数。通其变，遂

---

① （魏）王弼、（晋）韩康伯注，（唐）孔颖达正义：《周易正义》，中国致公出版社2009年版，第310页。
② 转引自邓球柏《白话易经》，人民出版社2012年版，第366页。
③ 转引自邓球柏《白话易经》，人民出版社2012年版，第450页。
④ 转引自邓球柏《白话易经》，人民出版社2012年版，第437页。

成天下之文$_{19}$。"①"变"指"参伍以变，错综其数"，一卦六爻刚柔相参杂以成文采。《坤·象》："黄裳元吉，文$_2$在中也。"解《坤》六五爻辞"黄裳元吉"，黄为地之色，裳为下体之服，黄裳二字喻《坤》发展到第五爻，坤阴仍需居于下之卑顺地位而大吉。可见，卦象刚爻柔爻相互错杂所成之文反映的是客观世界中物相杂之"文"。

观人文以教化天下。人文即人理之伦序、人之言行集合而成的文理。《贲·彖》："文$_9$明以止，人文$_{10}$也。"《贲》内卦为离，离为文明，由卦象推及人事，为人有文明礼仪以为外表之装饰，外卦艮，艮为止，由卦象推及人事，又为人有文明礼仪则能止其所当止，如君臣、父子、兄弟、夫妇、朋友间，互相结交都有礼仪上的分寸，通过文明礼仪止其所当止反映人的思想，称"人文"，言文明礼仪是对人的文饰。孔颖达《周易正义》："用此文明之道裁止于人，是人之文德之教。"②《贲·彖》："故小利有攸往，天文$_8$也；文明以止，人文也。观乎天文$_{11}$，以察时变；观乎人文，以化成天下。"观察人类社会的文明礼仪，以教化天下而成其礼俗。

人文经纬成彰，文明显而不昧。《乾·文言》以龙呈现于地上喻阳气升出地面，草木始生，大地被绘成文采光泽。初爻为"阳气潜藏"，二爻则阳气升于地面"见龙在田"。百草萌芽孚甲故曰"文明"。陈梦雷《周易浅述》："文者，经纬成章，明者，光显不昧。"③积蓄自己的文明之德，由小到大、由微而著，亦或修美自己的文明之德，文德与道德相对而言，即仪表、气度、言语、修辞之类，懿即美，"懿文德"有细行必矜、独善其身之意。《小畜·象》："风行天上，小畜。君子以懿文$_3$德。"孔颖达《周易正义》："懿，美也。以于其时施未得行，喻君子之人但修美文德，

---

① 转引自邓球柏《白话易经》，人民出版社2012年版，第352页。
②《中华易学大辞典》编辑委员会编：《中华易学大辞典》，上海古籍出版社2008年版，第193页。
③《中华易学大辞典》编辑委员会编：《中华易学大辞典》，上海古籍出版社2008年版，第301页。

待时而发。"①《同人·彖》:"文₄明以健,中正而应,君子正也。"《同人》卦体离下乾上,乾性刚健,离为文明,象征君子内怀文明之德而行中正之道,刚健不息。文明则能烛理,故明大同之义(求同);刚健则能克己,故能尽大同之道(统一与对立),然后中正合乎乾而行,这样就能无过与不及,虽天下人千差万别,但因人们往往有共同的精神或物质诉求,可以由不同而致于同,以达天下大同。《大有·彖》:"其德刚健而文₅明,应乎天而时行,是以元亨。"《大有》卦体乾下离上,乾性刚健,离为文明,内怀刚健之德能奋发不息,外行文明则处世得宜,故"元亨"。《明夷·彖》:"内文₁₃明而外柔顺,以蒙大难,文₁₄王以之。"《明夷》卦体离下坤上,内卦为离,外卦为坤,坤性柔顺,象征内怀文明之德而外行柔顺,周文王内有文明之德照临天下,外柔顺以事纣,蒙犯大难,而内不失其圣明、外足以远祸患,此文王所用之道。文明则理无不尽,《革》卦体下离上兑,离为文明,兑为和悦,文明能洞察事理、理无不尽,和悦则人心欢喜、和顺人心,变革之际必须洞察几微考虑周详顺乎人心,致大亨而得贞正。《革·彖》:"文₁₅明以说,大亨以正。"《系辞》:"其旨远,其辞文₂₁。"② 即"其"指卦爻辞中所取的名称虽小而旨意深远,其旨远,远者使人思而求之,其辞文,文者使人玩而得之。其言辞所比喻的道理文彰昭著,照临四方,化育天下。

(二)德行易简宜持恒

现代汉语中,"德"是人们共同生活及行为的准则和规范,"行"为走、流通、从事、品质的举止行动、实际地做、古代物质基本元素五行等。"德行"一般指道德和品行,伦理学认为德行是道德品质和道德行

---

① (魏)王弼、(晋)韩康伯注,(唐)孔颖达正义:《周易正义》,中国致公出版社2009年版,第64页。
② 转引自邓球柏《白话易经》,人民出版社2012年版,第382页。

为。《说文解字》说"德"即升，境界因善行而升华，"行"是人之步趋，即在路上行走或小跑。《周易》中"德"字共出现78次（详见第一章"德"与"业"的内容），"行"共出现152次（详见第四章"行"是实践途径部分），"德行"一词共出现7次，可见古代先贤已经非常重视道德行为、道德修养的实践。《周易》中的德行相较于现代汉语而言，"德"更侧重道德的修养和境界，"行"更强调"德"的行为实践。"始终强调'德行'，这是中华易学居于中华民族凝聚力中的重要特点。"[1]《周易》中关于"德行"的原文如下：

《习坎·象》：君子以常德行$_1$，习教事。
《节·象》：君子以制数度，议德行$_2$。
《系辞》：显道神德行$_3$。是故可与酬酢，……默而成之，不言而信，存乎德行$_4$。……其德行$_5$何也？
夫《乾》，天下之至健也，德行$_6$恒易以知险。夫《坤》，天下之至顺也，德行$_7$恒简以知阻。

德行顺合规律。规律易简易知、易行易从，《周易》认为把握乾坤易简之道即是得到了天下之理。《礼记·乐记》："大乐必易，大礼必简。"[2]李道平认为观乎礼乐而乾坤之易简思过半，郑玄以"易简"为易名三义第一，想必视之为《周易》的最重要规律。[3]《系辞》："夫《乾》，天下之至健也，德行恒易以知险。夫《坤》，天下之至顺也，德行$_7$恒简以知阻。"[4]此句中的"德"为性质，"简"即简静，"险"为险阻。乾天性质刚

---

[1] 邓球柏：《白话易经》"导论"，人民出版社2012年版，第7页。
[2] 李军、董辅文、吕文郁主编：《五经全译》，长春出版社1992年版，第1105页。
[3] 参见吕绍纲《〈周易〉的哲学精神——吕绍纲易学文选》，上海古籍出版社2005年版，第126—127页。
[4] 转引自邓球柏《白话易经》，人民出版社2012年版，第397页。

健，永恒运动变化不止，所以能察知天下险陷之事；坤地性质永远静止不动，故能察知天下险阻之事。王弼、孔颖达《周易注疏》："'德性恒易以知险'者，谓乾之德行，恒易略，不有艰难，以此之故，能知险之所兴。若不有易略，则为险也，故行易以知险也。''德行恒简以知阻'者，言坤之德行，恒为简静，不有烦乱，以此之故，知阻之所兴也。若不简则为阻难，故行简静，以知阻也。大难曰险，乾以刚健，故知其大难；小难曰阻，坤以柔顺，故知其小难。知大难曰险者，按坎《象》云：'天险不可升，地险山川丘陵。'言险不云阻，故知险为大难，险既为大，明阻为小也。"① 俞琰《俞氏易集》认为，乾道自上而临下故知险，坤至顺而德行恒简，坤道自下而承上，故知阻。② 根据前人注解，可以理解为乾道自上而临下，促使万物生发变化发展，易行而通畅，若违背促使万物生发的规律而行，则会知遇险难；坤道自下而承上，孕育万物生成，简单而柔顺，若违背万物生成的规律，则会知遇阻难。

德行适度行中道。存于中为德，发于外为行，德行适度而亨通。《节·象》："泽上有水，节。君子以制数度，议德行$_2$。"数，即十、百、千、万等；度，即分、寸、尺、丈等；议，即度量其无过与不及而求归于中。《节》卦象为泽上有水，泽对水有调节作用，君子观此象制定数与刻度之计量单位，用来衡量掌握节制是否适中，度与数靠人来掌握，还须议其道德修养能否行中道。德为内在德性，行为外在表现，行中道、德行适度，则发展通达顺畅。

德行与时、位相合。《周易》中有"贤人""大人""圣人""君子""小人""民"等诸多对人的不同称呼。"贤人"有可久之德和可大之业。"大人"与天地合德、与日月合明、与四时合序、与鬼神合吉凶、先天而天

---

① （魏）王弼、（晋）韩康伯注，（唐）孔颖达疏，（唐）陆德明音义：《周易注疏》，中央编译出版社 2013 年版，第 404 页。
② 参见《中华易学大辞典》编辑委员会编《中华易学大辞典》，上海古籍出版社 2008 年版，第 296 页。

弗违、后天而奉天时;"圣人"知晓进退存亡而且不失其正;"君子"乾乾进德修业、自强不息。"君子"与"小人"则德行迥异。《系辞》:"其德行₂何也?阳一君而二民,君子之道也。"①一君统治二民,二民共事一君,政权统一,君主事,称"君子之道";二君而一民,政权分散,民主事,称"小人之道"。"君子"有"元亨利贞"之德,"小人"则"不耻不仁,不畏不义,不见利不劝,不威不惩"(《系辞》)②,不可用,否则有"乱邦"③之隐患。可见,《周易》中人的德行与社会中的时位密切相关。

  合道之德行彰显一阴一阳之道,宜恒而不易。《系辞》:"显道神德行₃。是故可与酬酢,可与佑神矣。"④《周易》中的"神"不同于宗教所说的神,是指阴阳变化屈伸往来的神妙莫测,阴阳之道以其变化屈伸往来显现其德行。焦循《易章句》认为筮显一阴一阳之易道,盈者变而使之虚,凶者化而使之吉,故神;韩康伯《周易注》认为"显"为明、神以成其用。⑤《系辞》:"默而成之,不言而信,存乎德行₄。"⑥圣人不以言教而托蓍卦教人趋避吉凶,把一阴一阳之道融汇于卦象之中,又以符合道的德行展示出合乎道的魅力,不言而令人信之。马王堆帛书《德行》中的"德之行"即"德行",指"德刑于内"的品德心理,圣人的品德心理包括"仁刑于内"的品德意志、"义刑于内"的品德情感、"知刑于内"的品德认识、"礼刑于内"的品德行为、"圣刑于内"的品德境界,具备了品德意志、品德情感、品德认识、品德行为、品德境界五个方面,就是完美的德行。⑦ 这五方面也是《周易》思想政治教育中德行修养的重要部分。"德"源于"道",制约"行",也在"行"中发展和完善。《习坎·象》:

---

① 转引自邓球柏《白话易经》,人民出版社2012年版,第371页。
② 转引自邓球柏《白话易经》,人民出版社2012年版,第374页。
③ 转引自邓球柏《白话易经》,人民出版社2012年版,第274页。
④ 转引自邓球柏《白话易经》,人民出版社2012年版,第349页。
⑤ 参见《中华易学大辞典》编辑委员会编《中华易学大辞典》,上海古籍出版社2008年版,第277页。
⑥ 转引自邓球柏《白话易经》,人民出版社2012年版,第359页。
⑦ 参见邓球柏《白话易经》"导论",人民出版社2012年版,第8页。

"水洊至，习坎。君子以常德行，习教事。"《坎》卦体为两坎相重，坎为水，"水洊至"即江河之水一浪接一浪重复不止，君子观此卦象而能德行有常，习教不辍。促成一阴一阳之道继续不断的"善"，让德行符合规律，促进自身和事物的发展。践行"道"、体现"道"的德行，宜恒常不易。

（三）人文与德行相互辉映

人文讲究意义，德行讲究高尚，以高尚的德行显现人文的意义，以人文意义促进德行完善，二者相互彰映、相互促进。人文属于精神文明层面的概念，具有相对稳定性、独立性和客观性。中国的人文思想是人文精神，讲文化、教化和化感。①《周易》的人文思想内涵丰富，比如天人合德顺天法道的认知、自强不息立功成器的目标、厚德载物兼爱天下的情操、力致中和的原则、对立统一整体和谐的审美、惧以终始慎独敬德的忧患意识等，尤其强调在顺应天道的基础上，充分发挥主体的主观能动性，对进退、存亡、死生、荣辱做出客观的认识和价值判断，在进德修业中实现人的价值。

成德为行，以"人文"化天下。14 世纪起源于欧洲资产阶级文艺复兴时期的"人文"理念，重视人的价值、特性和理想，尊重人格独立，发展人的事业，肯定个人的品德、才能和努力对社会发展的重要作用，具有资产阶级启蒙性质，"事实上，这种启蒙意义的人文，乃是翻译时对《易传》'人文'概念的借用"②。《周易》中的人文精神即是效法天地之道，用礼仪法则教化和规范社会中人的言行，使人方向明确、德行适时适度，让社会更加和谐的一种道德精神。天文表现为阴爻、柔刚的交轮替代，体现了天道、天的美德，人文则是天道、天德在人类社会的显现，体

---

① 参见栾栋《人文精神与学科建设》，《华中师范大学学报》（人文社会科学版）1996 年第 6 期。
② 罗炽、萧汉明：《易学与人文》，中国书店 2004 年版，第 34 页。

现为礼仪法规等人伦规范，体现出人的美德。"观乎人文，以化成天下"（《贲·彖》）展现了一种博大的人文情怀，化人文为规范，化规范为德性，化德性为德行，内含对人类社会规律的体认以及把这种体认融入每个人德行中以"默而成之"的美好期冀。①

德行动静相宜的人文理想境界。相对而言，人文是静态的，而德行是动态的、变化的，"保合太和"则是动态的、多样化的德行，系统地体现出静态的、人文境界的理想状态。人文世界充满着对生命和人生意义的关怀，这种关怀的价值取向是在人与自然、人与社会、人与人之间及心灵的冲突中获得和谐、协调和平衡，这就是"和"或"太和"，"保合太和"以万物各自对峙分殊为条件，"太和"也是人文世界存有的样式，是多样化和谐存在的统一，《易传》认为一阴一阳对峙和合，体现了天地万物的变化，这种变化的本质和价值要旨是新事物的化生。②符合规律的人类德行多元地存在着，正因如此，世界才展现斑斓的人文色彩，和而不同、创新不断、生生不息的人文世界才更加精彩，"保合太和"就是这样一个动态的、富于生机活力的、和谐统一的理想人文境界。

由以上《周易》人文和德行相关的内容可知，一方面，人文由德行而来，人文由不同的人在不同时间不同空间的德与行错综而成，不同地区、不同民族的人，因时间、地点等客观时空环境不同而有不同德行，这些不同的德行整体性地呈现为特定时空中的人文风采和人文精神；另一方面，德行展现人文，从一个人、一个群体的常见德行中能够看到其生活背景中涉及的地域特征和历史文化积淀。德行与人文相统一，高尚的德行彰显光明的人文色彩，光明的人文推动主体德行发展的进程，二者交相辉映。

---

① 参见邓球柏《白话易经》，人民出版社 2012 年版，第 228、359 页。
② 参见张立文《中华文化精髓的〈周易〉智慧》，《社会科学战线》2013 年第 7 期。

第二章 《周易》思想政治教育目的

《周易》思想政治教育目的包括总体目的和具体目的两个方面。《周易》思想政治教育总体目的是培养仁智俱全、德业日新之人,追求贵时适变、出入以度的最高境界。《周易》思想政治教育具体目的又从个体和社会两个层面展开:个体层面是培养修器成器、自强不息之人;社会层面是培养仁义立人、厚德载物之人。《周易》思想政治教育目的所承载的中华优秀传统文化的深厚底蕴,在新时代依然焕发着独特魅力和强健活力。

《周易》思想政治教育有明确目的和价值取向。明确"培养什么人、怎样培养人、为谁培养人","落实立德树人的根本任务,坚持教育为人民服务、为中国共产党治国理政服务、为巩固和发展中国特色社会主义制度服务、为改革开放和社会主义现代化建设服务……努力培养担当民族复兴大任的时代新人,培养德智体美劳全面发展的社会主义建设者和接班人"。①《周易》讲天、地、人之道,人道是最终的落脚点和归宿,其自然哲学最终落实在人文精神上,告诉人们怎样生活、怎样从客观世界中争得自由。先哲作《周易》的目的就是从变动不居的宇宙现象中发现自然和社会法则,用作人生行为的指南。目的与矛盾紧密相关,思想政治教育的基本矛盾是"一定社会发展所提出的思想品德要求与人们思想品德水平之间的矛盾"②,为解决这一矛盾,思想政治教育的目的就是要培养与社会发展的思想品德要求相一致的人。以此为指导,《周易》思想政治教育培养的就是顺应和促进新时代社会发展需要、具有高尚思想政治德行、德智体美劳全面发展的社会主义建设者和接班人。从总体目的来说,《周易》思想政治教育目的是培养仁智俱全、德业日新之人,追求贵时适变、出入以度的境界;具体目的则又分为个体目的和社会目的两方面。

---

① 《习近平主持召开学校思想政治理论课教师座谈会强调 用新时代中国特色社会主义思想铸魂育人 贯彻党的教育方针落实立德树人根本任务》,《人民日报》2019年3月19日。
② 《思想政治教育学原理》编写组编:《思想政治教育学原理》,高等教育出版社2016年版,第154页。

第一节 《周易》思想政治教育的总体目的

《周易》是中国古代的一部人学著作,"本质上说是教人追求幸福、向往幸福的一部书"①,这与当代思想政治教育的本原目的也是最高目的促进人自由而全面的发展内在一致。《周易》中的君子和圣人分别从现实和超越两个层面呈现了两种理想的人物形象,对当今思想政治教育目的研究——培养什么样的人具有重要的启发意义。"思想政治教育目的是把受教育者培养成一定社会或阶级所需要的人,是社会对思想政治教育所要造就的社会个体的总体设想。"②《周易》思想政治教育总体目的就是培养像"君子"和"圣人"这样的仁智俱全、德业日新、贵时适变、出入以度的人。

一、培养仁智俱全、德业日新之人

《周易》主张效法天地,把握事物的本质和发展规律,适时中道而行,通过君子和圣人两种人物形象,体现了仁智俱全、德业日新的价值追求。

(一)仁智俱全

仁与知(通"智")是《周易》的重要概念,在践履"仁"的过程中得出人生智慧。"为仁之方,就《周易》而言,不重内省,而主践履。"③当人的修养及践行合乎天道自然规律时,即"天人合一"时,行为处事合乎规律,这也是仁智相统一的体现。圣人仁智俱全,与天地合德、与日月合明、与四时合序、与鬼神合吉凶,达到"穷神知化"德之盛的道德境

---

① 邓球柏:《白话易经》"导论",人民出版社2012年版,第17页。
② 杨生平:《思想政治教育目的及其实现》,《江汉论坛》2006年第11期。
③ 吕绍纲:《〈周易〉的哲学精神——吕绍纲易学文选》,上海古籍出版社2005年版,第37页。

界。《周易》中的仁与智体现了丰富的价值理想和人文精神，从思想政治教育的角度来看，仁智俱全是《周易》思想政治教育在德业和个人修养上的导向。

1.《周易》中的"仁"

"仁"是中国古代哲学的一个重要概念。《说文解字》："仁，亲也。从人，从二。"徐铉等曰："仁者兼爱，故从二。"① 一般认为，"仁"产生于春秋时代，"仁"字在《左传》中出现33次，《国语》中出现24次，《论语》中出现109次。② 在这些汉代以前的文献中，仁的含义主要涉及王者为人的品格与德性、爱人、亲人并推之于物，把"爱人"置于仁的核心，彰显出儒家伦理人性化、生命化和他者性的基本倾向与主体气质。③ 老子提倡超世俗、符合自然之道的"仁"，强调仁的自然性，认为最高境界的仁表现为本性的自然流露，仁而不自知，仁而不以为仁。孔子则注重天人合一基础上符合社会发展之道的"仁"，表现出对仁的自发的、内在的追求，强调仁由己出、仁者安仁，孔、老二人在仁的主张上有相关性，甚至可说孔子继承并发展了老子仁的思想。④ 仁经由孔子转化和改造，确立了道德本体性地位，奠定了核心的价值取向，为孔子仁学思想的核心。⑤ 仁在中国古代哲学中是最高的德行。⑥ "仁"符合人的发展规律，所以应该丰盈"仁"的修养，践行"仁"的德行。"仁"在《周易》中出现10次，都出现在《易传》里，其中《象》1次，《乾·文言》2次，

---

① （汉）许慎撰，（宋）徐铉校定：《说文解字》，中华书局2013年版，第159页。
② 参见武树臣《寻找最初的"仁"——对先秦"仁"观念形成过程的文化考察》，《中外法学》2014年第1期。
③ 参见余志平《"仁"字之起源与初义》，《河北学刊》2010年第1期。
④ 参见黄梓根、黄建新《论孔子仁与老子仁的相关性》，《湖南大学学报》（社会科学版）2009年第1期。
⑤ 参见洪晓丽《从古"仁"字到孔子的"仁学"——"仁"的原始与变迁及其道德性的构建》，《道德与文明》2013年第3期。
⑥ 参见陈来《仁学本体论》，《文史哲》2014年第4期。

《系辞》7次。

《乾·文言》：君子体仁$_1$足以长人。……君子学以聚之，问以辨之，宽以居之，仁$_2$以行之。

《复·象》：休复之吉，以下仁$_3$也。

《系辞》：安土敦乎仁$_4$故能爱。……仁$_5$者见之谓之仁$_6$，……显诸仁$_7$，藏诸用。何以守位，曰仁$_8$。何以聚人，曰财。……小人不耻不仁$_9$，不畏不义。

《说卦》：立人之道曰仁$_{10}$与义。

《周易》中的"仁"总的来说主要有以下几种含义。

"仁"为"元"，为德之发端，为道德生生不息的开始。其一，对于天地而言，"仁"为"元"。万物莫不有元始，天地生万物，无偏无私，促使万物发展。《乾·文言》："君子体仁$_1$足以长人。"①解《乾》卦辞"元"，"元"为天地生万物之开始，天地广生万物，泛爱众，故"元"为仁，君子体之以仁，则足以君长乎人，体"元"之仁爱而爱人，足以为君、为师、为众人之长。其二，自然之"仁"为德之发端。"显诸仁$_7$，藏诸用，鼓万物而不与圣人同忧，盛德大业至矣哉。"(《系辞》)② 李光地《周易折中》："'显'，自内而外也。'仁'，谓造化之功，德之发也。'藏'，自外而内也。'用'，谓机缄之妙，业之本也。程子曰，天地无心而成化，圣人有心而无为。"又引王凯冲："万物皆成，仁功著也，不见所为，藏诸用也"。③ "显诸仁，藏诸用"是就阴阳之道造就万物而言，"道"造就万物，是其仁爱功德显现于外，但没有人看到"道"造就万物的具体行为，它把自己的行为深藏起来。《易传》说成之者性，即造就万物稳定地成形

---

① 转引自邓球柏《白话易经》，人民出版社2012年版，第402页。
② 转引自邓球柏《白话易经》，人民出版社2012年版，第341页。
③ （清）李光地纂，刘大钧整理：《周易折中》，巴蜀书社2008年版，第417页。

成性，继之者善即善是事物发展连续性的力量，天道天理是流行的秩序，仁是最根本的天道天理，本体在大用流行显现为秩序是为道、理，本体禀受为人为物即是性，仁是根本的人性。①

"仁"为阳，为正向能量增长的一方。《复·象》："休复之吉，以下仁$_3$也。"此处"仁"指《复》初九。"下"为在其下。吴澄《易纂言》："凡言下者，皆谓在其下也。"如《屯》初九"以贵下贱"，《咸》的"男下女"。"以下仁"即指六二应退于初九仁者之下，《易》以阳刚为仁者，六二退于初九之下，实质是说当阳刚复生顺势而上长之时，六二应该潜伏下以使阳上升。《易传》中凡阳消阴长之卦，临近阳刚的柔爻均有止而不进之义，凡阳长阴消之卦，临近阳刚之柔爻均有消退之义，"扶阳而灭阴"为十二消息卦之一种通例，此处的"仁"为阳，为正向能量增长的一方。

"仁"为仁爱之心。其一，效法天地生发育成万物之"仁"，施"仁"于自然和社会。《乾·文言》："君子学以聚之，问以辩之，宽以居之，仁$_2$以行之。"②通过涵养宽容，使所聚所辨之美德安于心中，并以仁慈博爱之心见之于行动，以修养德行。孔颖达《周易正义》："'宽以居之'者，当用宽裕之道，居处其位也。'仁以行之'者，以仁恩之心，行之被物。"③其二，仁者是具有仁爱之心的人。《系辞》："仁$_5$者见之谓之仁$_6$，知者见之谓之知。"④"知"同智，"之"指"道"而言。仁者、智者从各自不同角度对"道"的认识也不同，仁者见"道"说"道"是仁，智者见"道"说"道"是智，各有所偏。即"仁"与"知"可认为是认识"道"的两个角度，仁者是从促进万物生长发展的仁爱角度去认识，其所得到

---

① 参见陈来《仁学本体论》，《文史哲》2014年第4期。
② 转引自邓球柏《白话易经》，人民出版社2012年版，第411页。
③ （魏）王弼、（晋）韩康伯注，（唐）孔颖达正义：《周易正义》，中国致公出版社2009年版，第28页。
④ 转引自邓球柏《白话易经》，人民出版社2012年版，第339页。

的就是仁者之"道"。《系辞》："何以守位，曰仁。何以聚人，曰财。"①得天下之人心位乃可守，财可养万人之生故聚人。圣人大可宝贵的东西就是政权，能守住政权的就是仁人爱物从而得众望所归。如何能得人心之所归？就在于是真正从人民的利益出发满足其需要，以仁心得人心以守位。其三，"仁"是人所具有的内在积极的德性，其根本内容是"爱"。由天地之善发展而来的"仁"，经过儒家发展完善，先是"亲亲"形成"孝道"，接着是"爱人"形成"忠恕之道"，同时又引申出"爱物"之义，是对自然界其他生命的关怀，是一种有生态意义的生命哲学，进而又回到体认层面"仁者以天地万物为一体"的天人合一境界。"仁"的内容、意义和范围解释的延伸，就其可能的"实现"而言，根本方法是"回到原点"，进行"创造性的诠释"，重建一个具有普遍意义的精神世界。②其中，"孝"是形成关怀的自然情感基础，"忠恕"之道是人间交往的普遍原则，"爱物"之情为生态伦理提供了重要精神资源，"万物一体"之仁则为实现人与人、人与自然的普遍和谐提供了宝贵价值指导。③儒家思想体系中"仁"赋予人类生活以"意义"的核心价值，"仁"的伦理本质：爱人、忠、恕，君子是行"仁"的道德人格和政治主体，"仁"的人性论基础是性善论，孟子的性善论与"仁政""王道"紧密相连，或说孟子提出性善论为其政治理想提供理论基础。④仁是儒家的社会理想，内在地要求实现社会秩序和政治实践，仁又代表了中国儒学的最高精神境界（北宋程颢说"仁者以天地万物为一体"），宋代以来仁已经成为中国哲学的核心观念，在当代社会核心价值的思考中仍有重要地位。⑤在思想政治教育中，发掘

---

① 转引自邓球柏《白话易经》，人民出版社 2012 年版，第 362 页。
② 参见蒙培元《中国哲学的诠释问题——以仁为中心》，《人文杂志》2005 年第 7 期。
③ 参见蒙培元《从仁的四个层面看普遍伦理的可能性》，《中国哲学史》2000 年第 4 期。
④ 参见杜崙《"仁学"体系概述》，《中国哲学史》2011 年第 2 期。
⑤ 参见陈来《仁学本体论》，《文史哲》2014 年第 4 期。

《周易》中"仁"的内涵,"向上向善、孝老爱亲"①,营造友爱和谐是社会氛围。

"仁"为宽厚无私。《系辞》:"安土敦乎仁,故能爱。"②"安土"即随遇而安、无求舍,"敦乎仁"即宽厚待人、无私心。即通晓《易》理就能在应酬万物的变化上随遇而安无求舍,宽厚待人无私心,所以能泛爱众。随处皆安,无一息之不仁,所以,能不忘其济物之心而仁益笃。

"仁"主于柔(相对于"义"而言)。《说卦》:"立人之道曰仁与义。"③"道"普遍存在于整个自然界和人类社会,但表现的形态不同。在天表现为阴阳二气,具有一定的抽象性。在地表现为刚柔两种形态,以奇画与偶画作为标志,是具体的。将一阴一阳的"道"附于人,就是仁与义的对立统一。仁者爱人主于柔、义者制事主于刚,人之德有仁义。《易传》将一阴一阳之"道"加以社会伦理化,仁与义作为人性固有的东西,也体现着天地刚柔的对立统一。

一般认为,"仁"存在于关系中,既属于存在范畴,也属于关系范畴。在自然界和社会交往中,人有自我实现的自主性,自我实现的德性即仁德。金景芳认为,"仁"字有三要义,即二人以上、相亲、现实中的相亲又变为以人之好恶作为取舍标准,行仁之方为恕,仁为社会的行为,其本原在欲生,仁者人心,亦天心,圣人非顺应自然,乃参赞自然,仁者行必合义,合义定与礼协,礼与义皆仁之事,仁智勇并称之义,仁者必有勇。④《周易》中的"仁"为德之发端,促进正能量增长,为仁人爱人,为宽厚无私,人只有发展并实现内在"仁"的德性,以仁义进德修业,才能生活得更有意义和价值。

---

① 习近平:《决胜全面建成小康社会 夺取新时代中国特色社会主义伟大胜利——在中国共产党第十九次全国代表大会上的报告》,人民出版社2017年版,第43页。
② 转引自邓球柏《白话易经》,人民出版社2012年版,第339页。
③ 转引自邓球柏《白话易经》,人民出版社2012年版,第421页。
④ 参见金景芳《周易通解》,长春出版社2007年版,第62页。

2.《周易》中的"知"

《说文解字》:"知,词也。从口,从矢。"①"词"有言词之义。"矢"《说文解字》释为:"弓弩矢也。"② 引申为发誓、陈述,古义与语言陈述有关,偏重口头陈述。孔子之前,"知"字多用为认识、知道、了解之义,《易经》《尚书》《诗经》中的"知"字,常用作知神、知命、知人、知政、知事,无睿智、智慧之义。在《易经》《诗经》中并无"智"字出现。虽然《左传》中也无"智"字,但自《左传》始,知与智通,以知字代替智字之义,并出现了知仁并举、知勇并举的现象,《论语》中知字的用法与《左传》相同,并无智字,睿智、智慧之义都以知代智。③《周易》的"知"都出现在《易传》,与知道、智慧、主宰相关,知微知彰、知柔知刚、见几而作,德行中道适度是极高明者,以致精义入神、穷神知化的盛德状态。"知"在《周易》中出现61次,其中经文1次,《乾·文言》9次,《象》5次,《彖》1次,《说卦》1次,《系辞》44次。

《乾·文言》:$知_1$至至之,可与几也。$知_2$终终之,……亢之为言也,$知_3$进而不$知_4$退,$知_5$存而不$知_6$亡,$知_7$得而不$知_8$丧。……$知_9$进退存亡而不失其正者,其唯圣人乎?

《坤·象》:或从王事,$知_{10}$光大也。

《临》:六五:$知_{11}$临,大君之宜。吉。

《蹇·象》:见险而能止,$知_{12}$矣哉!

《归妹·象》:君子以永终$知_{13}$敝。

《节·象》:不出户庭,$知_{14}$通塞也。

《未济·象》:亦不$知_{15}$极也。……亦不$知_{16}$节也。

---

① (汉)许慎撰,(宋)徐铉校订:《说文解字》,中华书局2013年版,第105页。
② (汉)许慎撰,(宋)徐铉校订:《说文解字》,中华书局2013年版,第105页。
③ 参见赵卫东《仁知合一,以仁统知——孔子处理德性与知识关系的方式》,《山东师范大学学报》(人文社会科学版)2002年第6期。

《系辞》：《乾》知$_{17}$大始，……《乾》以易知$_{18}$，……易则易知$_{19}$，……易知$_{20}$则有亲……是故知$_{21}$幽明之故，原始反终，故知$_{22}$死生之说。……是故知$_{23}$鬼神之情状。知$_{24}$周乎万物而道济天下，……乐天知$_{25}$命故不忧。……通乎昼夜之道而知$_{26}$。

知$_{27}$者见之谓之知$_{28}$，百姓日用而不知$_{29}$。……极数知$_{30}$来之谓占。

知$_{31}$崇礼卑，……其知$_{32}$盗乎？……知$_{33}$变化之道者，其知$_{34}$神之所为乎！无有远近幽深，遂知$_{35}$来物。……卦之德方以知$_{36}$，六爻之义易以贡。

神以知$_{37}$来，知$_{38}$以藏往。……古之聪明睿知$_{39}$……未之或知$_{40}$也，穷神知$_{41}$化……

德薄而位尊，知$_{42}$小而谋大，……知$_{43}$几其神乎？……其知$_{44}$几乎？

君子知$_{45}$微知$_{46}$彰，知$_{47}$柔知$_{48}$刚……有不善，未尝不知$_{49}$，知$_{50}$之未尝复行也。

《复》以自知$_{51}$。……外内使知$_{52}$惧，……其初难知$_{53}$，其上易知$_{54}$，本末也。亦要存亡吉凶，则居可知$_{55}$矣。知$_{56}$者观其彖辞，则思过半矣。德行恒易以知$_{57}$险。……德行恒简以知$_{58}$阻。……象事知$_{59}$器，占事知$_{60}$来。

《说卦》：数往者顺，知$_{61}$来者逆，是故《易》逆数也。

《周易》的"知"主要有以下几种含义。

其一，"知"为知道、懂得、知晓。

"《乾》以易知。"《乾》知$_{17}$大始，《坤》作成物。《乾》以易知$_{18}$，《坤》以简能。易则易知$_{19}$，简则易从。"（《系辞》）① 乾主万物之始，健而能动，道理很平易，坤顺从乾而行，简约而不繁，此是赞美乾坤生物育物之功。由于乾主始物并不神秘，人人都易知晓，坤主生物的道理简而不繁，人人可遵从。由于乾主生物的道理易知晓，则亲近者多，坤主生物的

---

① 转引自邓球柏《白话易经》，人民出版社 2012 年版，第 334 页。

道理易遵从，人人致力于此，则有功效。故乾道易于知晓，易知则有人了解和亲近，有人亲近则可以长久存在，可久则促成贤人之德。

知晓本末。"其初难知$_{53}$，其上易知$_{54}$，本末也。"（《系辞》）① 一卦设六爻，刚柔互相错杂，代表处在一定时间条件下的具体事物。初爻为事物开始，仅见初爻难知其全部，上爻为事物之终了，易知其全部，如同一棵大树的树根与树梢，初与上为本与末之两端。此承上文"原始要终"而言，每卦之初、上两爻。原其始，初爻为本，本质未明，故难知；要其终，上爻为末，末质已著，故易知。

知死生之说。《系辞》："仰以观于天文，俯以察于地理。是故知幽明之故，原始反终，故知死生之说。精气为物，游魂为变，是故知$_{23}$鬼神之情状。"② 毛奇龄说幽明即阴阳；李鼎祚引《九家易》说阴阳交合物之始，阴阳分离物之终，合则生，离则死；朱震说气聚为精，精聚为物，反终则魂升魄散，散而为变；朱熹说幽明、死生、鬼神皆阴阳之变，天地之道也，天文有昼夜上下，地理有南北高深，"原"乃推之于前，"反"为要之于后，阴精阳气聚而成物乃神之伸，魂游魄散、散而为变乃鬼之归。③ 圣人仰观天文日月星辰的运行，俯察地理水土草木的枯荣，推原万事万物之所始、阴阳变化所以然之理，又复归其所终，故知死生之说不外乎阴阳变化的一离一合，阴阳精气相合积聚形成万物，万物积聚到极点而趋分散改变。孔颖达说"幽明"为有形无形之象，"死生"是终始之数，"精气为物"是说阴阳精灵之气氤氲积聚为万物，"游魂为变"即物既积聚极则分散，将散之时，浮游精魂去离物形而改变，则生变为死、成变为败，或未死之间变为异类。④ "鬼神"为阴阳之屈伸，原其生之始为阴精

---

① 转引自邓球柏《白话易经》，人民出版社2012年版，第390页。
② 转引自邓球柏《白话易经》，人民出版社2012年版，第338—339页。
③ 参见《中华易学大辞典》编辑委员会编《中华易学大辞典》，上海古籍出版社2008年版，第271页。
④ 参见（魏）王弼、（晋）韩康伯注，（唐）孔颖达正义《周易正义》，中国致公出版社2009年版，第256—259页。

阳气凝聚而为形体，反其死之终为魂游魄散形体发生质变，故知鬼神不外乎阴阳变化的一屈一伸、一离一合。《周易》包括了天地间的一切变化而无逾越，成就万物而无所遗弃。圣人的所为所作模范周围天地之化养，法则天地以施其化，不违天地之道，随变而应，屈曲委细，成就万物，而且不遗弃细小之物。通晓了昼夜循环变化的道理，也就明白了幽明、死生、鬼神的道理，也就明白了天地万物化育流行的道理。

知变化之道。《系辞》："知$_{33}$变化之道者，其知$_{34}$神之所为乎！"① 知道阴阳变化之道的人，也就知道神的作用是什么了。韩康伯《周易注》说，变化之道不为而自然，知变化之道则知神之所为，阴阳变化之道是自然的变化，所谓"神"的作用也不外是客观自然的变化。②《系辞》："君子知$_{45}$微知$_{46}$彰，知$_{47}$柔知$_{48}$刚，万夫之望。"③ 君子能够见微知著，晓得柔可转化为刚，刚亦可转化为柔，这样万人都会对他景仰。"穷神知$_{41}$化，德之盛也。"（《系辞》）④ 精研事物之至理而穷尽到什么叫作"神"，也就知道了什么是变化，那是才德最高的人，穷极微妙之神、晓知变化之道乃圣人德之盛极。

象事知器，极数知来。《系辞》："象事知$_{59}$器，占事知$_{60}$来。"⑤ 通过卦象所像之物，可知物器之象而制作它，此即制器尚象。通过占筮可知未来之事而决断，此即卜筮尚占。所以，"象事知器，占事知来"是讲《易》之功用。将生生变化的"道"体现在数上，极尽大衍之数推演变化而得七、八、九、六以画卦，通过卦预知未来，就叫作占。推而极之，可彰往察来而占吉凶。《系辞》："极数知$_{30}$来之谓占。"⑥ 数，即七、

---

① 转引自邓球柏《白话易经》，人民出版社2012年版，第349页。
② 参见《中华易学大辞典》编辑委员会编《中华易学大辞典》，上海古籍出版社2008年版，第277页。
③ 转引自邓球柏《白话易经》，人民出版社2012年版，第375页。
④ 转引自邓球柏《白话易经》，人民出版社2012年版，第374页。
⑤ 转引自邓球柏《白话易经》，人民出版社2012年版，第397页。
⑥ 转引自邓球柏《白话易经》，人民出版社2012年版，第341页。

八、九、六之数。孔颖达《周易正义》:"谓穷极蓍策之数,豫知来事,占问吉凶。"①《系辞》:"无有远近幽深,遂知$_{35}$来物。"②"远"指未来之事,"近"指眼前之事,"幽"指幽暗不明之事,"深"指深奥难懂之事,"物"谓事,此句承上文"以卜筮者尚其占"而说,就卜筮而言,君子想有所行动,向它发问就能做出回答,无论远的、近的、幽暗不明的、深奥难懂的,未来之事就全都知道了。这是针对《周易》的强大功能而言,当然"知来物"的内在根据建立在对科学规律正确认识基础上,以此基础对未来做推断。《说卦》:"数往者顺,知$_{61}$来者逆,是故《易》逆数也。"③"往"为过去,"来"为未来,以往过去之事都是已知的,历数和认识它就比较顺当容易,故"数往者顺";凡未来之事就难认识,不容易预料,故"知来者逆"。孔颖达《周易正义》:"易之爻卦,与天地等,成性命之理、吉凶之数,既往之事,将来之几,备在爻卦之中矣。故易之为用,人欲数知既往之事者,易则顺后而知之;人欲数知将来之事者,易则逆前而数之,是故圣人用此易道,以逆数知来事也。"④历数和认识以往的事比较容易,预知未来之事较难,而《周易》筮占是求未来之事,故称"逆数"。孔颖达《周易正义》:"顺天道之常数,知性命之终始,任自然之理,故不忧也。"⑤故《周易》的极数知来是彰往而致察来。

知至以成务,知终以存义,知进退存亡不失其正。其一,知至至之,知终终之。《乾·文言》:"知$_1$至至之,可与几也。知$_2$终终之,可

---

① (魏)王弼、(晋)韩康伯注,(唐)孔颖达正义:《周易正义》,中国致公出版社2009年版,第262页。
② 转引自邓球柏《白话易经》,人民出版社2012年版,第352页。
③ 转引自邓球柏《白话易经》,人民出版社2012年版,第422页。
④ (魏)王弼、(晋)韩康伯注,(唐)孔颖达正义:《周易正义》,中国致公出版社2009年版,第306页。
⑤ (魏)王弼、(晋)韩康伯注,(唐)孔颖达正义:《周易正义》,中国致公出版社2009年版,第259页。

与存义也。"①《周易正义》："九三处一体之极，方至上卦之下，是'至'也。""居一卦之尽，是'终'也。处事之至而不犯咎，'知至'者也，故可与成务矣。处终而能全其终，'知终'者也。夫进物之速者，义不若利，存物之终者，利不及义。故'靡不有初，鲜克有终'。夫'可与存义'者，夫唯'知终'者乎？"②此句总结《乾》九三爻辞"君子终日乾乾，夕惕若，厉，无咎"。也就是说，懂得机遇到来时便能立刻抓住（当然这要建立在具备一定实力的基础上），才可以拥有机遇，懂得该放弃时便放弃，才可以与道义长存。其二，知进退存亡不失其正。"亢之为言也，知$_3$进而不知$_4$退，知$_5$存而不知$_6$亡，知$_7$得而不知$_8$丧。其唯圣人乎？知$_9$进退存亡而不失其正者，其唯圣人乎？"（《乾·文言》）③解上九爻辞"亢龙有悔"，亢龙之所以有悔是因它只知前进而不知后退，只知生存而不知衰亡，只知获得利益而不懂得丢失利益。李鼎祚《周易集解》引荀爽观点认为阳位在五今乃居上，故知进不知退，在上当阴今反为阳，故知存不知亡；《周易集解》卷一认为此论人君骄盈过亢必有丧亡，如殷纣招牧野之灾。④进退据心，存亡据身，得失据位，知进退、存亡、得失，则自如，如《蛊》六五爻治蛊之事已完成，至上九便不为王侯之事操劳。程颐《伊川易传》："如上九之处事外不累于世务，不臣事于王侯。盖进退以道，用舍随时，非贤者能之乎？其所存之志，可为法则也。"⑤欲避免亢龙阶段有悔局面的出现，就须像圣人一样，知至至之，知终终之，知进退存亡，不失其正，这应该达到了真正的自由状态。

知晓通塞，当通则通，当止则止。其一，知其将往，知道该怎么做。比如《坤·象》用"知$_{10}$光大"解读六三爻辞"或从王事"。或从事王者

---

① 转引自邓球柏《白话易经》，人民出版社2012年版，第405页。
② 转引自邓球柏《白话易经》，人民出版社2012年版，第22页。
③ 转引自邓球柏《白话易经》，人民出版社2012年版，第413页。
④ 参见《中华易学大辞典》编辑委员会编《中华易学大辞典》，上海古籍出版社2008年版，第304页。
⑤ 《中华易学大辞典》编辑委员会编：《中华易学大辞典》，上海古籍出版社2008年版，第230页。

赐命之事，有功而不居功，坤六三知道自己是顺从乾阳而动，含弘光大乾阳之事业，这是借臣侍君说明坤阴顺从乾阳。其二，掌握客观情况从而知道合理对待。例如《节·象》："不出户庭，知₁₄通塞也。"以泽节制水，初九为泽底之水，不出门户庭院比喻泽底之水当塞而不当流，晓得当通则通、当塞则塞，肯定初九"不出户庭"塞而不流的节制是正确的。王申子《大易辑说》："时有通塞，通则行，塞则止。当止即止，其知通塞之君子乎。"① 根据具体客观情况把握事物的发展，"通"或"止"都不脱离具体实际，暂时的"止"是为了更好地"通"，"通"是最终目的。

永终知敝，善始善终。"知"为知道、知晓。《归妹·象》："泽上有雷，归妹。君子以永终知₁₃敝。"《归妹》卦象是泽上有雷。李光地《周易通论》："泽者，积阴之处。而其上有雷，是以阴感阳也。亦有归妹之象。"② 君子观此象则当"永终知敝"，所谓"永终"是说男婚女嫁为承前代之所终，以始后代之所始。因此，于其婚嫁之始，则应虑其终，知其是否还有弊端，以便能善始善终。

知极知节，外内知惧，出入以度。其一，知极、知终、知中。《未济·象》"亦不知₁₅极也"解初六爻辞"濡其尾"。初爻为未济初始，不具备可济的条件，爻辞以小狐渡河为象，勇气有余而经验不足，贸然涉水未及游至彼岸而气力不济，尾巴浸在水里。其二，明辨而知节制。《未济·象》"饮酒濡首，亦不知₁₆节也"解上九爻辞"饮酒""濡其首"。未济至上九已取得成功，故称"饮酒"，由于沉溺"饮酒"又招致失败，故称"濡首"，总结成功转向失败之教训，则是不晓得对中实行节制。孔颖达《周易正义》："饮酒所以致濡首之难，以其不知止节故也。"③ 项安世

---

① 《中华易学大辞典》编辑委员会编：《中华易学大辞典》，上海古籍出版社 2008 年版，第 264 页。
② 《中华易学大辞典》编辑委员会编：《中华易学大辞典》，上海古籍出版社 2008 年版，第 259 页。
③ （魏）王弼、（晋）韩康伯注，（唐）孔颖达正义：《周易正义》，中国致公出版社 2009 年版，第 249 页。

《周易玩辞》："所谓'亦不知节'者，正谓其不明于辨也。夫人居患难之久，幸其将乎。欲相与以乐其终，而反因乐以坏其终。此何等时而作事如此，亦可谓不知节矣。"① 知道节制，德行适中，以防止事物向不良方向发展，有问题及时调整。《系辞》："有不善，未尝不知$_{49}$，知$_{50}$之未尝复行也。""《复》以自知$_{51}$。"② 《周易折中》引陆九渊："'复以自知'，自克乃能复善，他人无与焉。"③ 自知是反求诸己而能内自省，知极知节，若有不善，复归人之善性，复归善性在于自身的自觉。六爻在六位的变化虽然无典章可循，但其一出一入却有固定的法度，通过内外应比关系以使人知道畏惧，知极知节知惧，出入以度。

其二，"知"同"智"，智慧之义。

知崇礼卑。"知$_{31}$崇礼卑，崇效天，卑法地。"（《系辞》）④ 崇为知之贵，卑为礼之用。韩康伯《周易注》："知以崇为贵，礼以卑为用。极知之崇象天高，而统物备礼之用象地广而载物。"⑤ 知有难而不涉是为"智"。《蹇·彖》："蹇，难也，险在前也。见险而能止，知$_{12}$矣哉！"《蹇》卦体艮下坎上，艮为止，坎为险陷，坎险在前，见险而能止不冒险。《蹇》《屯》都是险难之卦，区别在于《屯》卦体是震下坎上为"动乎险中"，即动而入险，在险陷中运动以出乎险，《蹇》卦体艮下坎上，为"见险而能止"，止于险外而不陷于险。涉难者，是说涉足则有难，止而不涉，知有难而不涉，此若非有识之士则难以做到，所以称"知矣哉"！

乐天知命，智周乎万物。"知$_{24}$周乎万物而道济天下，故不过；旁行而不流；乐天知$_{25}$命故不忧。"⑥ 《周易》能遍知万物而以其阐发的一阴一

---

① 《中华易学大辞典》编辑委员会编：《中华易学大辞典》，上海古籍出版社2008年版，第267页。
② 转引自邓球柏《白话易经》，人民出版社2012年版，第375、384页。
③ （清）李光地纂，刘大钧整理：《周易折中》，巴蜀书社2008年版，第460页。
④ 转引自邓球柏《白话易经》，人民出版社2012年版，第341页。
⑤ 《中华易学大辞典》编辑委员会编：《中华易学大辞典》，上海古籍出版社2008年版，第274页。
⑥ 转引自邓球柏《白话易经》，人民出版社2012年版，第339页。

阳变化规律去济助天下，没有过差。"旁行"乃行权之智，"不流"为守正之仁。通晓《易》理的人，有应对事物千变万化的智慧，坚守事物正理的仁德，他知道天道的治乱兴衰可以互相转化，人的命运有穷必有通，顺其自然规律而发展，能乐而不忧，"旁行而不流"。孔颖达《周易正义》："顺天道之常数，知性命之终始，任自然之理，故不忧也。"①

"智"指丰富的指导实践的哲学、社会、政治等实践智慧。智慧由观察、探究、思考、行动等实践活动而来。《系辞》："亦要存亡吉凶，则居可知$_{55}$矣。知$_{56}$者观其彖辞，则思过半矣。"②要想探求吉凶存亡，通过卦爻的变化就能知道，卦辞统论一卦之体，有智慧的人仅观卦辞就能把卦义理解多半。仁者、智者对"道"的认识各不相同，之所以不同，是因为虽然研究对象相同，但角度和立场不一样，看到的都是所研究对象的部分特征，如同盲人摸象的道理一样，所以，要运用联系的观点、全面地看待问题。筮与卦中藏着智慧和知识，学《易》用《易》的人是智者。"是故蓍之德圆而神，卦之德方以知$_{36}$。"(《系辞》)③ "圆"意味着滚动不止、变化莫测、运而不穷。蓍通过数的抽象运算求卦，事先并不知道会得到哪一卦，如同圆的不停滚动停在哪个点不可测度一样。"方"意味着存在既定规则和静止不动的存在，六十四卦各有其固定的卦爻符号和卦爻辞，都是不变的，有如方形体静止不动，卦的性质是方形体静止不动，卦爻符号与卦爻辞又都是总结前人历史经验写成，集中了往昔人的智慧。金景芳《周易讲座》："'卦之德'谓卦的性质。圆是动，方是不动。'智'是指《周易》六十四卦中包含着丰富的哲学、社会、政治和思想内容而言。"④ 通过蓍的运算预知未来，六十四卦三百八十四爻，这些符号与爻辞都是往昔

---

① (魏)王弼、(晋)韩康伯注，(唐)孔颖达正义：《周易正义》，中国致公出版社2009年版，第259页。
② 转引自邓球柏《白话易经》，人民出版社2012年版，第390页。
③ 转引自邓球柏《白话易经》，人民出版社2012年版，第354页。
④ 《中华易学大辞典》编辑委员会编：《中华易学大辞典》，上海古籍出版社2008年版，第279页。

经验、人类智慧的集中，所以它蕴含昔人的智慧。"神以知$_{37}$来，知$_{38}$以藏往。"（《系辞》）①。陈梦雷《周易浅述》："'知以藏往'承上'方以知'。蓍未有定数，故曰'知来'。卦已有定体，故能'藏往'。"②在继承前人智慧的基础上，认识规律，把握规律，顺利走向未来。

其三，"知"为"主"，有主宰、主长之意。

乾知大始。《系辞》："《乾》知$_{17}$大始，《坤》作成物。"③"知"字朱熹、吴澄等释为"主"，"主之而无心"，是客观的而非主观。朱熹《周易本义》说"知"犹主。吴澄《易纂言》认为"《乾》知$_{17}$大始，《坤》作成物"专门阐述《乾》《坤》二卦，乾男为父以始物，坤女为母以成物，"知"乃主之而无心，"作"乃为之而有迹。④"乾"对"坤"、"知"对"作"、"大始"对"成物"，就乾坤养育万物而言，乾阳主万物滋始，坤阴承乾阳主万物生成。

以上是传文中的"知"。在《周易》经文中，"知"的解释空间则较大。《临》："六五：知$_{11}$临，大君之宜。吉。""临"为阳刚临下而上长以消阴。"知临"有三解：一是"知"为知人用事，陈梦雷《周易浅述》认为六五以柔居中，下应九二，不自用而用人，此为知之事，因二、五相应，则六五之君知九二之助己大臣，临下而用之；二是"知"为智，以智慧临下而治，程颐《伊川易传》认为以一人之身临天下之广，若区区自任岂能周于万事，故自任其知者适为不智，唯能取天下之善、任天下之聪明则无所不周，是不任其知则其智大矣；三是"知"为知晓，即六五知阳刚来临，阳长至二位知其无害己之心而用之，项安世《周易玩辞》认为自下临上易为暗君所疑，而君刚则与阳相知不疑其临己，故曰"知临"。⑤

---

① 转引自邓球柏《白话易经》，人民出版社2012年版，第354页。
②《中华易学大辞典》编辑委员会编：《中华易学大辞典》，上海古籍出版社2008年版，第279页。
③ 转引自邓球柏《白话易经》，人民出版社2012年版，第334页。
④ 参见《中华易学大辞典》编辑委员会编《中华易学大辞典》，上海古籍出版社2008年版，第268页。
⑤ 参见《中华易学大辞典》编辑委员会编《中华易学大辞典》，上海古籍出版社2008年版，第117页。

《周易》中圣人基于君子又高于君子，"知"的不同是二者重要的区别表征，相对于"知"，"智"字后起，在中国古代知、智经常通用。《尔雅·释言》："哲，智也。"①认知、知觉、学习而"知"的智来自知或悟，更高层次的知即为智，是具有"哲"的"知"，是一种与智力相关，含有一定方法论的实践智慧。"知"多指闻见和认知，"智"是"人事""道德"之智，明智或智慧之德是中国"三达德""五常"之一，是西方四枢德之一，重视智德的心理形式分析是西方智德观特点，而重视智德的社会内容分析则是中国智德观特点，智德除智力与道德相统一这一根本特点外，还有实践性和利害性、工具性和基础性、普遍性与特殊性、现实性与未来性相统一的特点，亚里士多德认为明智是关于人的公正、高尚、善良、是一个善良人的实践，智德是智慧和道德动机与道德目的之统一。②知识是主体对客观事物的认识，智慧是实践经验的结晶，是主体长期实践获得的理解与应对社会人生的能力；知识常是理论性的，而智慧则与实践关联，既是实践的结果，又最终应用于实践；知识适用于经验之域，而智慧却可上达形上之域；获得知识离不开智慧，能否使知识服务于人类需智慧抉择，一定意义上知识储备是修养道德的基础，实践中智慧比知识更有助于道德完成。③"智"来源于知、高于知，"知"在实践中产生，"智"对扩充和认知更深更广的"知"有积极促进作用。在"知"的修养上圣人高过君子。一般君子知仁知义知礼，圣人则是大仁大智之人，是"聪明睿智神武而不杀者"，明天道、察民故，"知变化之道""知神之所为"。④圣人能通过《易》"极深而研几""通天下之志""成天下之务"，成德广业，达"精

---

① 邓启铜注释：《尔雅》，东南大学出版社2015年版，第79页。
② 参见肖群忠《智德新论》，《道德与文明》2005年第3期。
③ 赵卫东：《仁知合一，以仁统知——孔子处理德性与知识关系的方式》，《山东师范大学学报》（人文社会科学版）2002年第6期。
④ 转引自邓球柏《白话易经》，人民出版社2012年版，第354、349、349页。

义入神""利用安身""穷神知化"①的程度。知天下之全、洞天下之微，把握天下之变，以"智"处理人与客观世界的关系，顺应并和谐于其中。

《周易》蕴含丰富实践智慧，具有与时偕行的生命力。比如"保合大和"说明天地万物由"和实生物"而来；穷理尽性而至于命促使我们掌握事物发展的规律性；思维方式中蕴含大智慧，比如太极思维的阴寓于阳、阳寓于阴，变通思维的穷则变、变则通、通则久，以及道器思维等；民族精神中大智慧有自强不息、厚德载物精神、与时偕行精神、忧患精神等。如此种种，让《周易》智慧在我们生活中继续"活着"。②

3. 仁知合一

仁知合一通过由外达内实现。君子之道也是一阴一阳之道，包含阴阳即仁知两方面。③"继之者善也"是阳的事，代表仁；"成之者性也"是阴的事，代表知。④通过经验中的知识习得道德判断能力，再依道德判断指导道德实践，通过道德实践开启内在之"仁"，使内在的"仁"与外在获得的知识、智慧一致，仁知合一，以仁统知，以知利人。

一方面，以"仁"统"知"。仁"为主体的内在德性，"知"有知识与智慧双重内涵，知识是对经验世界的认知，智慧是社会生活过程中人的最高思维能力。仁与知的关系在《周易》中的圣人身上体现为仁智俱全，合而为一。孔子主张仁知合一、以仁统知，他以"化越超为内在"的方式下学而上达，打通知识通往德性之路，又以仁的创生性外化内在德性，融上下内外为一体，实现了德性与知识的圆融。⑤知德—成德—为行，行是内在的"仁"德外化为社会实践，欲智"行"，"仁"则需在实践中不断反

---

① 转引自邓球柏《白话易经》，人民出版社 2012 年版，第 352、352、352、374、374、374 页。
② 参见张立文《中华文化精髓的〈周易〉智慧》，《社会科学战线》2013 年第 7 期。
③ 参见吕绍纲《〈周易〉的哲学精神——吕绍纲易学文选》，上海古籍出版社 2005 年版，第 69 页。
④ 转引自邓球柏《白话易经》，人民出版社 2012 年版，第 339 页。
⑤ 参见赵卫东《仁知合一，以仁统知——孔子处理德性与知识关系的方式》，《山东师范大学学报》（人文社会科学版）2002 年第 6 期。

思、认知和积累,"知"以"仁"为向。

另一方面,以"知"利"仁"。"学以聚之,问以辨之,宽以居之,仁以行之"(《乾·文言》)①。肯定"知"的重要性,重视主体内在"仁"的开发与培养。经验知识的学习非最终目的,学习的最终目的是追求自由过程中的进德修业,促进自己和社会的发展。在具体的实践活动中修养"仁"德,以"知"发展完善"仁",发挥"仁"的最大价值。由"行"而"知","行"同时也是"仁"在社会实践中的实现,以"知"利"行",以"行"修"仁",故"知"而利"仁"。

"仁""知"合一体现了人道主义与理性原则的统一,体现了知情意与真善美的统一。②"仁"作为道德主体的内在德性,"知"作为实践中的"行"之"智",仁知合而为一,共促德与业的发展。

(二)德业日新

如果说《周易》中的"仁"与"知"体现了君子或圣人的内在修养和处世智慧,那么,这二者在社会实践中则进一步成就了"德"与"业"。何为"德""业"?《系辞》:"显诸仁,藏诸用,鼓万物而不与圣人同忧,盛德大业至矣哉。富有之谓大业,日新之谓盛德。"③"仁"为德之发,"仁"以成"德",日新以得之,历久弥新。万物皆成"仁"之功,一阴一阳之道隐藏于"用"之中。"用"为"业"之本,"用"以成"业",富有之业无物而不容。仁心不息,实践不止,"用"以成业,"仁""用"而成"德""业"。《周易》中,不管是君子的进德修业还是圣人的崇德广业,都是德业日新的过程。

---

① 转引自邓球柏《白话易经》,人民出版社 2012 年版,第 411 页。
② 参见段尊群《"仁智统一"的哲学意蕴与现代启示》,《湖南科技大学学报》(社会科学版)2014 年第 6 期。
③ 转引自邓球柏《白话易经》,人民出版社 2012 年版,第 341 页。

1. 由继善成性而进德修业

"继善成性"是《易传》"继之者善也,成之者性也"之缩语,接"一阴一阳之谓道"而至。① 动则为阳、静则为阴,动静无端、阴阳无始,一阴一阳循环不已即是道。"继"言道之用,道之用形成的化育流行之功即是善,生生化育为"动",属阳;"成"是说物之所具,"性"是就物禀赋而言,凡物各自具备适合自身的道,成性为静,属阴。继善讲客观和普遍,成性讲主观和具体。"继之者善也,成之者性也"即万物承阴阳之交而生发,禀受天理流行之初纯而无杂的"道"与"气"而成长,无不善良美好,当生成之后便各有其属性,由同而异。自周敦颐、张载开始,宋代哲学的"继善成性"说尽管学派归属不一,但他们讨论性与善关系的基点都以继善成性为主,说明北宋新儒家的理论兴趣点在于从天道的生成论基础去阐释、看待个体的道德发展,朱熹对北宋以来新儒家继善成性说的总结,将传统的继善成性说推向新阶段。② "道具于阴而行乎阳。继,言其发也。善,谓化育之功,阳之事也。成,言其具也。性,谓物之所受,言物生则有性,而各具是道也,阴之事也。周子、程子之书,言之备矣。"③ "继善成性"说将由天至人的生成序列释为以天道为本构筑本性的思辨逻辑,注重个体生成的具体特殊性。

继善成性,促进事物的生成和发展。《周易》以天地为准则,涵盖天下之道,在人类社会,一阴一阳之道表现为仁与义。一阴一阳不断流转实无道德价值可言,《周易》却以其为人间道德的一个根源。④《系辞》认为生生谓易,天地之大德是"生",继一阴一阳之道者为"善"。事物总在不断生成的过程中,生者为继为善,成则是成就万物,继善成性由道

---

① 转引自邓球柏《白话易经》,人民出版社 2012 年版,第 339 页。
② 参见向世陵《论朱熹对"继善成性"说的规范》,《周易研究》2011 年第 1 期。
③ (宋)朱熹撰,廖名春点校:《周易本义》,中华书局 2009 年版,第 228 页。
④ 参见吕绍纲《〈周易〉的哲学精神——吕绍纲易学文选》,上海古籍出版社 2005 年版,第 33 页。

之生生而来。阴阳变化,没有尽头,永恒生生不已的变化表现为过程,过程有始有终,周而复始,此为"继","继"必流行畅通无窒碍,这就是"善"。生生不已的善一旦落实为物,便是性,人与物都禀受一阴一阳的"道"而生,由同而异,生成后各有属性。周敦颐认为人性有刚、柔、善、恶、中五品,刚与善结合为刚善的性,刚善、柔善不是最高的,最高的性是中,性与性命相关,"易"是性命之源。①《系辞》既承认天地阴阳之道可"显诸仁,藏诸用",有自身道德属性,又肯定其"鼓万物而不与圣人同忧",接近老子"道法自然"之意。②"阴阳之道"即天地之道,"天地之道"包含仁义立人之道,按客观规律促进人与事的发展和完备,即"继善成性"。继善成性在乾坤两卦表现为:"天行健,君子以自强不息""地势坤,君子以厚德载物"。"继之者善也,成之者性也"之"善",是促进一阴一阳之道继续不已。

《周易》中君子效法天地之道,继善成性,德行日趋完善。"君子"一词在《周易》中出现127次,其中经文20次,传文107次。《说文解字注》中"君,尊也。从尹、口。口以发号""古文象君坐形"③,本意为君主,字形上为"尹",像手拿权杖,下为"口",如发号施令。"子"是"十一月阳气动,万物滋,人以为称"④,段玉裁注为"子本阳气动万物滋之称。万物莫灵于人。故因假借以为人之称"⑤。君子在"古代指地位高的人,后来指人格高尚的人"⑥。《周易》中君子是继善成性、德业日进不断进取之人。

进德修业,进取不息。"君子进德修业。忠信,所以进德也。修辞立

---

① 参见侯外庐、邱汉生、张岂之主编《宋明理学史》,人民出版社1984年版,第72页。
② 参见翟廷晋主编《周易与华夏文明》,上海人民出版社1998年版,第82页。
③ (汉)许慎撰,(清)段玉裁注:《说文解字注》,浙江古籍出版社2006年版,第57页。
④ (汉)许慎撰,(宋)徐铉校定:《说文解字》,中华书局2013年版,第311页。
⑤ (汉)许慎撰,(清)段玉裁注:《说文解字注》,浙江古籍出版社2006年版,第742页。
⑥ 中国社会科学院语言研究所词典编辑室编:《现代汉语词典》第六版,商务印书馆2012年版,第714页。

其诚，所以居业也。"(《乾·文言》)① 即提高道德境界修营功绩事业。孔颖达《周易正义》："德谓德行，业谓功业。……'忠信所以进德'者，复解进德之事，推忠于人，以信待物，人则亲而尊之，其德日进，是'进德'也。"② 内积忠信以进德，择言笃志以居业，"忠信"是"进德"的基础和前提条件。效法《乾》之刚健进取终日不息，修省自己言辞，凡出口之言皆忠信诚实，进修品德和功业，如此则德日进、业日成。《系辞》从三个层面陈述九卦之德：一陈九德的实质，二陈九德的应用，三陈九德的作用。③ 九德的实质、特性、作用分别为：《履》谈德行的基础，和谐而成，用来和谐行动；《谦》谈德行的要领，尊贵而光耀，用来制定礼仪；《复》谈德行的本质，几微而可分辨事物，用来自我反省；《恒》谈德行的稳固，纷杂而不厌倦，用来专一德行；《损》谈德行的修炼，先难后易，用来远离灾祸；《益》谈德行的充裕，增长充裕而不造作，用来兴办福利；《困》谈德行的辨别，穷困中求通达，用来减少怨恨；《井》谈德行的处境，处在自己位置上再分施利益，用来分辨道义；《巽》谈德行的制宜，配合时势而潜入人心，用来权宜行事。这九卦关怀的焦点是德行，君子德行若能兼顾这九方面，则日新其德，德业日进。

2. 由穷神知化而崇德广业

推天道明人事。历代"圣人"在生活实践中注重观察和经验总结，得出他们当时所能认知的天道、地道与人道，《系辞》中圣人作《易》。《易》涵盖天下之道，其作用是"开物成务"，即促成万事万物发生和发展。《系辞》："圣人设卦观象，系辞焉而明吉凶。""仰则观象于天，俯则观法于地，观鸟兽之文，与地之宜，近取诸身，远取诸物，于是始作八

---

① 转引自邓球柏《白话易经》，人民出版社2012年版，第405页。
② (魏)王弼、(晋)韩康伯注，(唐)孔颖达正义：《周易正义》，中国致公出版社2009年版，第22页。
③ 参见金景芳《周易通解》，长春出版社2007年版，第175页。

卦。""夫《易》何为者也？夫《易》，开物成务，冒天下之道，如斯而已者也。"① 圣人是大仁大智之人，明于天道察于民故，知变化的道理，是聪明睿智的人，圣人作《易》于忧患之中，欲使百姓言寡过、行寡悔，凡事趋向无咎和吉祥。

穷神知化德之盛。《周易》讲变化之道，以变化的法则作为行事依据。日月往来成昼夜，寒暑往来成岁，往比作屈，来比作伸，屈伸推移，有利与不利，先屈后伸而前进，龙蛇蛰伏为生存，从中领悟变化的精髓应用于人事，在变动不居的世界安顿自己的生命、提升自己的德性。《系辞》："精义入神，以致用也。利用安身，以崇德也。过此以往，未之或知也。穷神知化，德之盛也。"② 精研事物的义理而到神妙境地，则无所不知其所以然，然后可致力于用。俞琰《俞氏易集说》认为精研义理无毫厘之差而深造于神妙，致之于用，精义入神为内，致用为外；朱熹《周易本义》认为精研其义至于入神为屈之至，然而是所以为出而致用之本，利其施用，无适不安，为信之极。③ 精研事物之至理而穷尽各种神妙、知晓变化之道，这是盛极之德。

以《易》崇德广业。圣人以《易》崇德广业。《周易》中"圣人"共出现38次，经文没有，全在《易传》中，其中《乾·文言》3次、《象》6次、《系辞》26次、《说卦》3次。《汉书·艺文志》："易道深矣，人更三圣，世历三古。""伏羲为上古，文王为中古，孔子为下古。"④ 秦、汉后的儒家学者认为，始画八卦的是伏羲氏，演绎八卦的是周文王，发扬易学精义的是孔子。⑤ "周礼。六德教万民。智仁圣义忠和。注云。圣通而先识。洪范曰。睿作圣。凡一事精通，亦得谓之圣。圣从耳者，谓其耳

---

① 转引自邓球柏《白话易经》，人民出版社2012年版，第336、366、354页。
② 转引自邓球柏《白话易经》，人民出版社2012年版，第374页。
③ 参见《中华易学大辞典》编辑委员会编《中华易学大辞典》，上海古籍出版社2008年版，第288页。
④ （汉）班固撰，（唐）颜师古注：《汉书》，中华书局1999年版，第1353页。
⑤ 南怀瑾、徐芹庭注译：《周易今注今译》"叙言"，重庆出版社2011年版，第5页。

顺。风俗通曰。圣者声也。言闻声知情。按声圣字古相假借。"①《说文解字》:"圣,通也,从耳,呈声。"②"人"乃"天地之性最贵者也"③。"人者,其天地之德。阴阳之交。鬼神之会。五行之秀气也""人者,天地之心也""惟人为天地之心,故天地之生此为极贵"。④可见,"圣"为精通、通达事务,"人"为天地之生中最贵者,圣人"旧时指品格最高尚、智慧最高超的人物,如孔子从汉朝以后被历代帝王推崇为圣人"⑤。《周易》中的圣人是现实中具体的人,但仁智俱全,经仰观俯察设卦观象作《易》,使人们掌握规律趋吉避凶以谋取幸福生活,他们生活在生产资料生产和人类自身生产所决定的社会关系制约下,在有约束的社会关系中既完善自己又服务社会、以服务社会为主。《系辞》:"夫《易》,圣人所以崇德而广业也。"⑥圣人用《易》来效法天道,充实德性,扩大业绩,其知识和智慧高明德性必然充实,执礼卑顺其业绩必然扩大,知识高明应该效法于天,执礼卑顺应该效法于地。韩康伯《周易注》:"知以崇为贵,礼以卑为用。极知之崇象天高,而统物备礼之用象地广而载物。"⑦何谓《周易》中的事?《系辞》:"通变之谓事。"⑧通晓阴阳变化的道理并用之于民,这就是"圣人"的事,事有成则积而为业,有成就的事多则汇聚为大业。万物皆由"道"生,因而"道"业绩伟大,"形而上者谓之道,形而下者谓之器,化而裁之谓之变,推而行之谓之通,举而错之天下之民谓之事业"(《系辞》)⑨。李鼎祚《周易集解》引虞翻认为通变趋时以尽利天下之民谓

---

① (汉)许慎撰,(清)段玉裁注:《说文解字注》,浙江古籍出版社2006年版,第592页。
② (汉)许慎撰,(宋)徐铉校定:《说文解字》,中华书局2013年版,第250页。
③ (汉)许慎撰,(宋)徐铉校定:《说文解字》,中华书局2013年版,第159页。
④ (汉)许慎撰,(清)段玉裁注:《说文解字注》,浙江古籍出版社2006年版,第365页。
⑤ 中国社会科学院语言研究所词典编辑室编:《现代汉语词典》第六版,商务印书馆2012年版,第1167—1168页。
⑥ 转引自邓球柏《白话易经》,人民出版社2012年版,第341页。
⑦ 《中华易学大辞典》编辑委员会编:《中华易学大辞典》,上海古籍出版社2008年版,第274页。
⑧ 转引自邓球柏《白话易经》,人民出版社2012年版,第341页。
⑨ 转引自邓球柏《白话易经》,人民出版社2012年版,第358页。

之"事"(事业),俞琰《俞氏易集说》认为圣人用《易》是为了通其变使民不倦。① 可见,圣人"崇德"与"广业"并重,崇德重内修己,广业重外实践,广业以崇德为条件、是崇德的外化。② 圣人"仁""智"俱全,其设卦观象作《易》成就天地设位的职能,以之崇德广业。

3.由生生之道而德业日新

由《系辞》可以得出生生之道与"德"与"业"、乾与坤等逻辑关系:一阴一阳之道—继之者善成之者性—显诸仁藏诸用鼓万物—盛德大业—富有谓大业日新谓盛德—生生谓易—成象谓乾效法谓坤—自强不息厚德载物—德业日新。

由一阴一阳之道而致盛德大业。万物承阴阳之交而生发成长,善良美好。项安世《周易玩辞》:"道之所生,无不善者,元也,万物之所同出也。善之所成,各一其性者,贞也,万物之所各正也。成之者性,犹孟子言人之性,犬之性,牛之性。"③ 由同而异,便有了仁者和智者,他们对"道"的认识也不相同,仁者见"仁",智者见"智"。"道"的内涵是阴阳的对立统一和互相转化,阴阳进退往来互更迭运无穷,推动天地万物生生不息,是事物发展变化的规律。日新谓盛德,富有谓大业。一方面,日新以盛德。"德言盛","道"在一阴一阳规律支配下使万物生生不息推陈出新,因而德性盛大,而最盛大的德行莫过于与时偕行日新德行。胡炳文《周易本义通释》:"日新者,无时不然,而无一息之间断,藏而愈有,则显而愈新。"④ 故日新以崇德。欲"崇德"则需"知崇",而崇效天—天为乾—《乾》以易知—易知有亲—有亲可久—可久则贤人之德,德行盛大就是一个循序渐进、长久积累的过程。另一方面,富有谓大业。万物

---

① 参见《中华易学大辞典》编辑委员会编:《中华易学大辞典》,上海古籍出版社2008年版,第273页。
② 参见罗炽、萧汉明《易学与人文》,中国书店2004年版,第266页。
③ 《中华易学大辞典》编辑委员会编:《中华易学大辞典》,上海古籍出版社2008年版,第272页。
④ 《中华易学大辞典》编辑委员会编:《中华易学大辞典》,上海古籍出版社2008年版,第272页。

由"道"所生，推陈出新生生不息，因而业绩伟大。盛德大业源于德业日新，日新之德业根源于生生之道，之所以生物不息日有所新，就在于一阴一阳对立面相互变易、生息和转化。

生生变化的"道"是抽象的、无形无体，由它滋生的万物之理难把握，而《易》定乾坤二卦，有形有象而将"道"具体化，乾成其象，坤效其形，呈现造化的功绩。万物相生使宇宙富有万物，盛大德行与伟大功业是自然造化的极致，创生万物是宇宙变化的至上功德。宇宙和谐运行、人则德业合一生生不息是《易》的要旨。《易传》反复劝人进德修业，日新其德，效法乾道以崇德、修德，效法坤道以成业、广业，德业日新，以臻天地间盛德大业之境界。《周易》中进德修业的君子和崇德广业的圣人，体现了德业日新的价值和实践状态理念，德业日新也是《周易》思想政治教育的重要价值导向。君子和圣人作为现实性和超越性两层面的理想形象，从外在和内在两条路径展现了《周易》思想政治教育的总体目的，体现了思想政治教育目的超越性和可行性相统一的特性。

二、追求贵时适变、出入以度境界

贵时适变、出入以度是《周易》思想政治教育追求的理想境界。事物总在发展变化中，《周易》讲变化，反映了一个生成变化不息、整体、统一的世界。"《易》，穷则变，变则通，通则久。"（《系辞》）①

（一）变通趋时，贵时适变

变通趋时，天下随时。"时"与"变"相伴而行。《系辞》："广大配天地，变通配四时。""变通者，趣时者也。"② 因时而变而通，变通与时

---

① 转引自邓球柏《白话易经》，人民出版社2012年版，第366页。
② 转引自邓球柏《白话易经》，人民出版社2012年版，第341、362页。

偕行。《随·彖》："而天下随时。"日月代明，四时代序，客观世界的运动以"时"的形式表现，显示人对自然时序的认识，反映到人头脑就是"时"的观念。时是世界变化的客观形势，也是人的意识、人关于变化的观念[①]，贵时即把握、适应变化的世界，在自然、社会的制约中获得尽可能多的自由。《周易》多次言及"时用大矣哉"，强调随时顺应客观规律。

把握时机，适时而为。时不待人，机不可失，变革讲究时机。《革》一再强调要善于捕捉时机，事发之初不宜轻易变革，只可顺道巩固，一段时间后非变革不可时还要反复研究。《革》："九三：……革言三就，有孚。"最终取得人们信任，时机成熟，变革方可顺利展开。《周易》贵中贵正贵时，中与正说到底都可贵到时上。贵时表明承认世界是物质的实体，认为世界的变化是绝对的，主体适应变化的客体世界是实现主客体统一的前提。"时"的观念贯穿于整个《周易》经传之中。例如"时中也"(《蒙·彖》)、"与时行也"(《遯·彖》《小过·彖》)、"与时消息"(《丰·彖》)等。但时机不对时，也不能冒然行动，如"亢龙有悔""贵而无位，高而无民，贤人在下位而无辅，是以动而有悔也"[②]。《乾》上六位尊却无实职，高高在上却不拥有百姓，贤人在下位却无法来辅佐，说明时位不当，凡事难成功。

唯变所适，与时偕行。一般来说，"变化"之"变"属突变、质变、飞跃，"化"属渐变、量变。《系辞》"化而裁之谓之变"的"裁"属突变，阴阳相互作用引起量此消彼长，如由《复》到《夬》属渐变谓之化，但阴阳消长到一定程度，由《夬》至《乾》量变到极点而质变，于是急速制断，事物发生质的根本改变，即为"化而裁之"的突变。《革·彖》："天地革而四时成。"革，也即裁而变。《系辞》："《易》之为书也，不可远，为道也屡迁。变动不居，周流六虚，上下无常，刚柔相易，不可为典要，

[①] 参见吕绍纲《〈周易〉的哲学精神——吕绍纲易学文选》，上海古籍出版社2005年版，第53页。
[②] 转引自邓球柏《白话易经》，人民出版社2012年版，第345页。

唯变所适。"① 变化表现为过程,过程离不开时空,客观世界时刻处于变化中。在生活、社会实践中,主动有效地驾驭时变、权衡判断,善用变化的眼光看世界,实事求是,因时制宜随时应对。在变化过程中认识"时",把握时机,适时而为,唯变所适,充分发挥人的历史主观能动性。

(二)知几得一,出入以度

虽然事物总在变化之中,但变化还是有规律可循的。"初率其辞,而揆其方,既有典常。"(《系辞》)② "典常"需"知几"(研究几微、探索深奥、把握事物本质)得一去把握。《系辞》:"几者动之微,吉之先见者也。"③ "微"指开始、苗头,"几"是变化的苗头、吉凶的征兆。事情的变化一般有征兆,"知几"可发现征兆。朱熹《周易本义》:"庶几,近意,言近道也。"④ 真正"知几"者少,孔子《论语·述而》:"圣人,吾不得而见之矣"。⑤《周易》通过极深研几,把人生问题系统化、哲学化。"见几而作,不俟终日。""知微知彰,知柔知刚。"(《系辞》)⑥ 察知几微与显著,懂得柔顺与刚强,知微知彰知柔知刚,把握本质及规律,见几而作,自强不息。

研几—知几—成务。研究几微探究事物本质,是研几—知几—成务的过程。《系辞》认为《周易》是极深研几之书。"夫《易》,圣人之所以极深而研几也。唯深也,故能通天下之志;唯几也,故能成天下之务;唯神也,故不疾而速,不行而至。"(《系辞》)⑦ "深"是能了解天下万民的心思,"几"是能判断万物发展变化的苗头以成就天下的事业,知微、知柔

---

① 转引自邓球柏《白话易经》,人民出版社2012年版,第387页。
② 转引自邓球柏《白话易经》,人民出版社2012年版,第387页。
③ 转引自邓球柏《白话易经》,人民出版社2012年版,第375页。
④ 〔宋〕朱熹撰,廖名春点校:《周易本义》,中华书局2009年版,第252页。
⑤ 〔宋〕朱熹:《四书章句集注》,中华书局1983年版,第99页。
⑥ 转引自邓球柏《白话易经》,人民出版社2012年版,第375页。
⑦ 转引自邓球柏《白话易经》,人民出版社2012年版,第352页。

都有知几之意，人若知几就像神一样可预知未来。事物总由几微而昭著、由研几而知几，遂致知悉成务，逐渐了解事物的本质和发展规律。

致一——得一——极深。由多而致一，探究发展规律，掌握事物的共性、普遍性即事物发展规律。"一"是"数"之始亦为事物存在的终极根据（万物凭"一"而生成），但"据一"而成的万物又与"一"有某种程度的割裂，因而每一事物都有一定局限性。反之，透过纷杂万物把握"一"而悟"道"也只少数能做到，百姓大多日用却不知。"初率其辞，而揆其方，既有典常。"① 依循卦爻辞推度方法，找到固定规则"典常"，概言"致一"。《系辞》："天下之动，贞夫一者也。""《易》曰：'三人行，则损一人。一人行则得其友。'言致一也。"② 若以"一"为静态的表达，则"几"为动态，"知几"或"得一"都可认为是从"君子"到"圣人"的突破。《系辞》："夫《易》，圣人之所以极深而研几也。唯深也，故能通天下之志。"

精义入神以致用，穷神知化德之盛。精，即研究、研几。精义，即研究变化的几微把握事物之时宜。"精义入神"再深一步就是"穷神知化"的程度，从"入神"到"穷神"、从"精义"到"知化"，逐渐达到德盛仁熟的境界。③《系辞》："精义入神，以致用也。利用安身，以崇德也。""备物致用、立成器以为天下利。""穷神知化，德之盛也。"④ 探究精微义理至神妙地步以在实践中更好地应用，安顿身心以提升德行，齐备物品以致用、制定器物以之为天下利用，穷尽神妙道理、懂变化规律已是盛美之德，再向前推求即穷神知化境界，也就达到盛大盛美"德"的状态了，这从超越性层面展示了全面而自由的发展，是内在自我与外在自我的统一。

---

① 转引自邓球柏《白话易经》，人民出版社 2012 年版，第 387 页。
② 转引自邓球柏《白话易经》，人民出版社 2012 年版，第 362、375 页。
③ 参见吕绍纲《〈周易〉的哲学精神——吕绍纲易学文选》，上海古籍出版社 2005 年版，第 99 页。
④ 转引自邓球柏《白话易经》，人民出版社 2012 年版，第 374、354、374 页。

知几得一，精义入神，出入以度。把握客观规律，追求主客体统一，就可达出入以度的境界。"其出入以度，外内使惧，又明于忧患与故。无有师保，如临父母。"① 六爻在六位的变化虽无典章可循，但其一出一入却有固定法度，通过内外应比关系使人知道危惧。一卦六爻，下体三爻称内卦，上体三爻称外卦，自内应外叫"出"，自外应内叫"入"，用六位的阳阴对立统一公式对六爻的刚柔进行复核验证，就涉及内外两卦相应爻位一出一入的法度。凡当位、相应、成比构成爻位的统一关系则吉，不当位、不相应、不成比例爻位关系对立则凶，所以，爻位的内外出入关系足以使人知危惧。《周易折中》引潘梦旗："《易》虽不可为典要，而其出入往来皆有法度，而非妄动也。故卦之内外，皆足以使人知惧。"② 即知极知节知惧而出入以度。天下殊途而同归，一致而百虑，认识事物不同特性即"百虑""殊途"，把握其本质、认清事物发展规律、方向即"一致""同归"。一个富于理性、善思辨、勇于进取，而又身心全在现实的人才能达到主客观的统一。③ 知几得一把握事物的本质和规律，在社会实践中精义入神以致用，穷神知化达德之盛，出入以度随心所欲不逾矩，也就进入马克思所说的"自由而全面发展"的境界。

促进"人自由而全面的发展"是思想政治教育的根本目的和最高目的，体现在《周易》思想政治教育中的相应目的即"贵时适变出入以度"。《周易》追求"贵时适变出入以度"的过程集中体现在君子和圣人身上，培养进德修业的君子和崇德广业的圣人这样追求仁智俱全的人也是中国古代思想政治教育的根本目的和最高目的。他们体现的德业日新、仁智俱全特征具有与时偕行的意义，追求贵时适变、出入以度的境界，培养仁智俱全、德业日新之人是新时代《周易》思想政治教育的总体目的。

---

① 转引自邓球柏《白话易经》，人民出版社 2012 年版，第 387 页。
② 《中华易学大辞典》编辑委员会编：《中华易学大辞典》，上海古籍出版社 2008 年版，第 293 页。
③ 参见吕绍纲《〈周易〉的哲学精神——吕绍纲易学文选》，上海古籍出版社 2005 年版，第 51 页。

第二节 《周易》思想政治教育的具体目的

以《周易》思想政治教育总体目的为统领,以下从个体目的和社会目的两个层面探讨《周易》思想政治教育的具体目的。国家、集体和个人作为不同利益主体对教育需求在内容和层次上有差异,国家培养"经济人""政治人"、集体培养"组织人"、个体希望成"主体人"①,三者虽异但本质上统一,个体是社会历史的创造者和生成物,主体是社会历史发展的动力和源泉,个体发展与社会发展相统一。

一、《周易》思想政治教育的个体目的

从个体层面来说,《周易》思想政治教育注重培养的是成器而动、自强不息之人。人在社会实践中的活动千差万别,但归纳起来无非"言""行"两种。修养好言行是关键,谦卑行事,积累实力,把握机会,成器而动,走向不断进取的人生。成器而动、自强不息是《周易》思想政治教育的个体目的。

修养言行,谦卑行事。"言行,君子之枢机,枢机之发,荣辱之主也。言行,君子之所以动天地也,可不慎乎?"(《系辞》)②言行是社会中为人处世的关键,影响着个体与他人、社会的关系和谐程度。《坤·象》:"括囊无咎,慎不害也。"《坤·文言》:"《易》曰:'括囊,无咎,无誉。'盖言谨也。""子曰:乱之所生也,则言语以为阶。君不密则失臣,臣不密则失身,几事不密则害成,是以君子慎密而不出也。"(《系辞》)"苟错诸地而可矣。藉之用茅,何咎之有?慎之至也。夫茅之为物薄,而用可重

---

① 田国秀:《论学校德育方法的重心转移》,《课程·教材·教法》1997 年第 9 期。
② 转引自邓球柏《白话易经》,人民出版社 2012 年版,第 345 页。

也。慎斯术也以往，其无所失矣。"(《系辞》)① 这些都是在说谨慎言行。谨言慎行并非胆小怕事，而是先观察考虑周全，不盲目表达或行动，对己要"敏于事而慎于言"(《论语·学而》)，对人要"听其言观其行"(《论语·公冶长》)。② 以盛德指导人们的言行③，指导好"言""行"，树立道德，有利于融洽关系、和谐稳定社会。谦卑行事是尊重自我以及使人尊敬并保持尊位的最佳途径。《尚书·大禹谟》："满招损，谦受益，时乃天道。"④"劳谦，君子有终。吉。"(《谦》)都在说"谦"的益处，不过谦有条件，《谦》卦象为地中有山，地在山之上，即内有实力外谦卑，有功劳且谦卑行事才是真正的谦。"子曰：劳而不伐，有功而不德，厚之至也。语以其功下人者也。德言盛，礼言恭。谦也者，致恭以存其位者也。"⑤ 有功绩依然谦下不夸耀的人会受尊敬。"谦，尊而光，卑而不可逾，君子之终也。"(《谦·彖》)谦卑之人在尊位会展现光辉，处低位则无人可越。

迁善改过，言有物、行有恒。首先，见善思迁，有过则改，《易》为寡过之书，其作用在于使人不犯或少犯错。"无咎者善补过也。"(《系辞》)⑥ 有过则改，实本有咎，"善补过"而致"无咎"。子曰："小惩而大诫。此小人之福也。《易》曰：'屦校灭趾，无咎。'此之谓也。"⑦ 小惩罚有大警诫之效，及时予以针对性的惩诫，避免更大问题出现。孔子说颜渊"有不善，未尝不知，知之未尝复行也"⑧。颜渊有错误很快能察觉，察觉后不再犯。《益·象》："风雷，益。君子以见善则迁，有过则改。"德行修养是一个逐步完善的过程，谦卑行事，迁善改过，追求主客观统一，以更好

---

① 转引自邓球柏《白话易经》，人民出版社 2012 年版，第 269、416、345、345 页。
② 杨伯峻译注：《论语译注》，中华书局 2006 年版，第 9、50 页。
③ 参见马恒君《周易正宗》，华夏出版社 2014 年版，第 506 页。
④ 王世舜、王翠叶译注：《尚书》，中华书局 2012 年版，第 365 页。
⑤ 转引自邓球柏《白话易经》，人民出版社 2012 年版，第 345 页。
⑥ 转引自邓球柏《白话易经》，人民出版社 2012 年版，第 337 页。
⑦ 转引自邓球柏《白话易经》，人民出版社 2012 年版，第 374 页。
⑧ 转引自邓球柏《白话易经》，人民出版社 2012 年版，第 375 页。

地不断发展。善与恶的传播与距离没有必然关系。"君子居其室，出其言善，则千里之外应之，况其迩者乎？出其言不善，则千里之外违之，况其迩者乎？"（《系辞》）"君子以言有物而行有恒。"（《家人·象》）① 其次，慎言语，既言之，则须有物；谨行，既行之，则须有恒。"言忠信，行笃敬。"（《论语·卫灵公》）② 言行不盲目，忠信笃敬，积久则言可有物，行可有恒。《乾·文言》："君子以成德为行，日可见之行也""君子终日乾乾""'乾乾'因其时而'惕'，虽'危'，'无咎'矣""庸言之信，庸行之谨"。③ 德行一体，看问题、思考问题力求全面，言信行谨，把握事物发展的本质和规律，日以修德、成德为行，这就是自强不息进德修业的过程。

成器而动，自强不息。其一，机会垂青有备之人，平时注重实力储备藏器于身，时机来临时待时而动，行动出而有获，走向成功。《周易》中自强不息与居安思危、慎终如始等敬惧忧患思想紧密相关，这些思想也是自强不息的动力之源。其二，居安思危的忧患意识是自强不息的内在动力。"危者使平，易者使倾"，忧患意识促进道德修养的成长。《系辞》："作《易》者其有忧患乎？""子曰：危者安其位者也，亡者保其存者也，乱者有其治者也。是故君子安而不忘危，存而不忘亡，治而不忘乱。是以身安而国家可保也。"④《周易》认为人的历史能动性很大程度上表现为人有强烈的忧患意识，其本身就是一部引导人趋吉避凶的经典，引导人们德行向符合天道的方向发展。其三，防患于未然。《系辞》："子曰：作《易》者其知盗乎？《易》曰：'负且乘，致寇至。'负也者，小人之事也。乘也者，君子之器也。小人而乘君子之器，盗思夺之矣。上慢下暴，盗思伐之矣。慢藏诲盗，冶容诲淫。《易》曰：'负且乘，致寇至。'盗之招

---

① 转引自邓球柏《白话易经》，人民出版社2012年版，第344、305页。
② 杨伯峻译注：《论语译注》，中华书局2006年版，第183页。
③ 转引自邓球柏《白话易经》，人民出版社2012年版，第411、6、405、404页。
④ 转引自邓球柏《白话易经》，人民出版社2012年版，第384、374页。

也。"① 贵物显现易致盗，过于打扮易招是非，背东西的小人坐在君子车上易招强盗。"'乾乾'因其时而'惕'，虽'危'，'无咎'矣。"(《乾·文言》)② 君子乾乾不息，根据时机百倍警惕，即使处危险困境也不会有灾咎。时刻怀敬畏心，减少隐患防患于未然，降低灾难发生几率。其四，德业日新，自强不息。成德为行，"德"是内在的道德修养，"业"是外在的功业创建，德业不断开拓创新推陈出新就是自强不息的过程。《周易》中"德""业"成为人类追求的可大、可久的人文价值最高目标，崇尚"崇德广业"，体现为"内圣外王"。所以，全面看问题，言信行恒谦卑行事，成器而动，进德修业，自强不息。其五，慎终如始。推究初始归纳终局，原始要终是《周易》的实质。"《易》之为书也，原始要终以为质也。六爻相杂，唯其时物也。其初难知，其上易知，本末也。"(《系辞》)③《易》之为书，首乾坤所以原其始，末既济、未济所以要其终。"终则有始，天行也"(《蛊·彖》)、"君子以恐惧修省"(《震·象》)、"惧以终始"(《系辞》)等思想④，都教给人们居安思危、趋吉避凶的道理，惧以终始凡事趋向顺利。"靡不有初，鲜克有终。"⑤ 所有的事物都有开始，但善始善终的不多，告诫人们自强不息，善始善终，原始要终，慎终如始。

二、《周易》思想政治教育的社会目的

仁义立人、厚德载物是《周易》思想政治教育的社会目的。从社会层面来说，《周易》思想政治教育注重培养仁义立人、厚德载物之人。人的本质表现在与社会的关系中，《周易》认为人与社会不能分离，立足社会

---

① 转引自邓球柏《白话易经》，人民出版社2012年版，第345页。
② 转引自邓球柏《白话易经》，人民出版社2012年版，第405页。
③ 转引自邓球柏《白话易经》，人民出版社2012年版，第390页。
④ 转引自邓球柏《白话易经》，人民出版社2012年版，第225、319、394页。
⑤ 王秀梅译注：《诗经》，中华书局2015年版，第667页。

化个体,主动认识、把握、适应身处的社会关系,欲使主体之人与客体世界相统一,其途径为顺天应人,即主体适应客体,而如欲主客统一,则作为主体的人就得思考如何解决自身与客观世界的关系,涉及如何由内向外修养德行的问题。

履信思顺。天助顺应规律之人,人助诚信仁义之人。《系辞》:"佑者,助也。天之所助者,顺也。人之所助者,信也。履信思乎顺,又以尚贤也。是以自天佑之,吉无不利。"①尚贤就是向善,想得到帮助必须自己先把人做好。《系辞》中履信思顺的体现:"君子安其身而后动,易其心而后语,定其交而后求。君子修此三者故全也。危以动则民不与也,惧以语则民不应也,无交而求则民不与也。莫之与则伤之者至矣。"②安身后动、易心后语、定交后求意即安定好自己再行动、心情平静了再说话、建立了交情再有所求,体现了社会关系的相互性,但有规律可循,顺应规律以仁义处理好各种关系,社会将更和谐。

仁义立人。《周易》中有天道、地道和人道,立人之道是仁与义。《系辞》:"《易》之为书也,广大悉备。有天道焉,有人道焉,有地道焉。""安土敦乎仁故能爱。""圣人之大宝,曰位。何以守位,曰仁。"③《说卦》认为仁与义是立人之道。仁义属道德范畴,可理解为两种类型的社会关系。《孟子·离娄上》:"仁,人之安宅也。""仁之实,事亲是也;义之实,从兄是也;智之实,知斯二者弗去是也。"④仁者爱人,义者宜也。仁多用于社会关系主要代表血亲关系,义多用在政治、经济关系中,智是对于仁义由认识到践行。社会生活中,内仁外义处理好各种关系,融洽地立足于社会。

厚德载物。"地势坤。君子以厚德载物。"(《坤·象》)"坤道其顺乎?

---

① 转引自邓球柏《白话易经》,人民出版社2012年版,第354—355页。
② 转引自邓球柏《白话易经》,人民出版社2012年版,第375页。
③ 转引自邓球柏《白话易经》,人民出版社2012年版,第394、339、362页。
④ 万丽华、蓝旭译注:《孟子》,中华书局2006年版,第156、167页。

承天而时行。"(《坤·文言》)①顺天应人，遵循自然规律和社会规律。"汤武革命，顺乎天而应乎人。"(《革·彖》)"观乎天文，以察时变；观乎人文，以化成天下。"(《贲·彖》)"天地养万物，圣人养贤以及万民。"(《颐·彖》)《坤》基本精神就是顺，仁义处世，德行修养在顺天应人的践行中提高，随时事变化适时修整自己，厚植德行承载万物。

总体来说，《周易》思想政治教育目的以"立德树人"为根本任务，追求贵时适变、出入以度、穷神知化的最高境界，培养像君子和圣人一样的德业日新、仁智俱全之人。具体来说，个体目的追求成器而动、进德修业而自强不息，社会目的追求仁义立人、崇德广业而厚德载物，使德行既顺乎事物发展规律、又充分发挥主观能动性与创造性，力达贵时适变出入以度的自由而全面发展境界。这些也对于培养什么样的人尤其是培养什么样的时代新人、培育和践行社会主义核心价值观、不断铸造中华文化新辉煌等方面，都具有积极的现实意义。

---

① 转引自邓球柏《白话易经》，人民出版社2012年版，第269、414页。

第三章 《周易》思想政治教育内容

《周易》思想政治教育内容从政治教育、思想教育和道德教育三个方面展开。以保合太和为指针的政治教育包括五个方面：保合太和的政治理想，振民以德的民本路线，明罚敕法的法制教育，自强不息厚德载物的民族精神，革故鼎新与时偕行的时代精神。以适变以度为根本的思想教育包括穷变通久的世界观、进德修业的人生观和元亨利贞的价值观三部分。以内仁外义为指向的道德教育包括敬义立德不孤的社会公德教育、德业互促的职业道德教育、言信行恒正家的家庭美德教育。

思想政治教育内容是根据思想政治教育目的、对象、环境等具体情况不断整合优化、发展变化的开放的体系，要体现政治性、先进性、广泛性、民族性、世界性、科学性、人文性等。①思想政治教育包括思想教育、政治教育、道德教育。②党的十九大报告指出，加强思想道德建设，"要提高人民思想觉悟、道德水准、文明素养，提高全社会文明程度。广泛开展理想信念教育，深化中国特色社会主义和中国梦宣传教育，弘扬民族精神和时代精神，加强爱国主义、集体主义、社会主义教育，引导人们树立正确的历史观、民族观、国家观、文化观。深入实施公民道德建设工程，推进社会公德、职业道德、家庭美德、个人品德建设，激励人们向上向善、孝老爱亲，忠于祖国、忠于人民"③。培育和践行社会主义核心价值观，"坚持全民行动、干部带头，从家庭做起，从娃娃抓起。深入挖掘中华优秀传统文化蕴含的思想观念、人文精神、道德规范，结合时代要求继承创新，让中华文化展现出永久魅力和时代风采"④。根据思想政治教育的内涵、党的十九大精神和《周易》思想政治教育目的，在汲取《周易》中的中华优秀传统文化精华基础上，为培养新时代符合社会发展要求的仁智俱全德业日新、贵时适变出入以度的人，以下从政治教育、思想教育和道德教育三方面探讨《周易》思想政治教育内容。

---

① 参见《思想政治教育学原理》编写组编《思想政治教育学原理》，高等教育出版社2016年版，第189—192页。
② 参见《思想政治教育学原理》编写组编《思想政治教育学原理》，高等教育出版社2016年版，第3页。
③ 习近平：《决胜全面建成小康社会 夺取新时代中国特色社会主义伟大胜利——在中国共产党第十九次全国代表大会上的报告》，人民出版社2017年版，第42—43页。
④ 习近平：《决胜全面建成小康社会 夺取新时代中国特色社会主义伟大胜利——在中国共产党第十九次全国代表大会上的报告》，人民出版社2017年版，第42页。

第一节　以保合太和为指针的政治教育

政治教育是思想政治教育的核心内容。《周易》是一部丰富的政治教育教科书，其中的当政者有"先王""后""上""大人""君子"等，他们的社会治理之道不乏思想政治导向的教化思想。以保合太和为指针的政治教育主要从政治理想、民本路线、法制教育、民族精神和时代精神五方面展开。形成这五部分的主要依据：第一，思想政治教育要明确受教育者的政治方向，培养其正确的政治立场、观点和态度，《周易》蕴含保合太和的政治理想和振民以德的民本路线；第二，党的十九大报告强调要坚持依法治国和以德治国相结合，重视法制建设，《周易》蕴含明罚敕法的法制理念；第三，政治教育包含民族精神教育和时代精神教育[①]，《周易》蕴含自强不息厚德载物的民族精神和革故鼎新与时偕行的时代精神。

一、保合太和的政治理想

《周易》富含贵"和"的政治智慧，"保合太和"是《周易》贵"和"政治智慧的凝炼，是《周易》思想政治教育中政治教育的理想境界。保合太和是人与社会的和谐发展的最佳状态。《周易》以人为本位、以和为最高社会价值，蕴含丰富的"和"思想，主张保合太和、天人合一、和为贵，这其中也蕴含着建设新时代和谐社会的思想文化渊源。

（一）"保合太和"是极致和谐

"保合太和"是《周易》中先贤对宇宙万物本质和规律深刻认知的反映，万事万物各得其所，也指出了人道追求的理想目标。"太"，古通

---

① 参见陈万柏、张耀灿主编《思想政治教育学原理》（第三版），高等教育出版社 2015 年版，第 184—185 页。

"大"。《说文解字》:"大,天大,地大,人亦大。故大象人形。"①"和实生物、同则不继。"(《国语·郑语》)②"和"是万物存在的基础,是不同因素和成分相互作用、以一定关系构成和谐整体,创造"和"的社会环境才能更好地保障人们的利益。③"保合大和,乃利贞。"(《乾·彖》)"大和"有版本作"太和",指阴阳二气相中和。④"太和"是阴阳会合冲和之气,"保合"之"保"谓长存、"合"谓常和。此句结构为"大和"乃"利","保合"乃"贞",使阴阳合和之气长存常和,保全大和元始之气合聚不散,才能利于万物的生命和属性正固持久。"保合太和"经张载、王夫之等人阐释,成为理想的极致之"和"状态。张载分析"太和"切入点是"相感""中涵","浮沉""动静"这些矛盾因素由"相感"而"中涵"(寻找矛盾两极平衡的最佳点),这个平衡最佳点即阴阳高度统一的"太和","太和"是张力饱满的相对静止的临界状态,作为"和之至"的"太和"包含冲突和融合,二者之间建立动态平衡,至兼容两极的浑沦无间。⑤

保合太和、万国咸宁的思想有助于融解冲突、化解矛盾、促进和谐。"和"对社会发展具有重要作用。"太和"是《周易》政治上追求的最高价值理想,是管理者有效管理的最高境界。太极、太一、元气等都可转换成和谐一词,其实质是中和、太和,张载视太和为易道最高境界。⑥《周易》中"和"不仅体现为一种思维模式,更构成有东方特色的政治、社会、伦理、文化等观念。⑦张立文说:"中华大易文化及其和合精神,总

---

① (汉)许慎撰,〔宋〕徐铉校定:《说文解字》,中华书局2013年版,第212页。
② 陈桐生译注:《国语》,中华书局2013年版,第573页。
③ 参见吴根友《"保合太和,乃利贞"新解——〈易传〉论社会和平与社会功利的关系》,《周易研究》2006年第2期。
④ 参见《中华易学大辞典》编辑委员会编《中华易学大辞典》,上海古籍出版社2008年版,第182页。
⑤ 周洪波:《和:一个极富张力的中国古代文论范畴》,《武汉大学学报》(人文科学版)2012年第4期。
⑥ 参见桑东辉《〈周易〉和谐思想简论》,《学术论坛》2006年第8期。
⑦ 参见桑东辉《〈周易〉和谐思想简论》,《学术论坛》2006年第8期。

有一天能够感化日益疯狂的恐怖症候，化解人类共同面临的价值冲突，使基于和合精神的和生、和处、和立、和达与和爱五大原理，成为全球化时代的基本价值理念。这或许就是我们研究义理易学的学术使命与时代意义。"①《周易》的"太和"意味着一阴一阳对立面力量均衡，双方处在最佳的和谐统一状态。故宫中太和、中和、保和三殿的名称和位置，也凝聚着《周易》中"保合太和"的思想智慧。一阴一阳相互作用是万物变化之源，"保合太和"是阴阳变化所致的动态平衡的极致和谐状态。天道不断变化，在变化中有一定规则，每个事物依据其性质都有其相应位置，事物按照自己的本性发展，各安其位、各得其所，呈现协调和谐之状。

（二）"保合太和"突出的是"和"

"保合太和"实际上突出的是"和"的思想。《周易》中的"和"是一阴一阳对立双方的相互制约与互补，是双方在冲突中的融合统一，是人与自然、人与社会、人与人之间的动态协调与平衡，具有多元性、包容性和多样性。《周易》六十四卦相反相成，和为一体。譬如八象：天、地；水、火；风、雷；山、泽。这些事物都相反相成，取得合和。"和"字本作"咊"。《说文解字》："咊，相应也。从口禾声。"②后作"和"，曾有三种写法（一是和，从口，禾声，相应之意，表示声音应和；一是"盉"，表示味道调和；一是"龢"，表示音调和美），"盉"为调酒器皿，"龢"是艺人演奏排箫的象形，后终以一和涵盖三和，或因"和"是饮食、音乐追求的共同境界。③"和"是由众多相互联系又存在对立的元素共同组成一个圆融和谐整体，这个整体呈现的"保合太和"状态是其张力恰到好处

---

① 张立文：《〈周易〉经典的融突特征与和合精神（代序）》，载祁润兴《周易义理学》，上海古籍出版社2007年版，第23页。
② （汉）许慎撰，（宋）徐铉校定：《说文解字》，中华书局2013年版，第26页。
③ 参见周洪波《和：一个极富张力的中国古代文论范畴》，《武汉大学学报》（人文科学版）2012年第4期。

的呈现。

由具象之"和"到抽象之"和"。《国语·郑语》:"和五味以调口""和六律以聪耳"。① 后来从味感和声感之和逐步发展到抽象意义之"和"。抽象之"和"指阴阳两股力量相互作用的结果使万物各得其所,即由阴阳平衡而致"和"。《论语·学而》:"礼之用,和为贵。"② 以"和"处理矛盾、理顺关系,合冲突致合和,即"先王之道"中人伦之"和",从人伦之"和"延伸,至中和之美、审美之和。从感官之"和"到心理、精神之"和",从宇宙之"和"到人伦之"和"、审美之"和","和"逐步演化为和谐、圆融、和合等义。③《周易》第五十八卦《兑》卦主讲和谐、和善,其中"和"由具象的本义至抽象的引申义,以抽象之"和"为要。"鸣鹤在阴,其子和之。"(《中孚》)反映了和谐相处的思想感情和融洽关系。

中和是天下的"大本""达道"。中和是天地之所以安其所者,是万物遂其生者。《中庸》:"喜怒哀乐之未发,谓之中;发而皆中节,谓之和。中也者,天下之大本也;和也者,天下之达道也。""致中和,天地位焉,万物育焉。"④《周易》一阴一阳之道贵"中""和"。"中""和"紧密相关,"中"是实现"和"的必要条件,"和"是"中"形成的必然结果,有和有中,只有"中"才能"和"。"和"是和谐,最高的和谐是"太和",和平民悦,圣人感化人心则天下和平,爱民保民,不伤财、不害民、刑罚清明,人们才会心悦诚服,社会合和。"太和"不是空想,其建立在对事物的存在状态客观认识的基础上。《周易》强调发挥人的主观能动性,中正而行,追求"中和"乃至"太和"的局面或状态,通过人与自然、人与社

---

① 陈桐生译注:《国语》,中华书局2013年版,第573页。
② 杨伯峻译注:《论语译注》,中华书局2006年版,第8页。
③ 参见周洪波《和:一个极富张力的中国古代文论范畴》,《武汉大学学报》(人文科学版)2012年第4期。
④ (宋)朱熹:《四书章句集注》,中华书局1983年版,第18页。

会、人与人、人与自身诸关系合乎中节的协调，消解冲突，以实现万物并育共同发展。中国古代保合太和、以和为贵、天人合一等"和"的思想文化是中华民族智慧的结晶①，"中国传统文化的灵魂在中国哲学，中国哲学的主干在儒学，儒学的形而上学在《周易》，《周易》的主体观念在阴阳和谐。"②阴阳和谐通贯天地人三才，天地通泰、保合太和、政通人和、万邦协和，《周易》"和"思想对新时代建设民族精神和伦理道德、优化思维方式、变革发展方式、化解文明冲突等依然具有积极意义。

（三）"保合太和"本质是阴阳合和

保合太和是使一阴一阳两种势力或各个矛盾方面保持最佳的和谐状态。自然界和人类社会的和谐状态是促进人类生存和发展的理想境界和必要条件。阴阳合和，仅"矛盾对立统一"作为哲学原理很难普遍解释现实生活、实现整体和谐，一阴一阳二极之间既是逻辑上非此即彼的矛盾对立关系，还包含共生、蕴含、同一关系等，从而更完整描绘宇宙状况，故《周易》在强调一阴一阳矛盾对立的同时也强调二者的和谐，注重解决矛盾、超越矛盾，强调"化干戈为玉帛"的"和谐社会"。阴阳二元气相互作用，整体和谐，老子以为"冲气以为和"③，"冲"包含阴阳矛盾统一和谐同济的"中道"思想，道家的自然无为、儒家的礼乐仁义、法家的制度秩序都源于此。《周易》阴阳合和的思想贯穿于诸子百家，各学术流派以不同形态的理论发展，形成各种社会实践方式，《周易》博大精深包罗万象的气度成为中华民族的文化性格和精神境界，为整合中华民族提供了精神基础和哲学原理。④

---

① 参见何炼成、邹富汉《中国古代的和谐思想与构建和谐社会》，《当代经济科学》2005年第5期。
② 刘兴明：《简论〈周易〉和谐思想》，《理论学刊》2006年第4期。
③ （春秋）李耳、（战国）庄周：《老子·庄子》，大众文艺出版社2010年版，第30页。
④ 参见龚培《〈周易〉本体论中的和谐精神》，《湖北大学学报》（哲学社会科学版）2010年第2期。

阴阳合德。《系辞》："子曰：《乾》《坤》其《易》之门邪？《乾》，阳物也。《坤》，阴物也。阴阳合德而刚柔有体。"① 人作为天地间最柔弱的和合存在，是参赞化育的道德主体，与天地合德、与日月合明、与四时合序、与鬼神合吉凶是自由理想的生存发展状态。从象数与义理的和合观点看，《乾·象》彰显的自强不息的进取精神与《坤·象》彰显的厚德载物的博大情怀相结合，就能领略中华民族合和的人文精神。也就是说，既要拼搏进取、奋斗不止，又要虚怀若谷、柔顺恬静，一阴一阳，一柔一刚，一健一顺，共同成为中华民族合和精神的组成部分。

太极图体现了一阴一阳合和之韵。太极图是中国传统哲学一阴一阳合和思维的形象表达，其中的S曲线像一条盘旋飞舞的中国龙，两条阴阳鱼环抱，正反旋转，镜像对称，象征大易之道阴中有阳，阳中有阴，循环往复，变化无穷。② 若说太极思维的魅力源于一阴一阳"保合太和"的理念，其推算只有"唯变所适"这条规则用以随时调协，"随时"体现的义理内涵是中华易学中合和的真谛，保合太和是动态的和谐统一。

（四）"保合"而"太和"

对于人类社会而言，"保合太和"指通过主观努力不断保持的一种动态的和谐的社会状态。从自然哲学和社会哲学层面看，"太和"是自然界阴阳二气会合后在新境界里产生出动态的平静的和谐之气、万物获得自然禀赋，"保合"讲万物获得自己生命后的完美状态。"太和"并不是一种自然而然的和谐状态，而是人们在追求和谐的思想观念指导下创发而来，"太和"是理想，"保合"则体现了人对和谐的主动追求意识、本质上是

---

① 转引自邓球柏《白话易经》，人民出版社2012年版，第381—382页。
② 参见张立文《〈周易〉经典的融突特征与和合精神（代序）》，载祁润兴《周易义理学》，上海古籍出版社2007年版，第18—19页。

一种"创和"行为①，是人追求美好生活主观能动地改造自然的体现。

　　社会的"保合太和"以民为本。《周易》各卦注重对社会秩序的构建，为维系上下尊卑秩序，在上者要敬天保民以万国咸宁保合太和。《周易》中"太和"是最高的和谐，包括人与自然的和谐以及人与人的和谐。通过人不断进行"保合"的主观努力，长久保持万物和谐存在发展的局面，即保合太和。在位者体仁修德而百姓安居乐业，其"位"会长久贞固。《周易》强调执政者要爱惜民众，倡导"损上益下，民说无疆"（《益·象》），反对损下益上，警示"小人剥庐，终不可用也"（《剥·象》），其结果必是"贵而无位，高而无民"（《乾·文言》）的有悔局面。② 褒扬损上益下，否弃损下益上、剥庐以尽，具有原始的民本思想，内在地生发出《革·象》顺天应人的革命理念。把无平不陂、无往不复的自然规律和居安思危的危机意识，自觉地应用于人类社会，而安危存亡的关键即是否重视人民，使民以时，民众支持，才能固其"位"，故在位者须顺应民心而非逆民而行。《周易》中的象辞多为政者爱民的思想。比如："君子以容民畜众"（《师·象》）；"君子以辨上下，定民志"（《履·象》）；"君子以裒多益寡，称物平施"（《谦·象》）；"君子以振民育德"（《蛊·象》）；"君子以教思无穷，容保民无疆。"（《临·象》）；"君子以劳民劝相"（《井·象》）。③ 荀子"君，舟也。民，水也。水可载舟，亦可覆舟"的思想和孟子"民为本，社稷次之，君为轻"的思想源头也能追溯至"群经之首"的《易经》。④

　　发挥人的主观能动性，由保合而致太和。人类社会的"保合太和"强

---

① 吴根友：《"保合太和，乃利贞"新解——〈易传〉论社会和平与社会功利的关系》，《周易研究》2006年第2期。
② 句中原文转引自邓球柏《白话易经》，人民出版社2012年版，第246、291、408页。
③ 句中原文转引自邓球柏《白话易经》，人民出版社2012年版，第274、277、283、286、287、316页。
④ 参见桑东辉《〈周易〉和谐思想简论》，《学术论坛》2006年第8期。

调"保合"对于"太和"的积极作用,强调主体的主观努力。通过人为维持、协调以达"太和",不努力维持协调则会有不足与有余两种不平衡现象。补充不足称文饰,裁剪多余称为节制,文饰与节制彰显,礼乐规范因而得以施行,保合太和的社会理想得以建立。《乾》刚健生生不息,统率大化流行、四时变化及百物生长,万物遵循各自轨迹虽变化不定,但都依乾道的至正法则和内在规定性各自成长,相互关联又互不妨碍、互不伤害。"太和"是利于万物发展的正道故"利"万物。效法天道使万物生长发育各得其宜、获得各自的发展,和谐共荣。人宜主动努力追求"太和",这对于"一带一路"建设、构建人类命运共同体、建设和谐社会等新时代课题具有重要启发意义。

二、振民以德的民本路线

《周易》思想政治教育以保合太和为政治理想,以民为本,民众是政治教育的立足点和归宿。"民",甲骨文作"萌"。《说文解字》:"民,众萌也。"[1]西周时"氓"属被统治的地位卑微的生产者,也是中国早期的"民众"。商周后,"民""甿""萌""氓"渐通用。"萌"本义是"草木萌芽",林洁民考证"民字在周金文中已引申为庶人、人民之称"。[2]本,即本根,草木的根称"本"。《说文解字》:"本,木下曰本。"[3]"民本"即以社会下层民众为国家根本。[4]儒家政治哲学中"民本"价值观高于君主权力,从"民本"立场孟子、荀子肯定"汤武革命",认为桀、纣失去了为君的合法性,"民为贵,社稷次之,君为轻"(《孟子·尽心下》)[5]。孟子认

---

[1] (汉)许慎撰,(宋)徐铉校定:《说文解字》,中华书局2013年版,第266页。
[2] 曾育荣、张其凡:《"民本"思想解析》,《湖北社会科学》2008年第5期。
[3] (汉)许慎撰,(宋)徐铉校定:《说文解字》,中华书局2013年版,第114页。
[4] 参见曾育荣、张其凡《"民本"思想解析》,《湖北社会科学》2008年第5期。
[5] 万丽华、蓝旭译注:《孟子》,中华书局2006年版,第324页。

为跟社稷、君王相比人民最有价值，荀子更认为人民是国家、社会的价值主体，"为民"而非"为君"。① 中国古代民本思想主要包含两方面：一是人民利益是国家和社会的价值主体（价值判断），二是君主的权力只有得到人民拥护才能稳固（事实判断）。② 由于中国传统社会的君主专制和等级制，"为民"的根本目的还是"为君"。古籍未见"民本"一词，今学者继梁启超后以之概括中国传统社会"以民为本"思想。人民是国家的根本和基础，根本、基础稳固国家才安宁，《周易》思想政治教育中振民以德的民本路线，以民为本，以德引领，体现为容民蓄民、益民保民、育民振民、懿民悦民。

（一）容民蓄民

容民蓄民即容保其民、蓄养兵士。容民蓄众，齐之以律。《师·象》："地中有水，师。君子以容民畜众。"从《师》六爻来说，九二以一阳统上下五阴，有统众之象，出师以德高望重之人为帅则吉。初爻为兴师之始，于出征之始军纪或军乐整齐部队，军纪不好必有凶难。程颐认为"师以一阳为众阴之主而在下"为将帅之象，王弼认为为师之始应齐师、齐众以律、失律则散。③ 师出有名。《师》："六五：田有禽，利执言。"出征必有名，以禽兽入田毁庄稼应除比喻敌寇犯该讨伐，执言奉辞明其罪而布告天下，犹如颁发讨伐令。即兴师动众去出征，首先须名分正，不正则不宜出征。若师出有名，名正则言顺，言顺则众人信服，思想统一，行动一致，统率这样一支队伍去兴师问罪，必能获胜成王业，故"能以众正，可以王矣"（《师·彖》）。王申子《大易辑说》："坎险坤顺，行险道而顺人

---

① 参见李存山《"人本"与"民本"》，《哲学动态》2005 年第 6 期。
② 参见李存山《中国的民本与民主》，《孔子研究》1997 年第 4 期。
③ 参见《中华易学大辞典》编辑委员会编《中华易学大辞典》，上海古籍出版社 2008 年版，第 99 页。

心，师之正也。"①兴师出征行险事而民众皆顺从，兴师出征本是伤财害民之事，但因有正义性，出师有名，合正义性而能安天下，以此行之虽有伤害而民众都愿顺从。《师》下坎上坤，坎为水坤为地，卦象是地中有水取之不尽之象，君子观此象而"容民畜众"，即平时蓄民养民如大地之蓄水，战时则兵多士众用之不竭。朱熹《周易本义》认为水不外于地、兵不外于民、故养民以得众，程颐《伊川易传》认为地中有水、水聚地中为众聚之象故为师。②和平时期容民蓄众，战时则师出以正、齐众以律而至天下太平。

（二）益民保民

益民保民是说以民为本增益百姓，保障人民权益。《剥·象》："山附于地，剥。上以厚下安宅。"剥坤下艮上，卦象是山在地上，居上位者看到高山依附于地面之象，应以宽厚政策待民才能地位稳固长久，反之，剥削民众则最后会危及自身。虽然这是为了保住自己免遭劫难，厚下的目的是安居，但去掉其中利己的成分，当立足于人民大众和社会时，其厚下的思想可为当今社会所用。"满招损，谦受益"，施政者应施禄惠泽于百姓。《夬·象》："泽上于天，夬。君子以施禄及下，居德则忌。"损上益下，《益》讲减损上位者之有余，增益在下者之不足，赢得民心，稳定社会巩固政权。《益·象》："益，损上益下，民说无疆。自上下下，其道大光。"损失眼前局部利益，得到的却是长远的利益，以天下利。《临·象》："君子以教思无穷，容保民无疆。"《临》卦体兑下坤上，兑为泽坤为地，坤在兑上，为"泽上有地"之象，即此泽大且容量无限，泽水与地相临亲密无间，君子观此卦象而效法，教化民众，为民着想，包容民众，保护民众，爱民之心之思没有止境。故为政者亲临于民，宽厚待民，关爱保护人民权

---

① 《中华易学大辞典》编辑委员会编：《中华易学大辞典》，上海古籍出版社 2008 年版，第 186 页。
② 参见《中华易学大辞典》编辑委员会编《中华易学大辞典》，上海古籍出版社 2008 年版，第 219 页。

益,人民与国家的发展前途才能远大。

(三) 育民振民

《周易》中的治国理政思想,以民为上则"泰"("小往大来"),以民为下则"否"("大往小来")。小民虽至微,而至为可畏。① 以马克思主义为指导,结合当代实际,合理地吸收《周易》中育民、振民等理念,以人为本,以德引领,丰富当下"关注民生、保障民权、发展民主"②的思想,促进人与社会和谐发展。

育民以德。《蒙·象》:"君子以果行育德。"《蒙》卦象为山下出泉,泉水纯一不杂有蒙象,蒙童天真无邪,思想纯真,如泉水出自山下。君子观此卦象应果决效法泉水之流,培育德性不息。《蒙》九二施教于六五,启其蒙昧,六五谦虚下求九二之教,在需要启蒙时得遇良师,果行育德效果最佳。常德行习教事,在适时果行育德基础上,坚持德育的常态性和连续性,不可中断或半途而废,同时也要重视教育的普遍性,做到无穷、无疆,德遍天下。

礼乐教化。《象传》三次出现"教"字。"君子以教思无穷,容保民无疆"(《临·象》)、"先王以省方观民设教"(《观·象》)、"君子以常德行,习教事"(《坎·象》)。这三个"教"字都与教化有关。教化民众离不开礼乐,《周易》成书时期重视礼乐。"君子以行过乎恭,丧过乎哀,用过乎俭"(《小过·象》)、"君子思不出其位"(《艮·象》)都是出于礼的要求,与《论语·八佾》"礼,与其奢也,宁俭;丧,与其易也,宁戚"③类似。《豫·象》:"先王以作乐崇德,殷荐之上帝,以配祖考。"这里的"乐"

---

① 参见朱兴国《三易通义》,齐鲁书社2006年版,第269页。
② 刘彤、张等文:《论中国共产党民本思想对传统民本思想的传承与超越》,《马克思主义研究》2012年第12期。
③ 杨伯峻译注:《论语译注》,中华书局2006年版,第26页。

是祭礼中不可或缺的部分。可见,《周易》成书时期,教化已与礼乐紧密相连,礼乐是政治教化的重要途径和形式。

振民育德。相关思想诸如"君子以振民育德"(《蛊·象》)、"君子以多识前言往行,以畜其德"(《大畜·象》)、"君子以自昭明德"(《晋·象》)、"君子以反身修德"(《蹇·象》)、"君子以慎德,积小以高大"(《升·象》)等。这些都是在讲引导教化修德和蓄德。《周易》关于积蓄培养德行的内容较为丰富。第一,从"知"的方面讲,宜"多识前言往行",多了解过去的言论和行为,从中得到教益,虚怀若谷不耻下问,"以虚受人"(《咸·象》)。第二,从"行"的方面讲,"遏恶扬善,顺天休命"(《大有·象》),弘扬善端善行,"见善则迁,有过则改"(《益·象》)。第三,循序渐进,由微而著,由小而高大,"积小以高大"(《升·象》)、"作事谋始"(《讼·象》)。第四,抑制愤怒之心,堵塞贪欲之门,"惩忿窒欲"(《损·象》)。《周易》在重视精神层面培育人民的同时,也重视人民物质方面的需求,鼓励适当的正常的欲望,如《需·象》"饮食宴乐",但饮食宴乐不应过度,需"节饮食"(《颐·象》)。第五,以文汇聚朋友,以友辅助修养仁德。"朋友讲习"(《兑·象》)、"类族辨物"(《同人·象》)、"慎辨物居方"(《未济·象》)。有如《论语》"无友不如己者""君子以文会友,以友辅仁"[①]。第六,"俭德避难,不可荣以禄"(《否·象》)。这些以"德"育民振民的思想,都重视"德"的积蓄和培养,注重振民以德。

(四)懿民悦民

增益美德,积蓄美德。《小畜·象》:"君子以懿文德。"《小畜》卦体乾下巽上,乾为天巽为风,其象是风行天上。《说卦》:"桡万物者莫疾乎

---

① 杨伯峻译注:《论语译注》,中华书局2006年版,第6、148页。

风。"① 风的作用是吹拂万物使之成长，行于地上才能发挥作用，现在行于天上，是不急于发挥济物的作用，在积蓄力量但又有止蓄之意，故称小畜。孔颖达《周易正义》："若'风行天下'，则施附于物，不得云'施未行'也。今风在天上，去物既远，无所施及，故曰'风行天上'。"② "懿"有"美"之意，君子观此卦象"以懿文德"，积蓄修美自己的文明之德，由小到大由微而著。孔颖达《周易正义》："懿，美也。以于其时施未得行，喻君子之人但修美文德，待时而发。"③ 观《小畜》风行天上之象，有感而发而积蓄和增益美德，形成一种崇德积德的氛围，熏陶感染人们向善而行。

悦民之道，顺天应人。《兑·彖》："兑，说也。刚中而柔外，说以利贞。是以顺乎天而应乎人。说以先民，民忘其劳。说以犯难，民忘其死。说之大，民劝矣哉。"《说卦》："兑，说也。"④ 说同悦，《兑》卦义为喜悦，刚中指上下两兑中的中爻以阳刚居二、五之中位，柔外指六三之柔爻居下兑之上、上六之柔爻居上兑之上，《易》例以下为内上为外，刚中象征内心诚实不虚伪，柔外象征待人柔和不粗暴，故能使人喜悦，这种喜悦是发自内心的真正的喜悦，唯有真正的喜悦才能顺乎天理之正而应乎人心之公，没有虚假，所以，顺乎天应乎人以悦之。以喜悦引导民众前进，虽劳苦之事而民众不以为劳苦，他们会忘其生死，因为人君以说服人心为本，以至正至善之道使民心悦诚服。喜悦的功效如此宏大，足以使百姓勉力奋发，由于以喜悦为引导可充分调动人们的积极性，以致其忘劳忘死、死而无怨。可见喜悦的作用之大，催人奋勉，勇往直前，因符合天道、顺应人

---

① 转引自邓球柏《白话易经》，人民出版社2012年版，第426页。
② （魏）王弼、（晋）韩康伯注，（唐）孔颖达正义：《周易正义》，中国致公出版社2009年版，第64页。
③ （魏）王弼、（晋）韩康伯注，（唐）孔颖达正义：《周易正义》，中国致公出版社2009年版，第64页。
④ 转引自邓球柏《白话易经》，人民出版社2012年版，第428页。

心所向，人心与天道相应，就能调动民众积极性。《兑》所揭示的义理深刻，思想政治教育也应激发受教育者的内在主动力，使其积极主动地去追求自己顺天应人的人生目标。

三、明罚敕法的法制教育

党的十九大报告在"健全人民当家做主制度体系，发展社会主义民主政治"中强调要"深化依法治国实践"。法律和道德是维护社会稳定的两种主要途径，道德为法律提供价值基础，法律为道德提供制度保障。以前思想政治教育我们只讲"思想观念、政治观点和道德规范"，现在应加上"法律意识"，这不仅因为我国现在全面依法治国、建设社会主义法治国家，而且从历史上看，许多国家特别是西方国家把法律知识和法律意识的普及作为思想政治教育的重要内容。[1] 把法制教育置于政治教育部分，主要因《周易》中的法制理念更多的是服务于政治教育，法制实践也是为了促进社会更好地发展。《周易》思想政治教育重视道德的同时，亦重视法制对于治国平天下的重要作用，而依法治国也是当代治理国家的基本方式。"法律是成文的道德，道德是内心的法律"，法律和道德都有规范社会行为、维护社会秩序的作用，发挥法律的规范（以法治体现道德理念、强化法律对道德的促进），和道德的教化作用（以道德滋养法治精神、强化道德对法治的支撑）。[2] 先秦儒家认为只有先王与君主才有立法权，理想层面"先王以明罚敕法"（《噬嗑·象》），现实层面"礼乐征伐自天子出"。[3]《周易》中规范道德和约束，注重自律的内容较多，但同时也强调

---

[1] 参见刘建军《寻找思想政治教育的独特视角》，中国人民大学出版社2017年版，第121页。
[2] 参见中共中央宣传部《习近平总书记系列重要讲话读本》，学习出版社、人民出版社2016年版，第90页。
[3] 参见胡启勇《先秦儒家"圣""君"立法思想及其法伦理意义》，《南京社会科学》2008年第8期。

用法制的他律手段来约束违法行为。《渐·象》:"君子以居贤德善俗。"《噬嗑·象》:"雷电,噬嗑。先王以明罚敕法。"雷电噬嗑,意为雷电交加,引伸为严明刑罚、端正法律、整肃社会、消除矛盾,以达政治亨通。明罚敕法属法制方面的事。明罚即事先将罚例规定明确告知民众,令其有所规避不至触法。敕法即告诫民众遵守法令制度。明罚与敕法都强调在刑罚上让民众有所遵从,重在事先告知防范而非事后惩治。"明罚敕法"是《周易》人文思想在法制领域的体现,先贤效仿天道而定社会规范,体现了一定的法制精神和思想。与《周易》形成时相比,当今社会形势已发生天翻地覆的变化,不能盲目效法古时明君圣主的政治法律制度,但为民利民、服务社会和谐的立法精神是一致的。《周易》中"明罚敕法"的法制思想主要包括以下四方面。

(一) 称物平施

"称物平施"的公平社会政治环境有助于社会和谐稳定。"称物平施"一词出自《谦·象》,"地中有山,谦。君子以裒多益寡,称物平施"。《谦》卦的卦象是地中有山,山在地之下,君子效法"谦"的精神,减损有余增益不足,称量食物均衡平等施予。无论个人或天下,都需要真正的平等,如此才可相安无事,这体现了公平的意识。"地中有山"之"平"是《谦》"称物平施"的精义所在。《谦·彖》:"谦,亨。天道下济而光明,地道卑而上行。"《谦》是亨通的,象征天的德性光明普照下方毫无私欲,周济万物;又象征地道卑能容物的德性,随时长养万物,运行不息。天道亏损盈满、增益谦虚,地道变动满盈、流入谦下,鬼神损害满盈、福佑谦让,人道厌恶满盈、爱好谦退。所以,谦的德性尊贵而有光辉,虽卑退但却不可超越,这便是君子学问、德业、修养的高境界。"谦让""谦退""谦虚"是君子立身处世的基本准则,是建立功业的基础和前提。《周易》六十四卦中,只有《谦》卦六爻皆吉,可见谦德无所不利。《谦》六四爻"不违则"是规范，过此便不能持平而会有所偏差。"称物平施"是《周易》中关于公平公正治理社会的思想，公平公正是依法治理社会的重要基础。

（二）止息争讼

止息争讼是处理社会矛盾的基本原则。社会存在矛盾总是难免，故社会管理需要政治智慧，以人为本要切实从百姓切身利益出发，处理社会矛盾考验政治智慧。《讼》主张遇矛盾时遵循止息争讼的原则。《讼·象》："天与水违行，讼。君子以作事谋始。"天水讼，《讼》卦体坎下乾上，坎为水乾为天，古人见天上日月星辰皆由东向西转，地上的水又多自西向东流，二者的行动方向相违背，有矛盾不可解之象，故为讼，君子观此象则应做事谋虑其创始，以杜绝争讼之端倪。《讼》初六与九四两爻相讼又相应，于争讼之时虽有小小言语相争，但辨明是非就适可而止不争讼到底；九二与九五两刚相敌不相应构成争讼，九二居下卦九五居上卦，自下讼上，于理不顺，即不能争讼归而逃避，因九二居下而与上争讼祸患多；六三与上九两爻构成争讼关系，但六三是柔爻，虽失位但能安分于平素旧有俸禄不妄求，守正道不妄动，不相争讼，上九以刚健之质又居穷极之地坚持争讼到底，六三则顺从上九而不与它相争，故讼能平息，以平息争讼为善，所以六三得吉，而上九争讼到底却得恶果为"终朝三褫"；九四改变争讼到底的态度而返归正理不争讼，说明它安分守己不失言；上九讼胜得一条大腰带，一日之内被剥夺三次，因讼胜而受服不值尊敬何况得而复失，则羞辱随之而至，终还是凶。"讼"主要源于利益分配的矛盾，利益各方角度不同、出发点和立场不一样，所以，止讼的关键在于怎样有效化解利益冲突，解决矛盾，构建和谐关系。

止讼考验政治智慧。清朝军机大臣张廷玉与邻居都是安徽桐城人，两家在老家盖房时争地皮起争执，张母给北京做官的儿子张廷玉写信，张劝老人:"千里家书只为墙,再让三尺又何妨?万里长城今犹在,不见当年秦始皇。"其母觉有理,让出三尺,邻居见此惭愧,也让三尺,于是两家院墙间成就了著名的"六尺巷"。《临》体现了《周易》的政治智慧,初九爻辞说执政者应以自身的高尚品德、人格感召感化下属和百姓,以德临民;九二说执政者用自己的权威对下属和百姓形成一种威慑,即以危临民;六三是以高压政策和手段进行统治,正确做法应是对客观情况深思熟虑后再谨慎施行;六四说政治者应躬亲政治处理国家大事;六五说执政者要"知临"(《临》六五爻辞),用智慧治理天下;上六说执政者要以敦厚之心对待百姓,关心百姓疾苦。这些政治智慧意蕴深刻,"知临"对执政者的学识和智慧都有着较高要求,需在实践中不断积累经验、不断提升自我,提高"知临"能力。

(三)明罚敕法

严明罚法才能维护法律的神圣与威严。《噬嗑·象》:"雷电,噬嗑。先王以明罚敕法。"敕,即颁布。《噬嗑》卦体震下离上,震为雷离为电,雷电相合,电能明察雷有声威,故称"雷电,噬嗑"。先王观此象修订法律,明其刑罚,以使人人知道戒惧。修订法律效雷之声威,明其刑罚使人人知晓电一样的明察。初九在一卦最下,于人身则为足趾,以治罪而言又为初犯之人,惩治初犯之罪人,刑具加于足而遮没脚趾,加刑具于足使其不再行犯罪之事,有小惩大诫之意。噬嗑为口中有梗塞之物而不能合,梗塞之物即九四,故爻辞以啃带骨的肉干又遇到一个铜箭头为喻,足见其难噬,"利坚贞"是说应坚持不懈地啃下去,《噬嗑》至九四仍未到光大亨通之时,即梗塞之物还没消除。六五得断案执法之道,执法断案得当。《噬嗑》以卦象而言,是说去掉口中梗塞之物,以上下二体来说是利用震威离明去断案治狱。就断案治狱而言,过刚容易暴躁伤人,过柔又优柔寡断容易放纵,只有刚柔相济最得当,六五得断案执法之道守正知危,上九以阳刚居上自恃刚强，对改恶从善的告诫充耳不闻，终致罪罚灭耳。严明刑法，雷电自然现象常给人以惊栗恐惧之感，古人想象为上天发怒施刑的一种方式，《噬嗑·象》把这种自然现象与人间的刑罚相联系，从雷电引申出刑罚。《易传》在此卦用"先王"而非"君子"，说明制定法律是政治行为。"火雷噬嗑"火光在先雷声在后，即警告在先、惩罚在后。"明罚"是罚之前明示处罚的原则和标准，让人们知道该遵守什么不该做什么，有哪些惩罚等。"敕法"是要普法，有法必依，树立法律尊严，让人们对敬畏法律，威慑以达不敢违法的目的。程颐《伊川易传》："法其明与威，以明其刑罚，饬其法令。法者，明事理而为之防也。"[①] "明罚"与"敕法"强调重在防范，重视事先的法律法规建设与普及，但不是弱化执法，而是从人道角度以"预防犯罪"为重，若法律明示下再犯法，就要"折狱致刑"。《丰·象》："雷电皆至，丰。君子以折狱致刑。""丰"有盛大之意，雷火丰，《丰》卦体离下震上，震为雷为动，离为电为明，霹雷闪电一并而至其势盛大，有丰盛之象，君子观霹雷闪电皆至之象，断案执法用刑，断案必明效法"电"，执法用刑必有声威效法"雷"。夏、商、周三代统治者都很重视法律、刑罚，但殷商因失德而亡国的前车之鉴使西周统治者开始逐渐提倡德治，孔子更是"尚德不尚刑"，秦始皇时期又重视法治，社会在如此德治与法治的交替偏重中发展。从"为政以德"到"德刑并施"，道德理性与工具理性融合，这对建设社会主义法治国家和严明执法力度、依法治国和以德治国具有现实意义。

（四）审慎用刑

《周易》主张审慎刑罚。如果说"明罚敕法"是订立法令明确刑罚，那么"折狱致刑"则是断案量刑，刑罚是人命关天之事需慎之又慎。

---

① 《中华易学大辞典》编辑委员会编：《中华易学大辞典》，上海古籍出版社2008年版，第232页。

《贲·象》："山下有火，贲。君子以明庶政，无敢折狱。""贲"为文饰，山火贲，《贲》卦体离下艮上，离为火艮为山，其象为山下有火，山下有火山间草木均被照亮，有文饰之象，故称贲。火光映照山间草木以成文饰，君子观此象修明政事不敢判决案件，修明政事即完备礼乐法度是效法火之光明，判决案件必剥去文饰以求实情，所以于文饰之时不敢判决案件。真是到了超越礼乐法度之地步，则宜明慎用刑而不留狱。《旅·象》："山上有火，旅。君子以明慎用刑，而不留狱。"火山旅，《旅》卦体艮下离上，艮为山离为火，卦象为山上有火，山火都是一烧而过不滞留于一处，故称旅。孔颖达《周易正义》："火在山上，逐草而行，势不久留，故为旅象。"① 火在高处明无不照，山火又逐草而行势不久留，君子观此象则明而又慎地用刑断案判决，不使诉讼者久留狱中，"明"效法"火"，慎重效法"山"，不留狱效法"山火"。② 贲、旅都由艮和离组成，分别是噬嗑和丰的覆卦，"明庶政"是明察政事，"无敢折狱"程颐认为是不敢以虚文断狱而失其情实③，"明慎用刑"即了解慎用刑罚之理，"不留狱"即不拖延狱案。可见《周易》主张慎用刑罚。

明罚敕法的法制教育，在治国理政上表现为德治与法治相结合的动态平衡，在现代社会具有积极现实意义。一是"遏恶扬善"（《大有·象》）主张遏制损人利己的行为，使有益他人的行为发扬光大；二是"明罚敕法"（《噬嗑·象》）主张严明法律；三是执行法律时要"折狱致刑"（《丰·象》）、"明慎用刑"（《旅·象》）；四是"赦过宥罪"（《解·象》），德法并用，重视教化，对弃恶从善、改过自新的人要宽容赦免，对死刑犯不立即用刑，而是缓期执行，"议狱缓死"以进一步合证罪行，同时教育

---

① （魏）王弼、（晋）韩康伯注，（唐）孔颖达正义：《周易正义》，中国致公出版社2009年版，第223页。
② 参见《中华易学大辞典》编辑委员会编《中华易学大辞典》，上海古籍出版社2008年版，第261页。
③ 王博：《易传通论》，中国书店2003年版，第104页。

感化观其后效；五是注重法律制度建设，《节》言制度，"泽上有水，节。君子以制数度，议德行"（《节·象》）。何楷《古周易订诂》："数者，一、十、百、千、万也。度者，分、寸、尺、丈、引也。存诸中为德，发于外为行。议者，度量其无过不及而求归于中也。"①《节》卦象为泽上有水，泽对水起调节作用，君子观此象制定出数与刻度之计量单位，用来衡量掌握节制得适中不适中，度与数靠人来掌握，还必须议其道德修养能否行中道。

促进法制教育与道德教育有机结合。道德和法制都是预防犯罪和不良德行的手段，是调节社会关系、维护社会秩序的重要工具。德治与法治的争论在中国历史上经历了一个辩证否定的过程。帛书《易传》认为犯罪由利己心之贪欲引发，约束贪欲的有效途径即道德修养，法律及制度的完善也对预防犯罪起重要作用，帛书《德行》把道德教育与道德修养作为预防犯罪的手段，认为感官欲望若不能为心所役则会恶性膨胀做出违法之事，故强调"心贵"，树立道德良知的主宰地位。②加强道德修养是培养自律的过程，完善法制是强化他律的过程，道德与法制兼用，自律与他律兼顾，更有利于社会和谐氛围的形成与持久。促进道德教育和法制教育互动与融合的理论基础源于对道德和法律辩证关系的科学认识，其终极价值目标是人的全面发展。③"遏恶扬善，顺天休命"（《大有·象》）通过"德"与"刑"两方面相结合而实现。"刑"尚中，主张宽宥，反对不教而杀，因童蒙而"刑"，主张"发蒙"使其脱"桎梏"（《蒙·初六》）。《周易》德刑结合的思想对后世影响很大。"饮食必有讼"（《序卦》）④，诉讼客观存在，《易传》认为通过人的主观努力能达到无讼或缩短"讼"的周期，无

---

① 《中华易学大辞典》编辑委员会编：《中华易学大辞典》，上海古籍出版社2008年版，第263页。
② 参见崔永东《帛书〈易传〉与帛书〈德行〉中的犯罪预防思想》，《政法论坛》2001年第2期。
③ 参见顾相伟《高校道德教育与法制教育的发展、关联与融合》，《思想教育研究》2012年第1期。
④ 转引自邓球柏《白话易经》，人民出版社2012年版，第437页。

讼则是《易传》对《讼》的发挥。《讼·象》说初六"不永所事",提出"讼不可长"不要挑起诉讼;《讼》九二"不克讼,归而逋",提出"自下讼上,患至掇也",即下告上是祸患的根源;根据上九"锡之鞶带,终朝三褫之",《讼·象》认为"以讼受服,亦不足敬也",当事人即使获胜受赏也不足以被尊敬,从伦理上否定"讼"。孔子力求无讼。《论语·颜渊》:"听讼,吾犹人也。必也使无讼乎!"①《周易》还有赦罪宽缓之说,有大罪而诛、有小过而赦即为此意。《解·象》:"雷雨作,解。君子以赦过宥罪。"赦是免,宥是宽,"赦过宥罪"是赦免,宽宥罪过。《中孚·象》:"泽上有风,中孚。君子以议狱缓死。"议是审议,缓是宽缓。即使大罪,某些情形下也应怀宽缓之心。法治精神与德治精神一致,让道德教育和法制教育有机适度融合,避免道德泛化或法律扩大化的极端倾向,使社会实践中的道德教育与法制教育合而为一,共促政通人和。

四、自强不息厚德载物的民族精神

《周易》倡导自强不息、厚德载物等精神,这也是中华民族精神的重要源头。纵览历史,不论哪个国家、哪个族群,民族精神都是其民族的精神支柱和前行的精神动力,表现在各民族的历史事件、人物和文化现象中,由民族的宗教、政治制度、伦理、法制、风俗和艺术等形式展示出来,如中国的笔墨纸砚、美国的爵士乐、日本的茶道等。一个民族没有精神信仰、道德要求和社会信念,如同人没有灵魂。中华民族的民族精神以爱国主义为核心,勤劳勇敢、爱好和平、自强不息等积极的价值取向和社会信念赋予中华民族旺盛活力。②民族精神的主要社会功能是构筑民族精神家园、增进民族认同、凝聚民族力量、展示民族形象和推动民族发展

---

① 杨伯峻译注:《论语译注》,中华书局2006年版,第144页。
② 参见王希恩《关于民族精神的几点分析》,《民族研究》2003年第4期。

等①，是潜在的文化软实力，具有文化凝聚力、文化辐射力、文化控制力、文化同化力和文化创造力。②中华民族精神是中华民族在历史发展进程中形成的精神风貌和优秀价值取向的集中表现，是中华民族发展进步的价值导向和精神动力。③

（一）自强不息，刚健进取

自强不息是中华民族的美德，是中华民族的精神，是中华民族的脊梁，是中华民族的法宝，是中华民族的希望，是中华民族的象征。④《乾·象》："天行健，君子以自强不息。"天的运行以其自身的力量刚健不懈永不止息，君子要用"天行健"的精神指导自己努力进取、顽强奋斗、永不懈怠、永不停息，这是一种积极的人生态度。自强不息与刚健有为意蕴相通，虽然自强不息在《周易》中只出现一次，但却多次言及刚健有为之意。比如："需，须也。险在前也，刚健而不陷其义，不困穷矣"（《需·彖》）；"大有。柔得尊位，……其德刚健而文明，应乎天而时行，是以元亨"（《大有·彖》）；"大畜，刚健笃实辉光，日新其德。刚上而尚贤"（《大畜·彖》）。孔子重视刚健有为，把"刚"置于四德之首。"子曰：'刚、毅、木、讷近仁。'"（《论语·子路》）⑤人践行天的健行之道，刚健有为自强不息，汇集成中华民族强韧奋进意义深远的民族精神。

首先，自强不息要在"自强"。这也反映了勤勉不懈、奋发进取的道德主体精神，自古未有不自强而成功者。要自强就要明白什么是强，其体现在德业双修，做对社会、国家乃至世界有用的人。发挥人的能动性，以自主的内驱力践行"强"、力达"强"，而无需外在督促，这就是"自

---

① 参见葛晨虹《论民族精神的社会功能》，《道德与文明》2007年第1期。
② 参见宇文利《民族精神与文化软实力的关系研究》，《毛泽东邓小平理论研究》2011年第12期。
③ 参见李宗桂《中国文化精神和中华民族精神的若干问题》，《社会科学战线》2006年第1期。
④ 参见邓球柏《白话易经》，人民出版社2012年版，第268页。
⑤ 杨伯峻译注：《论语译注》，中华书局2006年版，第161页。

强"。表现在"进德"上，就是刚健粹精、兢兢业业、日进不已，不断提升自己的道德境界、完善自己的人格；在"修业"上不畏艰难、乾乾不止、有所作为，为他人和社会做出贡献，也实现了自己的人生价值和社会价值。

其次，自强不息强调"健"而不止。健，故不息。"健"有主动及刚强不屈之义。自强就要有"锲而不舍""克己""自胜"不达目的誓不罢休的精神，如同昼夜更替不停，人的进步完善也一样不应停止，一生追寻远大目标前行，自强不息之人都为远大理想目标执着地努力着，奋斗不止。"在几千年历史长河中，中国人民始终革故鼎新、自强不息，开发和建设了祖国辽阔秀丽的大好河山，开拓了波涛万顷的辽阔海疆，开垦了物产丰富的广袤粮田，治理了桀骜不驯的千百条大江大河，战胜了数不清的自然灾害，建设了星罗棋布的城镇乡村，发展了门类齐全的产业，形成了多姿多彩的生活。中国人民自古就明白，世界上没有坐享其成的好事，要幸福就要奋斗。今天，中国人民拥有的一切，凝聚着中国人的聪明才智，浸透着中国人的辛勤汗水，蕴涵着中国人的巨大牺牲。"① 新时代，依然要发扬自强不息的伟大奋斗精神，开拓进取，创造更加美好的生活。

再次，自强不息、刚健有为要"中正"而行。"大哉乾乎！刚健中正，纯粹精也"（《乾·文言》），"刚中而应，行险而顺"（《师·彖》），"文明以健，中正而应，君子正也"（《同人·彖》），"其德刚健而文明，应乎天而时行，是以元亨"（《大有·彖》）。② 这些表明应具备刚健中正的品质，不断奋进。一个人、一个企业、一个国家，只有中正而行、刚健前行，才能稳健顺利地走向更远更广阔的天地。

最后，自强不息要顺应变化与时俱进。《乾·文言》："君子进德修

---

① 习近平：《在第十三届全国人民代表大会第一次会议上的讲话》，《人民日报》2018 年 3 月 21 日。
② 转引自邓球柏《白话易经》，人民出版社 2012 年版，第 410、216、220、221 页。

业，欲及时也""'终日乾乾'，与时偕行"。① 在这里自强不息含变革、日新之义。事物只有自己运动才有不竭动力，人也一样，在瞬息万变的世界中把握好时代脉搏，认清社会、事物发展方向和自己所面对的具体状况，做符合规律促进事物和自身发展之努力，于个人而言才能更好地自强、自立、自尊、自重、自爱，于社会而言则可促进社会进步、国家强大。树立高远志向，历练勇于担当和不懈奋斗的精神，具有奋斗的精神状态和乐观向上的人生态度，刚健有为、自强不息。在人类历史上有无数自强不息的奋斗者，有为实现共产主义事业不畏艰险奋斗不止的先锋，有突破创新探索大千世界奥秘的科技工作者，有身残志坚做出杰出贡献的模范，有自学成才为祖国建设献计献策的典型，也有在平凡岗位上默默奉献的普通群众，不论哪个职业哪个岗位，总有优秀的人物与时偕行地践行着自强不息的奋斗精神。

（二）厚德载物，开放包容

"厚德载物"语出《坤·象》之"地势坤，君子以在厚德载物"。"坤"古指地、女子，"厚德"即深厚之德、"含弘光大"之德，"载"指承担，"物"指万物。厚德载物意为以宽厚之德包容万物，使万物各遂其生，即厚植德行以承载万物。对于"厚德"，在《伦理百科辞典》中有三种解释：一指地德；二指女德；三是泛指君子之德。②《坤·象》释"坤"德："至哉坤元，万物资生，乃顺承天。坤厚载物，德合无疆。含弘光大，品物咸亨。"大地以宽厚之德包容万物，使之都各遂其生，地顺承天道生养万物，其体厚能载万物，其面广能包容万物，万物得以皆美。取法效法于地，以宽厚之德包容万物，含对人、事兼容并包的宽容精神，与

---

① 转引自邓球柏《白话易经》，人民出版社2012年版，第406、409页。
② 参见徐少锦、温克勤主编《伦理百科辞典》，中国广播电视出版社1999年版，第796页。

孔子"君子和而不同"(《论语·子路》)①义通。"唐韩愈的'博爱之谓仁'(《韩昌黎集·原道》)、北宋张载的'民胞物与'(《正蒙·乾称上》)等思想,皆与'厚德载物'一脉相承。与'天行健,君子以自强不息'一起,构成了中华民族文化的一大优良传统。"②

厚德载物强调以博大宽厚之德接人待物的人文精神,像大地一样承载万物,像海纳百川一样具有博大的情怀。心胸狭隘之人必作茧自缚,失去自由乃至健康或生命。战国时期,庞涓、孙膑同为鬼谷子学生,庞涓嫉妒孙膑才能而加以陷害,残忍地对他施以"膑刑"并打入牢房。孙膑为脱苦海装疯卖傻、忍饥挨饿,甚至睡猪圈、吞猪粪,经若干次努力后终获救,后为齐国军师。后在马陵之战中,孙膑利用有利地形择善射弓箭手伏于道路两侧,剥掉一棵大树的皮而写"庞涓死于此树之下",庞涓最终死于马陵之战,而孙膑的《孙膑兵法》则载入史册传颂千秋。所以,我们应与人为善,放宽心态,待人包容,这也是厚德载物的体现。那么如何"厚德"才能承载万物呢?

厚德载物重视效法"地"以厚植德行的积极主动性。厚德是增厚美德,从《坤》卦象"地势坤"而推阐出君子效法"地"以厚德载物的道理。以地之厚德容载万物育人,则指道德高尚的人能够承担重大任务。"坤"地顺承"乾"之天道,其势顺于天、其体厚能载万物,人取法于地主动增厚美德,以深厚德行育人、化人而承载万物。厚德载物强调言信行谨、心存其诚、兼善天下、德博而化。《乾·文言》:"庸言之信,庸行之谨,闲邪存其诚,善世而不伐,德博而化。"③践行《周易》中的"仁""谦""恒""诚""信""忧患意识"等美德善行,厚德载物,促使万物生成发展。

---

① 杨伯峻译注:《论语译注》,中华书局2006年版,第159页。
② 《哲学大辞典》编辑委员会编:《哲学大辞典(修订本)》,上海辞书出版社2001年版,第541页。
③ 转引自邓球柏《白话易经》,人民出版社2012年版,第404页。

"自强不息""厚德载物"是中华民族精神的重要基因。天道阴阳相生生生不已,人道继善成性中正而行,形成刚健中正、自强不息和含弘光大、厚德载物两种相生互补的德性,为完善的人格提供了德行导向,而且在中国社会历史发展过程中,也同时成就了中华民族自强不息、厚德载物的变革和开放精神。

五、革故鼎新与时偕行的时代精神

时代精神是时代文明内在的、深层的、抽象出来的精髓和内核,反映一定时代社会实践的本质及特征、变化发展的总趋势和总潮流,是先进的社会意识。《周易》中富含日新、时行等契合社会实践的革新思想,当今社会弘扬以改革创新为核心的时代精神,既是马克思主义与中国具体实际相结合的成果,也是对《周易》等中华优秀传统文化中革故鼎新、与时偕行理念的创造性转化和创新性发展。

(一)革故鼎新

《周易》认为世界变动不居,人类社会在革故鼎新中发展。"穷则变,变则通,通则久。"(《系辞》)[①]《周易》讲变易,含不断变革、永无止境之意。客观世界发展变化存在规律,反映到主观世界,社会变革是客观必然规律,主观上树立顺应客观规律的变革意识,顺应规律,与自然、社会共同发展。《周易》中与革故鼎新相关的内容有"革,去故也。鼎,取新也"(《杂卦》)、"天地革而四时成,汤武革命……革之时大矣哉"(《革·彖》)、"化而裁之谓之变,推而行之谓之通"(《系辞》)。[②]因势利导,推动变革,革故鼎新,为中国社会的不断发展进步奠定了思想基础和

[①] 转引自邓球柏《白话易经》,人民出版社2012年版,第366页。
[②] 转引自邓球柏《白话易经》,人民出版社2012年版,第450、253、358页。

文化基因。

1. 革故纳新

变革是去故纳新。一阴一阳矛盾双方在对立统一中相互作用、相互影响而变化发展。《革》以变革为卦义，泽火革，卦体离下兑上，离为火兑为泽，其象为泽中有火，则水灭火、火灭泽涸，互相熄灭而变革，所以称革。俞琰《周易集说》："泽中有火，谓有非其地，不当有而有也。泽中当有水，今乃有火焉，是变革之象也。"①《序卦》："井道不可不革，故受之以革。"②用之则新，相继则洁，不用则秽败，有不断变革之义，故《井》之后为《革》，火在下水在上，相就相克相灭息，故为革，水火互相熄灭说明矛盾对立不可调和，必进行变革。《革·彖》："二女同居，其志不相得。"离为中女在下、兑为少女在上，二女同居一室，而少女却在中女之上，长幼关系颠倒必相争不可解，二女"其志不相得"相争不可解，矛盾对立不能调和，必然要变革，应果断主动变革以结束不利局面。《革·象》释九五爻辞"大人虎变"为"其文炳也"，释上六爻辞"君子豹变"为"其文蔚也"。九五为新君继位称"虎变"，喻政绩显著有光辉，上六为一卦之终称"豹变"，为君子受感化自新其德，如豹之换毛虽不及虎的文采显著，但也隐约可见。程颐《伊川易传》："君子从化迁善，成文彬蔚，章见于外也。中人以上，莫不变革。"③除《革》卦外，《系辞》也多有时变之论，比如"一阖一辟谓之变，往来不穷谓之通。"④把握乾坤、阴阳等对立面的转化规律，在运动中变革发展。变革需众人信服与拥护，应等待变革时机成熟。《革·彖》"革而信之"解"巳日乃孚"。事之变革，人心岂能轻信，必经一段时间实践检验而后信。人心不信，虽强之行，亦

---

① 《中华易学大辞典》编辑委员会编：《中华易学大辞典》，上海古籍出版社2008年版，第255页。
② 转引自邓球柏《白话易经》，人民出版社2012年版，第444页。
③ 《中华易学大辞典》编辑委员会编：《中华易学大辞典》，上海古籍出版社2008年版，第255页。
④ 转引自邓球柏《白话易经》，人民出版社2012年版，第354页。

不能成。若行变革之事,必须使人相信此事已到不能不变之时,这样变革才能使人信服。

顺天应人的变革促进社会发展。上至天地自然下至人类社会,都处在不断变革中,天地间寒暑往来四时变革,万物新陈代谢生生不已,自然界得以永恒发展,人类社会亦然,顺天应人。商汤伐灭夏桀,殷纣王无道周武王取代,此类既顺天命自然规律、又应人心所向的革命使人类社会不断向前发展,推革之道,极天地之变易时运之终始。

一方面,变革需顺天理。依天理进行变革才能无过与不及,变革者无悔、天下人无怨,故"悔"乃"亡"。"革而当,其悔乃亡。天地革而四时成,汤武革命,顺乎天而应乎人。革之时大矣哉!"(《革·彖》)变革不合道理反招弊害,所以变革有时会有悔,唯有变革得当才不至有悔。吴澄《易纂言》依卦体解此语:"以卦体言除九四一爻,五画刚柔皆当位,有所革各得其当之义。使不当者,亦当其悔乃亡也",认为全卦六爻中有五爻刚柔当位,所以革又当义,所以其"悔"乃"亡"。①《革》认为变革要合乎自然和社会发展规律。顺应社会发展规律的变革是社会进步的手段。变革是革故纳新,其中必有斗争,变革本身就意味着矛盾对立面的斗争和转化。变革是事业成功、社会进步的基础,社会发展到一定程度只有变革才能畅通,推动社会不断前进。变革也是焕发民众热情、成就大业的手段,是治国、平天下的必要条件,要根据社会发展的客观规律而行。

另一方面,变革须合乎人心。合人心的变革才能大通以正。《革·彖》"文明以说,大亨以正"解辞"元亨,利贞"。《革》卦体离下兑上,离为文明兑为和悦,文明能洞察事理,和悦则人心欢喜。程颐《伊川易传》:"离为文明。兑为说(同悦),文明则礼无不尽,事无不察。""和顺人心,可致大亨而得贞正。"②和顺人心则民众心志信服。《革》卦义为变革,

---

① 《中华易学大辞典》编辑委员会编:《中华易学大辞典》,上海古籍出版社2008年版,第206页。
② 《中华易学大辞典》编辑委员会编:《中华易学大辞典》,上海古籍出版社2008年版,第205页。

《革》发展至第四爻位,已离下体进入上体,为当革之时,九四以刚居阴位,刚柔相济无偏弊,可承重任,依此变革,顺天而应人必然得吉,民众的心志皆信服,改命而吉上下信其志。因变革之道以上下信服为本,处九四之时位,上下皆信服,此时变革定吉。《革》卦至上六,变革已终,经九四的变革,九五作为新君登至尊之位,开始实行新政、移风易俗,上六的民众改变其所向,接受执政者的政治理念,此即"小人革面"顺以从君无不心悦而诚服。《革》既重视改革的重要性,又认识到民心信任改革的关键性。反思并吸取历史上改革失败的教训,避免出现失去民心的结局。变革合乎人心,使人充分理解改革的必要性,取得人们理解信任后才能掌握群众、得到群众支持,再适时实施改革,这是一个水到渠成的过程。

2. 鼎新进取

《序卦》:"革物者莫若鼎,故受之以鼎。"①《周易折中》引李元量:"'木上有火',非鼎也,鼎之用也,犹之木上有水,非井也,井之功也。"②《革》为变革,鼎能变生物为熟物,所以继革之后为《鼎》。《说文解字》:"鼎,三足两耳,和五味之宝器也。"③鼎是一种炊具,调和五味,化生为熟,喻人才辈出。《鼎》卦体巽下离上,巽为木离为火,其象为以木生火,鼎煮物以供人享用,引申又有供养之义。

取新艰辛。凡事开头难,在革故纳新的过程中也是如此。以《鼎》为例体现取新艰辛的几个阶段。首先,"初六:鼎颠趾"。《鼎》初六柔爻居鼎之下,于鼎则为脚趾之象,脚趾在下鼎身则稳固,但初六与九四相应,有应则上往,初六之脚趾上往鼎身必颠覆,故"鼎颠趾"。"鼎颠"是坏事,但"利出否",故坏事却变成了好事,即《鼎》初爻为用鼎的开始,用鼎煮物之前必洗刷,因"鼎颠趾",故虽鼎口朝下不利煮物,但却利于

---

① 转引自邓球柏《白话易经》,人民出版社2012年版,第444页。
② (清)李光地纂,刘大钧整理:《周易折中》,巴蜀书社2008年版,第381页。
③ (汉)许慎撰,(宋)徐铉校定:《说文解字》,中华书局2013年版,第140页。

不洁之物倒出以进行刷洗。熊良辅《周易本义集成》:"未用而倾仆,则污秽不能留,反以颠为利也。"①何楷《古周易订诂》:"鼎趾本不宜向上,以欲泻恶纳新,故不得不颠趾。"②其次,"九三:其行塞"。《鼎》发展到第三爻,鼎内食物已煮熟,可移至堂上供享用,但"其行塞"。三爻迫近上体之火,如烹饪失宜鼎中沸,几欲烁鼎,故热不可举以行,喻鼎不能移动,因九三与六五无相应关系,与上九为敌应,无应则不能上行,故其行止,鼎内食物唯上行方可被享用,其行塞止,说明九三之鼎实还不能发挥作用,鼎内鸡肉之美味佳肴已烧好,由于鼎耳的变革,不能抬至堂上供人食用。九三阳刚应爻为上九,亦刚,两刚相敌不相应,六五为柔顺中正之君,不计九三初应行塞,终使九三与六五阴阳交和,故九三自省其所欠与不足、有初始怀才不遇之悔。《周易折中》引易祓:"及其终也,阴阳相济,有至和将雨之兆,此所以亏其始之悔,而终必获吉也。"③再次,九四鼎折足覆餗。九四居鼎腹,最上为鼎口,阳刚为有实,满满一鼎佳肴以备食用,四又是近君的大臣之位,因九四之刚爻承六五之柔爻逆而不比,而与初六之柔爻相应,所以舍六五而下应初六,造成鼎足折断佳肴倾覆于地。初爻未有实,故因颠趾而出"否",四爻已有实,故折足而"覆餗",鼎内之实物倾出。从《革》初九反颠为利出否迎新,至九三鼎实行塞不能享用,再至九四折足覆餗,可见去故取新、鼎新发展的艰辛不易。

养贤用贤,济人利人。鼎新进取之于社会的进步,离不开人才的培养和储备,《鼎》六五讲养贤之用。《鼎》以养贤用贤为义,卦画形状与鼎相像,初六柔爻在下象鼎足,九二、九三、九四刚爻象鼎腹,六五柔爻象鼎耳,上九刚爻在上象鼎盖。鼎以刚爻为实物,故九二为鼎腹有实,九二应九五比初六,应九五为上行,比初六为下来,《鼎》以上为得其养、被

---

① 《中华易学大辞典》编辑委员会编:《中华易学大辞典》,上海古籍出版社2008年版,第161页。
② 《中华易学大辞典》编辑委员会编:《中华易学大辞典》,上海古籍出版社2008年版,第161页。
③ (清)李光地纂,刘大钧整理:《周易折中》,巴蜀书社2008年版,第197页。

其用，下比则受阴柔所累而埋没于下，即九二阳刚得中，于鼎是鼎中有实物，于人则指人有真才实学，只有上往才能发挥作用，下则埋没其才，所以九二之时要审慎德行。《鼎》主张修德凝道，正位凝命，卦辞巽下离上，巽为木离为火，其象为木上有火，烧鼎、发挥鼎煮物的作用，木上生火以烧鼎而蒸气，此则为鼎之实象，鼎为古时传国重器，得鼎象征得天下，君子观木上有火鼎发挥作用之象，则端正居其所当居之正位，以巩固其所禀受的天命。朱骏声《六十四卦经解》："鼎重镇喻位，鼎有实喻命。凝，成也，坚也。王者位乎天位，修德凝道，乃能凝命。"①从卦象来看，火风鼎，《鼎》六五以柔爻居中在鼎腹之上，有鼎耳之象，鼎有铜耳方能移动置于堂上供人享用，说明《鼎》发展至六五可穿杠将鼎置于堂，鼎内食物可供人享用了，发挥了鼎的养贤作用。《鼎·彖》："柔进而上行，得中而应乎刚。"此句以卦之主爻六五应九二阐发《鼎》养贤用贤而有大通之义。《鼎》卦体巽下离上，离两刚一柔以柔为主，六五柔爻居至尊之位成为柔顺中正之君，且与下体九二刚爻相应，得贤能之臣相助，故元亨。《周易折中》引刘氏："'得中而应乎刚'者，以柔居中，下应九二之刚，乃能用贤也。柔得尊位，卑巽以下贤，是以致'元亨'。"②鼎的作用是煮食物变生为熟，人人都可以享用，而圣人则用它去祭享上帝和养圣贤，因为祭享之重莫重于上帝，招待宾客之重莫重于圣贤，但祭享上帝仅言"亨"，而养圣贤却言"大亨"。"圣人亨以享上帝，而大亨以养圣贤。"（《鼎·彖》）"亨"即煮也"。蔡渊《周易经传训解》："盖事天尚质，故言'亨以享上帝'。养圣贤贵多，故言'大亨以养圣贤'。"③《鼎·彖》："巽而耳目聪明。"《鼎》卦体巽下离上，《说卦》谓巽为入离为目。朱震《汉上易传》："圣人卑巽下人，兼天下之耳以为听，故其耳聪；兼天下之目

---

① 《中华易学大辞典》编辑委员会编：《中华易学大辞典》，上海古籍出版社2008年版，第256页。
② （清）李光地纂，刘大钧整理：《周易折中》，巴蜀书社2008年版，第294页。
③ 《中华易学大辞典》编辑委员会编：《中华易学大辞典》，上海古籍出版社2008年版，第206页。

以为视，故其目明。"①《管子·权修》："一年之计，莫如树谷；十年之计，莫如树木；终身之计，莫如树人。一树一获者，谷也；一树十获者，木也；一树百获者，人也。"②一年树谷，十年树木，百年树人，一种一收是谷，一种十收是树木，一种百收的是培养人才。教育既要有长远定位，又要立足当下时机，养贤蓄贤善用贤，为国家社会的可持续发展提供源源不断的优质人才保障。《鼎》上九寓意养贤用贤要刚柔适度。《鼎·象》以"刚柔节"解上九爻辞"鼎玉铉"。《鼎》至上九，烹饪之功已成，"刚柔节"犹如说火候掌握得很适度，食物非常可口以供享用。项安世《周易玩辞》："凡《易》中节字，皆谓数度之宜，非若俗间以裁减为节也。"③《鼎》卦体巽下离上，巽为木离为火，以木生火，煮生物变熟物，至上九鼎道大成，既有济人之用又有利人之功，故大吉无不利。俞琰《俞氏易集说》："鼎至上九，鼎功已成而有济人之用，吉之大者也。用以享帝亦利，用以养贤亦利，故曰'无不利'。"④此是就卦德讲圣人以鼎烹物养贤之效，圣人礼贤下人济人利人，下人必感恩图报，如此圣人则有天下人的耳目，故能听其微、视其广，耳聪目明，即"巽而耳目聪明"。可见《周易》遵天道，但根本目的是将天道用于人道，更重视规律即"典常"的人事之用。

去故鼎新、顺天应人展现了顺应规律的社会革新思想。随着文明的进步，改革意识、变革思想和自我更新的理念逐渐增强，社会必然进行相应变革，变革不是消灭对方，而是要达到一种刚柔协调的局面，变革是恒久之道。《系辞》："《易》，穷则变，变则通，通则久。"⑤矛盾的两方面相互斗争，旧的平衡格局被打破，只有进行变革才能通达恒久，这也是宇宙的

---

① 《中华易学大辞典》编辑委员会编：《中华易学大辞典》，上海古籍出版社 2008 年版，第 206 页。
② 李山译注：《管子》，中华书局 2016 年版，第 32 页。
③ 《中华易学大辞典》编辑委员会编：《中华易学大辞典》，上海古籍出版社 2008 年版，第 257 页。
④ 《中华易学大辞典》编辑委员会编：《中华易学大辞典》，上海古籍出版社 2008 年版，第 162 页。
⑤ 转引自邓球柏《白话易经》，人民出版社 2012 年版，第 366 页。

永恒规律。《杂卦》："革，去故也。鼎，取新也。"①革故鼎新成语由此而来。革、鼎作为动词，"革"是变革、革命、破旧立新，"鼎"承接"革"的结果，故取义更新。火风鼎，泽火革，革鼎相反相成，革故鼎新，辩证一致。《革》《鼎》两卦包含的革新思想由浅入深、由表及里，依次渐进，鼎新也要遵循社会规律，主动创造条件，注重把握时机，人类社会因时因势的革新而通畅。

　　《周易》蕴含的革故鼎新思想，在当今社会依然有重要现实意义。新时代社会改革的目的主要是解决发展的不平衡不充分问题，为满足人们日益增长的美好生活需要、实现社会主义现代化和中华民族伟大复兴的中国梦服务。当前国际联系日渐紧密，整个世界日益成为命运共同体，但日益多极化的世界格局又有很多挑战和机遇，对中国来说，创造和抓住和平发展的有利时机，加强与外界的合作和联系，争取互利共赢。只有遵循社会发展规律、顺应民意的改革才能真正得到民众拥护和支持，《周易》主张革新以"顺天应人"为准则，革故鼎新，这样才能万事顺遂、亨通吉祥。这些思想对于新时代的改革开放、促进人的发展、社会的发展和文明的进步依然具有积极的现实意义。

（二）与时偕行

　　革故鼎新讲究时机。变革随时间、地点、条件为转移，《革》一再强调要善于捕捉改革时机。社会改革必然要经历一个过程，《革》六爻系统说明了革新的过程，即如何进行变革、变革需具备怎样的条件等。孔颖达《周易正义》："'革'者，改变之名也。此卦明改制革命，故名'革'也。'巳日'乃孚，者，夫民情'可与习常'难与适变，可与乐成'难与

---

① 转引自邓球柏《白话易经》，人民出版社2012年版，第450页。

虑始'。故革命之初，人未信服。所以'即日不孚，巳日乃孚'也。"① 在事物发展初期不能轻易实行变革，只能用中顺之道巩固，即革命之始人心并不信服，需酝酿改革的条件，忌轻举妄动，只有到了已经非革不可之日才能革之。一段时间后时机成熟，有其时、其位、其才，审虑而慎动，到了非变革不可时还要反复研究，最终取得人们信任方可变革，发动改革也需反复宣传，继续争取民众信任。《革》卦九三"革言三就"，九四"有孚改命"，时机成熟，则"治历明时"（《革·象》），"大人虎变，其文炳也"（《革·象》），改革成效彰显，但"君子豹变""小人革面"之时又不宜多行动。力求稳定一段时间以巩固改革成果，即改革要随着时机条件适时而行。《系辞》："变通者，趣时者也。"② 变革根据客观环境的变化选择适当时机才能取得成功。"时止则止，时行则行，动静不失其时，其道光明。"（《艮·彖》）与时偕行的顺天应人的变革，动静不失其时，通天地万物之情。

《周易》注重"与时偕行"。"时"与天道规律紧密相连，天道自然规律的一个根本特点就是与时偕行、日新月异。③ 哲学也在不停地演化，应时代之变，不同时代呈现不同理论思维形态和时代精神。天道运行周而复始永无止息，君子效法天道自立自强奋斗不止，要终日勤恳工作，随时警惕反省三省自身，迁善改过，与时偕行。对人的认识也要与时俱进，做谦谦君子，懂进退屈伸。《周易》中《遯》阐释的就是隐遁、退避的道理，恒久必起动荡，小人势力会趁势扩大，在无法前进时应用战略目光看待，唯有退避才能亨通，隐忍退避，等待有利时机再行动，知进知退，退却可让生命的力量得以积蓄，也要善于总结失败的经验教训，立志改革，以便

---

① （魏）王弼、（晋）韩康伯注，（唐）孔颖达正义：《周易正义》，中国致公出版社2009年版，第197页。
② 转引自邓球柏《白话易经》，人民出版社2012年版，第362页。
③ 参见桑东辉《"革命"溯源——从〈周易〉革卦说起》，《兰台世界》2012年第28期。

将来有更大发展。退却和前进一样，都是生活中不可缺少的组成部分，进退得当，屈伸有度，以有利、有节、有理的方式度过有意义的人生。

与时偕行和革故鼎新的思想构成了《周易》的创新观。《周易》讲变化，变化即是与之前相比有所改变、有所更新，有变化意味着不墨守成规，有所创新。《周易》强调"时"，事物随四时更替而变化，在运动变化中实现创新，强调与时变通和创新。《周易》把创新提升到盛德至高的道德境界，其最终目的不是变通，而是促进万物更好地发展。发展体现创新，创新为了发展，在创新、发展中力达最高层次的和谐。《周易》把自然界变化规律为发展的本质，以创新为社会进步方向。"变"与"化"关联，"行"是"通"的关键，一"化"一"行"落实到社会中即是人努力奋进的"事业"。"富有之谓大业，日新之谓盛德。生生之谓《易》。"①创新以变通、日新，发展以富有、成业。"夫《易》，开物成务，冒天下之道。"（《系辞》）②乾寓意开物创新，坤寓意成务终成，开物、成务即创新、发展。《周易》六十四卦之前两卦和后两卦也体现出创新发展之义。从前两卦看，乾主创生创新，坤主生成发展。"大哉乾元，万物资始"（《乾·彖》）；"至哉坤元，万物资生"（《坤·彖》）。在乾坤变化的创新与发展中，社会不断进步。牟宗三认为乾、坤体现出创生原则和终成原则，卦辞元亨藏着创生原则、利贞里就藏有终成原则。③乾主开物，坤主成物，万物在创新中发展，发展到极至，则"无往不复""否极泰来"再创新。《乾》"亢龙有悔"、《坤》"龙战于野"都体现了"其道穷"，体现了新旧观念之争和创新前奏，穷则变、变则通、通则久，世界在创新中发展。这种创新与发展的关系在《既济》（终成）和《未济》两卦也有体现，《周易》并未把《既济》作为最后一卦，而以《未济》结尾，喻创新、发展

---

① 转引自邓球柏《白话易经》，人民出版社 2012 年版，第 341 页。
② 转引自邓球柏《白话易经》，人民出版社 2012 年版，第 354 页。
③ 参见桑东辉《〈周易〉和谐思想简论》，《学术论坛》2006 年第 8 期。

无止境，必要且必然。关于如何发展，《周易》强调"观乎天文，以察时变；观乎人文，以化成天下"（《贲·彖》），客观认识天文等自然规律和人文等社会规律，以察时变遵循顺应规律，化成天下实现发展，《周易》认识到尊重自然规律和社会规律而发展，属于上古朴素科学发展观。① 革故鼎新，与时偕行，落实科学发展观，构建和谐社会，以爱国主义为核心的民族精神和以改革创新为核心的时代精神本质上一致，共同构成社会主义先进文化、中华民族伟大复兴的精神动力和精神支柱。② 在中华民族伟大复兴进程中，事半功倍、事倍功半的关键在于能否有效把握"时"、充分发挥"时"的重要效用，新时代让我们继续发扬民族精神和时代精神，把握时机，革故鼎新，与时偕行。

第二节 以适变以度为导向的思想教育

《周易》对中国传统文化的影响最主要的还是在思想方面。思想认识形式主要有世界观、人生观和价值观三种，思想政治教育是培养人们正确世界观、人生观、价值观的学科③，而且"解放思想、实事求是、与时俱进，是马克思主义活的灵魂"④。据此，《周易》思想政治教育从客观实际出发，尊重客观规律，使人树立贵时适变的思想观念，勇于改革，勇于创新，促使自己、他人、社会乃至万物获得最好的发展。以下主要从穷变通久的世界观教育、进德修业的人生观教育和元亨利贞的价值观教育三个方面，论述《周易》思想政治教育中以适变以度为根本的思想教育。

---

① 参见桑东辉《〈周易〉和谐思想简论》，《学术论坛》2006年第8期。
② 参见刘曙光《民族精神、时代精神和文化自觉》，《学术论坛》2007年第1期。
③ 参见《思想政治教育学原理》编写组编《思想政治教育学原理》，高等教育出版社2016年版，第14页。
④ 《习近平关于社会主义文化建设论述摘编》，中央文献出版社2017年版，第60—61页。

一、穷变通久的世界观教育

世界观亦称宇宙观,是人们对整个世界即自然界、人类社会和人的思维的总的看法和根本观点,辩证唯物主义和历史唯物主义是人类历史上最科学的世界观。世界观有能动作用,正确的世界观为人们认识世界和改造世界提供正确方法。[①] 辩证唯物主义和历史唯物主义承认客观世界是一个充满矛盾的、不断运动变化的统一体,矛盾的对立和统一是它自身运动、变化和发展的根本原因。人类社会的发展是有意识的、具有自觉能动性的历史过程,人类认识、改造自然界和人类社会自身的能力随着社会实践而不断发展。《周易》对自然、社会和人类思维的认识,蕴含朴素的辩证唯物主义和历史唯物主义思想,具体体现在三方面:一是《周易》重视世界的物质性,如八卦分别代表八种客观存在;二是《周易》试图对世界进行整体性把握,从一阴一阳辩证运动对立统一中静态地理解其存在方式和特点,动态地把握其运动变化的规律与模式;三是《周易》强调世界是不断发展变化的。《周易》天道、地道和人道三才之道共同展现了穷变通久的世界观。

(一)天地"易简"之道

生生之道,易简易知易从。《周易》认为这个世界生生不已,其变化之道易简易知且易从。万物总处于运动变化之中,不变的是其运动变化有规律可循。大自然中日月运行寒暑交替,人类社会中乾坤之大义以"易简"易知易从展现。《系辞》:"《乾》知大始,《坤》作成物。《乾》以易知,《坤》以简能。……易简而天下之理得矣。天下之理得,而《易》成位乎其中矣。""夫《乾》,天下之至健也,德行恒易以知险。夫《坤》,天

[①] 参见《哲学大辞典》编辑委员会编《哲学大辞典(修订本)》,上海辞书出版社2001年版,第1349页。

下之至顺也，德行恒简以知阻。"① 乾知大始，易知—有亲—可久——贤人之德；坤作成物，简能—易从—有功—可大——贤人之业。乾道生生之理简单易知，坤道成务之理简单易从，即乾以易知、坤以简能，明白易简二字，天下万物生成之理就已得到，这个生成之理即孤阳不始物、独阴不成物，只有合成一体才能发挥作用，其理极其容易和简单。何楷《古周易订诂》："乾坤，一阴阳也。阴阳，一太极也。易简者，乾坤之所以知始而作成者也。"② 得到易简之理也就得到了《易》理，如此则可参与和确定卦爻中阴阳刚柔上下六位的变化，从而就能把《易》真正掌握了。"八卦成列，象在其中矣。因而重之，爻在其中矣。刚柔相推，变在其中矣。系辞焉而命之，动在其中矣。吉凶悔吝者，生乎动者也。刚柔者，立本者也。变通者，趣时者也。吉凶者，贞胜者也。天地之道，贞观者也。日月之道，贞明者也。天下之动，贞夫一者也。夫《乾》，确然示人易矣。夫《坤》，隤然示人简矣。爻也者，效此者也。象也者，像此者也。爻象动乎内，吉凶见乎外，功业见乎变，圣人之情见乎辞。"（《系辞》）③ 在社会实践中，利用《周易》的生生之道、易简之理，做促进事物生成、发展之事，自身也在这个过程中得到完善和发展。

（二）殊途同归，一致百虑

万物同归于易简的生生之道，却表现为不同的发展形式。由一而多，由多致一。《系辞》："子曰：天下何思何虑？天下同归而殊途，一致而百虑。天下何思何虑？……尺蠖之屈，以求信也。龙蛇之蛰，以存身也。精义入神，以致用也。利用安身，以崇德也。过此以往，未之或知也，穷神

---

① 转引自邓球柏《白话易经》，人民出版社2012年版，第334、397页。
② 《中华易学大辞典》编辑委员会编：《中华易学大辞典》，上海古籍出版社2008年版，第268页。
③ 转引自邓球柏《白话易经》，人民出版社2012年版，第362页。

知化,德之盛也。"①天下的道理本来只有一个,不过从不同角度去考虑可成百,但最后都能达到一致,即掌握了天下根本的道理就不必多思多虑。天下的根本道理就是阴阳往来屈伸变化,太阳落下则月亮升起,月亮落下则太阳升起,日月交替升起光明就产生了;寒冷消退则暑热来临,暑热消退则寒冷来临,寒暑交替往来年岁就形成了。天下事物的运动都是由对立面的一屈一伸互相感应而前行,顺应这个道理则有利于发展。尺蠖等小虫屈是为了伸,有屈才能有伸,一退一进,退是为了进,这是借小虫的屈伸进退之理生动形象地说明一阴一阳往来屈伸进退之理。龙潜伏蛇深藏是为了保全自身,精研事物的义理而入于神妙境地,则无所不知其所以然,是致力于使用。精研事物之至理而穷尽到神妙地步,知道变化的本质和规律那是最高的德。孔颖达《周易正义》:"穷极微妙之神,晓知变化之道,乃是圣人德之盛极也。"②一方面,万物同归而一致;另一方面,由同而异,万物又有各自的发展路径和方式。这种对世界的科学认识有助于更客观地看待事物的发展和世界的变化。

(三)穷则变,变则通,通则久

物极则反,穷极则变。事物的变化总是新事物的产生、发展、壮大,直至穷极则变,又进入新一轮发展过程,此谓穷则变—变则通—通则久。《周易》中一阴一阳刚柔相推引起的事物盈虚消长的变化过程,总是发展到定点再向自身相反的方面转化,即所谓物极必反否极泰来。如《乾》从初爻到上爻是一个向上发展的过程,第五爻达到高贵地位大有作为,但再往上发展,达到上爻即顶点就要走向反面,即《乾·象》所说上九:"亢龙有悔,盈不可久也。""亢龙有悔"可延发居安思危的忧患意识,安不忘

---

① 转引自邓球柏《白话易经》,人民出版社2012年版,第374页。
② (魏)王弼、(晋)韩康伯注,(唐)孔颖达正义:《周易正义》,中国致公出版社2009年版,第289页。

危、存不忘亡、治不忘乱,如此才能达到身安国保的目的,认识这一点,在政治生活和社会生活中可以更好地发展。《系辞》:"道有变动,故曰爻;爻有等,故曰物;物相杂,故曰文;文不当,故吉凶生焉。""子曰:圣人立象以尽意,设卦以尽情伪,系辞焉以尽其言,变而通之以尽利,鼓之舞之以尽神。"①《周易》中卦是用来说明事物的整体状况、爻是用来说明事物变化的,变通以利万物,使万物得以更好发展。

唯变所适,出入以度。六爻在六位上的变化虽无章典可循、变是绝对的,但其一出一入却有固定法度,通过内外应比关系可使人知畏惧,不仅如此,还使人明了忧患与事故得来的缘由,从而可趋吉避凶。《周易折中》引潘梦旗:"《易》虽'不可为典要',而其出入往来,皆有法度,而非妄动也,故卦之内外,皆足以使人知惧。"②穷变通久,唯变所适,出入以度,以发展的观点看待事物的变化,具体情况具体对待,循序顺应规律,唯时唯变而行,力求出入以度。

二、进德修业的人生观教育

人生观是对人生根本观点的总和,是世界观的组成部分,是世界观在人生问题上的具体表现,它回答人为什么活着、应当怎样度过一生等问题,对人生起着指导作用。③人生观在一定历史条件下形成、发展、决定着人的理想和奋斗目标,对生活道路起决定性作用,对道德品质和道德行为影响重大。由于在社会实践中所处地位、生活境遇、文化素养和所受教育不同,因而形成不同的人生观,正确人生观的建立需要自觉培养。《周易》的核心实为"人生论"。《乾·象》:"天行健,君子以自强不息。"开

---

① 转引自邓球柏《白话易经》,人民出版社 2012 年版,第 394、358 页。
②(清)李光地纂,刘大钧整理:《周易折中》,巴蜀书社 2008 年版,第 461 页。
③ 参见彭漪涟、马钦荣主编《逻辑学大辞典》,上海辞书出版社 2004 年版,第 749 页。

宗明义也提纲挈领式地表明人应效法天地之道。世界变动不居，人类社会在其中的适变以度展现为居安思危、彰往察来、履信思顺、进德修业，这是一种顺天应人、积极进取的人生观。

（一）居安思危

《周易》中存在浓厚的居安思危意识。"子曰：危者安其位者也，亡者保其存者也，乱者有其治者也。是故君子安而不忘危，存而不忘亡，治而不忘乱。是以身安而国家可保也。《易》曰：'其亡其亡，系于苞桑。'"（《系辞》）① 知畏惧才能安其位，只有不忘危亡才能保其存在。孔颖达《周易正义》："君子今虽复安，心恒不忘倾危之事；国之虽存，心恒不忘灭亡之事；政之虽治，心恒不忘祸乱之事。"② 在变化运动过程中把握对立面，知祸乱才能治乱而有太平，安居时不忘危惧、兴存时不忘败亡、太平时不忘祸乱，这样就可安身保国。天道有昼夜日月的变化，地道有刚柔燥湿的变化，人道有行止动静、吉凶善恶的变化，圣人效法三才变化而设六爻，爻有刚爻与柔爻两类，以奇画和偶画为标志，一阴一阳之"道"是抽象的，而《易》卦中以刚柔奇偶两类实物爻画表示之，就把抽象的"道"具体化了，通过刚柔两类爻画的变化就可了解和掌握阴阳客观规律的变化。《周易》根据认识到的规律，在人道中告诫以知危之辞，知危惧才能平安，惰慢则会使之倾覆，惧其始使人防微杜渐，惧其终使人持盈守成，无过之要即在惊惧，敬畏中居安思危。《震·象》："洊雷，震。君子以恐惧修省。"心存戒惧，修身检省，"君子终日乾乾，夕惕若，厉，无咎"（《乾》）、"初九：震来虩虩，后笑言哑哑"（《震》）。这些都强调了恐惧修省。进行居安思危的人生观教育，认识到不论是事之初、还是事之终，若

---

① 转引自邓球柏《白话易经》，人民出版社2012年版，第374页。
② （魏）王弼、（晋）韩康伯注，（唐）孔颖达正义：《周易正义》，中国致公出版社2009年版，第291页。

要顺利取得好成果都应谨慎踏实，客观实际地随时分析了解掌握所面临的时机条件和情况，慎终如始，惧以终始，则不会有过与不及，从而稳健顺畅地发展。

忧患意识是自强不息的内在动力。忧患意识是中华传统文化特有的道德价值概念，是承担忧患的悲悯情怀和高度自觉的历史社会责任感，这样的精神境界、人文价值理想最早最鲜明也最集中地体现在《周易》中。① 一方面，《易传》把"《易》之兴"归结为危险处境中忧患意识的产物，并进一步具体化为当时的社会环境，如殷商之际的政治变革。《系辞》："《易》之兴也，其于中古乎？作《易》者其有忧患乎？""《易》之兴也，其当殷之末世，周之盛德耶？当文王与纣之事耶？是故其辞危，危者使平，易者使倾。"② 当时"周"要取代"殷"困难重重，周文王被囚于羑里，忧虑谦慎，转危为安。忧患之中产生的思想和经典充满着忧患意识，思维离不开存在，思想来源于实践并指导实践，这种居安思危的忧患意识可促进社会在良性道路上稳步发展。另一方面，"危者使平，易者使倾""惧以终始，其要无咎。此之谓《易》之道也"（《系辞》）。③ 易道凸显了"乾乾夕惕""外内使惧""困穷而通"的忧患而又积极前行的意识。圣人"明于忧患与故""吉凶与民同患"④，这是一种洞察时艰、深体民众疾苦的群体意识，是一种为消除群体忧患鞠躬尽瘁死而后已的伟大精神。不同时代群体的忧患有所不同。生于忧患死于安乐，历代志士仁人领跑先进思潮，忧患意识促进了他们历史自觉地责任担当，忧道、忧国、忧民，殷忧启圣，多难兴邦，先天下之忧而忧、后天下之乐而乐，这种忧患意识具有历史性和现实性，是中华民族历经苦难但仍然不断发展的坚韧的内在动

---

① 参见罗炽、萧汉明《易学与人文》，中国书店2004年版，第12页。
② 转引自邓球柏《白话易经》，人民出版社2012年版，第384、394页。
③ 转引自邓球柏《白话易经》，人民出版社2012年版，第394页。
④ 转引自邓球柏《白话易经》，人民出版社2012年版，第387、354页。

力，凝聚成中华民族自强不息、奋斗不止的民族精神。

（二）彰往察来

遵循事物的发展规律，明晓过往察知未来。知晓变化的规律和趋势，防预隐患，避免灾凶，趋向吉顺。"子曰：《乾》《坤》其《易》之门邪？《乾》，阳物也。《坤》，阴物也。阴阳合德而刚柔有体，以体天地之撰，以通神明之德。其称名也杂而不越，于稽其类，其衰世之意邪。夫《易》，彰往而察来，而微显阐幽，开而当名辨物，正言断辞，则备矣。"（《系辞》）①《周易》中蕴含彰明过往察知未来之道，显现细微之事，阐发幽隐之机。彰往是彰显既往中发现的事物发展的规律，比如《周易》以六十四卦的形式彰显之，把这种规律性推及将来，即可察知未来的方向和某些可以预测的情况。"凡事豫则立，不豫则废。"②"豫"即是在彰往基础上的察来。知所从来，知其将往，进修德业，健行不息，方能实现尽可能大的人生价值。

（三）履信思顺

《周易》认为天助顺应规律之人，人助诚信之人。"子曰：佑者，助也。天之所助者，顺也。人之所助者，信也。履信思乎顺，又以尚贤也。是以自天佑之，吉无不利也。"（《系辞》）③思想顺乎天，就能得天助；对人真诚守信，尊尚贤人，就能得人助。思想顺乎天，行为诚实守信用，又尊尚贤人，这样就能得到天与人的帮助，从而"吉无不利"。在进德修业的过程中，得道者多助，顺应自然规律和社会规律，诚实守信，诸事会顺利，利己利人，获得主体与客体"双赢"的成果。

---

① 转引自邓球柏《白话易经》，人民出版社2012年版，第381—382页。
② （宋）朱熹：《四书章句集注》，中华书局1983年版，第31页。
③ 转引自邓球柏《白话易经》，人民出版社2012年版，第354—355页。

(四)进德修业

进德修业指内修于心以进德,外修于言行以成业。这是人效法天地之道、继善成性的展现,天道健行不已,地道宽厚卑顺,人继天地生生不已之善,效法天道生生之理以进德,效继地道成务之善以修业。一方面,日新以进德。"德言盛""日新之谓盛德"。① 一阴一阳之"道"在规律支配下,不断推陈出新,使万物生生不息,因此"道"的德性盛大,最盛大的德性莫过于"日日新,又日新"②,即日新其德,促使事物生发的德行与日俱新,即是德行日新的进德过程。另一方面,继善成性以修业。一阴一阳之道继之者为善,善之所成则各具其性,修业是成性的过程。乾开物坤成务,效法地道促成万物各成其性,把一阴一阳的生生之道落实到现实世界的社会实践中,促进事物生成和发展,即是修业的过程。修业主修言行,言语为阶慎密不出,"行"重在谦与慎,慎则无所失,谦卑行事。慎终如始地履信思顺,乾乾以进德修业,则德业可久可大。德行盛美,礼仪恭敬,言行谦卑,进德修业,则德渐可久、业渐可大,人生的意义和价值渐得彰显。

三、元亨利贞的价值观教育

《周易》思想政治教育中"元、亨、利、贞"的价值观教育,主张有利于自然界、人类社会和人自身不同发展阶段的适变以度地发展,坚持义与利的统一,坚持自我价值和社会价值的统一。《周易》有七卦的卦辞中出现了"元""亨""利""贞"四字,分别为《乾》《坤》《屯》《随》《临》《无妄》《革》。朱熹从天人宇宙生化消息的理气关系着眼,认为"元、亨、利、贞"呈现之理即是宇宙生生不息之理,"元、亨、利、贞"的义理关

---

① 转引自邓球柏《白话易经》,人民出版社2012年版,第345、341页。
② (宋)朱熹:《四书章句集注》,中华书局1983年,第5页。

系与《太极图》一致,既表达一种宇宙本体论,也表达一种性情论。①《易传》将卦辞"元亨利贞"解释为天地生万物的过程。

"元"为万物生生之始。"元者,善之长也"②语出《乾·文言》,"善"训美,"长"训首。孔颖达《周易正义》:"庄氏云:'元者善之长'者,谓天之体性,生养万物,善之大者,莫善施生,元为施生之宗,故言'元者善之长'也。"③"君子体仁,足以长人"(《乾·文言》)④解"元","元"为天地生万物之开始,天地广生万物,泛爱众,故"元"为仁,君子体现"元"之仁爱去爱人,足以为君、为师、为众人之首。王申子《大易辑说》:"君子体之以仁,则足以君长乎人。"⑤天地生万物无偏私,所以无物不生,天地有此美德而"元"居众美之首。

"亨"为万物发展亨通。《乾·文言》:"亨者,嘉之会也。"⑥两美相合为嘉,众物相聚为会,《乾·文言》以"嘉会足以合礼"⑦解"亨","亨"为万物生长亨通,有如大亨之礼使诸物汇聚,这就是天地的"亨"德。君子体现天地之"亨"德,待人接物动容周旋都能恰到好处而无处滞碍,就足以合乎礼仪。李鼎祚《周易集解》引何妥:"礼是交接会通之道,故以配通五礼。"朱熹《朱子语类》:"嘉,美也。会,是集齐底意思。许多嘉美一时凑到此,故谓之嘉会。嘉其所会,便动容周旋无不中礼。"⑧"亨"是说万物始生之后繁茂亨通,有如大亨之礼,诸多事物汇聚在一起非常丰盛。

---

① 参见张克宾《朱熹理学视域中的"乾坤"》,《周易研究》2010年第4期。
② 转引自邓球柏《白话易经》,人民出版社2012年版,第402页。
③ (魏)王弼、(晋)韩康伯注,(唐)孔颖达正义:《周易正义》,中国致公出版社2009年版,第19页。
④ 转引自邓球柏《白话易经》,人民出版社2012年版,第402页。
⑤ 《中华易学大辞典》编辑委员会编:《中华易学大辞典》,上海古籍出版社2008年版,第298页。
⑥ 转引自邓球柏《白话易经》,人民出版社2012年版,第402页。
⑦ 转引自邓球柏《白话易经》,人民出版社2012年版,第402页。
⑧ 《中华易学大辞典》编辑委员会编:《中华易学大辞典》,上海古籍出版社2008年版,第298页。

"利"为合义。"义之和也"(《乾·文言》)①解"利",《文言》又引申至人事,以仁、礼、义、事作解。"义之和"即合于义,就天地万物讲,为阴阳合和各得其宜,于人事则为处世得宜而合于义。李鼎祚《周易集解》引荀爽认为阴阳相和各得其宜然后利,陈梦雷《周易浅述》认为利为生物之遂、物各得宜、于时为秋于人为义。②"利物足以和义"(《乾·文言》)③是对"利"的进一步解释和发挥,是对"利者义之和也"的具体说明,即君子效法天德利益万物,使天下万物各得其所宜,以达到和谐相处的道德境界。对于"义",《系辞》又说圣人之大宝是位,而仁以守位财以聚人,理财正辞禁民为非为义。孔颖达《周易正义》:"'利物足以和义'者,言君子利益万物,使物各得其宜,足以和合于义,法天之'利'也。"④故"义"利物、禁民为非,"利"为合宜合义行事,有利于事物的发展。

"贞"为正固。《乾·文言》:"贞者,事之干也。"⑤"贞"是说万物之阴阳和会得很坚固,正而不偏有如树之主干,用之于干事则有主见。此句与《乾·彖》"保合大和,乃利贞"解"贞"字相通而且互相照应,"贞"此处训为正。程颐《伊川易传》说"干"为事之用,李道平《周易集解纂疏》引《诗诂》认为木旁生为枝正出为干,程颐《伊川易传》说知其正之所在而固守为事之干,即"干"如版筑之有桢干。⑥"贞固足以干事"(《乾·文言》)⑦承上文"贞者,事之干也"⑧而说。君子体现卦辞"贞"字

---

① 转引自邓球柏《白话易经》,人民出版社 2012 年,第 402 页。
② 参见《中华易学大辞典》编辑委员会编《中华易学大辞典》,上海古籍出版社 2008 年版,第 298 页。
③ 转引自邓球柏《白话易经》,人民出版社 2012 年,第 402 页。
④ (魏)王弼、(晋)韩康伯注,(唐)孔颖达正义:《周易正义》,中国致公出版社 2009 年版,第 20 页。
⑤ 转引自邓球柏《白话易经》,人民出版社 2012 年,第 402 页。
⑥ 参见《中华易学大辞典》编辑委员会编《中华易学大辞典》,上海古籍出版社 2008 年版,第 298 页。
⑦ 转引自邓球柏《白话易经》,人民出版社 2012 年版,第 402 页。
⑧ 转引自邓球柏《白话易经》,人民出版社 2012 年版,第 402 页。

的正固不偏之义，足以干一番事业，阴阳相和正固不偏，以此干事则事无不正。正而行则坚实而固，从而成就"事之干"。

元，即一切善的事物的开始，善之大莫善施生，元为施生之宗。亨，即亨通，通畅万物，使物嘉美地汇聚。利，即合宜合义行事、有利于事物发展，利益庶物，使物各得其宜而合和。贞，即阴阳相和，以中正之气成就万物，正固不偏。元亨利贞的意蕴由天道发展至人道，以仁为元、礼为亨、义为利、干事为贞，即以人道四德解释元亨利贞卦辞。《左传·襄公九年》记载穆姜薨于东宫，追记其进入东宫时筮遇《艮》之八，史官说就是《艮》之《随》，占断说："《随》其出也，君必速出。"姜曰："亡是。于《周易》曰：'随，元、亨、利、贞，无咎。'元，体之长也；亨，嘉之会也；利，义之和也；贞，事之干也。体仁足以长人，嘉德足以合礼，利物足以和义，贞固足以干事。然，故不可诬也，是以虽随无咎。今我妇人而与于乱，同在下位而有不仁，不可谓元；不靖国家，不可谓亨；作而害身，不可谓利；弃位而姣，不可谓贞。有四德者，随而无咎；我皆无之，岂随也哉！我则取恶，能无咎乎？必死于此，弗得出矣！"①穆姜认为《随》卦无咎因具元亨利贞四德，可她这四德都不具备怎能无咎？据此，人事吉凶与人的品行相关，品行不好占吉也不能改变处境，此以伦理道德观点释吉凶占辞，反映了春秋时期灵活的占筮观。《文言》吸收了这些观点，除了将"体之长"改为"善之长"，其他区别不大。这种解说改变了《周易》卜筮之书的原貌，将"元亨利贞"提升到哲学、伦理学高度，体现了当时将《周易》当作修养道德典籍的理念。

"元、亨、利、贞"合言之为"健"，"健"分言之则是"元、亨、利、贞"。《乾》象辞围绕天地的关系解释元、亨、利、贞，表现了《乾》纯阳至健的性质，元为乾元，有开始之意，乾为天，乾元强调天的本性，

---

① 转引自邓球柏《白话易经》，人民出版社2012年版，第2页。

主"万物资始"①。《坤》象辞一方面强调地在万物生成中的作用，另一方面也突出顺承于天的关系。"元、亨、利、贞"既体现了天道运行之健，也可以指人道之健，指人事上的问题，对应仁、义、礼、智四德。《坤》："元亨，利牝马之贞"。牛对一切事物都顺从，只有牝马仅顺于牡马，是说坤以守乾之正为利。

若以人修养德行而论，"元、亨、利、贞"这四字有四个独立的价值意义，代表在不同阶段的合宜发展，四个阶段合起来才能穷变通久地良性发展，才有"健"的意义和效果。"元、亨、利、贞"是事物在不同发展阶段的不同的利于事物生发的价值标准，在思想政治教育中属于价值观教育的内容。"元、亨、利、贞"的价值观，立足于促进人的全面发展和社会进步，与当今社会倡导的社会主义核心价值观的要旨内在一致，殊途同归。社会主义核心价值观是当代中国精神的集中体现，"富强、民主、文明、和谐""自由、平等、公正、法治""爱国、敬业、诚信、友善"，这二十四个字的社会主义核心价值观分别从三个层面引领并促进国家、社会和个人在历史性的实践中发展完善。元、亨、利、贞的价值观还从时间和空间两个维度，继成一阴一阳之道，在变动不居的世界适变以度，力求立体性地全方位地促进人与社会的全面发展。

第三节 以崇德向善为指向的道德教育

道德教育中，以崇德向善为指向而日趋盛德，表现在社会实践中，则是创造性地合乎规律地改造世界而渐至广业。《系辞》："夫《易》，圣人所以崇德而广业也。"圣人以《易》崇德广业。《周易》中许多卦强

---

① 转引自邓球柏《白话易经》，人民出版社 2012 年版，第 212 页。

调修养德性、德行的引领，意同当今思想政治教育中的道德教育。例如，《乾》"终日乾乾"展现的阳刚进取之德，《坤》"含章可贞"展现的阴柔顺从之德，《谦》"不富以其邻"是"谦谦君子"之德，《节》提倡"安节""甘节"的节俭之德，《中孚》展现鸣鹤相和的团结中和之德等。依据天地变化之道在人类社会施以教化，《象传》强调"德合无疆"（《坤·象》）"日新其德"（《大畜·象》），表现出对德的推崇。习近平总书记在党的十九大报告指出："深入实施公民道德建设工程，推进社会公德、职业道德、家庭美德、个人品德建设。"① 《周易》中崇德向善为指向的道德教育，主要从敬义立德不孤的社会公德教育、德业互促的职业道德教育和言信行恒正家的家庭美德教育三方面进行探析。

一、敬义立德不孤、内外合一的社会公德教育

由内仁内诚而成"德"存"敬"，外义则有"信"—成"业"—"正家"—"德不孤"。《说卦》："立人之道曰仁与义。"② "仁""义"是《周易》思想政治教育中的一组重要基本概念，是《五行篇》五行中的二行、"仁义忠信圣智"六德中的二德。③ 社会公德是社会生活中为维持正常秩序全社会成员都应遵守的一些基本公共准则，也是评价文明行为的基本尺度，直接反映当地人民的道德文明水平。社会的道德文明建设，需从社会公德教育着手。《周易》重视敬义立则德不孤的社会公共道德教育，敬义立德不孤的社会公德教育也是崇德向善为指向的道德教育的重要组成部分。

《说文解字注》："忠，敬也。"④ 《坤·文言》："直其正$_5$也，方其义

---

① 习近平：《决胜全面建成小康社会 夺取新时代中国特色社会主义伟大胜利——在中国共产党第十九次全国代表大会上的报告》，人民出版社2017年版，第43页。
② 转引自邓球柏《白话易经》，人民出版社2012年版，第421页。
③ 参见王博《易传通论》，中国书店2003年版，第20页。
④ （汉）许慎撰，（清）段玉裁注：《说文解字注》，浙江古籍出版社2006年版，第502页。

也。"①解六二爻辞"直"与"方"。王申子《大易辑说》:"直,言二之正也。方,言二之义也。正者,以阴居阴。义者,得中之谓。"②"直"指六二居阴位得其正,"方"指六二得下卦之中位。故正则直,敬以直内;中则方,义以方外。意即主敬以直其内,守义以方其外,内在敬于直得其正,外行合于正道有矩有其方,利人利物利己得其义,敬义已立,德性逐渐彰显而易知易从则德不孤。"敬义立而德不孤"③解《坤》六二爻辞"直方大,不习无不利"。程颐《伊川易传》:"直,言其正也。方,言其义也。君子主敬以直其内,守义以方其外","敬义既立,其德盛矣,不期大而大矣"。④《周易》中阳为实阴为虚,实则诚虚则敬,《乾》九二言诚《坤》六二言敬,诚则敬、敬必诚,诚重在诚但也含敬义,敬重在敬但诚义也在其中,敬是心中专一无杂念,为善事专心致志,"直"包含"正",敬字宜与诚字比照看。⑤"敬以直内"指内部修养,"义以方外"指外部表现,君子以正直作为内心修养,以处事有方合于义行于外,"敬""义"立而彻守不移,其德性修养日盛而完美,达到至高至大的道德境界。⑥德不孤则必有邻,邻里之间、同学之间、同事之间、师生之间等人与人之间的相处中,以礼相待,互谅互让、互帮互助,严于律己、宽以待人,营造和谐的社会人际关系。

敬以直内、义以方外的社会公德教育倡导内在修养做善事专心致志,外在行为合宜处事有度,形成良好的社会风气和氛围。孔子注重"直",尚质直恶虚伪,《论语》屡言直,"人之生也直"(《论语·雍也》)⑦,直者由中之谓,内忖诸己不以自欺,外不以欺人,然直虽可贵,尚须"礼以

---

① 转引自邓球柏《白话易经》,人民出版社2012年版,第416页。
② 《中华易学大辞典》编辑委员会编:《中华易学大辞典》,上海古籍出版社2008年版,第305页。
③ 转引自邓球柏《白话易经》,人民出版社2012年版,第416页。
④ 《中华易学大辞典》编辑委员会编:《中华易学大辞典》,上海古籍出版社2008年版,第305页。
⑤ 参见吕绍纲《〈周易〉的哲学精神——吕绍纲易学文选》,上海古籍出版社2005年版,第87页。
⑥ 参见《中华易学大辞典》编辑委员会编《中华易学大辞典》,上海古籍出版社2008年版,第305页。
⑦ 杨伯峻译注:《论语译注》,中华书局2006年版,第68页。

行之"。① 老子的"直","大直若屈,大巧若拙",若只直则必变为屈,若只巧则必"弄巧成拙",唯包含有屈之直、有拙之巧,是谓大直大巧,即"正"与"反"之"合"。②《周易》中的直内方外,直内的"直"是由正而直,持正道而直行,直内要求人们内心正直,这是"正心"的问题,要做到直内,必须持"敬",故"敬以直内",即通过持"敬"主观能动地达到直内的目的。"方外"之"方"讲的是义方,即"方其义",方外要求人们在处理自身与外在社会各方面的关系时,合人伦物理,这实质上是"立身"的问题。要做到方外,必在行义即言行合宜上下功夫,故"义以方外"。直内与方外相辅相成。一方面,直内是方外的前提或基础,只有直内才能方外;另一方面,方外是直内的目的或归宿,即只有做到方外,才能落实直内的宗旨。直内方外属于修身正心、修养德行的重要法则。二程从"敬以直内""敬义立而德不孤"引出"敬"字,发挥说"君子之遇事,无巨细,一于敬而已矣""涵养须用敬""入道以敬为本"等,强调"敬"在修身中的重要功能;朱熹认为君子主敬以直其内、守义以方其外。③ 敬立而义直,义形而外方。义形于外,非在外;敬义既立则其德日盛,不期大而大。

　　内仁内诚成德存敬,敬以直内;义以方外,外义则德不孤。修身正心,方正合宜,行所当行止所当止,内心敬以直,外为义以方,必有"德不孤"的结果,内外交养表里相资,其德影响广大,天地之间四海之内,凡善者莫不与之同、与之应。"敬义立而德不孤"(《坤·文言》)④"德不孤,必有邻"(《论语·里仁》)⑤。加强敬义立德不孤的社会公德教育,营造和谐的社会公德氛围。

---

① 参见冯友兰《中国哲学史》(上),重庆出版社2009年版,第62—63页。
② 参见冯友兰《中国哲学史》(上),重庆出版社2009年版,第153—154页。
③ 参见黄钊《中国古代德育思想史论》,中国社会科学出版社2011年版,第103页。
④ 转引自邓球柏《白话易经》,人民出版社2012年版,第416页。
⑤ 杨伯峻译注:《论语译注》,中华书局2006年版,第45页。

二、德业互促、知行合一的职业道德教育

崇德向善的道德教育在职业道德教育中表现为内德外业、德业互促。"仁义"的内在之仁促进一阴一阳之道在万物的发展以成德，外在言行合宜合义立身处世而立业，德业互促双收，以职业道德促进职业发展。职业道德是对社会的道德义务与责任，也是职业活动的要求和标准，社会主义核心价值观中，个人层面的价值准则"敬业"是职业道德的思想引领。敬业是公民的职业道德，职业是人的谋生手段和实现人生价值的场所。① 珍惜热爱本职工作、履行好职责、忠于职守的敬业精神是个人生活幸福、社会发展和经济发展的保障。《周易》强调人的发展要"德""业"互促，蕴含敬业、诚信、友善、奋斗等思想，在当今职业道德教育领域具有积极现实意义。

内仁成德，外义成业，内仁外义成就德业。"德"与"业"是《周易》中的人生价值取向，人的发展体现为"德""业"不断完善的过程。"德"指内在道德修养，"业"指外在实践及功业，《周易》以天地为准则，继天地生生不已之善，倡导忠信以进德，修辞立其诚以修业、居业。崇德与广业相统一，日日增新不断更善，致力于促成天地间的盛德大业。《周易》中对人的自由发展要求"德业兼修"，德与业微观层面对应个人的道德修养和事业，宏观层面对应社会、国家的精神文明和大业，个人德业是根本，与社会、国家之德业有机统一、相互促进。

"德""业"是人类追求的可大、可久的价值目标，《周易》中的"盛德""大业"依然是当代人的价值追求，主体若以盛德大业为导向并践行，由个人至社会和国家，由进德修业至崇德广业再至盛德大业，自强不息，厚德载物，可渐趋贵时适变、出入以度的自由而全面发展的境界。在进德

---

① 参见王淑芹《"中国梦"的实现：需要社会主义核心价值观的引领》，载《思想政治教育研究论丛（第三辑）》，广西人民出版社2014年版。

修业过程中，结合所在的职业领域，成器而动、自强不息与仁义立人、厚德载物也分别是个人层面和社会层面在职业道德教育领域需要重点培养的品质与修养。德业互促，正心与修身修业相统一而行。让良好端正的职业道德和扎实过硬的业务能力相互促进，提高道德境界，修营功绩事业。程颐《伊川易传》："内积忠信，所以进德也，择言笃志，所以居业也。"①我们常说的"工匠精神"强调的就是一种内积忠信、笃志居业的职业道德精神，随着时代发展，追求卓越、精益求精的工匠们的工作或被机器取代，但"工匠精神"不可替代，它代表着个体或群体对事业的追求和人生态度，体现了爱岗敬业的职业道德和奉献社会的精神，与社会主义核心价值观个人层面的"敬业""诚信"及《周易》思想政治教育中德业互促的职业道德理念相一致。以教师职业道德为例，"师德是教师职业的本质要求，是教师的核心素养"②。教师作为传道授业解惑者首先自己要明道信道，成为先进思想文化的传播者、学生健康成长的指导者和引路人，把教书和育人相统一、潜心问道和关注社会相统一、言传和身教相统一、学术自由和学术规范相统一，以德立身、以德立学、以德施教。③教师的职业道德及其实践中的德业，关乎人才培养的质量。但无论哪种职业，若想获得好的发展，都需内仁以进德，明确努力的方向，以发挥更大社会作用；外义以修业，以精益求精的良好职业素养促自我提升，做好本职工作。德业互促的职业道德教育有利于社会、集体、他人和自我的发展，有利于发挥个体的自我价值和社会价值。

---

① 《中华易学大辞典》编辑委员会编：《中华易学大辞典》，上海古籍出版社2008年版，第299页。
② 王淑芹：《教师道德：正当性、价值及特征》，《道德与文明》2015年第4期。
③ 参见《习近平在全国高校思想政治工作会议上强调 把思想政治工作贯穿教育教学全过程 开创我国高等教育事业发展新局面》，《人民日报》，2016年12月09日。

三、言信—行恒—正家、情理合一的家庭美德教育

崇德向善的道德教育在家庭教育中表现为诚于内而信于外，内诚外信，展现在言信、行恒、正家等方面，为个体从家庭走向社会打下良好基础。

（一）崇尚诚信

诚信是《周易》道德观念中一个非常核心的概念和思想，也是"中华民族自本自根的传统道德文化的精华"①。诚信最初在《周易》卦爻辞中是用"孚"字来表达的。《周易》六十四卦，其中第六十一卦的卦名就叫"中孚"。《周易》中"孚"字出现了 68 次，其中卦爻辞中 42 次，传文中 26 次，传文中的"孚"字为经文中"孚"字的引文，是为了解读经文中的"孚"，传本身已不使用"孚"字。"诚""信"二字出现在传文之中，"信"字出现 23 次，"诚"字出现 2 次（《乾·文言》："闲邪存其诚……修辞立其诚"②）。可见诚信在《周易》中的重要性。孚：诚信，信用，其本义是孵化，后作"孵"。《说文解字》："孚，卵孚也。从爪、从子。一曰信也。"③ 徐锴曰："鸟之孚卵，皆如其期，不失信也。鸟袌，恒以爪反覆其卵也。"④《尔雅·释诂》："孚，信也。"⑤《说文解字》："信，诚也。从人、从言。会意。伩，古文从言省。"⑥《说文解字》："诚，信也。从言，成声。"⑦ 母鸡孵小鸡、母鸟孵小鸟、雄企鹅孵小企鹅等，都是将蛋按时孵化出小生命来，不失其信也。这种母子、父子关系的诚信是建立在血浓于

---

① 王淑芹：《培育和践行社会主义诚信价值观》，《伦理学研究》2015 年第 3 期。
② 转引自邓球柏《白话易经》，人民出版社 2012 年版，第 404—405 页。
③ （汉）许慎撰，（宋）徐铉校定：《说文解字》，中华书局 2013 年版，第 57 页。
④ （汉）许慎撰，（宋）徐铉校定：《说文解字》，中华书局 2013 年版，第 57 页。
⑤ （清）邵晋涵撰，李嘉翼、祝鸿杰点校：《尔雅正义》，中华书局 2017 年版，第 44 页。
⑥ （汉）许慎撰，（宋）徐铉校定：《说文解字》，中华书局 2013 年版，第 46 页。
⑦ （汉）许慎撰，（宋）徐铉校定：《说文解字》，中华书局 2013 年版，第 47 页。

水的善良仁慈友爱基础上的家庭美德的传承延续，这既是中华民族的家庭美德诚信教育的基因，也是中华民族美德诚信教育的基因，更是中华民族上下五千年优秀传统文化的主要基因。"孚"之于诚信奠基于父母的大慈、大仁、大义、大礼、大智、大信、大成、大爱于子女，这才是中华民族家庭美德教育的真正源头。

《周易》中的诚信主要存在于两方面，一是对待上天和祖先要讲诚信，二是在人与人交往中要讲诚信。风（巽上）泽（兑下）《中孚》的卦象特点是上下都是实的，中间是虚的，中虚即态度谦虚，这是诚信的根本；由虚而实，二爻、五爻皆阳，即中实，脚踏实地、言出必行，从这个意义而言，中实是诚信的本质。程颐："内外皆实而中虚，为中孚之象。又二五皆阳，中实，亦为孚义。在二体则中实，在全体则中虚。中虚，信之本；中实，信之质。"① 曾国藩解释《中孚》："人必中虚，不着一物，而后能真实无妄。"② 人须中间是空的，不存私心杂念，才能真实无妄，才能真正诚信。只有做到谦虚，才能真正做到诚信待人，这也是内在的道德自觉。"天人合一"为人的最高精神境界，张载又以"诚"为天人合一的境界，"一天人，合内外"的境界为"诚"，懂得此道理为"明"，由懂此道理至的境界为"因明致诚"，由此境界而宣扬此道理为"因诚而明"，"合一"不是天合于人而是人合于天。③

内诚外信是内仁外义的表现形式之一，强调了诚信中人的内在道德自觉和主观能动性。内诚于心，外信于行。日之升降、月之盈亏、四季交替皆有信，人也当有信，如不诚信会觉不安。《周易》中诚信即"孚"的种类：一是损己利人以示诚，如损益两卦。二是以诚团结人。《比》："初六：有孚盈缶，终来有它，吉。"盈缶比喻诚信的程度像瓦罐里盈满的状

---

① （宋）程颐撰，王孝鱼点校：《周易程氏传》，中华书局2011年版，第343页。
② 张其成：《〈易经〉感悟》，广西科学技术出版社2007年版，第250页。
③ 参见郑万耕《易学与哲学》，上海科学技术出版社2013年版，第319—320页。

态,诚心诚意发自内心,无半点虚假。三是以诚待邻,《小畜》:"九五:有孚挛如,富以其邻。"诚信待邻,共享共赢。四是以诚待上。《小畜》:"六四:有孚,血去惕出。"有诚信,一心一意为国为民,无欲则刚。五是以诚等待时机,《需》象征等待,真诚信守,前程光明。

诚信是为立人之本、兴国之基。[①] 言如其实谓之信,言行一致谓之诚,诚实无欺,表里如一,言行一致,诚信是人的道德基础,是中华民族的传统美德。"一言既出驷马难追""一诺千金""一言九鼎"等古语妇孺皆知。诚信是个人高尚的人格力量,是企业宝贵的无形资产,是国家良好的国际形象和信誉。诚信不仅是做人的基础,还是社会的一种伦理道德,不仅是一般的社会伦理道德,还是政治道德和各种职业道德的重要组成部分。诚信的发生源自内诚于心,而又外信于行,内仁外义,从个人至国家,无信不立,诚信有度,安人安己安邦。《周易》崇尚诚信的理念对中国传统文化产生了深远影响。

(二)德行贵恒

言行诚信,重在"行"贵在"恒"。《周易》人道中的"恒"源于天道运行恒久不已,相对人的德行而言,则"行"贵在"恒"。《周易》第三十二卦《恒》卦以夫妇恒久之道论说"恒"。《序卦》:"夫妇之道不可以不久也,故受之以恒。恒者,久也。"[②] 恒为恒久、长久持中,即夫妇之道是终身不变的。《恒》以守恒常久为卦义,卦体巽下震上,巽为入震为动,巽而动,即巽顺而和于震动,是土震动而下入于事物之理,说明行动和顺不违背事理而守恒,这是以卦体解"恒"义。《恒》初六对九四、九二对六五、九三对上六,六爻刚柔皆相应,上下刚柔相应则理顺而能恒久,故恒。天地的运行规律恒久而不停止,事物的发展终而复始有始又有

---

① 参见王淑芹《诚信:为人之本 兴国之基》,《人民日报》2014年02月17日。
② 转引自邓球柏《白话易经》,人民出版社2012年版,第443页。

终，终始相因往复无穷。但只有在得中相和的条件下事物才能恒久，如果这个条件变了，恒久也要变化，终则有始就是说明这种变化的。日月顺行天道而能久照天下，春夏秋冬四季往复变化而能久生万物，"圣人"长久保持高尚德行而天下就能形成美好的教化，观察各种事物保持恒久的情状，即明白天地万物的性情。从卦象看，《恒》卦体巽下震上，震为雷巽为风，雷风相激恒久不变，有恒常之象，君子观雷风相与在万变当中有不变之常理，则独立不惧、操守如一而不敢改变自己的方向，守恒如一。《恒·彖》："恒，久也。刚上而柔下，雷风相与，巽而动，刚柔皆应，恒。恒亨无咎，利贞。久于其道也。天地之道，恒久而不已也。利有攸往，终则有始也。日月得天而能久照，四时变化而能久成，圣人久于其道而天下化成。观其所恒，而天地万物之情可见矣。"①雷风恒，刚上而柔下，尊卑地位正常，雷风配合，动静相应，协调一致，合乎恒久之道，有赖于变通以维持。所谓恒久，即保持事物的永恒性，对于人而言，符合三才之道的实践活动适宜恒久坚持下去。

（三）重视家风

《周易》重视家庭和谐，第三十七卦《家人》蕴含了和谐家庭关系和治理家庭的义理。家庭是社会的细胞，"家庭和睦则社会安定，家庭幸福则社会祥和，家庭文明则社会文明"。②《周易》中的《家人》卦专门论说了正家的思想。儒家重视齐家，中国古代有修身—齐家—治国—平天下的思想，齐家是修身与治国之间的关键一环，这在《周易》中可找到一些渊源。《周易》中天道之阴阳、乾坤地位与作用不同，对应了人道女主内、男主外的家庭分工。父母是正家的关键，家作为社会的基础单位，其和谐稳定建立在天尊地卑、阳尊阴卑的秩序上，父亲在其中肩负着齐

---

① 转引自邓球柏《白话易经》，人民出版社2012年版，第237页。
② 本书编写组编：《党的十九大报告辅导读本》，人民出版社2017年版，第328页。

家的责任，家庭呈现严君慈母特征，"家人有严君焉，父母之谓也"(《家人·彖》)。风火《家人》，其卦象为离下巽上，离为火巽为风，有风火相互助长之象，比喻家庭中父母子女生生不息，相互依靠相互助长，风风火火，有序和谐，一派生机盎然景象。

《周易》正家的男外女内原则，严慈并举。《家人》中母亲的主要职责是"在中，馈"(《家人》)。《说文解字》释"馈"为"饷"。《周易折中》："王氏宗传曰：'妇人之职，不过奉祭祀、馈饮食而已，此外无他事也。'"① "主中馈"的家庭分工体现了"女正位乎内，男正位乎外"(《家人·彖》)原则，为男主外女主内的传统家庭格局奠定基础，《周易》认为男女正位的家庭分工合乎天地之道，"男女正，天地之大义也"(《家人·彖》)。《周易》产生的时代虽有"天尊地卑"观念、男尊女卑、夫尊妻卑思想，但未发展到"夫为妻纲"的程度，更未把家中女性地位降为男性附庸。《周易》中在父性家长制基础上尊重女性家长地位，男女家长都为尊长，"家人有严君焉，父母之谓也"(《家人·彖》)。由于男女特性不同，一般情况下，男家长发挥更多的是乾健功能，体现为家长的权威和地位，女家长则发挥阴柔功能辅佐包容男家长，体现了男女家长共同治家的恩威并重的家庭治理方式。《周易》正家严慈并举。家庭内部关系是一个矛盾统一体，既要以敬为主，以严治家，明晰上下尊卑长幼之序，又要发挥血缘亲情的感情纽带作用，以爱为本，宽以治家。《家人》把家庭中"严""慈"两方面统一起来，使两者都无过又无不及。"严君"需要父母共同配合，母亲慈爱与宽容可制约父亲威严，不致"寡恩"，反之，父亲威严又可制约母亲宽柔，不致"寡威"。② 爱与敬、宽与严结合，是家庭伦理规范、政治伦理、社会伦理的基础。"父父、子子、兄兄、弟弟、夫夫、妇妇，而家道正。"(《家人·彖》)家庭治理结构方面《家人》卦坚

---

① (清)李光地纂，刘大钧整理：《周易折中》，巴蜀书社2008年版，第148页。
② 参见桑东辉《论〈周易〉的女性伦理观》，《山东女子学院学报》2017年第1期。

持父家长制为主的治家原则，后来君父一体、家国同构宗法社会的等级秩序、基本原则与此有相关性。女家长配合男家长承担主内"中馈"职能，若家无"严君"，凡事无规矩"妇子嘻嘻"（《家人》），则会有"吝"的不良结局，家道松弛必然导致内忧外患。中华民族自古以来重视家庭和亲情，严父慈母、长幼有序、尊老爱幼、勤俭持家等都体现了中国人的家庭观念，良好的家风对整个社会也有积极作用。

家庭是人生的第一所学校，家长是孩子的第一任老师，上好"人生第一课"，帮助孩子"扣好人生第一粒扣子"。家庭是个人走向社会的桥梁，对一个人思想品德的形成、行为习惯的养成有着深远的影响。家庭美德教育是实现家庭美德与家风互动的中介环节，使人懂得为人处世的基本道理和社会责任，培育人的社会化。父母要不断提高自己的道德修养，把家庭美德与社会精神文明建设相结合，严慈有度，恩威并济，行止得当，创造一个感化激励、生活渗透、熏陶以及言传身教的有利于子女良好思想品德形成的家庭环境，充分发挥家庭的育人功能。家风形成于家庭之内，展现于家庭之外，贯穿并潜移默化地影响着每个家族成员。家是最小国、国是千万家，家风的传承同样也延续着文明基因，传承良好家风，崇德向善相亲相爱，传承优良家风其实就是传承中华民族千年光辉灿烂的文明之风。好家风还是发展社会主义先进文化、培育社会主义核心价值观的重要基础，重视家庭教育和家风传承，结合社会主义核心价值观发扬中华民族传统家庭美德，促使幼有所育、老有所养、家庭和睦，让社会主义核心价值观在家庭中生根，国家、民族有家风这样微观的载体，其核心价值观才更鲜活和具体。《周易》言信、行恒、正家的家庭美德教育有利于营造健康阳光和谐的家庭环境，有利于个体健康成长，培养有大爱大德大情怀的人，有利于家庭的美满幸福与社会的和谐稳定，爱家爱国共建中国特色社会主义家庭文明新风尚。

第四章 《周易》思想政治教育原则、途径与方法

《周易》思想政治教育原则、途径与方法也独具特色。《周易》思想政治教育遵循随顺时势循序渐进原则、求同存异中正有度原则和原始要终持之以恒原则。以"学""问"为基本途径,"思""辨"为关键途径,"行"为实践途径。包含多种思想政治教育方法：感而遂通的情感体验教育法，蒙以养正以懿文德的熏陶感染法，小惩大诫遏恶扬善的比较鉴别法，顺逆皆宜的环境教育法，反身修德的自我教育法等。

在思想政治教育实践过程中，不同的教育对象和具体条件情况，适用不同的思想政治教育原则、途径和方法，这些原则、途径和方法是否适宜，关系到思想政治教育的效果。《周易》蕴含循序渐进、求同存异、蒙以养正、遏恶扬善等大量相关思想，对新时代思想政治教育原则、途径和方法有启发意义。

第一节 《周易》思想政治教育原则

思想政治教育原则是从事思想政治教育工作遵循的基本准则，是思想政治教育客观规律的主观反映，对思想政治教育活动的有序进行有重要意义。《周易》思想政治教育原则主要有随顺时势循序渐进原则、求同存异中正有度原则和原始要终持之以恒原则。

一、随顺时势循序渐进原则

《周易》中的政治和道德教化都强调顺应规律，随顺时势。不同时间、不同地域，思想政治教育面对的是不同的教育对象，亦或是同一教育对象也有其成长的不同阶段。所以，要具体问题具体分析，具体对象具体对待，在思想政治教育实践活动中把握好随顺时势、循序渐进的原则。"顺者，相从有序之谓。"[①]《兑》和《革》的彖辞都提及行事需"顺天应人"，

[①] 金景芳：《周易通解》，长春出版社2007年版，第57页。

即顺应天道应乎人心。《萃·彖》："萃，聚也。顺以说，刚中而应，故聚也。王假有庙，致孝享也。利见大人，亨，聚以正也。用大牲吉，利有攸往，顺天命也。观其所聚，而天地万物之情可见矣。"德行得正守正顺乎天命，就能亨通顺畅。《革》中也说革命时机要适当，顺天应人。顺应天命即尊重随顺规律和实际情况，只有认清思想政治教育实践中的对象、时机和形势，明晰思想政治教育实践的主题和方向，切实有效地顺应人的思想政治品德的形成规律和思想政治教育规律，才能达到较好的思想政治教育实际效果。

思想政治教育是一个循序渐进的过程，不能一蹴而就。《周易》第五十三卦《渐》卦有缓缓而进之意，卦象为艮下巽上，艮为山、巽为木，风山渐，山上树木渐渐生长有渐进、缓缓而进之意。孔颖达《周易正义》："'渐'者，不速之名也。凡物有变移，徐而不速，谓之渐也。"①《渐》以女子出嫁为喻，六爻又取鸿雁为象，鸿雁是水鸟，春季渐渐往北飞、秋季渐渐往南飞，往来进退有序而不乱。故"渐"为女子出嫁渐渐到夫家，以鸿雁之具象喻女子出嫁渐进之义。《渐》卦义为渐渐而进，"渐"宜缓不宜速。《渐·彖》："其位刚得中也。止而巽，动不穷也。"九五刚中正且居尊位，艮止于内而巽于外，故动不燥而进有渐，进有渐则动不穷，此为渐之善。艮止居内卦，为止于内而不妄进；巽顺居外卦，为顺于外不躁动。既不妄动又不躁进，则渐进，唯有不妄动不躁进，顺事理之自然，其动才不困穷，此则"渐之善"。从卦象来说，"渐"为山上之木，山上树木高大，虽然天天都在生长但难觉察，故有渐进之象，君子观《渐》卦象宜积累自己的贤德，感人从善以逐渐移风易俗。"德"以渐而积，"俗"以渐而善。内卦艮止，居德者止于内；外卦巽顺，善俗者顺于外。所以，体艮以居德，体巽以善俗。思想政治教育中遵循循序渐进原则，顺应思想

---

① （魏）王弼、（晋）韩康伯注，（唐）孔颖达正义：《周易正义》，中国致公出版社2009年版，第211页。

政治教育的规律，尊重不同主体之间的差异，因材施教，尊重其由低至高、由浅入深的思想政治品质和行为的发展过程，采取日常化教育方式，使教育内容和日常生活密切结合，从小事做起，以渐而积，积少成多，不妄动躁进，从日常生活的点滴培养独立、爱家、爱国等人格和思想品德，进而养成良好的德行习惯。

人的思想在发展变化，思想政治教育需要结合新情况和新内容，循序渐进地感染、陶冶和磨炼受教育者的思想政治品行。随顺时势循序渐进的思想政治教育原则，既要求一切从实际出发、实事求是，又要求符合思想政治教育的客观规律，避免主观性和盲目性，强调客观性和方向性，避免脱离实际、要求过高难收实效的情况。随顺时势和循序渐进二者的结合，使思想政治教育实践活动有序有步骤地稳步进行，有助于更清晰地明确目标、更深入地实事求是、更稳健地踏实前行。

二、求同存异中正有度原则

《周易》认为世界是多样性的统一，求同存异才能共赢发展，而中正有度才能更好地求同存异，在思想政治教育领域也是如此。和而不同、同则不继，尊重受教育主体的多样性和发展的多种可能性，"百花齐放"世界会更加美好，"百家争鸣"思想会更加活跃，《周易》思想政治教育中的求同存异中正有度，使思想政治教育实践活动中的主体更有活力，德行有度，更能激发其发展潜力。

（一）求同存异原则

求同存异包含两个方面，即殊途同归和一致百虑。天下的道理本来只有一个，但从不同角度考虑又有百难数及的思考，而"百虑"最后还是达到一致，故不必过多思虑。朱熹《周易本义》："言理本无二，而殊涂百虑，莫非自然，何以思虑为哉？"①蔡清《周易蒙引》："一出于自然而然，而不必少容心于其间者。吾之应事接物，一唯顺其自然而已矣。"②都是说掌握了天下根本的道理就不必多思多虑，天下的根本道理就是阴阳往来屈伸变化，太阳落下则月亮升起、月亮落下则太阳升起，日月交替升降产生光明，寒冷消退则暑热来临、暑热消退则寒冷来临，寒暑交替往来年岁就形成了。由"一"而"多"，由"多"致"一"，"同归而殊途，一致而百虑"（《系辞》）③。

一方面，求同——"殊途而同归"。因有"同"的存在，故《周易》中圣人能从千变万化中明白天道的阴阳变化规律，从纷繁复杂中明察百姓的伦常日用，知幽深神妙远近之理，通晓天下万事万物。阴爻和阳爻相互作用产生变化而成六十四卦，同样一阴一阳相互影响转化也是万事万物之道，阴阳变通之理于人而言是利用它思考如何更好地修德修业，使人尽其能相生相养，《系辞》称之为圣人的"事业"，即"举而错之天下之民谓之事业"④。圣人难及，但进德修业的主观努力和行动却是每个人都可以做到的。

另一方面，存异——"一致而百虑"。"天下之动，贞夫一者也。"（《系辞》）⑤吉凶不两立，日月不兼明，天下事物的运动都是阴阳两方面相互争胜负，总有一方战胜彼方居于正位，但由于事物间及事物内部各部分相互影响，事物总处于向对立面转化过程中，这对事物而言也是不断扬弃的自我完善过程。事物总处于"一阴一阳之道"的运行中，形成不同的变化轨迹，呈现不同的表现状态，人类社会也是如此，人类在错综复杂的相互关联中生生不息，每个人都面临由出生到死亡的必然，然而由于外部关联和

---

① （宋）朱熹撰，廖名春点校：《周易本义》，中华书局2009年版，第249页。
② 《中华易学大辞典》编辑委员会编：《中华易学大辞典》，上海古籍出版社2008年版，第288页。
③ 转引自邓球柏《白话易经》，人民出版社2012年版，第374页。
④ 转引自邓球柏《白话易经》，人民出版社2012年版，第358页。
⑤ 转引自邓球柏《白话易经》，人民出版社2012年版，第362页。

内在因素不同，每个人又如同世界上没有两片完全相同的树叶一样，都有着各自与众不同的独特人生轨迹。人生的意义也许就存在于生命的过程之中，宜放眼人类社会发展规律，明确人生大道方向，运用自己与众不同的条件，发挥自己独特的潜能，乾乾努力，自强不息，演奏各自与众不同的人生精彩乐章。

（二）中正有度原则

如何更和谐地求同存异？中正有度原则具有重要指导意义，它体现了《周易》思想政治教育原则的辩证性，避免出现"过"与"不及"。新情况、新问题、新事物层出不穷，人们的认识总是有局限、不全面，另外也有不同主体认识能力和认识水平的差异，所以思想政治教育实践中存在相容性、交叉性和衔接性，要避免片面性和局限性，中正有度原则有利于双赢乃至多赢。《周易》中正思想主要针对"时""位"而言。从爻位来说，有中位说和正位说，对于人类社会来说有重要义理上的外延意义。中位说即内卦的中位是二爻、外卦的中位是五爻，对一卦六爻而言，则二、五为中位。正位说则指阴爻在阴位、阳爻处阳位则为正位。《周易》重视"中""正"，经与传常见"中""中道""中心""中行""中正""正中""中直"等词语（多用于下卦的二爻或上卦的五爻）。含"中""正"、"中正"的《周易》原文如下：

《乾·彖》：乾道变化，各正$_1$性命，保合大和，乃利贞。

《乾·文言》：龙德而正$_2$中$_1$者也……刚健中$_2$正$_3$……九三重刚而不中$_3$……九四重刚而不中$_4$……中$_5$不在人……知进退存亡而不失其正$_4$者。

《坤·彖》：文在中$_6$也。

《坤·文言》：直其正$_5$也，……君子黄中$_7$通理，正$_6$位居体，美在其中$_8$。

《屯》：六三：即鹿无虞，惟入于林中$_9$。

《屯·彖》：动乎险中$_{10}$，大亨贞。

《屯·象》：志行正$_7$也。

《蒙·彖》：蒙，亨。以亨行时中$_{11}$也。……初筮告，以刚中$_{12}$也。……蒙以养正$_8$，圣功也。

《蒙·象》：利用刑人，以正$_9$法也。

《需·彖》：位乎天位，以正$_{10}$中$_{13}$也。

《需·象》：衍在中$_{14}$也。……以中$_{15}$正$_{11}$也。

《讼》：有孚，窒惕，中$_{16}$吉，终凶。

《讼·彖》：讼有孚窒惕中$_{17}$吉，刚来而得中$_{18}$也。……利见大人，尚中$_{19}$正$_{12}$也。

《讼·象》：讼，元吉，以中$_{20}$正$_{13}$也。

《师》：九二：在师中$_{21}$，吉，无咎。王三锡命。

《师·彖》：贞，正$_{14}$也。能以众正$_{15}$，可以王矣。刚中$_{22}$而应，行险而顺。

《师·象》：地中$_{23}$有水……在师中$_{24}$吉，……长子帅师，以中$_{25}$行也。……大君有命，以正$_{16}$功也。

《比·彖》：原筮元永贞无咎，以刚中$_{26}$也。

《比·象》：显比之吉，位正$_{17}$中$_{27}$也。……上使中$_{28}$也。

《小畜·彖》：健而巽，刚中$_{29}$而志行。

《小畜·象》：牵复在中$_{30}$，……不能正$_{18}$室也。

《履·彖》：刚中$_{31}$正$_{19}$，履帝位而不疚。

《履·象》：中$_{32}$不自乱也。……位正$_{20}$当也。

《泰》：朋亡得尚于中$_{33}$行。

《泰·象》：得尚于中$_{34}$行，……中$_{35}$心愿也。以祉元吉，中$_{36}$以行愿也。

《否·象》：大人之吉，位正$_{21}$当也。

《同人·彖》：柔得位得中$_{37}$，……中$_{38}$正$_{22}$而应，君子正$_{23}$也。

《同人·象》：同人之先，以中$_{39}$直也。

《大有·彖》：柔得尊位，大中$_{40}$，而上下应之，曰大有。

《大有·象》：大车以载，积中$_{41}$不败也。

《谦·象》：地中$_{42}$有山，谦。……鸣谦贞吉，中$_{43}$心得也。

《豫·象》：以中$_{44}$正$_{24}$也。……中$_{45}$未亡也。

《随·象》：泽中$_{46}$有雷……从正$_{25}$吉也……位正$_{26}$中$_{47}$也。

《蛊·象》：干母之蛊，得中$_{48}$道也。

《临·象》：刚中$_{49}$而应，大亨以正$_{27}$。

《临·象》：志行正$_{28}$也。……行中$_{50}$之谓也。

《观·彖》：大观在上，顺而巽，中$_{51}$正$_{29}$以观天下。

《噬嗑·彖》：颐中$_{52}$有物曰噬嗑。……柔得中$_{53}$而上行。

《复》：六四：中$_{54}$行独复。

《复·象》：雷在地中$_{55}$，复。……中$_{56}$行独复……中$_{57}$以自考也。

《无妄》：其匪正$_{30}$有眚。

《无妄·彖》：动而健，刚中$_{58}$而应，大亨以正$_{31}$，天之命也。其匪正$_{32}$有眚，不利有攸往。

《大畜·彖》：大正$_{33}$也。

《大畜·象》：天在山中$_{59}$……中$_{60}$无尤也。

《颐·彖》：养正$_{34}$则吉也。

《大过·彖》：刚过而中$_{61}$。

《习坎·彖》：乃以刚中$_{62}$也。

《习坎·象》：未出中$_{63}$也。……中$_{64}$未大也。

《离·彖》：重明以丽乎正$_{35}$……柔丽乎中$_{65}$正$_{36}$。

《离·象》：得中$_{66}$道也……以正$_{37}$邦也。

《恒·象》：能久中$_{67}$也。

《遁·象》：以正$_{38}$志也。

《大壮·彖》：大者正$_{39}$也。正$_{40}$大而天地之情可见。

《大壮·象》：九二贞吉，以中$_{68}$也。

《晋·象》：独行正$_{41}$也。……以中$_{69}$正$_{42}$也。

《明夷·彖》：明入地中$_{70}$，……内难而能正$_{43}$其志。

《明夷·象》：明入地中$_{71}$。

《家人》：在中$_{72}$，馈。

《家人·彖》：家人，女正$_{44}$位乎内，男正$_{45}$位乎外。男女正$_{46}$，……而家道正$_{47}$。正$_{48}$家而天下定矣。

《睽·彖》：，得中$_{73}$而应乎刚，是以小事吉。

《蹇·彖》：往得中$_{74}$也。……以正$_{49}$邦也。

《蹇·象》：以中$_{75}$节也。

《解·彖》：乃得中$_{76}$也。

《解·象》：得中$_{77}$道也。

《损·象》：中$_{78}$以为志也。

《益》：有孚中$_{79}$行……中$_{80}$行告公。

《益·象》：中$_{81}$正$_{50}$有庆也。

《夬》：九五：苋陆夬夬中$_{82}$行。无咎。

《夬·象》：得中$_{83}$道也……中$_{84}$行无咎，中$_{85}$未光也。

《姤·彖》：刚遇中$_{86}$正$_{51}$。

《姤·象》：中$_{87}$正$_{52}$也。

《萃·彖》：刚中$_{88}$而应……聚以正$_{53}$也。

《萃·象》：引吉无咎，中$_{89}$未变也。

《升·彖》：刚中$_{90}$而应。

《升·象》：地中$_{91}$生木。

《困·彖》：以刚中$_{92}$也。

《困·象》：中$_{93}$有庆也……以中$_{94}$直也。

《井·彖》：乃以刚中$_{95}$也。

《井·象》：中$_{96}$正$_{54}$也。

《革·彖》：大亨以正$_{55}$。

《革·彖》：泽中$_{97}$有火。

《鼎·彖》：得中$_{98}$而应乎刚。

《鼎·象》：君子以正$_{56}$位凝命。……中$_{99}$以为实也。

《震·彖》：其事在中$_{100}$，……中$_{101}$未得也。

《艮·象》：艮其趾，未失正$_{57}$也。……以中$_{102}$正$_{58}$也。

《渐·彖》：进以正$_{59}$，可以正$_{60}$邦也。其位刚得中$_{103}$也。

《归妹·象》：其位在中$_{104}$。

《丰》：宜日中$_{105}$……日中$_{106}$见斗……日中$_{107}$见沫……日中$_{108}$见斗。

《丰·彖》：勿忧宜日中$_{109}$……日中$_{110}$则昃。

《丰·象》：日中$_{111}$见斗。

《旅·彖》：柔得中$_{112}$乎外。

《巽·彖》：刚巽乎中$_{113}$正$_{61}$而志行。

《巽·象》：得中$_{114}$也……位正$_{62}$中$_{115}$……正$_{63}$乎凶也。

《兑·彖》：刚中$_{116}$而柔外。

《兑·象》：位正$_{64}$当也。

《涣·彖》：王假有庙，王乃在中$_{117}$也。

《涣·象》：王居无咎，正$_{65}$位也。

《节·彖》：刚柔分而刚得中$_{118}$。……中$_{119}$正$_{66}$以通。

《节·象》：甘节之吉，居位中$_{120}$也。

《中孚·彖》：中$_{121}$孚……刚得中$_{122}$……中$_{123}$孚以利贞。

《中孚·象》：中$_{124}$孚……中$_{125}$心愿……位正$_{67}$当也。

《小过·彖》：柔得中$_{126}$……刚失位而不中$_{127}$。

《既济·彖》：刚柔正$_{68}$……柔得中$_{128}$也。

《既济·象》：以中$_{129}$道也。

《未济·彖》：柔得中$_{130}$也。小狐汔济，未出中$_{131}$也。

《未济·象》：中$_{132}$以行正$_{69}$也。

《系辞》：天下之理得，而《易》成位乎其中$_{133}$矣。

以言乎迩则静而正$_{70}$。……而《易》行乎其中$_{134}$矣。

而《易》立乎其中$_{135}$矣。

象在其中$_{136}$矣。……爻在其中$_{137}$矣。……变在其中$_{138}$焉。……动在其中$_{139}$矣。……理财正$_{71}$辞禁民为非，曰义。日中$_{140}$为市，……葬之中$_{141}$野，正$_{72}$言断辞，……其言曲而中$_{142}$，……其于中$_{143}$古乎？……则非其中$_{144}$爻不备。

其要无咎，其用柔中$_{145}$也。

将叛者其辞惭，中$_{146}$心疑者其辞枝，吉人之辞寡，躁人之辞多。

《说卦》：正$_{73}$秋也，……正$_{74}$北方之卦也。……故谓之中$_{147}$男。……故谓之中$_{148}$女。……为中$_{149}$女、……

《序卦》：节而信之，故受之以中$_{150}$孚。

《杂卦》：中$_{151}$孚，信也。……颐，养正$_{75}$也。

1.《周易》"中"的内涵

"中"在《周易》中共出现151次。其中经文2次，《象》和《彖》共123次，《文言》7次，《系辞》14次，《说卦》3次，《序卦》1次，《杂卦》1次。可见，"中"在《易经》成书时期已受重视，并在《易传》成书时期发展为非常重要的概念。"中"的思想最早始于尧舜时代的"允执厥中"，之后是殷商之际的《周易》古经六十四卦，然后是孔子道中庸、子思讲中和、孟子说权，完成"中"哲学体系。[①]"中"的思想是辩证思维的一种中国模式，其特点有二：一是对立统一，包括一分为二、合二为一、物极必反三个意思；二是时中，以承认变化为前提，时就是变化，有变化才有中与不中的问题。[②]《中庸》认为执其两端取其中，"致中和，天

---

① 参见吕绍纲《〈周易〉的哲学精神——吕绍纲易学文选》，上海古籍出版社2005年版，第211页。
② 参见吕绍纲《〈周易〉的哲学精神——吕绍纲易学文选》，上海古籍出版社2005年版，第211页。

地位焉，万物育焉"①，"中和"即积极理性，又为天下之正道。天地之本始于中，乾坤之变不离中，日中则盛月中则盈，人居天地之中，心居人之中，故君子贵中。甲骨文"中"像上下有旌旗和飘带的正中竖立的旗杆，指一定范围内的适中位置，其本义是当中、中心。《周易》的"中"多为无过与不及之义，用于指位置、时间或状态，有中位、其中、中道等意。

其一，"中"为"其中"之义。

"其中"即在一定范围内，意为"在……之中"。《坤·象》："黄裳元吉，文在中$_6$也。"解《坤》六五爻辞"黄裳元吉"，黄为地之色，裳为下体之服，黄、裳二字喻坤发展到第五爻，坤阴仍需居在下的卑顺地位而大吉，《象》以"文在中"作解。《系辞》："物相杂，故曰文。"②张惠言《周易虞氏易》："独阴不能为文，坤含阳，故坤象为文。"③"文在中"是说坤阴虽然居于在下的卑顺地位，但已非纯而不杂，即经过五爻的发展变化阴阳对立面互相渗透，此时坤阴中已含乾阳，阴阳互相交杂，只是性质还没根本改变。表示"其中"之义的还有"美在其中$_8$"（《坤·文言》）、"易简而天下之理得矣。天下之理得，而《易》成位乎其中$_{133}$矣"（《系辞》）、"天地设位，而《易》行乎其中$_{134}$矣"（《系辞》）、"《乾》《坤》成列，而《易》立乎其中$_{135}$矣"（《系辞》）、"八卦成列，象在其中$_{136}$矣。因而重之，爻在其中$_{137}$矣。刚柔相推，变在其中$_{138}$矣。系辞焉而命之，动在其中$_{139}$矣"（《系辞》）。④

具体体现有：林中、险中、颐中、地中、泽中、山中等。《屯》："六三：即鹿无虞，惟入于林中$_9$。"《屯·象》："屯，刚柔始交而难生，动乎险中$_{10}$，大亨贞。"《屯》卦体震下坎上，震为动、坎为险陷，其象为在

---

① （宋）朱熹撰：《四书章句集注》，中华书局1983年版，第18页。
② 转引自邓球柏《白话易经》，人民出版社2012年版，第394页。
③ 《中华易学大辞典》编辑委员会编：《中华易学大辞典》，上海古籍出版社2008年版，第214页。
④ 转引自邓球柏《白话易经》，人民出版社2012年版，第417、334、341、358、362页。

险陷中运动，有如怀育之产难"动乎险中"。"颐中$_{52}$有物曰噬嗑。"(《噬嗑·彖》)"明入地中$_{70}$，，明夷。"(《明夷·彖》)"地中$_{42}$有山，谦。君子以裒多益寡，称物平施。"(《谦·彖》)"王假有庙，王乃在中$_{117}$也。"(《涣·彖》)"泽中$_{46}$有雷。"(《随·象》)"雷在地中$_{55}$，复。"(《复·象》)"天在山中$_{59}$，大畜。"(《大畜·象》)"求小得，未出中$_{63}$也……坎不盈，中$_{64}$未大也。"(《习坎·象》)"明入地中$_{71}$，明夷。君子以莅众用晦而明。"(《明夷·象》)"地中$_{91}$生木，升。"(《升·象》)"泽中$_{97}$有火，革。"(《革·象》)。①

积诚于中，外行中正。《同人·象》："同人之先，以中$_{39}$直也。"九五与六二"中正而应"，但被九三、九四两刚爻相隔，且九三、九四均欲劫获六二而同之，九五一时难与六二相合，故号啕大哭，后得以合同又破涕为笑，《象》以"以中直"作解。以，即因。中直，即中正。《周易折中》按："《易》凡言'号'者，皆写心抒诚之谓，故曰'中直'，言至诚积于中也。"② 九五与六二中正而应，只因有三、四两爻相隔又一时不能合同，是积诚于中而行直于外，致力于合同，克服障碍。

特殊表达形式："中心"即心中，"中野"即荒野或原野中。《泰·象》："不戒以孚，中$_{35}$心愿也。"解六四爻辞"不戒以孚"。《泰》发展到六四爻位，已脱离下卦之乾体，泰通过丰已转向否，所以，坤体的三个柔爻下翔，六五与上六不得告诫就诚心诚意地随同六四退下，实出心中所愿。《中孚》为言行守中，九二为坚守中道不移易之人，虽不求人知但声名传于外，人人都与其相应和，实出于心中所愿，即凡与九二相应合的人都是出于诚心诚意信守中道，无任何虚假之处。"中心"即由心中而发。《谦·象》："鸣谦贞吉，中$_{43}$心得也。""中心得"即有得于心中，六

---

① 转引自邓球柏《白话易经》，人民出版社2012年版，第19、214、227、240、283、261、285、292、294、297、304、314、317页。
② (清)李光地纂，刘大钧整理：《周易折中》，巴蜀书社2008年版，第328页。

二以柔爻居阴位又得中，柔顺能谦退，得中则无过与不及，谦退之道有得于心中，一言一行不必用力就自然很适宜，谦卑之声由近而传远，长期守之而得吉。胡瑗《周易口义》："中心得者，言君子所作所为皆得诸心，然后发之于外。故此谦谦皆由中心得之，以至于声闻流传于人。"[①] 得谦之道，莫过于此爻。相关还有：《中孚·象》："其子和之，中$_{125}$心愿也。"《系辞》："葬之中$_{141}$野（即野中）""中$_{146}$心疑者其辞枝"。[②]

其二，"中"为"中位"之义。

中位为"吉"。从位置上来说的"中"，是与四方、上下或两端距离同等的位置。就爻位而言，下卦的二爻或上卦的五爻称中位。《乾·文言》："九三，重刚而不中$_3$……九四，重刚而不中$_4$，上不在天，下不在田，中$_5$不在人。"[③]《师》："九二：在师中$_{21}$吉。"《师》论说兴师作战，九二刚爻居中位为统帅。《比·象》："原筮元永贞无咎，以刚中$_{26}$也。"《小畜·象》："健而巽，刚中$_{29}$而志行，乃亨。"《大有·象》"柔得尊位，大中$_{40}$，而上下应之，曰大有。"六五以柔爻居上体之中，是《大有》的主爻且居五之至尊位。《噬嗑·象》："柔得中$_{53}$而上行，虽不当位，利用狱也。"《坎·象》："维心亨，乃以刚中$_{62}$也。"另外还有"刚过而中$_{61}$"（《大过·象》）、"得中$_{73}$而应乎刚"（《睽·象》）、"蹇利西南，往得中$_{74}$也"（《蹇·象》）、"其来复吉，乃得中$_{76}$也"（《解·象》）、"改邑不改井，乃以刚中$_{95}$也"（《井·象》）、"贞大人吉，以刚中$_{92}$也"（《困·象》）、"得中$_{98}$而应乎刚"（《鼎·象》）、"柔得中$_{112}$乎外，而顺乎刚"（《旅·象》）、"刚中$_{116}$而柔外"（《兑·象》）、"柔得中$_{130}$也。小狐汔济，未出中$_{131}$也"（《未济·象》）、"需于沙，衍在中$_{14}$也"（《需·象》）、"地中$_{23}$有水，师。……在师中$_{24}$吉……长子帅师，以中$_{25}$行也"

---

① 《中华易学大辞典》编辑委员会编：《中华易学大辞典》，上海古籍出版社2008年版，第227页。
② 转引自邓球柏《白话易经》，人民出版社2012年版，第367、397页。
③ 转引自邓球柏《白话易经》，人民出版社2012年版，第411—412页。

（《师·象》）、"邑人不诫，上使中$_{28}$也"（《比·象》）、"牵复在中$_{30}$，亦不自失也"（《小畜·象》）、"幽人贞吉，中$_{32}$不自乱也"（《履·象》）、"得尚于中$_{34}$行"（《泰·象》）。《泰·象》的"中行"意为，《泰》乾下坤上，其象为天包容地无所不包，九二之刚中应六五之柔中，则具有高尚的中正之德行中正之道无往而不通。《豫·象》："中$_{45}$未亡也。"解六五爻辞，因六五以柔爻乘驾于九四刚爻上，为柔弱之君大权托于强臣，有如疾病缠身但却常年不死，为何总能不死？因"中未亡"，六五居上卦中位，居中位则得中道，不敢沉溺于安乐而常怀忧患，以中道行之而未亡。《大畜·象》："舆说輹，中$_{60}$无尤也。"《大壮·象》："九二贞吉，以中$_{68}$也。"《鼎·象》："鼎黄耳，中$_{99}$以为实也。"《鼎》六五以相应居中的九二为"实"。《震·象》："震往来厉，危行也。其事在中$_{100}$，大无丧也。"六五居中位能恐惧修省，故无大损失。《归妹·象》："其位在中$_{104}$，以贵行也。"从爻位来说，"中爻"指一卦六爻的第二三四五爻。《系辞》："若夫杂物撰德，辨是与非，则非其中$_{144}$爻不备。"①在此中爻指二三四五爻。②

刚中而应则更"吉"。刚中柔中相应，中和相配，比如《泰》九二和六五，爻辞"九二，包荒，用冯河，不遐遗。朋亡，得尚于中$_{33}$行"，九二言"中行"，六五则"帝乙归妹"，屈尊下嫁与九二相配，以明天地阴阳往来相配之义，即九二刚中得配与六五柔中而行。孔颖达《周易正义》："中行谓六五也。……尚，配也，得配六五之中也。"③另外还有《师·象》（中$_{22}$）、《临·象》（中$_{49}$）和《升·象》（中$_{90}$）的"刚中而应"，均指九二刚中与六五柔中相应。《无妄·象》（中$_{58}$）和《萃·象》（中$_{88}$）的"刚中而应"，均指九五刚中与六二柔中相应。凡二、五爻刚柔相应则有刚柔相济互补而适中之义，一般均得吉辞。

---

① 转引自邓球柏《白话易经》，人民出版社2012年版，第390页。
② 参见《中华易学大辞典》编辑委员会编《中华易学大辞典》，上海古籍出版社2008年版，第294页。
③ 《中华易学大辞典》编辑委员会编：《中华易学大辞典》，上海古籍出版社2008年版，第106页。

从时间上来说,"中"指中古时期、正午、年龄排序为第二等。其一,表示中古,《系辞》:"《易》之兴也,其于中$_{143}$古乎?"① 其二,表示正午,《系辞》:"日中$_{140}$为市,致天下之民。"② 以日中为明之盛,日中之时喻丰盛之时,执政者当行宽大守中之道。《丰》:"丰:亨,王假之,勿忧,宜日中$_{105}$。""六二,丰其蔀,日中$_{106}$见斗。""九三,丰其沛,日中$_{107}$见沫……九四,丰其蔀,日中$_{108}$见斗。"《丰·彖》:"勿忧宜日中$_{109}$,宜照天下也。日中$_{110}$则昃,月盈则食。天地盈虚,与时消息。"《丰·象》:"日中$_{111}$见斗,幽不明也。"其三,表示长、中、少年龄排序之"中"。《说卦》:"坎,再索而男,故谓之中$_{147}$男。离,再索而得女,故谓之中$_{148}$女。""离为火、为日、为电、为中$_{149}$女、为甲胄、为戈兵。"③ 八卦以乾坤为父母,乾坤相交而生六子,分别为长男、中男、少男、长女、中女、少女。

"中"为适中适宜,"得中"引申为得中道、行中道。适中适宜恰到好处,《蹇·象》:"大蹇朋来,以中$_{75}$节也。"解九五爻辞"大蹇朋来",《蹇》至九五爻已进入坎险中,九五大德之人敢于犯大难,又得朋类相助同力以济险,"以中节"犹如说君臣配合默契恰到好处,即九五冲在前六二助于后,其他诸爻也都随之,险难可济。《周易折中》:"蹇卦之义,在乎进止得宜,爻之往来,即进止也。九五虽不言往来,而传明其为'中节',则进止之宜不失,可以济难而不至于犯难矣。"④ 得中位、居中位引申为得中道、行中道。《巽·象》:"纷若之吉,得中$_{114}$也。"九二得下体中位,于巽顺之时能循中道而行,得中位得中道通事理。"君子黄中$_7$通理"(《坤·文言》)解六五爻辞"黄裳,元吉"。⑤ 黄为地之正色,六

---

① 转引自邓球柏《白话易经》,人民出版社2012年版,第384页。
② 转引自邓球柏《白话易经》,人民出版社2012年版,第366页。
③ 转引自邓球柏《白话易经》,人民出版社2012年版,第430、432页。
④ (清)李光地纂,刘大钧整理:《周易折中》,巴蜀书社2008年版,第367页。
⑤ 转引自邓球柏《白话易经》,人民出版社2012年版,第417、13页。

五居上体之中，居中位得中道，如同大地通晓事物相中相和无过无不及之理。《讼》："有孚，窒惕，中$_{16}$吉，终凶。"指九二处讼下卦之中位行中道而得吉。得中位即行中道，《讼·彖》："刚来而得中$_{18}$也。""刚来"指《讼》九二，《需》《讼》两卦相综，《需》上六称不速之客三人来，为《乾》体三刚爻来居于下卦，《习坎》体则居于上卦，此即需反转成《讼》，《讼》之刚爻九二本是《需》之九五，《需》之九五刚爻在上卦得中，下来居《讼》之九二也得中，得中则能行处讼的中正之道，即《讼》卦辞所说内心怀有实理而能惕惧塞止，争讼适可而止则吉，皆因九二之刚爻是由需之九五下来居此而得中位，能行处讼的中正之道。何楷《古周易订诂》："九二有刚中之德，故能孚能惕，而讼以半途而止不至于成，故吉也。"①《困·彖》："困于酒食，中$_{93}$有庆也。……乃徐有说，以中$_{94}$直也。"九二以刚中自养，困是暂时的，在中位，中道而行。

其三，"中"为"中道"之义。

中以行愿。《泰·象》："以祉元吉，中$_{36}$以行愿也。"解六五爻辞"以祉元吉"，《泰》发展至第五爻位阴柔已不安在上，爻辞以帝乙下嫁其少女于周文王而大吉，喻六五应九二屈尊以从下，以中道而行其心之所愿，中道就是以六五之柔中而下应九二之刚中，上交于下从而实现乾居上坤居下。② 以中道行心中所愿，心中所愿即行中道，二者相统一，也即是主观与客观相统一，既主观能动又符合规律，"行愿"中乎理、切中事理。

中和之道。《复》："六四：中$_{54}$行独复。"复为阳复，卦五阴对一阳，六二临初九虽近不成比，六三、六五、上六与初九不比不应，唯六四与初九相应，相应则相与相合，故五阴之中独此一阴能行中和之道以顺从阳复之势，称"中行独复"。朱熹《周易本义》："四处群阴之中，而独与初

---

① 《中华易学大辞典》编辑委员会编：《中华易学大辞典》，上海古籍出版社2008年版，第185页。
② 参见《中华易学大辞典》编辑委员会编《中华易学大辞典》，上海古籍出版社2008年版，第224页。

应,为与众俱行而独能从善之象。"① 孔颖达《周易正义》:"'中行独复'者,处于上卦之下,上下各有二阴,已独应初,居在众阴之中,故云'中行'。独自应初,故云'独复'。"② 六四处五阴之中,独自与初九相应,中行独复,以复阳刚。

中行无咎。其一,中道而行,无过与不及,得中道行中道,得中无过。《蛊·象》:"干母之蛊,得中$_{48}$道也。"《离·象》:"黄离元吉,得中$_{66}$道也。"《解·象》:"九二贞吉,得中$_{77}$道也。"《益》:"六三,益之用凶事,无咎。有孚中$_{79}$行,告公用圭。……六四,中$_{80}$行告公从。"益为增益,《益》卦震下巽上,卦体来自否,中行即行中道,"告公用圭"即执玉圭以告公,"圭"为通信之物,古时大夫执圭而使以申信,凡祭祀、朝聘用圭玉以通达诚信。《益》六三与上九相应,两爻发生损益关系,六三以柔爻居阳位非刚不足,上九以刚爻居阴位非刚有余,两爻可以不损不益,六三心存诚信行中正之道,执玉圭以告上九之功,益之六四是《否》初六与九四相易后之位,六四爻"中行"即指初六与九四相易之理,初六与九四相易使阴阳对立的《否》变成阴阳合体的《益》,是行中道而得益,"公"指未交易之前的九四,因其在九五君主之下是公位,六四以中道行事,告诉公,公亦赞同,"告公"指初六来告请与九四易位。王弼《周易注》:"居益之时,处巽之始,体柔当位,在上应下,卑不穷下,高不处亢,位虽不中,用中行者也。以斯告公,何有不从。"③ 其二,中道而行,即使稍有不足之处也无大碍,中行无咎。《夬·象》:"中$_{84}$行无咎,中$_{85}$未光也。""中未光"解九五爻辞"中行无咎",在五刚决一柔之时,因九五与上六处于相比之爻位,因此和悦有余而刚健不

---

① 《中华易学大辞典》编辑委员会编:《中华易学大辞典》,上海古籍出版社2008年版,第124页。
② (魏)王弼、(晋)韩康伯注,(唐)孔颖达正义:《周易正义》,中国致公出版社2009年版,第117页。
③ 《中华易学大辞典》编辑委员会编:《中华易学大辞典》,上海古籍出版社2008年版,第148页。

足,当决而不能决,爻辞强调行中正之道才可无过咎,九五未能光大中正之道,实质是说九五对上六偏于和悦而未能刚决以断其来往。张载《横渠易说》:"阳近于阴,不能无累,故必正其行,然后可以免咎。"① 中行无咎,"行中$_{50}$之谓也"(《临·象》)解《临》六五爻辞"大君之宜"。《临》六五柔中之君处世得宜,欢迎九二刚中之臣来辅佐自己,可谓行中道。《复·象》:"中$_{56}$行独复,以从道也。敦复无悔,中$_{57}$以自考也。"六四与初九正应,顺从阳复之势行中道,六五只要重视阳刚已来复中道行事,或退或守能据实情处理得宜可无悔。《夬》:"九五:苋陆夬夬中$_{82}$行。无咎。"苋陆,一说是马齿菜,陈梦雷《周易浅述》认为马齿茎脆而根固,一拔即折似易除,而根蔓延不已,比喻九五同上六相比而根难断,"夬夬"则唯难断就须坚决断决之;项安世《周易玩辞》认为夬夬即重夬,当夬者为上六,三应之五比之,嫌其不能夬,故皆以夬夬名之;另说将"苋陆"解作山羊,山羊喜登高攀险而勇于进,喻九五独能上行以夬掉上六,项安世、吴澄等持此说;王弼《周易注》认为夬为以刚决柔、以君子除小人之义,九五以至尊克至贱虽胜不足贵,但处中而行故没有责咎;朱熹《周易本义》认为九五当决之时切近上六之阴,合于中行则无咎;程颐《伊川易传》认为中行即中道,九五以阳刚君子决上六阴柔小人,如以中道行之则无过咎。② 其三,德行积中。"积中$_{41}$不败也"(《大有·象》)解九二爻辞"大车以载"。全卦五刚一柔,按"少者多之所贵,寡者众之所宗"原则,五刚皆为六五一柔所有,九二以刚爻居阳位又得下体之中而与六五为应。程颐《伊川易传》认为刚健则才胜、居柔则谦顺、得中则无过,如此之才能胜大有之任,如大车之材强壮能盛载重物,借以说明九二作为承担重任的大臣,能任重而致远,存中道于心则永不失败,即积中不败;俞琰《俞氏易集说》认为九二刚得中而无过为,犹大车载物所积酌中

---

① 《中华易学大辞典》编辑委员会编:《中华易学大辞典》,上海古籍出版社 2008 年版,第 250 页。
② 参见《中华易学大辞典》编辑委员会编《中华易学大辞典》,上海古籍出版社 2008 年版,第 150 页。

则马有余力车有余量，然后不致颠覆。① 二爻与五爻相比，二为阴位、中位，阴柔居中无咎。《系辞》："其要无咎，其用柔中₁₄₅也。"② 惠栋《周易本义辨证》："阴利承阳，远则不利。"③ 远，指爻位相距卦中的第五位较远。阴柔的性质以近阳为有利，不利距五太远，远离阳刚则不利。二为阴位，距五之阳位远似乎不利，而归得于无咎就在于阴柔居下卦之中位，为用柔而适中。爻位关系崇尚中正，中正即无过与不及，则无不利，柔不能自立，近者有所依倚，而二远于五，而其归得以无咎者，以其用柔而居下卦之中，故中行无咎。

恒久持中，中以为志。一方面，守中不变。"中₈₉未变也"（《萃·象》）解六二爻辞"引吉无咎"。萃聚之时，六二与九五刚中相应，当然应该相聚，但六二必等待九五招引而后上应才吉无过咎，因守正之臣无事主动见君有求宠之嫌，"中未变"是指明六二恪守为臣的中正之道未改变。何楷《古周易订诂》："'中未变'言二得中道，贞守不变，故能与五相孚，异于初之'有孚不终'。"④ 另一方面，中以为志。《损·象》："九二利贞，中₇₈以为志也。"九二以守中为己志，与六五不发生损益关系，两爻不损不益宜守正保持适中平衡。中孚即言信守中之义，《杂卦》："中₁₅₁孚，信也。"⑤《序卦》："节而信之，故受之以中₁₅₀孚。"⑥《中孚·彖》："中₁₂₃孚以利贞，乃应乎天也。"《中孚·象》："泽上有风，中₁₂₄孚。"《恒·象》："九二悔亡，能久中₆₇也。"持守中道，言信守中，以之为志，恒久则成业。

其四，"中"为"中正"之义。

---

① 参见《中华易学大辞典》编辑委员会编《中华易学大辞典》，上海古籍出版社2008年版，第226页。
② 转引自邓球柏《白话易经》，人民出版社2012年版，第390页。
③《中华易学大辞典》编辑委员会编：《中华易学大辞典》，上海古籍出版社2008年版，第294页。
④《中华易学大辞典》编辑委员会编：《中华易学大辞典》，上海古籍出版社2008年版，第252页。
⑤ 转引自邓球柏《白话易经》，人民出版社2012年版，第450页。
⑥ 转引自邓球柏《白话易经》，人民出版社2012年版，第444页。

中位以中正即既中且正为佳。中正可从时位、德行等不同角度而言，中则无过与不及，正则无反无侧。《乾·文言》："刚健中$_2$正$_3$，纯粹精也。"① 论《乾》之体，《乾》六阳纯而不杂，粹而无疵，纯粹至极以至精。俞琰《俞氏易集说》认为刚则不屈、健则不息、中则无过与不及、正则无反无侧、纯则无杂、粹则无疵、精则纯粹之至，项安世《周易玩辞》认为以此明乾之功用，朱熹《周易本义》则认为是讲乾之德。②《周易折中》引乔中和，以元亨利贞解"刚健中正"，认为刚为元、健为亨、中为利、正为贞，元亨利贞实以体之即刚健中正，"一爻之情，六爻之情也"。③ 通观上下文，应以项安世之说为妥，以俞琰为正解。从爻位而言，六二、九五内含既中且正之意，比如《家人》："六二：无攸遂，在中$_{72}$馈。"《家人》为论家道之卦，六二柔居阴位既中且正，是阴柔得位、得中道而居内，象征女子守本分能尽其家道之职责，柔顺中正遇事不专断，主持家中饮食、祭祀、接待宾客之事。王申子《大易辑说》："二以柔顺中正之德正位乎内，而外应阳刚中正之五，阳倡阴和，男行女随而已。故曰：'无攸遂'。遂，专也。"④《家人》六二柔顺中正应九五阳刚中正，自己不专断，只在家主持饮食之事，利于家庭和谐和睦。

中以行正。"中$_{132}$以行正$_{69}$也"（《未济·象》）解九二爻辞"贞：吉"。未济为未成功，以过河为喻，还没有济度过去，因未济发展到第二爻位客观还不具备可济的条件，故九二正守不妄动而得吉，《象》以"中以行正"作解。项安世《周易玩辞》："其位疑于未正，故加'贞'字者，中则正在其中，未有中而不正者，故曰'中以行正也'。"⑤ 按《易》例来说"中"大于"正"，九二以刚爻居阴位是不正，但得下卦之中位，得中位

---

① 转引自邓球柏《白话易经》，人民出版社2012年版，第410页。
② 参见《中华易学大辞典》编辑委员会编《中华易学大辞典》，上海古籍出版社2008年版，第302页。
③（清）李光地纂，刘大钧整理：《周易折中》，巴蜀书社2008年版，第480页。
④《中华易学大辞典》编辑委员会编：《中华易学大辞典》，上海古籍出版社2008年版，第141页。
⑤《中华易学大辞典》编辑委员会编：《中华易学大辞典》，上海古籍出版社2008年版，第266页。

则能行中道，行中道就是正，九二是刚爻，勇于进取好动，其所以正守本位不妄动，以其中位而能行中正之道，在客观不具备济河条件的情况下不贸然行动。在中位则能行中道，"中以行正"。

中正以通。《节·彖》："说以行险，当位以节，中正以通。"《节》卦体兑下坎上，兑悦、坎险是喜悦以行险。一般来说人行险事时并不喜悦，若做到行险事而人心喜悦，必是虽险而能达亨通，这是以上下二体释《节》亨通之义，节以节制约束为义，节制约束事物的发展使其不超越中界线，以保证事物发展亨通不穷困，若突破中界线向两极发展，就成了"苦节"①。孔颖达《周易正义》："就二体及四五当位，重释行节得亨之义。"② 唯有在事物发展中的适当位置即中正之位且有节制才可保亨通，因此有把握则能"说以行险"。

中正之位。"中正"一词在《周易》中共出现17次。一卦之中的爻位，二与五为中，阴爻在阴位、阳爻在阳位为正，既中且正的爻位一般是卦中的六二与九五，有时也指九二与六五，因其事理正。孔颖达《周易正义》解六五之正："阴居二位，可谓为正。若阴居五位，非其正位，而'重明丽乎正'者，以五处于中正，又居尊位，虽非阴阳之正，乃是事理之正。"③ 九二之正，其情理与六五之正相似。《讼·彖》："利见大人，尚中正也。"《履·彖》："刚中正，履帝位而不疚，光明也。"《同人·彖》："文明以健，中正而应，君子正也。"《同人》六二以柔爻居阴位，柔得阴位为正，又得下卦之中，是既中且正，二、五是相应之爻位，六二九五柔中与刚中相应，故"中正而应"。以爻位明人事，"中正而应"则为有中正之德而能行中正之道，君子以中正之道相应合，必

---

① 转引自邓球柏《白话易经》，人民出版社2012年版，第197页。
② （魏）王弼、（晋）韩康伯注，（唐）孔颖达正义：《周易正义》，中国致公出版社2009年版，第233页。
③ （魏）王弼、（晋）韩康伯注，（唐）孔颖达正义：《周易正义》，中国致公出版社2009年版，第136页。

达天下大同，所以下文说"君子正也"，说明君子能够行正道。程颐《伊川易传》："以中正之道相应，乃君子之正道也。天下之志万殊，理则一也。"[1]天下之人思想虽然万殊，如以正中之道相应合，必致大同，混万而为一。《观·彖》："大观在上，顺而巽，中$_{51}$正$_{29}$以观天下。"卦辞"观"为上下相观，《观》主爻九五以刚爻居阳位既中且正，象征君主有中正之德，以中正之道观视天下，使其下四阴不敢不敬。何楷《古周易订诂》："四阴在下，群阴上进至四而极。五居尊位以镇压之，四欲逼五而不敢。"[2]从阴阳消息说，阴长至第四爻位阳退守五位是关节点，因五为乾体的至尊之位，五位一旦被突破则变为《剥》，由于九五阳刚中正，以中正之道观视天下，君正则在下者不敢不正。"柔丽乎中$_{65}$正$_{36}$。"（《离·彖》）上卦之重明附丽于下卦之正上，《离》六二与六五分别在上下二体中正之位，是柔附丽于中正之道，发挥柔中作用，既中且正，运行通达无阻。

中正之"德""位"相应。中正之位对应中正之德，行中正之道。《巽·彖》："重巽以申命，刚巽乎中$_{113}$正$_{61}$而志行。"阳刚居九五正位顺乎中正之道。《益·彖》："利有攸往，中$_{81}$正$_{50}$有庆。"《姤·彖》："刚遇中$_{86}$正$_{51}$，天下大行也。"天风姤，刚之九五居一卦中正尊位，阳刚代表的正道还能大行于天下；《需·彖》："酒食贞吉，以中$_{15}$正$_{11}$也。"五以刚爻居阳位得正又处上卦之中位，居中得正有中正之德。《讼·彖》："讼，元吉，以中$_{20}$正$_{13}$也。"《豫·象》："不终日贞吉，以中$_{44}$正$_{24}$也。"《晋·象》："受兹介福，以中$_{69}$正$_{42}$也。"《姤·象》："九五含章，中$_{87}$正$_{52}$也。"《井·象》："寒泉之食，中$_{96}$正$_{54}$也。"《震·象》："震索索，中$_{101}$未得也。"《震》上六以柔弱之质处一卦之最上，震雷一来就吓得缩成一团，其未得处震的中正之道，故"中未得"。《艮·象》："艮其

---

[1]《中华易学大辞典》编辑委员会编：《中华易学大辞典》，上海古籍出版社2008年版，第189页。
[2]《中华易学大辞典》编辑委员会编：《中华易学大辞典》，上海古籍出版社2008年版，第191页。

辅，以中 $_{102}$ 正 $_{58}$ 也。"①在中正之位，有中正之德，行中正之道，这些也同时展现了《周易》中的"位""德"相对应。

"中"是从天道所学。天地间事物随时自我调整，减少冲突各遂其生各得其所，称"中和"。"中"以名词来说就是重心点，有此则稳妥不坠，以动词来说就是正好打中，以形容词而言是恰到好处，过与不及都不好，时时事事恰到好处，时中最好最能持久。"'中'本指圜心"，有圜界距心等长之义，"中"由圆心之义又引申为"正"，故"中""正"有意思相通之处。②金景芳从四方面释"中"：一是人事万变，"中"为简以驭繁的准则；二是"中"不偏不倚、无过无不及，实包括中、和二义；三是"中"非"乡原"；四是"中"为唯一最高的道德标准。③中道而行，中不偏私，则事无不平人无不和。人类的智慧越增进，对事物两极端观察得越清楚，德行既合大多数人利益，又符合社会规律，中正之道达天下。

2.《周易》"正"的内涵

其一，"正"为"平正不偏斜"。

左侧字符为"正"的甲骨文字形，其上面符号表示方向、目标，下面是足（止）。《说文解字》："正，是也。从止，一以止。凡正之属皆从正。（徐锴曰：守一以止。），古文正，从二。二，古上字。古文正。从一足。足者亦止也。"④《说文解字》："是，直也。从日正。"⑤《说文解字》："直，正见也。从乚、从十、从目。（徐锴曰：乚，隐也。今十目所见，是直也。）"⑥《说文解字》："止，下基也。象草木出有址，故以止为足。"⑦正训为是，是训为直，直训为十目所见（正见）。即"正"为目

---

① 转引自邓球柏《白话易经》，人民出版社2012年版，第320页。
② 参见邓球柏《〈易经〉"中行"浅说》，《湘潭大学社会科学学报》1983年第1期。
③ 参见金景芳《周易通解》，长春出版社2007年版，第54页。
④ （汉）许慎撰，（宋）徐铉校定：《说文解字》，中华书局2013年版，第33页。
⑤ （汉）许慎撰，（宋）徐铉校定：《说文解字》，中华书局2013年版，第33页。
⑥ （汉）许慎撰，（宋）徐铉校定：《说文解字》，中华书局2013年版，第268页。
⑦ （汉）许慎撰，（宋）徐铉校定：《说文解字》，中华书局2013年版，第32页。

标不偏斜地向大家都认可的方位走去，守一以止，本义为平正、不偏斜。《说卦》："坎者水也，正$_{74}$北方之卦也。"① "正$_{74}$"，意即不偏斜、与"歪"相对。

正则直。《系辞》："开而当名辨物，正$_{72}$言断辞。"② 郭雍《郭氏传家易说》："'当名'，卦也。'辨物'，象也。正言，彖辞也。断辞，系之以吉凶者也。"③ "开"即开列，"当"为恰当，"名"指六十四卦的卦名，"正言"即直言，断辞即吉凶悔吝之辞，《易》开列出六十四卦的卦名无不恰当，通过卦名和卦象可辨别出它们所代表的各类事物，卦爻辞所论断的吉凶悔吝直言不讳无所不备。《坤·文言》以"直其正也，方其义也"④ 解《坤》六二爻辞"直"与"方"。"直"是说六二居阴位得其正，"方"是说六二得下卦之中位得其义。王申子《大易辑说》："直，言二之正也。方，言二之义也。正者，以阴居阴。义者，得中之谓。"⑤ "直"指六二居阴位得其正，"方"指六二得下卦之中位，故正则直，中则方。即说据其所据之正位得其直，据其所据之中位得其义。

其二，"正"为"使之正"。

"正"为使之正，即使事物发展合乎规律，利于事物的发展。《师·象》："大君有命，以正$_{16}$功也。"正其名，言赏必当功，即功出有名。《蒙·象》："利用刑人，以正$_{9}$法也。"正其法，以法正之。《乾·彖》："乾道变化，各正$_{1}$性命。"变，即化之渐。化，即变之成。各正，即利于发展。物所受为性，天所赋为命，乾道使万物各得其正。项安世《周易玩辞》："推其本统言之，则曰'乾元'。极其变化言之，则曰

---

① 转引自邓球柏《白话易经》，人民出版社2012年版，第425页。
② 转引自邓球柏《白话易经》，人民出版社2012年版，第382页。
③（清）李光地纂，刘大钧整理：《周易折中》，巴蜀书社2008年版，第457页。
④ 转引自邓球柏《白话易经》，人民出版社2012年版，第416页。
⑤《中华易学大辞典》编辑委员会编：《中华易学大辞典》，上海古籍出版社2008年版，第305页。

'乾道'。"①乾道变化各正性命，是说由于乾阳元始之气的变化，赋予万物以生命，利于万物获得各自的属性。

其三，"正"为"正位"。

正位即合理当"位"。"正位说"或"当位说"。《履·象》："夬履贞厉，位正$_{20}$当也。"《履》九五阳爻居阳位为当位而得正。《否·象》："大人之吉，位正$_{21}$当也。"《兑·象》："孚于剥，位正$_{64}$当也。"《涣·象》："王居无咎，正$_{65}$位也。"《中孚·象》："有孚挛如，位正$_{67}$当也。"这些"正"都是说当位之义。《涣》九五"正位也"，《临》六四"位当也"。"位正当"，《履》九五、《否》九五、《兑》九五、《中孚》九五都有"位正当也"之释。《遁》九五"以正志也"，《临》初九"志行正也"，《随》初九"从正吉也"，《师》上六"以正动也"，《屯》初九"志行正也"。与"当位"相反的是"不当""位不当""未当位""未得位"或"非其位"，即不中、不正或既不中也不正。《需》上六"虽不当位"，《师》六五"使不当也"，《困》九四"虽不当位"，《解》九四"未当位也"，《恒》九四"久非其位"，《旅》九四"未得位也"。正位指阳爻居阳位，阴爻居阴位而言，反之，为不正位或不当位。"未当位"基本是六三爻或九四爻，这一方面因三、四爻多凶，另一方面二、五爻居中，多由中位说予以解释，而初、上两爻，又可通过另外的体例予以解释。

正中之位，指卦位既正且中。"龙德而正$_2$中$_1$者也"（《乾·文言》）解释《乾》九二爻辞"见龙在田，利见大人"。②龙德，指龙能行于地飞上天并非潜藏不动之物。龙出现在地上，比喻具有龙那种才德的人已经行其中正之道了，所谓行中正之道即该"潜"则潜、该"现"则现，因九二是下卦之中位，得中位则能行中道。孔颖达《周易正义》："初爻则全

---

① 《中华易学大辞典》编辑委员会编：《中华易学大辞典》，上海古籍出版社2008年版，第182页。
② 转引自邓球柏《白话易经》，人民出版社2012年版，第404、5页。

隐遁避世，二爻则渐见德行以化于俗也。"① 程颐《伊川易传》："以龙德而处正中者也。在卦之正中，为得正中之义。"② "位乎天位，以正$_{10}$中$_{13}$也"（《需·彖》）解《需》卦辞"有孚，光亨。贞：吉"。③ 诚实信守需持之道，不妄动而后出险以至光大亨通，就在于九五居天位得正得中，能行处需的中正之道，《需》以九五为主爻，"位乎天位"，但一刚陷于二柔之间，一时难出险，九五居"天位"既正且中，得中正之德而能行中正之道，不该动则不动，该动则必动，动则能出险而亨通。何楷《古周易订诂》："五为天位，居上卦之中，故曰'中'。以阳位阳，故曰'正'。九五以阳德居尊为卦之主，中则不偏，正则无邪，以此待物，需道毕矣。"④ 表示正中之位的还有：《比·象》："显比之吉，位正$_{17}$中$_{27}$也。"《随·象》："孚于嘉，吉。位正$_{26}$中$_{47}$也。"《巽·象》："九五之吉，位正$_{62}$中$_{115}$也。"正中之位一般情况下同中正之位，区别在于前者侧重于"正"而后者侧重于"中"。

正位居体。《周易》中阴爻居阴位、阳爻居阳位为正位、当位。"正$_6$位居体"（《坤·文言》）解释《坤》"六五：黄裳，元吉"。⑤ 朱熹《周易本义》："虽在尊位，而居下体，释'裳'字之义也。"⑥ 一卦六位五为上卦的中位，又是至尊之正位，坤六五以柔爻居中正之位则得中正之道、知晓中和之理，所以甘居于下体以保持与乾阳中和，即《坤》发展到第五爻位阴柔虽已很强盛，阳此时已寓于阴之中，还没有发生转化，仍居在下的卑顺地位随从乾阳，阴阳统一体现在还没有破裂。

正位于家，则家道正。《家人·彖》："家人，女正$_{44}$位乎内，男正$_{45}$

---

① （魏）王弼、（晋）韩康伯注，（唐）孔颖达正义：《周易正义》，中国致公出版社2009年版，第21页。
② 《中华易学大辞典》编辑委员会编：《中华易学大辞典》，上海古籍出版社2008年版，第299页。
③ 转引自邓球柏《白话易经》，人民出版社2012年版，第215、24页。
④ 《中华易学大辞典》编辑委员会编：《中华易学大辞典》，上海古籍出版社2008年版，第185页。
⑤ 转引自邓球柏《白话易经》，人民出版社2012年版，第417、13页。
⑥ 《中华易学大辞典》编辑委员会编：《中华易学大辞典》，上海古籍出版社2008年版，第305页。

位乎外。男女正₄₆，天地之大义也。……父父、子子、兄兄、弟弟、夫夫、妇妇，而家道正₄₇。正₄₈家而天下定矣。"其中"女正₄₄位乎内，男正₄₅位乎外"解《家人》卦名，离下巽上，家人即一家之人，家庭有家道，治家之道在于女子在家内守本分而尽其职，男子在家外守本分而尽其力。以卦爻言之，六二柔爻居于内卦之中，是柔得位得中而在内，象征女正位乎内，九五刚爻居于外卦，是刚居阳位得位得中而在外，象征男子正位乎外。《家人》论治家之道就是要父尽父之道，子尽子之道，兄尽兄之道，弟尽弟之道，夫尽夫之道，妇尽妇之道，夫妇各尽其道，家道自然得正，正家而天下定。安定天下应以正家开始，家道正而天下则自然安定。居所当居之位，《鼎·象》："木上有火，鼎。君子以正₅₆位凝命。"《大学》："身修而后家齐，家齐而后国治，国治而后天下平。"① 《孟子》："天下之本在国，国之本在家，家之本在身。"② 正家于人、于家、于国都非常重要，所以，应该重视家庭美德教育。

其四，"正"为"正道"。

正道即符合规律、符合发展规律的道路。《乾·文言》："知进退存亡而不失其正者，其唯圣人乎？"③ 正的行为依循正道、正理。如逢当位又居中位，则称"正中"或"中位"等。《无妄》："其匪正₃₀有眚，不利有攸往。"匪同非，眚即灾祸，无妄即无虚假、真实。"无妄"为循正理而行不妄为，不循正理而行则是虚妄，虚妄必招灾祸。王弼《周易注》："物既无妄，当以正道行之，若其匪依正道则有眚灾，不利有所往。"④ 合规律为正，《临·象》："大亨以正₂₇，天之道也。"《临》为二刚临于下，顺势以上涨，二刚在下喜悦而上进，四柔在上顺以迎接，九二对六五，刚中与

---

① （宋）朱熹撰：《四书章句集注》，中华书局1983年版，第4页。
② 万丽华、蓝旭译注：《孟子》，中华书局2006年版，第150页。
③ 转引自邓球柏《白话易经》，人民出版社2012年版，第413页。
④ 《中华易学大辞典》编辑委员会编：《中华易学大辞典》，上海古籍出版社2008年版，第124页。

柔中相应，大通而以其正，符合天道运行规律。程颐《伊川易传》："刚正而和顺，天之道也。化育之功，所以不息者，刚正和顺而已。以此临人临事临天下，莫不大亨而得正也。"①《无妄·彖》："大亨以正$_{31}$，天之命也。其匪正$_{32}$有眚，不利有攸往。"《离·彖》："百谷草木丽乎土，重明以丽乎正$_{35}$，乃化成天下。"君主有明而又明之德，无所不照，但此种明德又必须附着于正道，然后才能移风易俗以教化于天下。《大壮·彖》："大壮利贞，大者正$_{39}$也。正$_{40}$大而天地之情可见矣。""大"指阳刚，"正"即守中而不过，《大壮》为阳刚强盛，应固守正道用柔不用刚以保持强盛，如果逞盛就要走向反面，此为中正之道，中正才能保其强盛，这是天之常道表现出的情理，也说明阳刚强盛时固守正道的重要性。

以正道积善养贤。《大畜·彖》："能止健，大正$_{33}$也。"山天大畜，上九刚爻居于六五柔爻之上，为国家尊尚贤人，上艮能止乾之刚健，不急于用以使才德积蓄而后用乃正大之道。按《易》例，凡上九居六五之上均有尚贤之义，为柔顺之君能礼下贤人。就卦体说，下乾刚健主于进取，不待才德积蓄就急于用。程颐《伊川易传》："'刚上'，阳居上也。阳刚居尊位之上，为尚贤之义。止居健上，为能止健之义。"②俞琰《俞氏易集说》："乾虽健而难制，艮则能制之。制之非抑其进也，养之以待用也。"③《颐·彖》："颐，贞吉，养正$_{34}$则吉也。"是说养生、养贤或自养遵循正道则吉，自养不仅养身体四肢，也要养德性，如此自身好、国家好。《蹇·彖》："当位贞吉，以正$_{49}$邦也。"《萃·彖》："利见大人，亨，聚以正$_{53}$也。"《革·彖》："文明以说，大亨以正$_{55}$。"文明洞察事理，和悦人心欢喜，亨通以正。《渐·彖》："进以正$_{59}$，可以正$_{60}$邦也。"以正道而进，进而至正天下一国之道。《晋·象》："晋如摧如，独行正$_{41}$

---

① 《中华易学大辞典》编辑委员会编：《中华易学大辞典》，上海古籍出版社2008年版，第191页。
② 《中华易学大辞典》编辑委员会编：《中华易学大辞典》，上海古籍出版社2008年版，第195页。
③ 《中华易学大辞典》编辑委员会编：《中华易学大辞典》，上海古籍出版社2008年版，第195页。

也。"《小畜·象》："夫妻反目，不能正₁₈室也。"《小畜》九三不安分守己，六四强行制止，指明不正在夫不在妻。《屯·象》："虽磐桓，志行正₇也。""丧其资斧，正₆₃乎凶也"(《巽·象》)解《巽》上九爻辞"丧其资斧"。① 巽为申命之卦，上九以刚爻居阴位又处于巽顺之终极，故不能发挥其质刚的作用，所以一接到君命就巽顺地跪在床下不敢起来，刚强资质全丧失。蔡渊《周易经传训解》："'正乎'，问之辞也。'凶'，答辞也。"② 犹如说这种表现是正确的吗？回答是"凶"，完全否定，因为这样做并不能解除九五之君的怀疑。故应以正道聚合，积善养贤。

志行正道。"正与时中之义一贯。"③《临·象》："咸临贞吉，志行正₂₈也。"《临》二阳临于下，初九刚居阳位又得六四正应，是志于行其正道以临阴。《遯·象》："嘉遯贞吉，以正₃₈志也。"阳退阴进之时，六二与九五相应，六二用黄牛皮做的绳子去固结九五使其不退避，九五则以其刚中之德去处理与六二的关系，或止而不退与之合，或遯退而与之离，皆以正道行事合乎礼义，不为私情牵系，九五的"正志"与六二的"固志"相对应，六二贞固九五之志，九五则以正道为己志，即二阴无进逼之意，可合则和不退避，情况一旦有变就退去。《周易折中》按："进以礼而退以义，所谓'正志'也。"④《明夷·象》："内难而能正₄₃其志，箕子以之。"即使遭遇磨难，也使其志在正道上。正名分，做合乎人民利益的事，《师·象》："师，众也。贞，正₁₄也。能以众正₁₅，可以王矣。"《师》卦体坎下坤上，《彖》解卦辞"贞"为正，是说兴师动众去出征，首先须名分正，以正其志，不正则不能出征，如师出有名，名正言顺，言顺则众人信服，思想统一行动一致，统率这样的队伍去兴师问罪必胜，成就王

---

① 转引自邓球柏《白话易经》，人民出版社2012年版，第325、189页。
② 《中华易学大辞典》编辑委员会编：《中华易学大辞典》，上海古籍出版社2008年版，第262页。
③ 金景芳：《周易通解》，长春出版社2007年版，第56页。
④ （清）李光地纂，刘大钧整理：《周易折中》，巴蜀书社2008年版，第358页。

业，所以说"能以众正，可以王矣"。① 志行正道，有利于凝聚志同道合的力量。

《周易》思想政治教育遵循求同存异、中正有度原则。求同存异，使每个受教育主体都受到尊重，使其发展潜力得到肯定和激发，而中正有度则既是一种思想政治教育实践中的原则，也可以在潜移默化中，使思想政治教育中的主体形成中正有度的思维习惯和行为方式，做到力所能及的最好，在符合客观规律的做人处世中获得尽可能多的自由。

三、原始要终持之以恒原则

原始要终原则能够明确思想政治教育的道路和方向，促使符合思想政治教育规律的实践更坚定地持之以恒。

（一）原其始，要其终

《周易》一卦之中初爻居于卦的开始，所以常称为"始"。相关的思想有："阴始凝也"（《坤·象》）；"始求深也"（《恒·象》）；"需于郊，不犯难行也。利用恒无咎，未失常也"（《需·象》）。《需》初九有阳刚之性，容易一往直前，犯难而行，易失去需之常道，"用恒"就是不失常，刚健之人或为才能所使、或为义气所动、或为时势所激，已失去理智控制，犯难而不顾，把事情弄糟，今云"坚持就是胜利"。② 可见《周易》一卦六爻中"始"一般情况下与初爻有关。

"始"为"元"。《乾·彖》："大哉乾元，万物资始，乃统天。"释卦辞"元"。"元"，训大训始。《彖》则解释为浩大之元气始生万物，万物

---

① 参见《中华易学大辞典》编辑委员会编：《中华易学大辞典》，上海古籍出版社2008年版，第186页。
② 参见金景芳、吕绍纲《周易全解》，吉林大学出版社2013年版，第62—63页。

不取元而创始，则无以见乾元之大，此为"元"之内涵。孔颖达《周易正义》："阳气昊大，乾体广远，又以元大始生万物。"①以阳气解乾元。《九家易》认为乾者纯阳为天之象，观乾之始以知天德，天为大故称"大哉"，"元"为气之始；陆德明《易释文》引郑云认为资即取、统即本。②意即浩大的乾阳之元气，万物都取元而创始，元乃天的本原，乾元之大于万物资始处可见。乾阳创始万物是通过二气之交合，天行云施于地，乾阳元始之气的变化赋予万物生命，使万品物类流动而生成形体，使阴阳合和之气常存，利万物各获其性，利于万物的生命和属性的正固持久。

原始反终，知死生之说。"终"从糸冬声，《说文解字注》："终"，极也、穷也，其义当作冬。"冬者"，四时尽也，故其引申之义如此，冬而后有终。现代汉语中，"终"为末了、结束、终极、终端、到底、终于之义。"终"在《周易》中出现96次，主要为终极、终端、始终不停之义。《系辞》："原始反终，故知死生之说。"③原，即推之于前。反，即要之于后。幽明，即有形无形之象。死生，即终始之数。精阴阳精灵之气、氤氲积聚而为万物。物既积聚、极则分散，将散时浮游精魂去离物形而变，则成变为败、生变为死。《易》是仰观天文、俯察地理之作，故知幽明之故。推原万事万物之所始，又复归其所终，因此知死生之说不外乎阴阳变化的一合一离，一阴一阳精气相合积聚而形成万物，万物积聚到极点而趋于分散改变。李鼎祚《周易集解》引《九家易》："阴阳交合物之始也，阴阳分离物之终也。合则生，离则死。"④朱震《汉上易传》："气聚为精，精聚为物。反终则魂升魄降，散而为变。"⑤"鬼神"即阴阳之屈伸，

---

① （魏）王弼、（晋）韩康伯注，（唐）孔颖达正义：《周易正义》，中国致公出版社2009年版，第15页。
② 参见《中华易学大辞典》编辑委员会编《中华易学大辞典》，上海古籍出版社2008年版，第182页。
③ 转引自邓球柏《白话易经》，人民出版社2012年版，第338页。
④ 《中华易学大辞典》编辑委员会编：《中华易学大辞典》，上海古籍出版社2008年版，第271页。
⑤ 《中华易学大辞典》编辑委员会编：《中华易学大辞典》，上海古籍出版社2008年版，第271页。

原其生之始，为阴精阳气凝聚而为形体，反其死之终，为魂游魄散形体发生质变，因此知鬼神的情况，不外乎阴阳变化的一屈一伸一合一离。对于《周易》中"鬼神"的认识，金景芳认为往者为"鬼"，来者为"神"。孔颖达《周易正义》："穷极微妙之神，晓知变化之道，乃是圣人德之盛极也。"① 盛德已是"德"之高境界，而"至德"则是《周易》中"德"的理想境界。原始反终，追溯以往之源，循至将来之界，天下殊途同归，一致百虑。

《易》为彰往察来之书，原始要终以为质。始为往，终为来。《系辞》："夫《易》，彰往而察来，而微显阐幽，开而当名辨物。"② 即《易》能彰明过往，察知未来，可显现细微之事，亦可阐发幽隐之机，列六十四卦之名无不恰当，通过卦名和卦象就可辨别它所代表的事物，卦爻辞论断的吉凶悔吝直言不讳，无所不备。《系辞》："其初难知，其上易知，本末也。"③ 本为初为始，上、末为终，一卦设六爻，刚柔互相错杂，代表处在一定时间条件下的具体事物，初爻为事物之始，仅见初爻难知全部，上爻为物之终了易知其全部，如同一棵大树的树根与树梢，初、上为本、末两端。原其始，初爻为本，本质未明，故难知；要其终，上爻为末，末质已著，故易知。因卦辞统论一卦之体，所以有智慧的人仅观辞就能把一卦之义理解多半。王申子《大易辑说》："统论一卦之体则象辞尽之，盖括一卦大义于数语之间。智者未观爻辞先观象辞以思之，则得其义已过半矣。"④《周易》原始要终以为质。《周易》广大而无所不包，天之道、人之道、地之道无所不备。一阴一阳之道作为客观规律是运动变化的，《易》卦以爻效法变化，爻有刚爻与柔爻两类，人们可以通过刚柔两类爻画的变

---

① （魏）王弼、（晋）韩康伯注，（唐）孔颖达正义：《周易正义》，中国致公出版社2009年版，第289页。
② 转引自邓球柏《白话易经》，人民出版社2012年版，第382页。
③ 转引自邓球柏《白话易经》，人民出版社2012年版，第390页。
④ 《中华易学大辞典》编辑委员会编：《中华易学大辞典》，上海古籍出版社2008年版，第294页。

化了解和掌握客观规律的变化,这是由抽象到具体、再由具体到抽象的过程。"原始要终以为质也。"(《系辞》)[1] 李鼎祚《周易集解》引崔憬:"质,体也。言易之书,原穷其事之初,若初九潜龙勿用,是'原始'也。又要会其事之末,若上九亢龙有悔,是'要终'也。易原始潜龙之勿用,要终亢龙之有悔,复相明以为体也。诸卦亦然。"[2] 考察事物之所始,探求事物之所终,表现为《周易》的卦体和内容实质。思想政治教育中,也需要知微知彰、彰往察来、原始要终,知其所来、知其将往,则无往而不胜,有利于解决思想政治教育面临或不断出现的问题,迎接挑战。

(二)乾乾进修,持之以恒

常德行,习教事。《坎·象》:"水洊至,习坎。君子以常德行,习教事。"《坎》卦体为两坎相重,坎为水。"水洊至",即江河之水一浪接一浪重复而不止,君子观此卦象而能德行有常,习教不休。教事,即礼乐诗书之教。常德行,即德行有常而不改。习教事,即教事练习而不辍。孔颖达《周易正义》:"德谓德行,业谓功业。"[3] 九三居下之上而君德已著,唯进德修业而已。内积忠信以进德,择言笃志以居业。常德行——言行体现道德准则天天不移易,习教事——温习礼乐诗书日日不休止,以提高道德境界修营功绩事业。

反复其道,乾乾不息。乾阳在上升过程中总有反复,不可能是直线的,但并不会脱离其固有规律。《乾》九三爻辞在"终日乾乾"前有"君子"二字,是说君子每日行事不息,因九三为下乾之终又临上乾之始,处今日之终明日之始,故有此象。《乾·象》以"反复道"作解,重在

---

[1] 转引自邓球柏《白话易经》,人民出版社2012年版,第390页。
[2] 《中华易学大辞典》编辑委员会编:《中华易学大辞典》,上海古籍出版社2008年版,第293页。
[3] (魏)王弼、(晋)韩康伯注,(唐)孔颖达正义:《周易正义》,中国致公出版社2009年版,第22页。

"道"字上,"道"即一阴一阳之变化规律。《乾》六爻取龙为象以之说阳气升降存在反复现象,反反复复只在这条路,即乾阳上升中虽有反复但并没脱离其固有规律。"'乾乾'因其时而'惕',虽'危','无咎'矣。"(《乾·文言》)① "因"即根据,"时"即时机。惕,怵惕之谓。处事之极,失时则废,懈怠则旷,故因时而惕虽危无咎。孔颖达《周易正义》:"(九三)处一体之极,是'至'也。居一卦之尽,是'终'也。处事之至而不犯咎,'知至'者也,故可与成务矣。处终而能全其终,'知终'者也。夫进物之速者,义不若利,存物之终者,利不及义。故'靡不有初,鲜克有终'。夫'可与存义'者,夫唯'知终'者乎?"又言"'进德'则'知至';'修业'则'知终',存义也","九三以此之故,恒'乾乾'也。因其已终、已至之时,而心怀惕惧,虽危不宁,以其知终、知至,故'无咎'","'德博而化'者,德能广博,而变化于世俗。初爻则全隐遁避世,二爻则渐见德行以化于俗也"。② 俞琰《俞氏易集说》:"德博而化,正己而物正也。"③《乾》卦象为天道运行永无止息,君子效法之,根据已终、以至的时机而百倍警惕,虽然处在危险的困境中也不会有什么灾咎,且能以中正之德广博于世,人人均受感化,发愤自强奋斗不息,人的自强不息是效法天行之健。

天地变化恒久不已,人宜持之以恒。第三十二卦《恒》论说夫妇恒久之道,《序卦》:"夫妇之道不可以不久也,故受之以恒。恒者,久也。"④ 咸为少男少女相感成夫妻,继《咸》之后是恒,恒为恒久,即夫妇之道是终身不变的。《恒》卦体巽下震上,巽为入震为动,是巽震动而下入于事物之理,说明行动和顺不违背事理守恒;震为雷,巽为风,雷风相激是恒

---

① 转引自邓球柏《白话易经》,人民出版社2012年版,第405页。
② (魏)王弼、(晋)韩康伯注,(唐)孔颖达正义:《周易正义》,中国致公出版社2009年版,第21—22页。
③《中华易学大辞典》编辑委员会编:《中华易学大辞典》,上海古籍出版社2008年版,第299页。
④ 转引自邓球柏《白话易经》,人民出版社2012年版,第443页。

久不变的，有恒常之象；巽又为长女，震又为长男，长男居于长女之上，下三爻讲妇职、上三爻论夫事，古代男尊女卑为夫妇常理。震巽为恒，男在女上，男动于外，女顺于内，人之常理，故为恒。初爻为夫妇之道的开始，在长男与长女结婚不久，长女就要求长男像相处多年的老夫妇那样对她感情深沉是不符合实际的。九三居下体之终，越过下体的中位，过中而不得恒久之道，九三不能恒其德，九二羞于与他为伍。九四以刚爻居阴位，居位不正又不得中，为不能守恒以尽夫事。六五以柔中而专心应于九二不旁及他人，所以说它有恒常的德行，但上卦为震是长男，男子用刚不用柔，六五为柔中，因而接下又说："妇人吉，夫子凶。"即六五是以柔爻居阳位，志刚而用柔，这对妇人来说是合适的，对男子却不相当。上六处《恒》之极，恒极则不能守，又以柔爻居阴位，这就决定了它对夫妇恒久之道的动摇。所以，恒久之道也需要主体在不同阶段的相宜而为而得到。

事物的发展终而复始并有相对性。有始又有终，终始相因往复无穷，但这是有条件的，即只在得中相和的条件下事物才能恒久，如果这个条件变了，恒久也要变化，终则有始就是说明这种变化的。《恒》初六对九四、九二对六五、九三对上六，六爻刚柔皆相应，上下刚柔相应则理顺而能恒久。《恒》论守恒长久不变有三点：一是"刚上而柔下"，男外女内，此是夫妇之常道；二是"雷风相与"，二气中和，此是自然之常道；三是"刚柔皆应"，顺理而动，此为事物之常道。① 具备这三点就能亨通无过咎，正而守之，行于恒常之正道。天地变化规律恒久不止息，如同日月顺行天道而久照天下，春夏秋冬四季往复变化而久生万物，"圣人"长久保持道德而天下就能形成美好的教化。君子观雷风相与在万变中有不变之常理，则独立不惧操守如一而不改变自己的方向，守恒如一。《周易折中》：

---

① 转引自邓球柏《白话易经》，人民出版社 2012 年版，第 237、237、237 页。

"'雷风'者,天地之变而不失其常也;'立不易方'者,君子之历万变而不失其常也;'洊雷'者,天地震动之气也;恐惧修省者,君子震动之心也。"①《恒·彖》:"恒,久也。刚上而柔下,雷风相与,巽而动,刚柔皆应,恒。恒亨无咎,利贞。久于其道也。"雷风恒,刚上而柔下,尊卑地位正常,雷风配合,动静相应,协调一致,合乎恒久之道,有赖于变通以维持。所谓恒久,即保持事物的永恒性,始终循环而又变化不已,天地之道恒久不已。在思想政治教育中,持之以恒地因材因时而适宜施教,发挥优秀理论和实践经验的作用,以获丰硕的思想政治教育效果。

第二节 《周易》思想政治教育途径

思想政治教育途径是指思想政治教育实践中有效的可行的路径。《周易》思想政治教育途径强调学、思、行的统一,"学"是"知"的前提,"知"在实际应用中需要"思"的过程,并付诸于"行"。《周易》中"学""思""行"相辅相成,"思"以"学"为基础,在此基础上发展思考、思维能力,"学"源于"行"并反作用于"行"、在"行""思"互促中丰富和完善。

一、"学""问"是基本途径——学以聚之,问以辨之

学以蓄德,问以辨疑。《周易》关于"学""问"的观点集中在《乾·文言》中,即"君子学以聚之,问以辨之,宽以居之,仁以行之"②。君子努力学习以积聚美德,质疑问难以辨别善恶美丑。孔颖达《周

---

① (清)李光地纂,刘大钧整理:《周易折中》,巴蜀书社2008年版,第356页。
② 转引自邓球柏《白话易经》,人民出版社2012年版,第411页。

易正义》:"此复明九二之德。'君子学以聚之'者,九二从微而进,未在君位,故且习学以畜其德。'问以辩之'者,学有未了,更详问其事,以辩决于疑也。"[①] 知识、修德要靠自己自觉习得,不断积累,是非善恶要靠自己自觉求问他人而逐渐辨清,"学""问"是个体的自觉行为,"学"以习得知识,"问"以解析疑惑和问题,《周易》的"学"与"问"也体现了内在自觉的主观能动性。

《周易》原文中,"学"出现 1 次,"问"出现 4 次,"聚"出现 12 次,整理如下:

《乾·文言》:君子学$_1$以聚$_1$之,问$_1$以辩之。

《益》:勿问$_2$,元吉。

《益·象》:勿问$_3$之矣。

《萃·彖》:萃,聚$_2$也。……故聚$_3$也。……聚$_4$以正也。……观其所聚$_5$,而天地万物之情可见矣。

《系辞》:方以类聚$_6$,……问$_4$焉而以言,……何以聚$_7$人,曰财。……聚$_8$天下之货。

《序卦》:物相遇而后聚$_9$,故受之以萃。萃者,聚$_{10}$也。聚$_{11}$而上者谓之升。

《杂卦》:萃聚$_{12}$而升不来也。

"学"在《周易》原文中仅出现 1 次。《乾·文言》:"君子学以聚$_1$(积累)之。"[②] "学"为学习之意,"学"是"聚"的前提。"聚"在《周易》中共出现 12 次,为聚合、合聚之义,《周易》第四十五卦《萃》以"聚"为主旨。《萃·彖》:"萃,聚$_2$(合聚)也。顺以说,刚中而应,故聚$_3$(聚合)也。……利见大人,亨,聚$_4$(以正道聚合)以正也。……观

---

① (魏)王弼、(晋)韩康伯注,(唐)孔颖达正义:《周易正义》,中国致公出版社 2009 年版,第 28 页。
② 转引自邓球柏《白话易经》,人民出版社 2012 年版,第 411 页。

其所聚$_5$（聚合之理），而天地万物之情可见矣。"①《系辞》："方以类聚$_6$（合聚），物以群分。"②《系辞》："何以聚$_7$（合聚）人，曰财。"③《系辞》："日中为市，致天下之民，聚$_8$（聚合）天下之货，交易而退，各得其所，盖取诸《噬嗑》。"④《序卦》："姤者，遇也。物相遇而后聚$_9$（聚合），故受之以萃。萃者，聚$_{10}$（合聚）也。聚$_{11}$（合聚）而上者谓之升，故受之以升。"⑤《杂卦》："萃聚$_{12}$（合聚）而升不来也。"⑥学以汇积美德，以致至德、盛德。

"学"宜多识前贤往行而"聚"。虽然"学"在《周易》中仅出现1次，但与"学"相关的习得却多次出现在人道效法天道的过程中。朋友间互相讲习，彼此切磋，在本质上强调自觉学习、主动学习，聚增美德。《兑·象》："君子以朋友讲习。"《大畜·象》："多识前言往行。"《大畜》卦象为天在山中，所蓄甚大，君子观此象则多记前人的言论和业绩以积蓄自己的才能和德行，前人的言论与业绩是历史经验的总结，多记可大有积蓄。程颐《伊川易传》："人之蕴畜，由学而大，在多闻前古圣贤之言与行。考迹以观其用，察言以求其心。识而得之，以畜成其德，乃大畜之义也。"⑦人的知识获得主要有两条途径：一是通过实践直接学得，二是前人积累下来的知识经验教训等通过学习间接获得。知识整体来说是一条奔流不息的长河，是全人类长期实践中认识的汇集，一个人的知识既是他自己的，也是他所处时代的，一代人的知识既是这一代的，也是整个人类社会历史的组成部分。

"问"在《周易》原文中共出现4次，意为有不知或不明之处询问请

---

① 转引自邓球柏《白话易经》，人民出版社2012年版，第249页。
② 转引自邓球柏《白话易经》，人民出版社2012年版，第333页。
③ 转引自邓球柏《白话易经》，人民出版社2012年版，第362页。
④ 转引自邓球柏《白话易经》，人民出版社2012年版，第366页。
⑤ 转引自邓球柏《白话易经》，人民出版社2012年版，第444页。
⑥ 转引自邓球柏《白话易经》，人民出版社2012年版，第450页。
⑦《中华易学大辞典》编辑委员会编：《中华易学大辞典》，上海古籍出版社2008年版，第236页。

答。《周易》中"问"有二义：一是问不明白之事请人解答，二是占筮卜问，共同之处是询问求答。《乾·文言》"问$_1$以辨之"，"问$_1$"为有不知道或不明白的事请人解答；《益》九五爻辞"勿问$_2$"，《益·象》"勿问$_3$之矣"，《系辞》"问$_4$焉而以言"，"问$_2$""问$_3$""问$_4$"为占筮卜问。[①] 其中，《益》："九五：有孚惠心，勿问$_2$，元吉。有孚惠我，德。"《益》以损上体而益下体为卦义，从上下关系说则是达到了互惠而互相信孚。朱熹《周易本义》："上有信以惠于下，则下亦有信以惠于上矣。不问而元吉可知。"[②] "问$_3$""问$_4$"与"问$_2$"同，是说不用通过卜筮向鬼神发问，就知一定大吉。陈梦雷《周易浅述》："上苟有信，以实心惠于下，不问而元吉可知矣。"[③]《系辞》："问$_4$焉而以言，其受命也如响。"[④] 想要采取行动，通过揲蓍占卦而发问，它受问而回答之快如声音之反响。朱熹《周易本义》："此尚辞尚占之事，言人以蓍问易，求其卦爻之辞，而以之发言处事，则易受人之命而有以告之，如响之应声。"[⑤]《周易》所处时代，由于人们认识水平和科学技术的局限，有不明之处多通过占卜蓍问求解答，现在则是科学地求问真知。

不论远古还是现在，"学"与"问"都是人类获得知识的主要途径，也是《周易》思想政治教育的基本途径之一。从实践中、书本中、学校中"学"以积蓄知识和德性，通过"问"对相关疑问进行辨析、求解，把未知变为知之，明辨是非善恶曲直。但有时同一个观点在不同场合会有截然不同的效果，这就需要结合实际情况进行思考辨析，适时而用。

---

① 转引自邓球柏《白话易经》，人民出版社2012年版，第411、141、310、352页。
② 《中华易学大辞典》编辑委员会编：《中华易学大辞典》，上海古籍出版社2008年版，第148页。
③ 《中华易学大辞典》编辑委员会编：《中华易学大辞典》，上海古籍出版社2008年版，第250页。
④ 转引自邓球柏《白话易经》，人民出版社2012年版，第352页。
⑤ （宋）朱熹撰，廖名春点校：《周易本义》，中华书局2009年版，第237页。

二、"思""辨"是关键途径——思患预防，辨物居方

《周易》作为中华优秀传统文化重要的源头活水，其思维方式在中国历史和现实中有深远影响。它是中国历史从蒙昧走进文明的文献遗存，是中国文化从迷信走向科学的逻辑缩影，是中国哲学从巫术神话走到太极和合的符号象征，是中国思维从形象走入理论思辨的致思历程。①思维具有能动性、客观性和社会历史性等特征，不同的思维方式是特定社会历史条件下文化的精髓和内核。中国传统哲学思维方式是中国传统文化精髓和内核的，显现为中国人在认识和实践活动中稳定表现出来的致思取向、思维特征与思维框架，以人伦化的社会道德为中心，有天道与人道结合主客互融的致思取向，有直觉性、整体性与模糊性的思维特征，重视经世致用，重现实和人伦，倡导"设象喻理""微言大义"。②中国传统哲学思维方式的这些特征，与《周易》的思维方式有紧密相关性。《周易》中的思维方式以象征性符号融合抽象思维和形象思维，以顿悟和推类为主要方式判断事物，具有直观性、系统性和辩证性等特征。

（一）《周易》思维方式内涵丰富

《周易》蕴含丰富哲理和实践智慧，其思维方式是中国传统哲学思维方式的重要渊源。从内容上说，《周易》的思维方式主要围绕两个层面：一是人如何生存（强调德行的重要性），二是社会如何有序（强调时位的重要性）。这两个层面的思维内容又从形式和方法上得以展现。从形式上说，主要是意象思维，以太极思维为代表；从方法上说，主要有辩证思维、逻辑思维、直觉思维等思维方法。

---

① 参见张立文《〈周易〉对中国社会的影响》，《周易研究》2005 年第 3 期。
② 参见田运主编《思维辞典》，浙江教育出版社 1996 年版，第 64 页。

1. 思维内容上体现的《周易》思维

从思维内容即对宇宙、自然、社会和人自身来说,《周易》思维主要体现为天人合一思维、生生变通思维和道器合一思维。

其一,《周易》中的天人合一思维。《周易》是中国古代先民通过"仰观俯察"把对自然、社会、人生的观察、认识以及实践经验,经过思考和概括,以独特形式表达出来的具有理论思维的典籍。《系辞》:"古者包牺氏之王天下也,仰则观象于天,俯则观法于地,观鸟兽之文,与地之宜,近取诸身,远取诸物,于是始作八卦。以通神明之德,以类万物之情。"[①] 古代圣人在社会实践基础上,采用观和取的方法,形成的关于天地万物存在、运动、发展及相互关系的经典,视野广阔,思想深邃,思维方式蕴含大智慧。《周易》哲学的核心实为人道,强调天道与人道相统一,追求顺天应人。人道只有顺合天道,天道才能利于人道,天人相合相应以顺利吉祥。

由天道至人道,主观随顺客观,是认识和尊重客观规律的过程。《系辞》:"明于天之道,而察于民之故。"[②] "天之道"是自然规律,"人之道"是人类社会的规律。《周易》还把提高主体的道德修养与适应客体的自然变化相统一,以达天人合德、主客统一的境界。《说卦》:"立天之道曰阴与阳,立地之道曰柔与刚,立人之道曰仁与义。"[③] 天道、地道和人道都是"一阴一阳之道"的表现形式,虽有"天人之分",但在本质上统一于阴阳之道。古代先贤观察天的运行法则,一阴一阳刚柔相推而生变化,象物—行礼—拟议—设卦,立象尽意,尽显天地人三极之道。看到天的健行,就想到人应自强不息,看到大地坤顺,就想到人应厚德载物,六十四卦每一卦的《大象》的表述结构,都是前面讲以卦象为代表的自然界所体

[①] 转引自邓球柏《白话易经》,人民出版社2012年版,第366页。
[②] 转引自邓球柏《白话易经》,人民出版社2012年版,第354页。
[③] 转引自邓球柏《白话易经》,人民出版社2012年版,第421页。

现出的天道,后面接着引出人道,表现出相同的思维模式。即推天道以明人事,人道建立在效法天道基础上。

由人道而天道,发挥主观能动性,是利用规律改造世界的过程。由知晓天道、效法天道,到推行阴阳变化之道、取阴阳变通之理而施于天下百姓,这就是圣人的事业,这是就阴阳变通之道推广实行而言。人顺承天道,修身至诚、行中道、返天道、知不足,及时调整至合乎天道规律。根据天地显示出的规律,成就天地之职能,发挥人的主观能动性作用以利天下。《系辞》:"夫《易》,圣人之所以极深而研几也。唯深也,故能通天下之志;唯几也,故能成天下之务;唯神也,故不疾而速,不行而至。""备物致用、立成器以为天下利。"①《周易》是极深研几之书,圣人以《易》崇德广业,断疑、通志、成务、定业,这些都是在顺应天道的前提下,发挥人的主观能动性,主动为之的体现。人道的最高境界是"与天地合其德,与日月合其明,与四时合其序,与鬼神合其吉凶"②。人道效法天道,既尊重顺应天道,又利用天道发挥人道的主观能动性去谋求最好的发展。天道与人道相统一,这也是思想政治教育遵循的理念和追求的方向。

其二,《周易》中的生生变通思维。《周易》以生生变通来说明世界的存在,生生变通源于一阴一阳变化之生生不息。《系辞》:"天地之大德,曰生""生生之谓《易》""《易》之为书也,广大悉备。有天道焉,有人道焉,有地道焉"③。天地之大德是生生不息,世界生物不息日有所新,一阴一阳对立面互相变易又互相生息,"生生"变易的实质是一阴一阳对立面的互相转化。阴和阳既对立又统一,总处于相互转化之中,造成事物不断变化,构成各种各样的复杂事物,形成多彩的世界。阴阳也指事物的两

---

① 转引自邓球柏《白话易经》,人民出版社 2012 年版,第 352、354 页。
② 转引自邓球柏《白话易经》,人民出版社 2012 年版,第 412 页。
③ 转引自邓球柏《白话易经》,人民出版社 2012 年版,第 362、341、394 页。

种属性，阳者刚而和，阴者柔而顺，两者总是成对出现，阳刚与阴柔相互变化而生成万物，同时两者又保持和谐的关系，以使万物顺利地生存和发展。①《系辞》："《易》有太极，是生两仪，两仪生四象，四象生八卦。"②太极产生阴阳二气，阴阳消息而生太阳、少阳、太阴、少阴四象，四象进而生八卦，八卦代表世界的八种基本物质，通过刚柔相摩八卦相荡而化生万物，形成一个阴阳对立互动的内在发展变化的和谐系统。一阴一阳之道往来不穷，阴阳互更，推动天地万物生生不息，万物都处动态生生变化之中，整体和谐，展现为宇宙中的恒生和绵延不已。《周易》中的生生之道贯穿宇宙、自然和人类社会，是一种关于存在的普遍方式和伦理精神。

循环往复发展变通。"日往则月来，月往则日来，日月相推而明生焉。"(《系辞》)③日月相推生明，寒暑交替成岁，日往月来不断循环无限，有研究者用圆环表示六十四卦的逻辑变化关系，阴阳对立统一，有始有终，有终有始，循环往复。宇宙中万事万物在阴阳对立统一中的趋时而变，就空间而言充塞四方，就时间而言贯穿过去、现在和未来。《周易》以动态的生生变通思维，表达出自强不息的理念、辩证的通变思维、整体系统思维以及圆融和谐的思维等多种思维方式，对中华民族精神和中国传统哲学思维的形成和发展，有着不可低估的作用。

其三，《周易》中的道器统一思维。"道"与"器"是中国古代的一对哲学范畴。《系辞》中"形而上者谓之道，形而下者谓之器""一阴一阳之谓道""形乃谓之器"④这三句话，涉及了形上与形下、道与器、道与阴阳等范畴间的关系。《周易》中根本的"道"是"一阴一阳之道"，是一阴一阳的对立统一、相互制约和转化，表现为天道、地道与人道，统称三才

---

① 参见田运主编《思维辞典》，浙江教育出版社1996年版，第238页。
② 转引自邓球柏《白话易经》，人民出版社2012年版，第354页。
③ 转引自邓球柏《白话易经》，人民出版社2012年版，第374页。
④ 转引自邓球柏《白话易经》，人民出版社2012年版，第358、339、354页。

之道，或称三极之道。人道效法天地之道，"继善成性"，崇尚仁义。《周易》中的"道"有变化之道、恒常之道和易简之道三大特点。《周易》中的"器"是客观的有形存在，有现实存在实际形体。器"是抽象的"道"在物质世界的具体显现，是"形而下者"。"道"与"器"的关系在哲学上是一般与个别、本质与现象、规律与实体的关系。"道"作为本体是抽象无形体的，"器"则具体有形体。通过把握"器"而把握"道"以更好地治"道"，而把握"道"又能更好地治"器"用"器"，二者辩证统一互促发展。

2. 思维形式上体现的《周易》思维

意象思维是《周易》的主要思维形式，也是形象思维的表现形式。意象是由表象概括而成的理性形象，是形象思维创造与描述环节的基本思维形式，是事物表象与主体对其深层理解的辩证统一。

言不尽意，立象尽意。《周易》认识到语言表达抽象知识的局限性，形成意象思维主导的以阴阳、四象、八卦、六十四卦、三百八十四爻构成意象符号系统，为中国意象思维的产生发展提供了最初范式。"子曰：书不尽言，言不尽意。然则圣人之意，其不可见乎。子曰：圣人立象以尽意，设卦以尽情伪，系辞焉以尽其言，变而通之以尽利，鼓之舞之以尽神。"（《系辞》）[①] 以具体事物表达抽象之理，以抽象之理概括具体事物，《周易》取象采取以物象征人与事的方式，如《乾》写"龙"、《井》九二的"井谷射鲋"、大过九二与九五取象"枯杨"等。《周易》卦辞、爻辞通过语言描述所象征的具体事物和情境的发展变化，但有时又"言不尽意"，故"立象以尽意"。《周易》的意象思维具有民族文化特征，把"象""意"融为一体，是具象思维与抽象思维的结合。[②]

立象—求理—尽意。求理的依据来自卦象。《周易》包括《易经》和

[①] 转引自邓球柏《白话易经》，人民出版社2012年版，第358页。
[②] 参见吴怀祺《〈周易〉的意象思维与历史解喻》，《史学史研究》2009年第3期。

《易传》两部分，《易经》观物取象，《易传》观象取意，二者的统一体现了《周易》的意象思维。就《易经》而言，观物取象是观本然物象以取之而成八卦之象，本然物象是客体系统，八卦之象是再造的客体系统即符号系统，观物取象反映了《周易》形成时期人们对自然的认识，体现了联想、类比、想象等经验直觉思维特征。联想、类比把个别变为一般，是对自然和人类社会认识的深化，符号系统不断完善，卦象是形式化了的、内化了的物象，这是《易经》思维的最高成就。《易传》的研究对象是卦象，其认识方法为观象取意。① 《易传》是《易经》形成后对经的解读，所以研究对象是《易经》的卦象，八卦、六十四卦的每种象都表达某种共性，这种共性从物中抽象出来，在一定程度上表达本体意义。阴阳、四象、八卦、六十四卦既是具体符号和象，又有一定抽象意义，既克服了概念和语言局限，又通过意象符号系统达到求理尽意目的，使《周易》意象思维成为特殊的认识客体的思维方法。

《周易》的意象思维具有多层次多走向立体思维的意义。无论《周易》单独的卦，还是具体的爻，都与一定的象结合，六十四卦每一卦的整体之象称为大象，每一爻的象称为小象。无论整体卦象还是具体爻象都与卦位爻位相关，而且卦与卦、卦与爻、爻与爻之间都有联系。因此，《周易》的意象思维是摆脱了时空局限的立体思维，不是平面思维，体现了强大逻辑力量。

《周易》意象思维的主要体现为太极思维。太极是中国古代太极思维模式的主要概念，宇宙原来阴阳混而为一、天地未分的混沌状态称为太极，由无极引申而来，《周易》是我国最古老的记载古代太极思维模式的哲学典籍。宇宙在时间和空间上是无极的，在演化过程中产生了天地未分的混沌状态，称无极生太极，这里所说的太极是宇宙的本体和起源，是

---

① 参见杨庆中《论〈易经〉与〈易传〉思维方式的异同》，《哲学研究》1990 年第 5 期。

狭义的太极概念。太极的广义含义指各种事物中的阴阳两方面相互依存、相互包含、相互渗透、相互作用、相互转化的特征。①周敦颐认为太极经过动静两种状态交替变化生出阴阳,以天地两仪为代表,天地交合生成五行即构成万物的要素金木水火土,太极阴阳五行的关系是太极生阴阳、阴阳生五行,另一种说法是太极生两仪、两仪生四象。②阴阳变化模拟事物的变化规律以示天道(自然观、宇宙观)、地道(客观物质世界)、人道(政治、经济、伦理生活的相互关系)。用精神的哲理来判断分析一切事物,但与生活紧密相关,所以从抽象学术领域走向人类生活的实用领域。它的内容广泛,探索宇宙及人生之必变、所变、不变的道理,阐明人生知变、应变、适变的法则,将宇宙万物高度概括为宇宙图式(抽象的卦象),这是归纳的过程,观察—提炼—归纳由具体物象上升到抽象。太极思维模式在研究事物中采用统计、模拟、感应等手段和思路,对宇宙和各种事物的认识着重在总体观察与把握,不纠缠于一些具体个别特征,因而能巧妙避开一些当前自然科学还不能做出回答的具体问题,紧紧抓住事物最本质的特征(一阴一阳对立统一,相互转化)来做恰当分析与判断。③太极图中有阴有阳,阴阳对立但又相辅相成,在矛盾与冲突中达到和合,万物并行而不悖,万物生长不尽然是达尔文纯进化论的优胜劣汰,不同事物可以并存而不相害,延伸到精神、制度层面,道理、观念、制度可以不同,可以并行而不悖。④太极思维从意象上凸显了阴阳的对立统一、物极必反、穷变通久以及中正和合等思想,对新时代创建和谐社会、构建人类命运共同体和自然生命共同体具有现实意义。

---

① 参见田运主编《思维辞典》,浙江教育出版社1996年版,第55页。
② 参见田运主编《思维辞典》,浙江教育出版社1996年版,第55—56页。
③ 参见田运主编《思维辞典》,浙江教育出版社1996年版,第57页。
④ 参见张立文《中华文化精髓的〈周易〉智慧》,《社会科学战线》2013年第7期。

3. 思维方法上体现的《周易》思维

《周易》的思维方式内容丰富，范围广泛。辩证思维（抽象思维的方法）、逻辑思维（抽象思维的方法）、象数思维、直观思维（形象思维的方法）和经验思维等，都是《周易》中的主要思维方法。

第一，《周易》中的辩证思维。辩证思维是反映和符合客观事物辩证发展过程及规律性的思维及运用，特点是从对象的内在矛盾运动变化中、从各方面相互联系中考察，以整体上、本质上完整认识对象。[①]它立足具体前提、变化关系的二重思维和流动思维[②]，其基本方法有辩证分析综合法、逻辑与历史统一法、辩证归纳演绎法等。任何历史悠久文明昌盛的民族必有发达的哲学思维，而每个民族的哲学思维，又必有其远古的萌芽期和漫长发展史。[③]《周易》已有辩证思维的萌芽，其最基本的思维就是变易，从阴阳对立、交感变易角度来思考各种问题，阴和阳相互对立但又同居一体，对立统一，这是任何事物所具有的最一般、最根本的阴阳结构模式。在《周易》卦象体系中上下卦、卦象与实际事物、占问的事与卦意都构成矛盾关系，《周易》将一阴一阳矛盾统一关系看作基本存在关系，这是其辩证思维的精华。

《周易》辩证思维在阴阳对立统一中把握思维对象。《周易》把阴阳矛盾关系看作宇宙的基本关系和属性，把世界归结为阴阳两种要素。万物分为对立统一的阴阳两类，相互交感，乘承比应，相斥相吸。在《周易》卦画里，每卦共六爻，从下向上排列，相邻两爻称"比"，比是比邻、比近，若相比两爻为一阴一阳则异性相吸，相较于同性爻更合理亲近；"应"是对应、应和，每卦六爻卦都由两个三爻卦上下重叠而成，若上下

[①] 参见《哲学大辞典》编辑委员会编《哲学大辞典（修订本）》，上海辞书出版社2001年版，第91页。
[②] 参见田运主编《思维辞典》，浙江教育出版社1996年版，第666页。
[③] 参见唐明邦《〈易经〉中时辩证思维萌芽》，《周易研究》1989年第1期。

卦分开看则各有第一爻、第二爻、第三爻，若上下卦连成一体看，上卦的第一爻即全卦的第四爻，第二爻即全卦第五爻，第三爻即全卦第六爻，这样初与四、二与五、三与上就有了对应关系，从"同性相斥、异性相吸"的易理看，相"应"两爻若一阴一阳即为阴阳正应，若两阳或两阴，即为敌应关系；乘、承是相邻两爻的上下关系，"承"是在下承接，下爻对上爻而言就是"承"，"乘"是乘驾在上，上爻对下爻而言就是"乘"，一般地说阳爻"乘"阴爻、阴爻"承"阳爻为顺，阴爻"乘"阳爻、阳爻"承"阴爻为逆。《周易》辩证思维以一阴一阳矛盾统一关系为核心，在乘承比应、相互交感、相斥相吸中把握矛盾的性质、形式及变化原因。

　　《周易》中许多以具体事物、言辞表达的卦爻辞，反映了一阴一阳矛盾对立统一的抽象规律。有的在卦名上直接显现，例如鼎与革、损与益、既济与未济、否与泰等；有的一卦内部呈现明显的阴阳对立统一的特征，例如：《泰》乾下坤上，天在下地在上，天气上升地气下沉，二气升降交和阴阳交流和谐统一，促万物生生不息。黑格尔欣赏《周易》的辩证思维，其"正一反一合"辩证思想与《周易》"一阴一阳之谓道"有相通性，阳为正、阴为反、道为合。① 整个六十四卦体系中阴阳对立统一的矛盾关系构成其基本原则②，从联系的观点看，这体现了《周易》辩证思维的本质和特征。

　　第二，《周易》中的逻辑思维。逻辑思维又称抽象思维，运用逻辑工具对思维内容进行抽象和推演，其方法有定义、概括、归纳、演绎等，既是对象在思维中抽象化的方法，也是思维中抽象化的对象运行、推演、变换的方法，把具体对象的思维抽象物整合成反映客体本质的具体。③《周易》逻辑思维的基本工具是象征思维。象征通过形象思维的想象和联想，

---

① 参见张立文《中华文化精髓的〈周易〉智慧》，《社会科学战线》2013 年第 7 期。
② 参见张鸿午、尹岩《〈周易〉思维方式的特征》，《理论探讨》1991 年第 6 期。
③ 参见田运主编《思维辞典》，浙江教育出版社 1996 年版，第 549 页。

凭借某种具体物象来表现与这种物象形态、属性相似的思想感情。①《周易》通过象征等思维工具，把对自然、社会和人生等思维内容的思考，抽象概括为太极、阴阳、四象、八卦和六十四卦，分别对应不同的事物性质和状态，是对具体事物和情境的模拟。《系辞》："圣人有以见天下之赜，而拟诸其形容，象其物宜。""是故《易》者象也，象也者像也。"②

《周易》逻辑思维的主要方法是比类取象（抽象的过程）和类比推理（推演的过程）。一方面，比类取象是《周易》将宇宙万物之象与卦爻象相联系。这种取象不仅是对物象的描写与比类，更重要的是从功能、属性等方面统一特征，表达相同或相似的功能与属性。《周易》以物取象和以人取象固然有想象成分，但也以客观实际为根据。如运数比类就以易数为媒介推断、预测事物的发展变化。《周易》之数主要有天地之数、大衍之数、揲蓍之数、八卦之数等，象、数、理三者相统一，凭借"数"考察度量天地。③《易传》在归类时实际把卦象（类概念）看作代数符号以规范现实，为现实世界的各种事物、各种过程及它们间的有机联系提供广泛类比和推测。④但《易经》中的比类又不同于归纳，即不是从天、玉、君、父等事物中归纳出乾，而是把这些事物和乾相类比。《系辞》："夫《易》，彰往而察来，而微显阐幽，开而当名辨物，正言断辞，则备矣。其称名也小，其取类也大，其旨远，其辞文，其言曲而中，其事肆而隐。"⑤《易》能彰明往事预测未来贞断吉凶，以细小具体事物比类说明重大普遍道理。八卦制作的基础和过程中的观物取象、近取诸身、远取诸物等就是比类取象，是先贤认识、了解、思考自然的思维结果。"方以类聚，物以群分。"

---

① 田运主编：《思维辞典》，浙江教育出版社1996年版，第562页。
② 转引自邓球柏《白话易经》，人民出版社2012年版，第344、367页。
③ 参见苏颖《〈周易〉"象"思维模式对〈内经〉理论体系构建的影响》，《世界中西医结合杂志》2008年第2期。
④ 参见丁祯彦《冯契对〈周易〉辩证逻辑思想的研究》，《周易研究》1997年第2期。
⑤ 转引自邓球柏《白话易经》，人民出版社2012年版，第382页。

(《系辞》)① 观物取象彰显了《周易》的比类思维，深化了类比推理能力。另一方面，类推方法贯穿《易传》。推天道以明人道就是用类比推理方法由天道推至人道，即看到天是怎样的运行就思考人应怎么做才合理。《易传》含有根据卦爻象的类推、根据卦爻辞的类推、根据卦爻的象与辞结合的类推等基本的类比推理方法。

顿悟呈现了《周易》逻辑思维的跳跃性特征。《周易》在类推的同时融合了顿悟方式，直接从卦体卦象体悟人生、社会哲理，如《剥》从山附于地的自然现象直接得出厚下安宅的社会准则，没有中间推演过程。一般抽象思维都要逻辑严密、推导步骤连贯，《周易》思维则往往呈现大幅度跳跃省略中间环节，而且象征的都具体形象，这是《周易》思维和一般抽象思维的明显区别。

第三，《周易》中的象数思维。象数思维是《周易》特有的一种思维方式，融形象思维、抽象思维、直觉思维于一体，借助象数模型推衍从象、数两个维度揭示事物变化规律和发展趋势。《周易》通过八卦的形式来推测自然和社会的各种变化。"象"是事物的形象，指卦象与爻象，即卦、爻所象的事物及其位置关系。"数"即数量，《周易》中指阴阳数和爻数。《周易》用"一分为二""十分为百"的等比级数表达了无穷的几何级数体，以说明宇宙是一个整体。②《系辞》："参伍以变，错综其数。通其变，遂成天地之文。极其数，遂定天下之象。"③ 这是象数思维象数推衍的开始。此后汉儒孟喜、京房用阴阳之数与八卦预言灾变，加强了象数推衍的主观迷信色彩，北宋邵雍、周敦颐等融合了《周易》与道教思想，制定了一分为二、二分为四、四分为八的完备象数推衍体系。这些简单的等比级数的抽象概念，对宇宙间一切事物加以主观附会，从"象"以"顺

---

① 转引自邓球柏《白话易经》，人民出版社2012年版，第333页。
② 参见马全智《〈易经〉思维概观》，《思维与智慧》1995年第1期。
③ 转引自邓球柏《白话易经》，人民出版社2012年版，第352页。

观"物理,从"数"以"逆推"变化,以此说明现实世界,并推测过去和未来。①

第四,《周易》中的直观思维。《周易》的直观思维在表达思想内容过程中有重要地位。由于概念、语言、逻辑对理解和说明许多重要范畴如阴阳相生等过程存在局限性,所以《周易》中有较多直观的抽象和直觉的知性思维表达,其中"穷神知化""精义入神""神而明之"等都是直观思维,经过理性的抽象思考,而至直觉思维认识境界的结果。《系辞》:"《易》无思也,无为也,寂然不动,感而遂通天下之故。"②即是以心智进行直觉体悟的直观思维。《周易》有些主要思想和范畴以直观思维为重要思维方法。例如由太极生万物,"太极"是高度抽象脱离具体的本体,难用语言、概念精确表达,除"太极"是宇宙最高本体外,极少具体形象描述说明,这不是《周易》不重视"太极",而因"言不尽意"。但《周易》仍将"《易》有太极,是生两仪,两仪生四象,四象生八卦"(《系辞》)的过程以"大衍之数五十[有五],其用四十有九,分而为二以象两,挂一以象三,揲之以四以象四时……"(《系辞》)③这样的具体模式来模拟,使人在较为具体形象的实际可操作过程中,体味领悟其中的内涵和奥秘。

《周易》的直观思维是观察结合直接经验,经过比较—区别—概括—抽象—归纳—类推等思维分析,把感性材料抽象凝练为概念卦爻等思维形式。《周易》的直观思维已不是朴素的、简单的感性直观思维活动,而是高于感性直观思维的、具有抽象性的思维活动,通过这种思维方法达到对绝对知识的体认。以直觉体悟为特点的直观思维活动,能够表达出概念和语言无法表达的实质性内容。同时,《周易》直观思维尤其直觉体悟思维

---

① 参见《哲学大辞典》编辑委员会编《哲学大辞典(修订本)》,上海辞书出版社2001年版,第1647页。
② 转引自邓球柏《白话易经》,人民出版社2012年版,第352页。
③ 转引自邓球柏《白话易经》,人民出版社2012年版,第354、349页。

方法是一种不经过逻辑证明的跳跃式思维活动,有一定程度的主观性和模糊性,这是其局限性所在。直观思维除直觉体悟外还与原始思维和灵感思维相关,原始思维是人类早期的思维方式。《周易》的运思方式在思维结构上有"象""意"两个对应层次("意"明确稳定,"象"则可变化),在思维媒质上主要运用一定概括性的象征性形象(如卦爻象);在思维过程中主要运用推类和顿悟等手段加以判断。① 《易经》思维富有形象性、具有概括性,在实践经验基础上以灵感思维的顿悟作出断语,由此推及万物的前景、发展及结果。

第五,《周易》中的经验思维。《周易》依靠生命经验在整体上把握、领悟其中范畴、原则和过程,整个思想体系不只以认识对象为目的,更是突出了主体意志、强调主体自觉性、积极性、创造性的主体意向性思维。经验建立在实践基础上,认知、体知、察知、推知是对客观世界的经验体悟。经验思维凭借感官直接接触客观外界而获得一种事物的表象及其形成的亲身感受,用储存在记忆里的经验进行比较,寻找选择那种过去使他成功的并经过时间考验的行为方式,运用实践知识和传统习惯观念等进行思维活动。在一定意义上,《周易》思维是经验思维、朴素的辩证思维、象数思维、直观思维和灵感思维的综合整体思维,其中经验思维是基础,灵感思维则是其高级形态。《周易》可称为我国最早的一部有关思维决策的典籍。

综合来说,《周易》中的思维方式多样。以形象思维的方法得到意象思维的形式,又以意象思维的形式展现其中丰富多样的抽象思维方法。《周易》思维方式具有整体性、辩证性、逻辑性、圆融性等特征,其整体与部分之间是一而多与多而一的关系,包含系统论思想,启迪人们全面地看问题,从整体上把握事物,把自然、社会、人生看作一个有机整体,深

---

① 参见刘曙初《论〈周易〉的思维模式及现代价值》,《青海社会科学》2008年第6期。

层发展便是辩证思维。但这种思维模式也有不足，因它从整体上去把握一种绝对知识但又受社会历史条件尤其科学技术水平限制，所以缺乏对具体部分的逻辑论证，因而显现直观性和模糊性；然而，也正因如此其解释的空间和适用的范围更大，其思维方式也更具开放性和与时俱进性。思想政治教育中，求真理、悟道理、明事理，增强综合素质，培养综合能力，继承和发展《周易》的优秀思维蕴涵，培养创新思维，以科学的态度、理性的思考和适合的方法，在社会实践中辩证地、全面地、与时俱进地认识世界和改造世界。

（二）《周易》之"辨"

日常生活中，"辩别"与"辨别"、"分辩"与"分辨"等几组音同形近词经常混淆，那么该如何区分"辩"与"辨"呢？《现代汉语词典》释"辩"为"辩解，辩论"，侧重通过语言阐述自己观点，即解释理由、事实等，"辩"的目的多是澄清事实真相。《现代汉语词典》释"辨"为"辨别，分辨"，侧重借助常识和理性思考等途径区分辨别事物，强调事物之间的本质区别。

《周易》原文中"辨""辩"共出现16次。其中，"辩"字出现1次，在《讼·象》中。原文中"辨""辩"二字字义基本相通，但细微而言，"辩"略侧重言语（包括文字言语和口头言语）之分辩，"辨"略侧重思考之辨别。《周易》中"辨""辩"一般通用，但在此还是分别整理，以更清晰地分析论述。

辩论、思辨明晰是非。其一，辩论明晰是非。"其辩明也"（《讼·象》）解初六爻辞"小有言，终吉"。[①]《讼》卦象为天与水一向西转一向东流其行相违，君子观此象则应做事谋虑其创始，分辨明晰，以杜

[①] 转引自邓球柏《白话易经》，人民出版社2012年版，第273、28页。

绝争讼之端倪，初六与九四两爻相讼又相应，争讼之时虽有小小的言语相争，但辨明是非就适可而止、不争讼到底为吉。王申子《大易辑说》："初与四相敌亦相应。可以自辩是是非非，唯理之从，故能吉也。"① 其二，思辨明晰是非。《系辞》："若夫杂物撰德，辨是与非，则非其中爻不备。"② "德"可视作性质，"中爻"指二、三、四、五爻，"是与非"指具体爻位的中不中、正不正、当不当、应不应、比不比等，因上文说初上两爻代表事物的本末终始。承此说，若是判断刚柔相杂所代表的事物之性质，思考辨别其爻位关系正确与否，若没有中间四爻则不能完备。

分辨名分、吉凶、德性。其一，辨明上下身份。"君子以辨上下，定民志。"（《履·象》）"辨上下"即区分尊卑上下的等级名分，"定民志"即使人明白践履执礼不可逾越。孔颖达《周易正义》："天尊在上，泽卑处下，君子法此履卦之象，以分辨上下尊卑，以定正民之志意，使尊卑有序也。"③ 王申子《大易辑说》："盖上下之分明而后民志定，民志定然后天下可得而治也。"④ 其二，分辨吉凶。"辨吉凶者存乎辞。"（《系辞》）⑤ 即辨别吉凶得失在于卦爻辞。王申子《大易辑说》："辨，明也。辨一卦一爻之吉凶者，辞也。故曰辨吉凶者存乎辞。"⑥ 其三，辨别道德。《系辞》："《困》，德之辨也；……《复》，小而辨于物；……《井》以辨义。"⑦ 经过困苦的考验，才能辨别出其道德是否充实完善，李鼎祚《周易集解》引郑康成"辨，别也。遭困之时，君子固穷，小人则乱，德于是

---

① 《中华易学大辞典》编辑委员会编：《中华易学大辞典》，上海古籍出版社2008年版，第218页。
② 转引自邓球柏《白话易经》，人民出版社2012年版，第390页。
③ （魏）王弼、（晋）韩康伯注，（唐）孔颖达正义：《周易正义》，中国致公出版社2009年版，第67页。
④ 《中华易学大辞典》编辑委员会编：《中华易学大辞典》，上海古籍出版社2008年版，第222页。
⑤ 转引自邓球柏《白话易经》，人民出版社2012年版，第338页。
⑥ 《中华易学大辞典》编辑委员会编：《中华易学大辞典》，上海古籍出版社2008年版，第270页。
⑦ 转引自邓球柏《白话易经》，人民出版社2012年版，第384页。

别也"。① "《复》,小而辨于物","复"为一阳来复,以一阳为微小,阳虽微小而可分辨。朱熹《周易本义》:"阳微而不乱于群阴。"何楷《古周易订诂》:"一阳生于五阴之下可谓小矣,然与众阴却不相乱,如幽暗之中一点白,故曰'小而辨于物'。物指五阴。"② "《井》以辨义",井的作用是以水施与人而无私予,君子之义在于济人济物而无私心,因此,辨别"义"与"不义"应以井为准。韩康伯《周易注》曰:"施而无私,义之方也。"③《周易折中》引陆九渊:"'井以辨义',君子之义,在于济物,于井之养人,可以明君子之义。"④

  明察辨别。其一,明辨析。《大有·象》:"匪其彭无咎,明辨晳也。"解九四爻辞"匪其彭无咎",九四处近君多惧之位,于大有之时能减损其盛大之势而得无咎,说明它对形式考察辨别得很清楚。高亨《周易大传今注》:"《尔雅·释训》:'明明,察也。'足证明可训察。辩借为辨。《小尔雅·广诂》:'辨,别也。'《说文》:'晳,昭明也。'"⑤ 王申子《大易辑说》:"晳明之至者,不处其盛多而得无咎者,以其辨明事理之晳也。"⑥ 其二,辨别不同之处。《剥》:"六二:剥床以辨蔑,贞凶。"孔颖达《周易正义》:"辨,谓床身之下,床足之上,足与床身分辨之处也。"⑦《周易十讲》认为辨为小腿,此句意为割掉奴隶的小腿。⑧ "剥床以辨,未有与也"(《剥·象》)解六二爻辞"剥床以辨"。⑨ 剥乃五阴剥一阳,凡与上九之阳刚相应相比之爻位,均无相剥之意,无应无比之爻位则剥之,六二与上九

---

① 《中华易学大辞典》编辑委员会编:《中华易学大辞典》,上海古籍出版社2008年版,第291页。
② 《中华易学大辞典》编辑委员会编:《中华易学大辞典》,上海古籍出版社2008年版,第291页。
③ 《中华易学大辞典》编辑委员会编:《中华易学大辞典》,上海古籍出版社2008年版,第292页。
④ (清)李光地纂,刘大钧整理:《周易折中》,巴蜀书社2008年版,第460页。
⑤ 高亨:《周易大传今注》,齐鲁书社2009年版,第141页。
⑥ 《中华易学大辞典》编辑委员会编:《中华易学大辞典》,上海古籍出版社2008年版,第226页。
⑦ (魏)王弼、(晋)韩康伯注,(唐)孔颖达正义:《周易正义》,中国致公出版社2009年版,第112页。
⑧ 《中华易学大辞典》编辑委员会编:《中华易学大辞典》,上海古籍出版社2008年版,第122页。
⑨ 转引自邓球柏《白话易经》,人民出版社2012年版,第291、81页。

无应比关系，故称"剥床以辨"，高亨解释剥床已剥掉了床板，即将剥及人的机体，《象》以"未有与"作解，"与"为应与，是说六二之所以剥阳而毁掉了床板，就因为它与上九之一阳没有应与的关系（阴阳相应为有与）。其三，辨明异同。《同人·象》："君子以类族辨物。"《同人》卦义为合其不同而为同，卦体离下乾上，乾为天，在上，离为火，其性炎上，天、火本不同，但在"上"这点是相同的，这就是不同之中的相同，君子观天与火不同之中而又有相同这一卦象，而知类族辨物（宗族以姓氏相同为同一宗族，此为"类族"，再如事物虽是同类相聚，但仍可以辨别其异同，此为"辨物"），类族辨物即君子能辨明异同，在处世接物中不失其方向原则，朱熹《周易本义》说："天在上而火炎上，其性同也。类族辨物，所以审异而致同也。"程颐《伊川易传》："凡异同者，君子能辨明之，故处物不失其方也。"[1] 其四，辨别事物。《系辞》："开而当名辨物，正言断辞，则备矣。"[2] "开"即开列，"当"为恰当，"名"指六十四卦的卦名，"正言"即直言，"断辞"即吉凶悔吝之辞，《易》开列出六十四卦的卦名无不恰当，通过卦名和卦象就可辨别出它所代表的各类事物，卦爻辞所论断的吉凶悔吝直言不讳，则无所不具备。郭雍《郭氏传家易说》："'当名'，卦也。'辨物'，象也"，"正言，彖也。断辞，系之吉凶者也"。《周易折中》："'当名'者，即所谓'称名杂而不越'也。命名之后，又复辨卦中所具之物。"[3] 辨即别，即辨别、分辨之意。其五，辨明事物发展状况。"由辨之不早辨也"（《坤·文言》）[4]，是说事物的发展变化都是积小成大，有一个量的积累的渐变过程，顺其积累之势发展，最后将向对立面转化，需要觉察量变和质变的情况和兆头，《坤》初六爻辞"履霜，坚冰

---

[1] 《中华易学大辞典》编辑委员会编：《中华易学大辞典》，上海古籍出版社2008年版，第224—225页。
[2] 转引自邓球柏《白话易经》，人民出版社，2012年，第382页。
[3] （清）李光地纂，刘大钧整理：《周易折中》，巴蜀书社2008年版，第457页。
[4] 转引自邓球柏《白话易经》，人民出版社2012年版，第415页。

至"即为警戒之辞,提醒人们在细微处就应警觉,慎言慎行,谨慎观察事态的发展情况。其六,辨别善恶美丑。"问以辨之"(《乾·文言》)①,即质疑问难,以辨别善恶美丑,"之"在此代指德行。

总的来说,《周易》中"辩""辨"基本通用,前者略侧重于语言的直接表达和文字表达而达到的辨别分辩结果或判断。审慎明察,辨别是非、善恶、美丑,洞悉事物本质、规律和苗头,在社会生活中运用思维和智慧,促进事物向好的方向发展。

(三)思患预防,辨物居方

《周易》的"学""问""思""辨"在理论与实践中统一,是思与行、知与行的有机结合。古代西方哲学家苏格拉底也重视学思结合,认为经过审慎思辨才能发现真理,他并不告知现成原理,而是先就学生熟知的具体事物和现象进行提问,学生回答—他反驳—使对方承认自己的无知,等对方明白得出其荒谬结论的原因后,不正确答案便自行得到修正进而得正确结论。《周易》中"思""辨"结合的整体体现是思患预防、辨物居方。

思患预防,趋吉避凶。"思患而豫防之"语出《既济·象》,第六十三卦《既济》卦体上坎下离,坎为水离为火,是水在火上,虽暂时水火不相入而相资,但水决则火灭,火旺盛猛烈水则干涸,相资之中潜伏着相害的危机,君子观此象,思虑潜伏的忧患而采取措施预防危机发生。《周易折中》引龚焕:"水上火下虽相为用,然水决则火灭,火炎则水涸,相交之中相害之机伏焉。故'君子思患而豫防之'。"②水火相济发挥功用,这是它统一性的一面,同时水火还有相息的一面,要在相机之时预防相息的发生。③《豫·象》由卦象得人宜思患预防,在解六五爻辞"恒不死"时

---

① 转引自邓球柏《白话易经》,人民出版社2012年版,第411页。
② 《中华易学大辞典》编辑委员会编:《中华易学大辞典》,上海古籍出版社2008年版,第265页。
③ 参见《中华易学大辞典》编辑委员会《中华易学大辞典》,上海古籍出版社2008年版,第266页。

说"中未亡也",因《豫》六五以柔爻乘驾于九四刚爻之上,为柔弱之君大权托于强臣,有如疾病缠身,但却常年不死。为何能总不死?因"中未亡",六五居上卦之中位,居中位则得中道,不敢沉溺于安乐而常怀忧患,由于以中道行之而未亡。《周易折中》引杨时说:"居豫之时,无刚健之才,逸于豫者也。孟子曰,入则无法家拂士,出则无敌国外患者,国常亡。六五之乘刚,有法家拂士敌国外患之谓也,左右救正之故以正为疾,虽未能执其中而中未亡,则不死于安乐矣,故'常不死'。"①郑汝谐《东谷易翼传》又说:"五乘刚,不敢豫也。若人得一痼疾,虽不快于己,亦足于久其生者,有戒心也。"②六四能常怀忧患戒惧之心,故处中而未亡。故常怀戒惧之心,常思防患之策,知所当为与不当为,可得其较好的发展态势。

辨物居方,求同存异。审慎分辨事物的异同。《未济·象》:"火在水上,未济。君子以慎辨₅物居方。"《未济》卦象为火在水上,水火相息,互相矛盾,君子观此象"以慎辨物居方"。何楷《古周易订诂》:"'慎辨物'者,物以群分也。'居方'者,方以类聚也。"③以慎重的态度分辨各种事物的不同点,由同而辨异,从而看到它们各居一方不相同的矛盾差异性所在。求同存异,多样性统一的世界和谐共处、共同发展。

《周易》中"辨"是"学""思""问"相结合的结果。"学"然后有了对事物的认知和知识,"辨"是这些知识和既得经验在实践中应用和完善,又是与"思""问"结合的过程。《周易》六十四卦的最后两卦《既济》和《未济》告诉我们,在"学""问"的既得基础上,还要通过"思"与"辨"以理解、掌握和运用,以至"思患预防""辨物居方",辨明不同事物的特征与特性,理解事物之间的对立性和统一性,及时了解事物发展

---

① (清)李光地纂,刘大钧整理:《周易折中》,巴蜀书社2008年版,第333页。
② 《中华易学大辞典》编辑委员会编:《中华易学大辞典》,上海古籍出版社2008年版,第228页。
③ 《中华易学大辞典》编辑委员会编:《中华易学大辞典》,上海古籍出版社2008年版,第266页。

的动态和趋势,吉则利导,患则严防,思辨趋吉防患之策。

三、"行"是实践途径——成德为行,日见之行

知源于行用于行,行验证知。"行"意同现代汉语中的实践。马克思主义认为实践是认识的基础和检验认识真理性的唯一标准。人类思维最初起源于以观察为主的活动,观察最初应始于旧石器时期的采集活动,进入农耕文明后,由于生产需要,对天象的观察成为这个时期具有标志意义的内容,这是早期思维与观念的一个重要源头。早期思维重视实践,实践在中国社会又表现得最为突出。①

"行"为走、做、从事等义。段玉裁《说文解字注》:"人之步趋也。步,行也。趋,走也。""行"在《周易》中出现152次,其中经文出现18次,可见,《周易》从《易经》成书时期就已非常重视"行",《易传》则发展为更加重视"成德为行"的社会实践。相关原文如下:

> 《乾·彖》:云行$_1$雨施,品物流形。
> 《乾·象》:天行$_2$健。君子以自强不息。
> 《乾·文言》:君子行$_3$此四德者……乐则行$_4$之……庸行$_5$之谨。……行$_6$事也。……与时偕行$_7$……云行$_8$雨施……君子以成德为行$_9$,日可见之行$_{10}$也。……行$_{11}$而未成……仁以行$_{12}$之。"
> 《坤·象》:牝马地类,行$_{13}$地无疆,柔顺利贞。君子攸行$_{14}$……西南得朋,乃与类行$_{15}$。
> 《坤·文言》:承天而时行$_{16}$。……则不疑其所行$_{17}$也。
> 《屯·象》:虽磐桓,志行$_{18}$正也。

---

① 参见吾淳《中国哲学的起源》,上海人民出版社2010年版,第51页。

《蒙·彖》：蒙，亨。以亨行$_{19}$时中也。

《蒙·象》：君子以果行$_{20}$育德……行$_{21}$不顺也。

《需·象》：不犯难行$_{22}$也。

《讼·象》：天与水违行$_{23}$。

《师·彖》：刚中而应，行$_{24}$险而顺。

《师·象》：以中行$_{25}$也。

《小畜·彖》：刚中而志行$_{26}$……施未行$_{27}$也。

《小畜·象》：风行$_{28}$天上。

《履·象》：独行$_{29}$愿也……不足以与行$_{30}$也……志行$_{31}$也。

《泰》：朋亡得尚于中行$_{32}$。

《泰·象》：得尚于中行$_{33}$……中以行$_{34}$愿也。

《否·象》：志行$_{35}$也。

《同人·象》：乾行$_{36}$也。

《同人·象》：安行$_{37}$也。

《大有·象》：应乎天而时行$_{38}$。

《谦》：利用行$_{39}$师征邑国。

《谦·彖》：地道卑而上行$_{40}$。

《谦·象》：可用行$_{41}$师。

《豫》：利建侯，行$_{42}$师。

《豫·彖》：刚应而志行$_{43}$……况建侯行$_{44}$师乎？

《豫·象》：志大行$_{45}$也。

《蛊·彖》：天行$_{46}$也。

《临·象》：志行$_{47}$正也……行$_{48}$中之谓也。

《观·象》：风行$_{49}$地上。

《噬嗑·彖》：柔得中而上行$_{50}$。

《噬嗑·象》：不行$_{51}$也。

《剥·彖》：天行$_{52}$也。

《复》：中行$_{53}$独复……用行$_{54}$师。

《复·彖》：动而以顺行$_{55}$……天行$_{56}$也。

《复·象》：商旅不行$_{57}$……中行$_{58}$独复。

《无妄》：行$_{59}$人之得，……无妄行$_{60}$。

《无妄·彖》：天命不佑，行$_{61}$矣哉？

《无妄·象》：天下雷行$_{62}$……行$_{63}$人得牛……无妄之行$_{64}$。

《大畜·象》：多识前言往行$_{65}$……道大行$_{66}$也。

《颐·彖》：行$_{67}$失类也。

《大过·彖》：巽而说行$_{68}$。

《习坎》：行$_{69}$有尚。

《习坎·彖》：行$_{70}$险而……行$_{71}$有尚。

《习坎·象》：君子以常德行$_{72}$。

《遁·彖》：与时行$_{73}$也。

《晋·彖》：柔进而上行$_{74}$。

《晋·象》：独行$_{75}$正也……上行$_{76}$也。

《明夷》：君子于行$_{77}$。

《明夷·象》：君子于行$_{78}$，义不食也。

《家人·象》：君子以言有物而行$_{79}$有恒。

《睽·彖》：其志不同行$_{80}$……柔进而上行$_{81}$。

《睽·象》：志行$_{82}$也。

《损》：三人行$_{83}$则损一人，一人行$_{84}$则得其友。

《损·彖》：损下益上，其道上行$_{85}$……与时偕行$_{86}$。

《损·象》：一人行$_{87}$，三则疑也。

《益》：有孚中行$_{88}$……中行$_{89}$，告公……

《益·彖》：木道乃行$_{90}$……与时偕行$_{91}$。

《夬》：君子夬夬独行$_{92}$……其行$_{93}$次且……苋陆夬夬中行$_{94}$。

《夬·象》：其行$_{95}$次且……中行$_{96}$无咎。

《姤》：其行$_{97}$次且。

《姤·彖》：天下大行$_{98}$也。

《姤·象》：其行$_{99}$次且，行$_{100}$未牵也。

《升·象》：志行$_{101}$也。

《困·象》：吉行$_{102}$也。

《井·象》：行$_{103}$恻也。

《革·象》：行$_{104}$有嘉也。

《鼎》：其行$_{105}$塞。

《鼎·彖》：柔进而上行$_{106}$。

《震》：震行$_{107}$无眚。

《震·象》：危行$_{108}$也。

《艮》：行$_{109}$其庭。

《艮·彖》：时行$_{110}$则行$_{111}$……行$_{112}$其庭不见其人……

《归妹·彖》：有待而行$_{113}$也……以贵行$_{114}$也。

《丰·象》：吉行$_{115}$也。

《巽·彖》：刚巽乎中正而志行$_{116}$。

《巽·象》：君子以申命行$_{117}$事。

《兑·象》：和兑之吉，行$_{118}$未疑也。

《涣·象》：风行$_{119}$水上。

《节·彖》：说以行$_{120}$险。

《节·象》：君子以制数度，议德行$_{121}$。

《小过·彖》：与时行$_{122}$也。

《小过·象》：君子以行$_{123}$过乎恭。

《未济·象》：中以行$_{124}$正也……志行$_{125}$也。

《系辞》：日月运行$_{126}$……旁行$_{127}$而不流……而《易》行$_{128}$乎其中矣……以行$_{129}$其典礼。

行$_{130}$发乎迩……言行$_{131}$，君子之枢机……言行$_{132}$，君子之所以动天地也。

成变化而行$_{133}$鬼神也……显道神德行$_{134}$。

是以君子将有为也，将有行$_{135}$也……不行$_{136}$而至……推而行$_{137}$之谓之通……以行$_{138}$其典礼。……推而行$_{139}$之存乎通……不言而信，存乎德行$_{140}$。

其德行$_{141}$何也？……知之未尝复行$_{142}$也。

三人行$_{143}$，则损一人。一人行$_{144}$则得其友。……因贰以济民行$_{145}$。

《履》以和行$_{146}$……《巽》以行$_{147}$权……苟非其人，道不虚行$_{148}$。

夫《乾》，天下之至健也，德行$_{149}$恒易以知险。夫《坤》……德行$_{150}$恒简以知阻。

《序卦》：有信者必行$_{151}$之，故受之以小过。

《杂卦》：渐，女归待男行$_{152}$也。

《周易》中的"行"主要有运行、行动、从事、做、行走、行为等义，以"志行中正""中行""常德行""与时偕行""行有恒"为适宜。其中"志行"出现10次，还有"志大行$_{45}$""志行$_{47}$正""中正而志行$_{116}$"等；"中行"出现9次；"与时行"2次，"与时偕行"3次。

志行中正。《履·象》"志行$_{31}$也。"解九四爻辞"愬愬终吉"，九四戒慎恐惧战战兢兢终于得吉，说明它志于循理而志行。《临·象》："志行正$_{28}$也。"《临》二阳临于下，初九刚居阳位又得六四正应，是志于行其正道。"刚巽乎中正而志行$_{116}$"（《巽·彖》）解辞"小亨，利有攸往"。[①]即《巽》阳刚居于九五正位顺乎中正之道，所以能小通，利于有所往。《周易》重视中道而行。比如"长子帅师，以中行$_{25}$也"（《师·象》）、"刚中

[①] 转引自邓球柏《白话易经》，人民出版社2012年版，第259、186页。

而志行₂₆"(《小畜·象》)、"朋亡得尚于中行₃₂"(《泰》)、"包荒,得尚于中行₃₃,以光大也。……以祉元吉,中以行₃₄愿也"(《泰·象》),等等。志行中道,中正而行,利有所往。

仁以行之。《周易》往往先把世界的规律示人,然后告诉人们该怎样做。"天行健,君子以自强不息。"(《乾·象》)"地势坤,君子以厚德载物。"(《坤·象》)"进德修业。"(《乾·文言》)"学以聚之,问以辨之,宽以居之,仁以行之。"(《乾·文言》)"敬以直内,义以方外。"(《坤·文言》)① 以上所强调的全在践履之行上。天体无时无刻不在向前进行,如《乾》"天行健",凡动的东西都会按照一定轨道前行,波浪式进展,没有东西总直线上升,而是上上下下地前进,如"反复其道""物极必反"等,天道昭示人类要自强不息,不管前方通畅还是艰险,宜健行有恒地前行。孔子说"力行近乎仁"②,只说不做称"乡愿"伪君子、孟子称之"德之贼",巧言令色的鲜有仁者,都是在强调行更重要、仁以践行,通过涵养宽容使所聚所辨之美德安于心中,并以仁慈博爱之心见之于行动,修养德行。孔颖达《周易正义》:"'宽以居之'者,当用宽裕之道,居处其位也。'仁以行之'者,以仁恩之心,行之被物。"③ "行"以天人合一为原则,以仁作为内在驱动力,外现于言行之中,天人合德,仁以健行。

成德为行,与时偕行。在迁善改过中完善德行。《乾》从初爻至上爻体现了成德为行、日见之行的过程。《乾·文言》:初九"潜之为言也,隐而未见,行而未成,是以君子弗用也"。九二"君子学以聚之,问以辨之,宽以居之,仁以行之"。九三"重刚而不中,上不在天,下不在田。故乾乾因其时而惕,虽危无咎矣"。九四"重刚而不中,上不在天,下不

---

① 转引自邓球柏《白话易经》,人民出版社2012年版,第268、269、405、411、416页。
② (宋)朱熹:《四书章句集注》,中华书局1983年版,第29页。
③ (魏)王弼、(晋)韩康伯注,(唐)孔颖达正义:《周易正义》,中国致公出版社2009年版,第28页。

在田，中不在人，故或之。或之者，疑之也，故无咎"。九五"夫大人者，与天地合其德，与日月合其明，与四时合其序，与鬼神合其吉凶。先天而天弗违，后天而奉天时。天且弗违，而况于人乎？况于鬼神乎"？上九"亢之为言也，知进而不知退，知存而不知亡，知得而不知丧。其唯圣人乎？知进退存亡而不失其正者，其唯圣人乎"？① 在修养德行过程中，过失在所难免，迁善改过向善而行。《序卦》："有其信者必行之，故受之以小过。"② 小过有两层意思：一是虽信守"中"但有时又必然越过"中"，可是过越不大；二是发现"中"就立即进行矫枉，而矫枉过正，所以矫枉也小有所过。过而使之归"中"，因此小过就成为信守"中"、节制于"中"的一种手段，故"有其信者必行之"（《序卦》）③。《小过·彖》："小过，小者过而亨也。过以利贞，与时行也。"小有所过而能亨通，就在于矫枉过正而能归于正，过而利于归正，"与时行也"是说并不是任何情况下都可以这样做，只有在小有所过而矫其过时才合适。故人宜成德为行、日见之行、迁善改过、日新德行。

《周易》中的"行"与现代意义的实践内涵具有一致性。现代社会中，个体的思想品德也是通过"行"即社会实践形成社会效果，产生社会影响，积极地能动地改造着生存于其中的大环境，而良好的社会大环境又反过来能促进个体良好思想品德的形成和发展，以致个体与社会整体的良性互动，达到提升个体文明素养和社会文明水平双赢的效果。《周易》中"元亨利贞""终日乾乾"等是君子之德，"聚学辩问""居宽行仁"等则是君子之行。"行"是"德"在社会实践中的外化，也体现了"德""行"的社会性和社会意义。对于个体而言，个体的德行相互促进而提升；对于社会整体与个体相互影响而言，则是在人与人、人与社会、人与自然的道

---

① 转引自邓球柏《白话易经》，人民出版社2012年版，第411—413页。
② 转引自邓球柏《白话易经》，人民出版社2012年版，第444页。
③ 转引自邓球柏《白话易经》，人民出版社2012年版，第444页。

德与实践的相互促进中，和谐发展而共赢。《周易》中志行中正、成德为行、仁以行之、常德行、行有恒、与时偕行等"行"的思想，在当今的思想政治教育理论与实践中，无论对于提升个体还是社会整体的思想道德水平，都具有独特意义和价值。

《周易》思想政治教育中，通过"学"与"问"，解决受教育者所学"是什么"的问题；通过"思"与"辩"（辨），解决"为什么学"和"怎么学好"的问题；通过"行"践行所学，并检验所学所思是否正确的问题。"学""问""思""辨""行"相促进地充实着《周易》思想政治教育过程，在丰富思想政治道德认知的过程中增长相应的实践智慧。

第三节 《周易》思想政治教育方法

思想政治教育方法是在思想政治教育过程中，为达到一定思想政治教育目的而采用的思想方法、工作方法，是为促进思想政治教育的理论和实践效果而不断完善的一种能动的积极的思维方式，建立在对规律的认识和把握基础上，应符合人的思想政治道德发展规律、自然规律和社会发展规律。古代中国有孔子"启发式"教育，西方有苏格拉底"助产士"式手段，现代人更注重教育实施的方法与策略。《周易》中也蕴含感而遂通的情感体验法、蒙以养正以懿文德的熏陶感染法、小惩大诫遏恶扬善的比较鉴别法、顺逆皆宜的环境教育法、反身修德的自我教育法等多种思想政治教育方法。

一、感而遂通的情感体验教育法

"情"是思想政治教育中知、情、意、行四环节的重要一环，主要指外界事物所引起的喜、怒、爱、憎、哀、惧等心理状态或状况。许慎《说文解字》:"情,人之阴气有欲者","性,人之阳气性善者也"。① 性生于阳以理执,情生于阴以系念。"感"主要指客观事物通过感觉器官在人脑中的直接反映或意识、情绪上的反应(感知、感官、好感等),《说文解字》释为"动人心"②,也就是使人动心之意,情感对思想认识的形成和发展具有催化和推动作用。当前,家庭、学校和社会普遍重视思想道德建设,但往往把力气用在正面的、显性的教育和外部灌输上,从人格、人的心理和情感角度深化思想政治教育的实践需要多加重视和强化。

《周易》思想政治教育中"感而遂通"的情感体验法,注重调动情感力量提升自觉修养德行的内在主动性。感而遂通,原指蓍卦本身虽寂静不动,但运用蓍卦进行筮占,却能通晓天下万事万物之理,引申为德行感应于事物发展的道理、规律而致通畅通达。"感"字在《周易》中出现 8 次,第三十一卦《咸》以"感"为主题。

《咸·彖》:"咸,感$_1$也。柔上而刚下,二气感$_2$应以相与。止而说,男下女。是以亨利贞,取女吉也。天地感$_3$而万物化生,圣人感$_4$人心而天下和平,观其所感$_5$,而天地万物之情可见矣。"《咸·象》:"贞吉悔亡,未感$_6$害也。"《系辞》:"《易》无思也,无为也,寂然不动,感$_7$而遂通天下之故。"③ "往者屈也,来者信也,屈信相感$_8$而利生焉。"④

天地相感万物化生。《咸·彖》:"天地感$_3$而万物化生""二气感$_2$应以相与"。《咸》以感应为义,"感"即感应结合,若天地不交则万物就不会产生,《咸》卦体艮下兑上,兑为阴卦艮为阳卦,阴本在下现居于上、阳本在上现反于下,阴阳卦位的交换反映了天地阴阳二气互相感应而各得

---

① (汉)许慎撰,(宋)徐铉校定:《说文解字》,中华书局 2013 年版,第 216 页。
② (汉)许慎撰,(宋)徐铉校定:《说文解字》,中华书局 2013 年版,第 222 页。
③ 转引自邓球柏《白话易经》,人民出版社 2012 年版,第 352 页。
④ 转引自邓球柏《白话易经》,人民出版社 2012 年版,第 374 页。

其所求，相与即相交，相交则相感，相感则万物化生，此即天地自然之相感。

以道以理感通天下。《系辞》："寂然不动，感，而遂通天下之故。非天下之至神，其孰能与于此？"① 此句是就蓍卦而言，易蓍无私无为寂静不动，但以筮法行之却能通达天下万事万物之理。朱熹《周易本义》："易指蓍卦""寂然者，感之体。感通者，寂之用。"② 寂然相对蓍卦之体而言，感通相对蓍卦之用而言。就《咸》而言，其卦体艮下兑上，艮为止兑为喜悦，艮又为少男兑又为少女，六爻论少男与少女相感应，下卦艮体三爻论少男感少女，上卦兑体三爻论少女应少男，以男女感应之理，喜悦不止则流于放荡，止而不悦则不相感，唯喜悦而又能止所当止，相感之情才笃实专一。相感之情专一笃实，又得婚礼仪式，则结为夫妻。《咸》九四为兑体的始爻，是少女受感应的开始，闺中少女贞洁自守行为端庄，在未受感应前心情非常平静，当受感应后"感而遂通"，会立刻做出反应，打破以往平静而有所动情，心绪随少男往来相互交融，这是交感相爱的开始。有感有应才能"感而遂通"，"应者，和也。《易》之应爻，必阴阳异质。时、中、正、顺、应，理实一贯"③。感通于事物之道理，中正而行，顺理而顺利发展。

感人心则天下和平。孔颖达《周易正义》："天地二气，若不感应相与，则万物无由得变化而生。"④ 如同天地相互交感，"圣人感，人心而天下和平"（《咸·彖》）。圣人之心与民众之心也相互交感，从而天下和平昌顺。程颐《周易程氏传》："圣人至诚以感亿兆之心，而天下和平。天下之心所以和平，由圣人感之也。"⑤《系辞》："往者屈也，来者信也，屈

---

① 转引自邓球柏《白话易经》，人民出版社2012年版，第352页。
② 《中华易学大辞典》编辑委员会编：《中华易学大辞典》，上海古籍出版社2008年版，第278页。
③ 金景芳：《周易通解》，长春出版社2007年版，第61页。
④ 《中华易学大辞典》编辑委员会编：《中华易学大辞典》，上海古籍出版社2008年版，第197页。
⑤ 《中华易学大辞典》编辑委员会编：《中华易学大辞典》，上海古籍出版社2008年版，第197页。

信相感。而利生焉。"①《周易折中》按:"天下之动,有屈有信,而归于生利,顺理则利也。"② 天下事物的运动都是由于对立面的一屈一伸、互相感应而向前发展,顺应这个道理则有利于发展。人心相感也是如此,与圣德之人相感则德行趋向圣洁高尚,既有利于个体的发展,也有利于人类社会的和谐共处。

"感而遂通"的情感体验法是《周易》的世界观转化为方法论、在实践中应用的一种体现。《周易》引导人们依靠对于太极、阴阳、八卦等的感通来进行思维活动,这是把对世界的认识在实践活动中转变成方法论主动应用的表现。人对于客观事物的感通能力是在思维主体与客体长期互动作用过程中发生和发展起来的,内化为头脑中的思维模式,是社会历史实践经验的沉积,是主体通过感觉和知觉摄取的感性信息反映到思维活动中的结果。《周易》是古代圣贤对自然规律和社会规律认识的智慧凝结,对规律的认识又以让人更好地生存发展为目的,所以易之用即明天道是为察民故,为更好地有利于人的生存和发展。

感而遂通的情感体验教育法可以使受教育者在自我思索的状态下,于理予以认同,于情得以感通,把社会要求内化为道德动机和意识,然后将这些意识外化为行为并产生良好的行为结果,修养良好德行。现代思想政治教育中的启发式教育方法,也在一定程度上体现了感而遂通的思想,把思想政治教育内容融入学习、家庭和社会的各个方面,教育者适时启发,在受教育者思考人生和社会问题达到"愤""悱"的临界状态,使受教育者感而遂通,自己悟出其中的规律和道理,从而铭记于心,不但从内在情感上认同、理解和接受,而且由内而外体现到行动之中,在学习、工作和生活中主动地自觉地身体力行,在情感认同基础上转化为德行习惯。

---

① 转引自邓球柏《白话易经》,人民出版社 2012 年版,第 374 页。
② (清)李光地纂,刘大钧整理:《周易折中》,巴蜀书社 2008 年版,第 452 页。

二、蒙以养正以懿文德的熏陶感染法

《周易》重视人文素养,注重启发蒙昧的教化,蕴含蒙以养正以懿文德的熏陶感染方法。感染教育法是人们在无意识、不自觉的情况下,受到一定的感染、熏陶、感化而接受教育的方法。[①]《周易》六十四卦第四卦《蒙》论述对蒙童的启蒙教育。第三卦《屯》继乾坤之后为天地万物的开始,物生之初蒙昧幼小,故继《屯》后为《蒙》。《蒙》卦体为坎下艮上,坎为水为险、艮为山为止,其象为山下有险、遇险而止,有蒙童幼小无知不敢运行之象。《蒙》中凡刚爻皆明为人师,柔爻皆昏暗为蒙童。初六以柔爻居下位是蒙昧之甚,故启发其蒙昧,对蒙昧幼童的启蒙教育开始应严立规矩,这是小惩大诫,启发蒙童如同为其脱去蒙昧之桎梏,但也不能一味严酷,专用刚猛不可取,那是鄙吝之道,所以,教化蒙童应宽严结合。九二刚爻居中位,德才兼备,是能行时中之教的师长,容纳、包容、教化众蒙童,胜任济六五之君启发群蒙之任。六三应上九而从九二,近而舍其正应,是阴求于阳、女求于男,古代乃行为不端不可取,此是借女子失身之象喻六三之蒙昧不堪教化。六四以柔爻居阴位,蒙昧之甚,又居六三、六五之间,与九二、上九两刚爻无应,无处投师接受启蒙教育,故"困蒙",困而不学,蒙昧不启。六五柔爻居中位且与九二刚中相应,为能承师教的蒙童,蒙可得启,故吉。上九居一卦之极,是刚暴不能行时中之教的师长,教育手段刚猛近乎打击,为"击蒙",故劝诫他。启蒙教化的方法不利可以使蒙者为寇,方法得当则可以使蒙者防御盗寇。可见,在启发蒙昧阶段,师长的教育方法之重要。《蒙》涉及了多种教育者和受教育者的情况,教育者中有德才兼备的师长,也有不能行时中之教的老师;受教育者中有蒙昧之甚者,有蒙昧不堪教化者,有蒙昧无处接受启蒙者,有适

[①] 参见《思想政治教育学原理》编写组编《思想政治教育学原理》,高等教育出版社2016年版,第249页。

时得以良师启蒙者。作为教育者要德才兼备并不断完善自己,这样才能在面对不同的受教育者群体时,根据不同情况适时因才施教,树立规矩,宽严相济。

"蒙以养正"①行"时中"之教。《蒙》卦象为山下出泉,泉水纯一不杂即有蒙象,幼稚蒙童天真无邪思想纯一,无知无识,如泉水出自山下,君子观此卦象果决自己的行动一往直前以效泉水之流,培育德性不止息以效泉水之出。蒙童教化未开时蒙昧幼稚,活动范围有限,不敢远离家门。启蒙之教必待童蒙来求教于我,说明其有求知的欲望,心志与我相应,而非我去求教于蒙童,蒙以九二为师,行刚中之教。蒙童求师若占筮只能一占而已,如一占不信进行二占、三占就是心不诚,对神亵渎神也不回答其所问,同样蒙童若对师长解答过的问题一而再、再而三地提问,证明他精力不集中,这是对师长的不敬与亵渎。《蒙·象》"顺以巽"是说九二之师长行中正之教,顺从蒙童所固有的本性施以教化,故为"顺",六五之蒙童则虚心接受师长的教化,故为"巽",即九二施教于六五以启其蒙昧,六五谦虚下求九二之教。教育应始于受教育者有需求时,主动求学的效果会更好,启发教育蒙童有亨通之道,即顺应受教育者的固有本性而行时中之教。"时中"在此即从蒙童的实际出发,师长注重身体力行地隐性地进行熏陶感染教育,以正道涵养蒙童所固有的善性,以达至圣的功德。

"以懿文德。"(《小畜·象》)懿,即美、美好,多指德行。文德,即仪表、气度、言语、修辞之类。懿文德,有其行必矜、独善其身之义。《小畜》卦体乾下巽上,乾为天巽为风,其象是风行于天上。《说卦》:"桡万物者莫疾乎风。"②风的作用是吹拂万物使之成长,因此行于地上才能发挥作用,而现在行于天上,是不急于发挥济物的作用,而是在积蓄力量,又有止蓄之意,故称小畜。孔颖达《周易正义》:"若'风行天下',

---

① 转引自邓球柏《白话易经》,人民出版社2012年版,第214页。
② 转引自邓球柏《白话易经》,人民出版社2012年版,第426页。

则施附于物，不得云'施未行也'。今风在天上，去物既远，无所施及，故曰'风行天上'。"①《周易》中君子观此卦象"以懿文德"，对此大致有两种解释。一是积蓄自己的文明之德以至由小到大、由微而著。王宗传《童溪易传》："懿者，积小以至大，由微而著也。"②二是修美自己的文明之德。孔颖达《周易正义》："懿，美也。以于其时施未得行，喻君子之人但修美文德，待时而发。"③两种解释的共同之处是观《小畜》风行天上之卦象，有感而发对于美德的积蓄和增益，形成一种崇德积德的氛围，熏陶感染着人们向善而行。

  无论是"蒙以养正"的师长，还是"以懿文德"的圣贤君子，他们顺天应人的言行举止和思想德性的光辉，具有潜在无言而又影响深远的意义，熏陶感染着时人与后人在进德修业中不畏艰阻，乾乾努力。《大学》："自天子以至于庶人，一是皆以修身为本。"④学校中，学生往往以教师作为人生和社会标准的化身，教师一言一行都默默熏陶着学生。社会中，尤其有一定影响的人的言行熏陶感染着周围的人。家庭中，家长养正文德的潜移默化作用更重要。润物细无声，有形和无形的教育如春雨的滋润，对于促进万物的生长而言，具有暴雨冲刷达不到的效果，这对教育者的素质修养就提出了更高要求，教育者应不断学习充电，不断提升自我。蒙以养正以懿文德的熏陶感染法，形式更加喜闻乐见，能够增强思想政治教育的吸引力和感染力，提高思想政治教育的效果。

---

① （魏）王弼、（晋）韩康伯注，（唐）孔颖达正义：《周易正义》，中国致公出版社2009年版，第64页。
② 《中华易学大辞典》编辑委员会编：《中华易学大辞典》，上海古籍出版社2008年版，第221页。
③ （魏）王弼、（晋）韩康伯注，（唐）孔颖达正义：《周易正义》，中国致公出版社2009年版，第64页。
④ （宋）朱熹：《四书章句集注》，中华书局1983年版，第4页。

三、小惩大诫遏恶扬善的比较鉴别法

小惩大诫遏恶扬善的比较鉴别法旨在帮助受教育者明确是非、善恶、美丑等标准，认识事物本质，增强辨别能力。"汤武革命，顺乎天而应乎人"（《革·彖》）是在意识形态领域为周灭商找寻理论依据，《革·彖》是对汤武革命观、天命改易说的总结。① 《周易》将商纣灭亡归于悖逆天道，古人认为天命改易之前往往对不善者先警示、再惩戒、最后才弃之，这也是为什么武王大会八百诸侯时没立即伐纣，等纣王剖比干、逐微子、箕子佯狂后再伐之故，等对方众叛亲离、天怒人怨后易取胜，舆论也造成天命所归氛围。即便如此武王克商也非兵不血刃，也经历了流血漂杵的残酷，并在灭商后亦长期未宁，又有管蔡之乱、东夷之叛等，至分封诸侯以藩屏周、建洛邑居中治天下后才稳固下来。《周易》中天地人三才之道蕴含惩恶扬善之理，有诸多小惩与大诫、穷与通等词性对立的词语，蕴含丰富的对立统一的辩证思维和道理。

遏恶扬善。《大有·象》："遏恶扬善，顺天休命。"《大有》卦体乾下离上，乾为天离为日为火，火在天上。李鼎祚《周易集解》引荀爽："夏火壬在天，万物并生，故曰'大有'。"② 离为日，火旺于夏日在中天，日照最盛莫过于夏季的正午，炙热如火，万物相见所照甚广，生长加速，万物尽为天上之火所有，故为大有，这是以卦象解释卦名。君子观《大有》卦象而"遏恶扬善，顺天休命"，"休"即美，天上的日火照耀万物生长有善无恶一视同仁，但万物生长之后却有善有恶，君子观《大有》卦象并效法之，扬举善杜绝恶，如此则顺应天道善之美命。在思想政治教育中，同样提倡弘扬真美善，抑制不良、不和谐的因素蔓延和发展。

小惩大诫。《系辞》："子曰：小人不耻不仁，不畏不义，不见利不

---

① 参见桑东辉《"革命"溯源——从〈周易〉革卦说起》，《兰台世界》2012 年第 28 期。
② 《中华易学大辞典》编辑委员会编：《中华易学大辞典》，上海古籍出版社 2008 年版，第 226 页。

劝，不威不惩，小惩而大诫。此小人之福也。《易》曰：'履校灭趾，无咎。'此之谓也。"①罪小用轻刑以形成大诫之效。"屦校灭趾"乃《噬嗑》初九爻辞，《噬嗑》卦体震下离上，雷动而有声威，离明能察知事理立刻用于审理案件，噬嗑本义以齿咬物、合口咀嚼，延伸意震威离明，断案治狱使天下合。以卦象看，初上两爻象牙齿，中间柔爻象口，九四一个刚爻横于其中为间隔梗塞之物，必以齿嚼之才能合，故称噬嗑。初九在最下，以人身喻为趾，以治狱而言则为初犯罪人，罪小用轻刑，只以木械加于足，即对不良言行初始阶段给予小惩罚，让其懂得严重性，以形成大的警诫之效，避免大的过失或犯罪，这是"小人"之幸。《噬嗑》上九爻辞"何校灭耳，凶"，《噬嗑》上九以阳刚居上，自恃刚强以致积小恶而成大罪，肩上的木枷已遮没双耳。朱熹《周易本义》："过极之阳，在卦之上，恶极罪大，凶之道也。"②《噬嗑》卦辞"利用狱"，有断案之义，所以初上两个刚爻均以刑狱论之，但初爻罪小而小惩，上爻罪大恶极而大惩。现代思想政治教育中，也应严格纪律，明确奖惩机制，落实执行到位，保证效力和威力，也应允许受教育者犯错误，只是有过错不再犯"不贰过"，要让其明白须承担不良后果，预防更严重的问题出现。

  在比较鉴别中择善而行，积善崇德。大善大恶都是积累而至。《系辞》："善不积不足以成名，恶不积不足以灭身。"③意即勿以小善为无益而无所为、勿以小恶为无伤而有所为，恶积至大罪无可挽救。《升·象》："积小以高大。"《升》卦体巽下坤上，坤为地巽为木，"地中生木"，树苗从地中生出渐渐长成高大树木。树木生长的趋势是上升的，这种上升又是一个缓慢渐进的过程，如果拔苗助长反而不能升，君子观此物象，顺修其德，积小善以成至善。孔颖达《周易正义》："地中生木，始于毫末，

---

① 转引自邓球柏《白话易经》，人民出版社2012年版，第374页。
②《中华易学大辞典》编辑委员会：《中华易学大辞典》，上海古籍出版社2008年版，第120页。
③ 转引自邓球柏《白话易经》，人民出版社2012年版，第374页。

终于合抱。君子象之，以顺行其德，积其小善，以成大名。"①谨慎修养德性，从细微做起，积小善而成就高尚品德。思想政治教育也应在比较鉴别中，认清修养良好思想政治品德的规律，遏恶扬善，宣扬正能量，循序渐进，使个体、集体的德与业"积小以高大"。

四、顺逆皆宜的环境教育法

《周易》思想政治教育注重顺逆皆宜的环境教育法，顺境和逆境皆为教化的重要环境。思想政治教育的环境对人的思想政治品德的形成和发展有着重要影响。孟母因不利的教育环境而屡迁，孟子在经历不利的教育环境后，在有利的教育环境中成长为儒家的"亚圣"。合理利用教育环境的消极和积极因素，顺境逆境皆对思想政治品德的形成和发展具有约束的作用和规范的作用。

顺境有利于顺利成长。《周易》重视人道之顺天应人，其明于天道、察于人之故，在明晰自然规律和社会规律的基础上，创造有以利于人趋吉顺利地生存与发展的外部环境条件。《比·象》："舍逆取顺。"解九五爻辞"王用三驱"，《比》卦义为亲比，互相辅助，卦体坤下坎上，坤为地坎为水，是水在地上交合不分离。程颐《伊川易传》："夫物相亲比而无间者，莫如水在地上，所以为比也……比以向背而言，谓去者为逆，来者为顺也，故所失者前去之禽也。言来者抚之，去者不追也。"②"舍逆"指舍弃上六，因上六居九五之上，逆而不比，"取顺"指在下的四个柔爻均欲同九五亲比，这是以古代君王田猎为喻，来者为顺而安抚之，往者为逆，失之而舍弃，以此说明九五深明亲比之道，顺者有利于发展。

---

① （魏）王弼、（晋）韩康伯注，（唐）孔颖达正义：《周易正义》，中国致公出版社2009年版，第188页。
② 《中华易学大辞典》编辑委员会编：《中华易学大辞典》，上海古籍出版社2008年版，第220页。

在逆境险难中砥砺,进退不失其正。《周易》还非常重视逆境中的成长与进步。《屯》与《蹇》皆讲险难。《蹇·彖》:"蹇,难也,险在前也。见险而能止,知矣哉!"《蹇》卦体艮下坎上,艮为止坎为险陷,坎险在前,见险而能止之不冒险。蹇、屯都是险难之卦,《屯》卦体震下坎上为"动乎险中",在坎陷中运动以出乎险。《蹇》卦体艮下坎上为"见险而能止",即止于险外而不陷于险。项安世《周易玩辞》:"屯与蹇,皆训难。屯者动乎险中,济难者也。蹇者止乎险中,涉难者也。"①涉难者即涉足则有难,止而不涉则无难,知有难而不涉,此非有识之士难以做到,所以是智者所为。《蹇》至九五爻已进入坎险中,九五大德之人敢于犯大难,又得朋类相助,配合默契恰到好处,同力以济险。即九五冲在前六二助后,其他诸爻也都随之,险难可济。《周易折中》:"蹇之义,在乎进止得宜。""九五虽不言往来,而传明其为'中节',则进止之宜不失,可以济难而不至于犯难矣。"②见险而能止,与人同心协力,共同谋求对策,以渡险关,这是于险难中锻炼的人生智慧。

对思想政治教育而言,创造和利用顺境固然重要,但利用在所难免的逆境,积极主动面对险难,经历穷极而通的过程,这在思想政治品德修养过程中会有顺境难以达到的效果,比如寒门脱颖而出的学子、身残志坚的楷模等。身处逆境,什么因素能使人挺过艰辛、把握机会、积极适应、健康成长?现代的典型研究表明"力量与信任"是运作抗逆能力的两个支点。③在德行完善的过程中,主观方面迁善改过不断完善自己,增强自我力量与能力;客观方面,仁发于内义行于外,诚信为人处世建立信任,形成支持性关系和亲社会行为。

---

① 《中华易学大辞典》编辑委员会编:《中华易学大辞典》,上海古籍出版社 2008 年版,第 200 页。
② (清)李光地纂,刘大钧整理:《周易折中》,巴蜀书社 2008 年版,第 367 页。
③ 参见田国秀《力量与信任:抗逆力运作的两个支点及应用建议——基于 98 例困境青少年的访谈研究》,《中国青年研究》2015 年第 11 期。

从个体层面和社会层面营建良好的主观条件和客观环境，顺逆皆坦然面对。在思想品德修养过程中，不会总是一帆风顺，也不会总是处于人生低谷，顺境能促进人的完善，逆境则从另一种相反的维度完善自我。李鼎祚《周易集解》引郑康成："遭困之时，君子固穷，小人则乱，德于是别也。"[1]客观对待所遇到的顺境与逆境，顺境促进思想品德的发展一帆风顺，而逆境的磨炼作用也是顺境无法获得的。对于思想政治品德的养成而言，如《系辞》所说"《困》，德之辨也"[2]，即经过困苦的考验才能辨别出道德是否充实完善。不论处顺境还是逆境都坦然面对，努力克服前进道路上荆棘与坎坷，坚定正确方向，踏实前行，最终一定会拥有自己人生旅途中别具一格的美丽彩虹和曼妙风景。在个体正确前行过程中还会形成正能量的社会效应，促进社会大环境向顺境方向发展。所以，顺合客观规律，努力踏实前行，把前行道路中的逆境转变为顺境，亦或降低逆境的困难指数，顺逆境之中都能获得成长。

五、反身修德的自我教育法

反身修德的自我教育法注重以反身内省的方式完善自我。自我教育是指自己把自己作为教育对象，自觉地、主动地进行自我锻炼、自我修养、自我完善的活动。[3]反身修德是《周易》中提升完善自我的重要方法。"反身修德"语出《蹇·象》，《蹇》卦象为山上有水，水在山上流，因山峦起伏不平，水流曲曲折折经常受阻难行，君子观蹇难之象以此而"反身修德"，反身即反求于己身，进行自我反省，修德即加强自我德性修养。程

---

[1] 《中华易学大辞典》编辑委员会编：《中华易学大辞典》，上海古籍出版社2008年版，第291页。
[2] 转引自邓球柏《白话易经》，人民出版社2012年版，第384页。
[3] 参见《思想政治教育学原理》编写组编《思想政治教育学原理》，高等教育出版社2016年版，第242页。

颐《伊川易传》:"君子之遇险阻，必反求诸己而益自修。"①孟子曰:"行有不得者皆反求诸己。"②凡是行动受到阻难得不到支持，就应反躬自省，进一步充实自己的德能，这是古人自我修养的一种方法。反观自己，纠正不恰当的生活方式，发掘本有的善性，重现本然的天性，以臻理想之境。自我反省，引导我们获得自强不息的道德感，这是生生之道在人的道德生命中，对主体人的内在逻辑性要求，是通过主体的不断自我更新与重建，以达人生境界、理想人格的逐步实现。

《系辞》反复从道德修养的角度，三陈九德。《系辞》:"《易》之兴也，其于中古乎？作《易》者其有忧患乎？是故:《履》，德之基也；《谦》，德之柄也；《复》，德之本也；《恒》，德之固也；《损》，德之修也；《益》，德之裕也；《困》，德之辨也；《井》，德之地也；《巽》，德之制也。《履》，和而至；《谦》，尊而光；《复》，小而辨于物；《恒》，杂而不厌；《损》，先难而后易；《益》，长裕而不设；《困》，穷而通；《井》，居其所而迁；《巽》，称而隐。《履》以和行，《谦》以制礼，《复》以自知，《恒》以一德，《损》以远害，《益》以兴利，《困》以寡怨，《井》以辨义，《巽》以行权。"③《系辞》从忧患意识出发反复三次陈述九卦的道德实践意义。另外，还有"以虚受人"(《咸·象》)、"自昭明德"(《晋·象》)、"居德则忌"(《夬·象》)、"恐惧修省"(《震·象》)、"思患而预防"(《既济·象》)、"慎辨物居方"(《未济·象》)，还有"惩忿窒欲"(《损·象》)和"见善则迁，有过则改"(《益·象》)等。这些思想集中体现了反身自省、迁善改过、提高精神境界的价值追求。

《周易》中的反身修德是一种大智慧。通过自我反省、自我体认、慎独等方式，思考自己的得失善恶，不断为自己提出更高要求，培养高尚道

---

① 《中华易学大辞典》编辑委员会编:《中华易学大辞典》，上海古籍出版社2008年版，第246页。
② 万丽华、蓝旭译注:《孟子》，中华书局2006年版，第149页。
③ 转引自邓球柏《白话易经》，人民出版社2012年版，第384页。

德人格，增强道德意识、道德情感和道德意志，坚定道德信念，身体力行，形成良好道德习惯。① 这种反求诸己、反身修德的自省—自律—自由的自我超越过程，让人人都有"成圣"的可能。在生生不已中不断实现自己、完善自己，体认天地生生之德，使"人皆可以为尧、舜"② 成为可能。思想政治教育过程中，教育与自我教育相辅相成，只有教育才能培养、发展受教育者的自我教育能力，也只有培养出其自我教育能力，才能检验思想政治教育效果。《周易》这样一部群经之首的传统经典，散发着无穷的魅力，在思想政治教育中，发挥《周易》反身修德的思想，以更好地进行自我教育，促进个体德业的提升，从而也同时提升了社会整体的德业。

---

① 参见杨芷英《自行慎独与当代青年道德人格培育》，《中国青年政治学院学报》2000 年第 1 期。
② 万丽华、蓝旭译注：《孟子》，中华书局 2006 年版，第 265 页。

第五章 《周易》思想政治教育简评

《周易》思想政治教育理论简评着重从宇宙观、政治观、德育观、价值观四方面，分析了《周易》的优秀思想对于中国古代思想政治教育的意义，强调以科学态度对待《周易》中与思想政治教育相关的思想，探讨了拓深《周易》思想政治教育理论研究广度和深度的途径，并从思想观念、思维方式、人文德行三方面探析了《周易》思想政治教育理论的新时代价值。

《周易》是一部思想丰富内涵深邃的典籍,其优秀思想是中国古代思想政治教育的重要思想源泉。以习近平新时代中国特色社会主义思想为指导,以科学态度对《周易》中与思想政治教育相关的优秀思想,予以继承、创新、转化和发展。《周易》思想政治教育研究的广度和深度尚需继续拓展和加深,探析《周易》思想政治教育更多的新时代价值,发挥《周易》在新时代思想政治教育领域的价值和魅力。

第一节　《周易》是中国古代思想政治教育的重要思想源泉

　　《周易》中与思想政治教育相关的优秀思想是中国古代思想政治教育的重要思想源泉。中国古代虽没有思想政治教育或与此相近的提法,但在许多经典论述、思想和学说中,却大都涉及德行修养、道德教育、政治教化等方面。在中国夏商周时代,随着奴隶制的建立和发展,思想政治教育逐渐在社会生活中占有十分重要的地位。统治者从安邦治国的角度,强调国家社会生活中的道德教化,坚持德教为先。夏朝当政者已经开始用宗教证明其政治统治的合理性,对人们进行思想政治控制;商代已经重视尊神、孝祖等德育教育;周公则把德育与政治结合起来,形成了"以德敬天""敬德保民""明德慎罚"的政治思想及"孝""友""恭""信""惠"等宗法式道德规范,周公还制作礼乐,教化民众,弘扬德政与德教,《周易》中就记载了西周上层的以德治民、以德化民等内容。[①]《周易》这部

---

① 参见《思想政治教育学原理》编写组编《思想政治教育学原理》,高等教育出版社2016年版,第50—51页。

经典广大悉备，蕴含丰富的思想政治教育相关的优秀理念，以下主要从宇宙观、政治观、德育观、价值观四个方面进行简要总结论述。

一、《周易》蕴含早期的宇宙观

宇宙观是人们对宇宙间万事万物的总看法或总观点，其中关于世界万物本源的问题尤显重要，《周易》中的八卦、阴阳等理念展现了中国古代早期的宇宙观。一是"八卦"展现的早期宇宙观。《周易》关于"八卦"的观念，表现出当时人们已把"天""地""雷""风""水""火""山""泽"八种事物视为天地万物的最初本原。八卦即乾一、坤二、离三、坎四、艮五、震六、兑七、巽八。为便于记忆，朱熹在《周易本义》记载了《八卦取象卦歌》："乾三连，坤六断；震仰盂，艮覆碗；离中虚，坎中满；兑上缺，巽下断。"[①] 八卦所代表的基本物象是乾象天、坤象地、离象火、坎象水、艮象山、震象雷、兑象泽、巽象风，古人认为这是宇宙最明显的八种物象，用八种物象来说明世界上的万事万物显然不够，于是古人又在八卦上附加了许多与基本象性质近似的其他物象（见《说卦》）。尽管这样，八卦还是太少，不足以说明复杂的自然现象和社会现象，于是又把八卦两两重叠，组成六十四卦。为便记忆，《周易本义》还有一首分宫卦象次序歌诀："乾为天，天风姤，天山遁，天地否，风地观，山地剥，火地晋，火天大有；坎为水，水泽节，水雷屯，水火既济，泽火革，雷火丰，地火明夷，地水师；艮为山，山火贲，山天大畜，山泽损，火泽睽，天泽履，风泽中孚，风山渐；震为雷，雷地豫，雷水解，雷风恒，地风升，水风井，泽风大过，泽雷随；巽为风，风天小畜，风火家人，风雷益，天雷无妄，火雷噬嗑，山雷颐，山风蛊；离为火，火山旅，火风鼎，火水

[①] （宋）朱熹撰，廖名春点校：《周易本义》，中华书局2009年版，第7页。

未济，山水蒙，风水涣，天水讼，天火同人；坤为地，地雷复，地泽临，地天泰，雷天大壮，泽天夬，水天需，水地比；兑为泽，泽水困，泽地萃，泽山咸，水山蹇，地山谦，雷山小过，雷泽归妹。"① 六十四卦把一卦三爻变成一卦六爻，扩大了取象范围，又出现了上下卦的关系和爻的推移运动，用以说明世界万物之间的联系、发展变化及其规律。二是"阴阳"展现的早期宇宙观。《周易》中的八卦与六十四卦都是由阴爻阳爻组合而成，用两种爻画组成三条线的卦，只能组成八种基本形态即"八卦"。我们的祖先关于世界本源的探讨，处于不断探索前进之中，对本原物质的认识，如同沙里淘金，通过择优汰劣，逐步接近真理，这无疑属于认识的前进过程，但为后来者的探索，打开了思路，奠定了基础。春秋末年，老子提出"道生万物"的一元论本体论宇宙观，就与前人的探索有不可分割的关系。应当说，关于宇宙观的探索，也是当时政治和道德教化活动不可缺少的方面。《周易》认为宇宙是一阴一阳对立统一的存在，核心要素是"阴"和"阳"，一阴一阳对立统一。《周易》的卦由阳爻"━"（亦称作刚爻）和阴爻"━ ━"（亦称作柔爻）两种基本符号组成。阳爻阴爻代表阴阳二气，交感流通，化成万物，因而以刚爻与柔爻的错杂表示宇宙万物。在六十四卦中，乾坤两卦是构架《周易》的总纲，"太极"是《周易》一阴一阳对立统一存在的抽象而又形象的体现，蕴含着和而不同、生生不息的运行规律，循环往复，穷变通久。

二、《周易》蕴含早期的政治观

《周易》中"先王""后""大人""君子"等有位者的社会治理之道，蕴含思想丰富的政治观。其一，《周易》蕴含保合太和的政治理想和振

---

① （宋）朱熹撰，廖名春点校：《周易本义》，中华书局2009年版，第7—8页。

民以德的民本路线,政治导向较为清晰。《周易》中"和"的政治智慧主张以"和"协调社会矛盾。"保合太和"是《周易》贵"和"政治智慧的凝炼,是人与社会和谐发展的最佳状态,凸显的是多样性的动态统一的"和",其本质是阴阳合和。以人为本位、以和为最高社会价值,《周易》主张保合太和、天人合一、以和为贵,这其中也蕴含着建设新时代和谐社会、人类命运共同体的思想文化渊源。人民是国家的根本和基础,根本、基础稳固,国家才安宁。《周易》重视民本,主张以德引领、振民以德,体现为容民蓄民、益民保民、育民振民、懿民悦民等方面。其二,《周易》蕴含明罚敕法的法制理念。《周易》重视道德的规范和约束作用,但同时也强调法制约束手段的重要性。提出"君子以居贤德善俗"(《渐·象》)的同时,亦有"雷电,噬嗑。先王以明罚敕法"(《噬嗑·象》)。《周易》中《噬嗑》《讼》《谦》《丰》《贲》《旅》《大有》《解》《蒙》《中孚》《节》等卦,都涉及法的理念,可见其对法的重视程度。"明罚敕法"是《周易》人文思想在法制领域的体现,古圣先贤效仿天道而制定社会规范,注重公平正义,体现了一定的法制精神和思想,其他诸如称物平施、止息争讼、审慎用刑等思想,都依然在新时代中国特色社会主义法制建设中具有重要价值。当今社会与《周易》形成时相比,虽已发生天翻地覆的变化,但为民利民、服务社会和谐的立法精神是一致的。其三,《周易》蕴含自强不息、厚德载物、革故鼎新、与时偕行的精神。"自强不息""厚德载物"是中国民族精神的重要基因,刚健中正、自强不息和含弘光大、厚德载物两种德性相生互补,为完善的人格提供了德行导向,在中国社会历史发展过程中形成了自强不息、厚德载物的民族精神。《周易》中《革》《鼎》等卦,就蕴含着丰富的革故纳新、鼎新进取、与时偕行等思想,这些日新、时行等契合新时代中国特色社会主义实践的革新思想,以及重视道德教化和重视法治的理念,是民族精神和时代精神、以德治国和依法治国相结合的重要思想渊源。让这些优秀思想古为今用,既体现着马克思主义与中国具体实际的有机融合,又体现着中华优秀传统文化在新时代的继承与创新、转化与发展。

三、《周易》蕴含早期的德育观

《周易》中,不论《易经》部分,还是《易传》部分,无不蕴含着仁义以立人的道德理念,强调人道符合天道,契合自然和社会的发展规律。比如"仁义立人""迁善改过""谨言慎行""重行""反身自省""敬以直内、义以方外""惩恶扬善"等思想。从西周文献和金文看,西周统治者强调天命和德的观念,认为文王有德,故受之天命,武王有德,故能克商,德的内涵包括敬天、孝祖、保民等思想,《尚书》所载周公的许多言辞,都阐述了天命与德的联系,告诫王和贵族官吏不要失德,否则天命将坠,商朝的覆亡即为鉴戒。由天地之德到人德,《周易》注重人类社会中"德"的意义和价值,六十四卦经文和十翼传文中,处处传递着人道中"德"的理念。人"德"之发展体现了崇德(方向)—日新(践行)—盛德(践行目标)—至德(理想状态)的过程。尚德崇德,日新以盛德;明德—成德—恒德以修德,由明德到成德,持之以恒地修德。厚德载物,德合无疆,坤之阴德与乾之阳德相结合。人之"德"效仿天地之"德",修德厚德,以承载万物。人与天地合德,以达天人合一之境。社会生活中,做"谦谦君子","敬义立而德不孤",内诚于心,外信于行,日新德行,持之以恒,德业互促。自强不息,厚德载物,每个人都心有所仰,努力奋斗,德业日新,终能汇聚成国家、社会的盛德大业,实现中华民族伟大复兴的中国梦。

四、《周易》蕴含早期的价值观

《周易》蕴含元亨利贞的价值观，认为"善"就是有利于自然界、人类社会和人自身不同发展阶段的元亨利贞，是和谐的适变以度的发展，对于人而言，就是在成长发展过程中仁与义的统一、自我价值和社会价值的统一。《周易》中，有《乾》《坤》《屯》《随》《临》《无妄》《革》七卦的卦辞，出现了"元""亨""利""贞"四字。朱熹认为"元、亨、利、贞"呈现之理就是宇宙生生不息之理，"元、亨、利、贞"的义理关系与《太极图》一致。①《易传》将卦辞"元、亨、利、贞"解释为天地生成万物的过程。"元"是一切善的事物的开始，善之大莫善施生，元为施生之宗。"亨"即亨通，通畅万物，使物嘉美会聚。"利"即合宜合义行事、利于事物发展，使物各得其宜而合和。"贞"即阴阳相和，以中正之气成就万物，正固不偏。元、亨、利、贞的意蕴由天道发展至人道，即以人道四德解释元、亨、利、贞卦辞，以仁为元、礼为亨、义为利、干事为贞。"元、亨、利、贞"合言为"健"，"健"分言则是"元亨利贞"。《乾》围绕天地的关系解释元亨利贞，元为乾元，有开始之意，乾为天，乾元强调天纯阳至健的本性，主"万物滋始"。《坤》强调地在万物生成中的作用，突出地顺承于天的关系。"元、亨、利、贞"既体现了天道运行之健，也指人道之健行，指人事时，则对应仁、义、礼、智四德。对于人修德而言，"元、亨、利、贞"四字各有独立的价值意义，代表事物在不同阶段的合宜发展，而合起来才能穷变通久，良性发展，才有"健"之意。所以，也可以说元亨利贞是事物在不同发展阶段的、不同的、利于事物生发的价值标准。社会生活中，元亨利贞的价值观立足于促进人的全面发展和社会进步，与当今社会倡导的社会主义核心价值观的出发点内在一致。元

---

① 参见张克宾《朱熹理学视域中的"乾坤"》，《周易研究》2010年第4期。

亨利贞的价值观从时间和空间两个维度，继成一阴一阳之道，在变动不居的世界适变以度，力求全方位、全过程地促进人与社会的全面发展。

以上四个方面，从宇宙观、政治观、德育观、价值观这四个不同角度，大致展现了《周易》在思想道德教育方面所蕴含的思想，虽大多属于中国古代思想政治教育早期发展阶段的性质，但随着历史的脚步，愈加趋于成熟丰善。表明我们的祖先在思想、政治、道德修养等方面所进行的持之不懈的理论思考，成就斐然，为后来中国古代的思想教育、政治教育和道德教育奠定了坚实的思想基础。

中华民族历经沧桑，在长期社会实践中创造了人类发展史上灿烂的精神文明，形成了具有强大生命力的中华优秀传统文化，这是中华民族生生不息、发展壮大的重要精神力量，以"厚德载物""达济天下"的广阔胸襟，实践称物平施、戒奢节俭、防微杜渐等自强不息的修身之道、复兴之路。新时代中国特色社会主义文化（包括社会主义道德、社会主义核心价值观等），就是在继承、弘扬前人创造的优秀文化成果基础上，逐步建立起来的。继承和发展以《周易》等典籍为代表的中华优秀传统文化的珍贵遗产，吸收和借鉴其他人类社会创造的一切文明成果，与时俱进，不断创新，建设和发展中国特色社会主义文化。

第二节　科学对待《周易》思想政治教育

《周易》思想政治教育是《周易》的优秀思想在思想政治教育领域的转化与发展。客观认识《周易》的局限性是科学发挥《周易》思想文化价值的前提。由于《周易》产生时所处时代环境和科学技术水平等方面所限，其思想也呈现出等级观念分明、重人文轻科学等局限性。以科学的态度和方法进行《周易》思想政治教育研究，从中汲取有关思想政治教育的精华和营养，取其精华，批判性地继承和传扬其优秀思想和智慧。

一、科学对待《周易》中与思想政治教育相关的思想

批判地继承和发扬《周易》中的思想有其必然性。《周易》的某些思想缺乏科学性、具有不彻底性，这是其历史条件所决定的，在当时的历史条件下不可能产生马克思主义的科学的宇宙观，但尽管它具有缺陷，并不能排除它的卓越意义。① 区别优秀与否的标准主要看思想观念是否符合客观实际，是否符合社会发展需要、有利于社会的发展，凡符合自然和社会实际、促进社会发展的就是正确的思想意识，是民族优秀传统文化的一部分。②

以科学态度对待《周易》中思想政治教育理论相关的思想。任何民族的文化都有其发展过程，有更新和交替、连续和继承，每一个民族都有陈腐的文化和进步的文化，中国文化也是如此，消极方面，比如等级观念、君主专制、男尊女卑观念等。但几千年来，更多的思想家、科学家坚持追求真理，很多仁人志士为维护民族主权、维护人民利益刻苦奋斗，不惜牺牲个人生命，从而获得对于宇宙、社会、人生的正确认识。《周易》既有科学性，又存在一定局限性，它不仅包含了当时的时代精华，也含有一些时代糟粕。随着时间流逝和历史条件的变化，有的精华又变成糟粕，可以说在传统文化中，时代性与社会性、精华与糟粕、不同民族性的内容融为有机整体。《周易》是一部既含有占筮之法，又含有哲学思想的著作，作为一种思想体系，完成于《易传》，其中《易经》与《易传》是源和流的关系，那时中国尚处封建社会初期，因此不可避免地带有时代和阶级局限性。在《周易》的哲学思想体系里，虽然混有唯心主义的杂质，但其主流

---

① 参见金景芳《周易通解》，长春出版社2007年版，第234页。
② 参见张岱年《论弘扬中国文化的优秀传统》，《中国社会科学院研究生院学报》1991年第2期。

却是唯物主义和辩证法,是古代原始的、朴素的唯物主义和辩证法。① 冯友兰认为,中国哲学家多注重人"是什么",因注重"内圣"之道,故所讲修养之方法,极为详尽。②《周易》蕴含丰富的对于天道的思考和"内圣"之道,这些优秀思想在今天依旧熠熠生辉。

在新时期的思想政治教育理论与实践中,教育者须根据不同的教育对象和教育目标,发挥和利用《周易》中与时俱进的思想精华,以马克思主义的方法和态度,坚持推陈出新、古为今用,批判地予以继承。所以,以科学的态度认识和发挥《周易》的积极作用和价值,既不能片面地厚古薄今,也不能片面地厚今薄古,更不能采取全盘接受或全盘抛弃的绝对主义态度。当今社会的社会主义核心价值观教育、诚信教育、居安思危教育、构建和谐社会、践行科学发展观等,依然需要从《周易》等中华优秀传统文化中汲取营养,在传承中促使《周易》的优秀思想得以传扬,促进国家软实力不断增强,以推动实现中华民族伟大复兴的中国梦。在新时代思想政治教育中,道器并重,注重精神文明和物质文明建设,促进科学与人文的统一,德业双修,为现代化建设和中华民族的伟大复兴积聚力量、动力与正能量。

在习近平新时代中国特色社会主义思想指导下的《周易》思想政治教育研究,也是马克思主义与中华优秀传统文化相融合的一种体现。《周易》中思想政治教育相关的优秀思想,具有传承意义和弘扬价值。马克思主义唯物史观认为,某种社会意识原来依存的社会存在消失了,但该意识不一定消失,它可能依附新的社会存在继续得以保存。文化遗产作为认识和改造世界的成果具有相对稳定性,即物质文明和精神文明在许多方面不是某阶级独有,而是经不同阶级世代努力,共同创造发展的成果,为各不

---

① 参见李衡眉《简论〈周易〉的哲学思想体系》,《烟台师范学院学报》(哲学社会科学版)1988年第2期。
② 参见冯友兰《中国哲学史》(上),重庆出版社2009年版,第8页。

同社会形态服务,因此,既要看到历史文化遗产的阶级性,又要重视其继承性和借鉴性。以科学态度认识和对待《周易》中不合时宜之处,处理好继承和发展的关系,汲取其营养和精华,融于当代现实并发扬光大。在思想政治教育领域,在辩证唯物主义和历史唯物主义理论指导下,根据新时代思想政治教育的发展需要,继承和传扬《周易》的优秀思想,并予以创造性转化和创新性发展,科学地发挥其在新时代的作用和价值,实现《周易》与思想政治教育在新时代社会实践中的有机交融。实际上,《周易》中的优秀思想在中华民族发展的历史过程中已得到传承和发扬。

二、传扬《周易》中与思想政治教育相关的优秀思想

《周易》很多方面具有超越时代的思想和价值。优秀传统文化是一个国家、一个民族传承和发展的根本,中华优秀传统文化是中华民族的"根"和"魂",中华民族伟大复兴要以中华文化发展繁荣为条件,结合新的时代条件传承和弘扬中华优秀传统文化。① 在全球化背景下,要保持和体现人的发展的中国特色,必须正确理解和处理接轨全球化与保持自身民族文化特色的关系,中国人独特的崇德、谦敬、慎独、和而不同、自强不息、厚德载物等人文精神,至今仍具鲜活生命力,是构建当代中国精神价值的重要资源。② 当代中国的精神价值和文化建构,既要根植于中国现代化建设的实践,面向世界和未来,又要充分吸收优秀传统文化的营养,在全球化时代体现中国文化的特色和优势,倡导社会主义核心价值,凝心聚力,体现国家民族文化软实力。《周易》中丰富的哲学思想、人文精神、教化思想和道德观念,比如和谐观、诚信观、创新观等,具有与时偕

---

① 参见中共中央宣传部《习近平总书记系列重要讲话读本》,学习出版社、人民出版社2016年版,第201—202页。
② 参见陈新夏《唯物史观与人的发展理论》,江苏人民出版社2013年版,第275—278页。

行的特性，蕴藏着解决当代所面临难题的重要启示，可以给当代认识和改造世界以启迪、给治国理政以启示、给道德建设以启发，对中国社会的发展产生诸多积极影响。对于《周易》的研究，随着时代的发展而发展。无论是象数易学、义理易学，还是由两派延伸出的"六宗"，皆是易学家对易学经典诠释、再诠释的结果。易学正是以诠释、再诠释的独特形式完善自己、拓展自己，才有更多的机会或条件与中国其他文化发生碰撞、渗透、融合，从而对当时的社会发生影响，这也是易学融旧铸新的过程，伴随着时代发展而改变自身形态，迎合不同时代的需要，对中国古代哲学、宗教、伦理、科技和社会各个层面发挥着巨大的作用。①

对于《周易》，要处理好创造性转化和创新性发展的关系，做好其优秀思想在新时代思想政治教育领域的转化和发展。《周易》中不仅有客观规律和客观辩证法，还有思维方法和主观辩证法。《系辞》中的"往来不穷谓之通""通其变，遂成天地之文""通变之谓事""变而通之以尽利"②等思想，都启发我们通过能动的实践以变而通之，实现天人合和即主客观和谐统一。变通的内在动力和最高原则是阴阳的辩证统一与中和之道，亦即宇宙万物的最佳存在状态和发展途径。思想政治教育理论与实践，随着时代发展和历史条件变化不断完善，在继承与借鉴的创新中辩证统一地发展。继承是发展的前提和基础，任何时期的思想政治教育都离不开优秀的传统文化观念、道德理念和已有的成功经验这些基础，这些都是被时间和教育实践检验、被人们一致认同的思想政治道德教育的优秀传统。新时代思想政治教育活动中，传扬《周易》中的优秀思想及其价值，可以提升思想政治教育的创新性、有效性和成功性。

---

① 参见丁原明《横渠易说导读》"总序"，齐鲁书社2004年版，第2—3页。
② 转引自邓球柏《白话易经》，人民出版社2012年版，第354、352、341、358页。

三、《周易》思想政治教育研究有待拓展和深化

时代在发展，社会在进步，人们的思想政治品德也要与时俱进地发展。发展离不开创新，创新离不开继承，发展是继承的目的和要求，继承是为了更好地创新与发展。以《周易》的语言、思想和智慧，完善思想政治教育的理论和实践，可以提升人们对中华优秀传统文化的认同感和使命感，并以之丰富思想政治教育的中国传统文化和优秀思想的内涵。创新思想政治教育理论与实践，顺应时代的要求和特点，对《周易》等传统文化中"至今仍有借鉴价值的内涵和陈旧的表现形式加以改造，赋予其新的时代内涵和现代表达形式，激活其生命力"①，对其中的内涵结合新时代思想政治教育的具体实际，加以补充、拓展、完善，增强《周易》思想政治教育的影响力和感召力。《周易》思想政治教育研究有待于进一步拓展和丰富。

《周易》思想政治教育内容有待于进一步拓展。《周易》内涵博大精深，其中与思想政治教育相关的内容丰富而深刻，从思想政治教育内容的每一个具体部分，都能够发掘出《周易》中有价值的思想。所以，对此还有很大的研究空间，值得进一步去研究和探索。随着时代发展与社会进步，也由于受教育者所具有的社会性、能动性、层次性和可变性等特点，思想政治教育的内容会有新的需求和扩展需要，而《周易》则可以提供非常有价值的借鉴和启发。

对《周易》思想政治教育思维有待于进一步开发。《周易》中含有丰富的哲学思维内容，而思想政治教育也是一门注重培养思维能力的学科，让受教育者掌握和运用辩证唯物主义、历史唯物主义的世界观和方法论是思想政治教育的重要任务之一，而让《周易》中的辩证思维、逻辑思维和

---

① 中共中央宣传部：《习近平总书记系列重要讲话读本》，学习出版社、人民出版社2016年版，第203页。

意象思维等丰富的思维内涵，有机地走入思想政治教育领域，也是非常值得进一步研究的有趣课题。

对《周易》思想政治教育方式有待于进一步把握。以思维引领实践，在《周易》思想政治教育思维的引领下，《周易》思想政治教育的实践方式将会有所创新。比如，把《周易》中的整体性思维引入思想政治教育领域，那么对于受教育个体而言接受的将是全方位的、系统的教育过程，这对思想政治教育的理论和实践提出了更高的要求，即如何与时俱进地把握好思想政治教育的系统性、整体性和具体局部的教育高效性。从横向的生活空间来说，社会、学校和家庭所给予个体的思想政治教育的理念应一致不冲突，这就需要实事求是的、符合规律的、科学的、经得起实践验证的思想政治教育内容。从纵向受教育者成长过程来说，其所受的思想政治教育又应是由浅入深、由易至难的整体性的系统教育过程，应符合其生理的成长规律、知识的学习规律以及思维的发展规律等。所以，《周易》思想政治教育方式随着社会发展和受教育者具体情况的不同，会有其相应特点，教育者应及时调整和把握合宜的教育方式。

思想政治教育是马克思主义理论教育的基本途径，是社会主义精神文明建设的基础工程。新时期，我国对科学知识和卓越人才的渴求比以往更强烈，对思想政治教育的需要也比以往更迫切。努力建构《周易》思想政治教育体系，发挥《周易》思想政治教育的功能，促进个体思想政治品德的发展与新时代的社会要求相一致，促进人全面发展、社会和谐发展，为中华优秀传统文化在思想政治教育领域的创造性转化和创新性发展，贡献一份绵薄力量。

第三节 《周易》思想政治教育的新时代价值

中国特色社会主义进入新时代是我国发展新的历史方位。新时代承前启后、继往开来，"中华民族迎来了从站起来、富起来到强起来的伟大飞跃"和"实现中华民族伟大复兴的光明前景"。①《周易》思想政治教育研究虽然只是初步构建了一个理论框架，还有较大空间亟待完善，但这项研究本身，已是对《周易》优秀思想在新时代思想政治教育领域进行的创造性转化和创新性发展的尝试和探索，本身已具有一定的意义和价值。在此又提"《周易》思想政治教育的新时代价值"，主要是对《周易》思想政治教育理论研究中，已经创造性转化与创新性发展了的目的、内容、途径、方法等进行汇总提升和概括。以下主要从思想观念（世界观层面）、思维方式（方法论层面）和人文德行（实践层面）三方面予以展现。

一、《周易》思想政治教育思想观念的新时代价值

《周易》思想政治教育思想观念的新时代价值主要从两个方面进行探讨，即横向空间上以天地人和谐发展的意识引领、纵向时间上以元亨利贞与时偕行的思想贯穿。

天地人和谐发展的意识引领。思想政治教育的基本矛盾要求在思想政治教育理论与实践中促进人的发展与社会发展相统一，《周易》思想政治教育的理论特征中就贯穿着天道与人道相统一、天地人和谐发展的理念。马克思认为，哲学家们只是以不同方式解释世界，而问题在于改变世界。马克思主义唯物史观让我们认识到人类社会发展规律的客观性，认识规律、把握规律、利用规律，发挥人的主观能动性，促使人本身和社会共向

---

① 习近平：《决胜全面建成小康社会 夺取新时代中国特色社会主义伟大胜利——在中国共产党第十九次全国代表大会上的报告》，人民出版社2017年版，第10页。

发展。世界是一个多样的、变动不居的客观存在,就像星体运行一样,万事万物总有其恒常不变的内在的变化规律,而规律是可以被认知的,《周易》告诉我们顺应天之道、人之道,才能得到更好的发展。思想政治教育的理论与实践中,在政治教育、思想教育、道德教育过程中,以天地人和谐发展的意识为引领,尊重、把握、运用人的思想品德的形成规律和思想政治教育规律,使思想政治教育合乎时代潮流、顺应人心所向,同心同德同向同行,促进人与自然和谐共生,促进人的发展与社会发展、自然发展和谐统一。

元亨利贞与时偕行的思想贯穿。在思想政治教育的理论与实践中,针对不同的受教育者,要实事求是、具体问题具体分析,采用相应的教育方法、教育方式,以取得最佳教育效果。《周易》思想政治教育中的元亨利贞、与时偕行的思想,主张在思想政治教育过程中,关注受教育者的具体情况和状态,因材因时而教,如同春生夏长秋收冬藏一样,当受教育者处于不同的阶段时,教育者以与时偕行的教育理念予受教育者适时的教育,并贯穿于整个教育过程中,这需要根据具体情况采用不同的教育方式,以使受教育者在思想政治品德发展中达到元亨利贞的效果,促使其优良思想政治品德的生成、亨通、合义、正固。这也要求教育者在思想政治教育中仁智兼备,不断提升完善自己,一方面为了达到尽可能好的教育效果,有能力促进受教育者发展的元之善、亨之通、义之和、贞之固;另一方面,也有助于受教育者自身向仁智俱全的方向与时偕行地发展和努力。

二、《周易》思想政治教育思维方式的新时代价值

《周易》思想政治教育在一阴一阳辩证统一思维、革故鼎新的创新思维、贵时适变的思维理念等方面,展现着其独特的思维方式上的新时代价值。

一阴一阳辩证统一的思维融入。一阴一阳的辩证统一思维充满着辩证的、对立统一的思想，同时也是一种认识问题、分析问题、解决问题的科学方法。在思想政治教育中，融入一阴一阳辩证统一的思维，有助于思考分析思想政治教育过程中遇到的新情况和新问题，弘扬科学精神。一分为二、合二为一地找寻事情的本质和根源，增强辨别是非善恶的能力，采取有效的方式和措施，助力人与社会的发展；有助于教育者和受教育者一阴一阳辩证统一思维习惯的养成，增强明辨发展中基本矛盾和主要矛盾的能力，有的放矢，冷静面对发展中的困难和挑战；也有助于在思想政治教育实践过程中，分析教育者和受教育者的具体情况，同时又注重思想政治教育的系统性、整体性和协同性，客观分析教与学的关系和状况，采用针对性的有效教育方式，以获得思想政治教育实际效果的最大化。

革故鼎新的创新思维养成。社会在向前发展，思想政治教育理论与实践也不是僵化不变的，而是与时俱进，常谈常新。《周易》思想政治教育中，革故鼎新的思想充满着创新思维。这种革故鼎新的创新思维，不仅有助于教育者以积极的态度，面对不断变化发展的受教育主体，进行思想政治教育的途径创新、方法创新等实践创新和理论创新，而且有助于受教育者革故鼎新的创新思维和创新习惯的养成，增强革故鼎新的创新力。如果不及时改变思想政治教育中不合时宜的思维方式，不但容易导致思想政治教育理论与实践的僵化停滞，往往还会因为没有及时把握时代脉搏，而削弱思想政治教育的效果，坐失良机。"苟日新，日日新，又日新"①，革故鼎新就是时新地行中正之道、与时偕行。革故鼎新的创新思维，有利于思想政治教育的教育者和受教育者双方适时而为地发展进步，在学习、工作和生活中勇于变革、勇于创新，激发创新创造活力，勇于挑战自我，促使创新型人才成长。在思想政治教育理论与实践中，发扬创造精神，以革故

---

① （宋）朱熹：《四书章句集注》，中华书局1983年版，第5页。

鼎新的创新思维和创新力为驱动,促进人自身的发展和社会发展,人与社会互促前行。

贵时适变的思维理念应对。《周易》思想政治教育主张以贵时适变的思维理念,应对主体随时变化着的思想政治教育实践,这有助于在思想政治教育实践中,落实实事求是和具体问题具体分析。我国社会主要矛盾已经转化为人民日益增长的美好生活需要和不平衡不充分的发展之间的矛盾,发展不平衡不充分已成为满足人民日益增长的美好生活需要的主要制约因素,社会主要矛盾的变化是关系全局的历史性变化,对思想政治教育也提出了新要求。分析、认识思想政治教育中的不平衡和不充分,促进人们的美好生活水平的提升。思想政治教育的主体在年龄阅历有异、背景不同、人生感悟等方面都存在较大差异,每个人都在这个变化的世界谋求最好的发展,前行中可能幸处顺境,但也可能不幸处于逆境,宜建立贵时适变的思维理念。调整好心态,逆境不沉,变被动为主动,积极争取和创造时机;顺境不浮,把握好方向,踏实谋事做人。无论顺境逆境,都能有方向有变通,不忘初心,砥砺前行,矢志不渝,贵时适变、随顺时势地争取最大的发展可能,力争自己与社会更好地共向发展。

三、《周易》思想政治教育人文德行的新时代价值

《周易》思想政治教育中,以趋吉向善出入以度引航思想政治教育主体的德行发展,以自强不息厚德载物促进主体德业日新月异。

趋吉向善出入以度引航德行。《周易》思想政治教育中的趋吉向善、出入以度,是指德行向符合自然规律和社会规律的方向发展则为趋吉,向融洽和谐社会关系、人际关系的方向发展即为向善,在德行趋吉向善的过程中,中道而行、中正有度即为出入有度。在思想政治教育过程中,唱响主旋律,强劲正能量,凝聚共筑中国梦的力量,积极弘扬社会主义核心价

值观和中华优秀传统文化，推动中华优秀传统文化创造性转化、创新性发展。以趋吉向善、出入以度引航思想政治教育主体的德行，提高其道德素养和法律素质，培养健康向上、德业日新、德行出入有度的人，以个体的素养无言地展现中华文化的魅力和时代风采，助力提升中华文化影响力、国家文化软实力和文化自信，共同营造诚信友善、谦谦有礼、文明有度、积极向上的社会氛围。

自强不息厚德载物德业互促。自强不息、厚德载物的人文精神是《周易》思想政治教育中教育者和受教育者德业互促的重要精神力量。其一，在德行互促的实践中，引导鼓励思想政治教育主体发扬自强不息的奋斗变革精神。"山再高，往上攀，总能登顶；路再长，走下去，定能到达。"①社会发展日新月异，作为个体不进则退，消除懈怠、贪图享受、回避矛盾的心态，以登高望远的前瞻性和居安思危的忧患意识，勇于创新、突破自我，德业并进，努力奋斗出幸福人生。其二，在德业互促的社会交往中，发扬厚德载物的包容开放精神。不忘初心，方得始终，在思想政治教育的理论与实践中，以人为本，立德树人，贯彻"创新、协调、绿色、开放、共享"②的发展理念，注重培养大局意识、自觉的历史责任感和责任担当意识，发扬革故鼎新、自强不息的奋斗精神，涵养厚德载物的博大情怀，在德业日新中，砥砺实力、修器成器、厚植德行。以德促业、以业弘德，德业互促，为促进人的自由而全面的发展、中国特色社会主义现代化建设、中华民族伟大复兴、构建人类命运共同体以及人与自然的生命共同体而贡献力量。

---

① 《十三届全国人大一次会议在京闭幕 习近平发表重要讲话》，《人民日报》2018年3月21日。
② 习近平：《决胜全面建成小康社会 夺取新时代中国特色社会主义伟大胜利——在中国共产党第十九次全国代表大会上的报告》，人民出版社2017年版，第21页。

结　语

　　《周易》是一部极天地之渊蕴、尽人事之始终的宏著，是中华优秀传统文化的重要经典之一，经历了时间和实践的检验，始终闪烁着耀眼的光辉，充满着对人类实践活动的指导。古今中外，不同领域的诸多研究者从中受益。本书亦是如此，以思想政治教育为途径走进《周易》，让《周易》中的思想精华为新时代思想政治教育所用。

　　《周易》中的一阴一阳之道同样适用于思想政治教育领域。思想政治教育的根本矛盾是人们实际的思想道德水平（阴）与一定社会发展的思想道德要求（阳）之间的矛盾，二者在动态的平衡中互促发展，在发展的过程中形成了思想政治教育的规律，故此规律亦符合"一阴一阳之道"。当我们明晰了思想政治教育的基本矛盾和规律时，就能较为客观地根据现实中的具体状况，做出分析和判断，不断地尝试、调整以及改善不良影响的程度，让思想政治教育的理论和实践防患于未然，尽量避免不良现象发生、抑或是将其解决于萌芽状态，在符合新时代思想政治教育规律的社会实践中发展前行。

　　不论是从认识论角度、方法论角度，还是实践角度，《周易》都能在思想政治教育领域发挥独特的作用和价值。运用《周易》的思维和智慧，在思想政治教育领域"求深"，可以知往察来，认识和把握思想政治教育的规律；亦能"求精"，以认识和把握思想政治教育每个具体领域的本质，有的放矢，从而"出而有获"。如此，既能把握规律、又能掌握本质的《周易》思想政治教育，亦需在理论与实践的完善过程中不断提升，以获尽可能理想的思想政治教育效果。

　　《周易》是一部值得终身学习和研究的经典，思想政治教育是一个促进人的发展的、与时俱进的研究领域。对于思想政治教育来说，《周易》中还有很多思想政治教育相关的优秀思想和宝贵资源，有待于继续予以创造性转化和创新性发展。限于个人对《周易》和思想政治教育两个研究领域，尤其是《周易》的学习、认知和领悟能力有限，《周易》思想政治教育研究所涉及的某些方面，尚需在结合不断发展的思想政治教育实践基础上，进一步深化和拓展，继续丰富和完善。

参考文献

一、著作文集类

1. 《马克思恩格斯文集》，人民出版社2009年版。
2. 《毛泽东选集》，人民出版社1991年版。
3. 《习近平谈治国理政》，外文出版社2014年版。
4. 《习近平谈治国理政》第二卷，外文出版社2017年版。
5. 习近平：《决胜全面建成小康社会 夺取新时代中国特色社会主义伟大胜利 —— 在中国共产党第十九次全国代表大会上的报告》，人民出版社2017年版。
6. 习近平：《在哲学社会科学工作座谈会上的讲话》，人民出版社2016年版。
7. 中共中央宣传部：《习近平总书记系列重要讲话读本》，学习出版社、人民出版社2016年版。
8. 中共中央宣传部：《习近平新时代中国特色社会主义思想三十讲》，学习出版社2018年版。
9. （汉）许慎撰，（宋）徐铉校定：《说文解字》，中华书局2013年版。
10. （汉）许慎撰，（清）段玉裁注：《说文解字注》，浙江古籍出版社2006年版。
11. 《中华易学大辞典》编辑委员会编：《中华易学大辞典》，上海古籍出版社2008年版。
12. 《哲学大辞典》编辑委员会编：《哲学大辞典（修订本）》，上海辞书出版社2001年版。
13. 李淮春主编：《马克思主义哲学全书》，中国人民大学出版社1996年版。
14. 彭漪涟、马钦荣主编：《逻辑学大辞典》，上海辞书出版社2004年版。
15. 田运主编：《思维辞典》，浙江教育出版社1996年版。
16. 徐少锦、温克勤主编：《伦理百科辞典》，中国广播电视出版社1999年版。
17. 张善文编著：《周易辞典》，上海古籍出版社1992年版。
18. 萧元主编：《周易大辞典》，中国工人出版社1991年版。
19. 高清海主编：《文史哲百科辞典》，吉林大学出版社1988年版。
20. （魏）王弼、（晋）韩康伯注，（唐）孔颖达疏，（唐）陆德明音义：《周易注疏》，中央编译出版社2013年版。
21. （魏）王弼、（晋）韩康伯注，（唐）孔颖达正义：《周易正义》，中国致公出版社2009年版。
22. （汉）司马迁著，韩兆琦译注：《史记》（第一册），中华书局2012年版。
23. （汉）孔安国传，（唐）孔颖达正义：《尚书正义》，上海古籍出版社2007年版。
24. 程颐：《伊川易传》卷一，《中国古代易学丛书》第三卷，中国书店出版社1992年版。
25. （宋）朱熹撰，廖名春点校：《周易本义》，中华书局2009年版。
26. （宋）朱熹：《四书章句集注》，中华书局1983年版。
27. （宋）苏轼著，龙吟点评：《东坡易传》，吉林文史出版社2002年版。
28. （明）释智旭撰，周易工作室点校：《周易禅解》，九州出版社2004年版。

29.（明）王夫之:《船山全书》（第一册），岳麓书社1988年版。
30.（清）李光地纂，刘大钧整理:《周易折中》，巴蜀书社2008年版。
31.（清）薛嘉颖编:《易经精华》，中医古籍出版社1991年版。
32.（清）纪昀总纂:《四库全书总目提要》，河北人民出版社2000年版。
33.（清）王念孙:《广雅疏证》，上海古籍出版社1983年版。
34.《二十四史（全二十册）》第二册，中华书局1997年版。
35.王秀梅译注:《诗经》，中华书局2015年版。
36.胡平生、陈美兰译注:《礼记·孝经》，中华书局2016年版。
37.邓启铜注释:《尔雅》，东南大学出版社2015年版。
38.李冬英:《〈尔雅〉普通语词注释》，中国社会科学出版社2015年版。
39.方勇译注:《庄子》，中华书局2015年版。
40.杨伯峻译注:《论语译注》，中华书局2006年版。
41.张燕婴、陈秋平、饶尚宽译注:《论语·金刚经·道德经》，中华书局2009年版。
42.李山译注:《管子》，中华书局2016年版。
43.万丽华、蓝旭译注:《孟子》，中华书局2006年版。
44.李敖主编:《周子通书·张载集·二程集》，天津古籍出版社2016年版。
45.《党的十九大报告辅导读本》编写组编著:《党的十九大报告辅导读本》，人民出版社2017年版。
46.《马克思主义基本原理概论》编写组编:《马克思主义基本原理概论》，高等教育出版社2015年版。
47.《思想政治教育学原理》编写组编:《思想政治教育学原理》，高等教育出版社2016年版。
48.陈万柏、张耀灿主编:《思想政治教育学原理》（第三版），高等教育出版社2015年版。
49.靳玉军、周琪主编:《思想政治教育学原理》，西南师范大学出版社2015年版。
50.《中国共产党思想政治教育史》编写组编:《中国共产党思想政治教育史》，高等教育出版社2016年版。
51.郑永廷主编:《思想政治教育方法论》，高等教育出版社2010年版。
52.邓球柏:《中国传统文化与思想政治教育》，首都师范大学出版社1999年版。
53.黄钊:《中国古代德育思想史论》，中国社会科学出版社2011年版。
54.隋淑芬:《中国古代思想教育史》，红旗出版社2005年版。
55.王瑞荪主编:《比较思想政治教育学》，高等教育出版社2001年版。
56.陈立思主编:《比较思想政治教育》，中国人民大学出版社2011年版。
57.刘建军:《寻找思想政治教育的独特视角》，中国人民大学出版社2017年版。
58.杨生平、隋淑芬:《思想政治教育理论研究》，首都师范大学出版社1999年版。
59.陈新夏:《唯物史观与人的发展理论》，江苏人民出版社2013年版。
60.高亨注，董志安编:《高亨著作集林》第二卷，清华大学出版社2004年版。
61.冯友兰:《中国哲学史》，重庆出版社2009年版。
62.朱伯崑主编:《周易通释》，昆仑出版社2004年版。
63.朱伯崑主编:《国际易学研究》第一辑，华夏出版社1995年版。
64.张汉:《周易会意》，巴蜀书社2004年版。
65.张政烺著，李零等整理:《张政烺论易丛稿》，中华书局2011年版。
66.熊十力:《乾坤衍》，上海书店出版社2008年版。

67. 金景芳、吕绍纲：《周易全解》，吉林大学出版社2013年版。
68. 金景芳：《周易通解》，长春出版社2007年版。
69. 李景春：《周易哲学及其辩证法因素》，山东人民出版社1961年版。
70. 南怀瑾、徐芹庭注译：《周易今注今译》，重庆出版社2011年版。
71. 南怀瑾著述：《易经杂说》，复旦大学出版社2012年版。
72. 南怀瑾著述：《易经系传别讲》，复旦大学出版社2012年版。
73. 邓球柏：《白话易经》，人民出版社2012年版。
74. 李学勤：《周易溯源》，巴蜀书社2006年版。
75. 马恒君：《周易正宗》，华夏出版社2014年版。
76. 余敦康：《周易现代解读》，华夏出版社2006年版。
77. 吕绍纲：《周易阐微》，吉林大学出版社1990年版。
78. 吕绍纲：《〈周易〉的哲学精神——吕绍纲易学文选》，上海古籍出版社2005年版。
79. 廖名春：《〈周易〉经传十五讲》，北京大学出版社2012年版。
80. 廖名春：《〈周易〉经传与易学史新论》，齐鲁书社2001年版。
81. 吴辛丑：《周易讲读》，华东师范大学出版社2007年版。
82. 杨军：《周易文化大学讲稿》，中国人民大学出版社2007年版。
83. 祁润兴：《周易义理学》，上海古籍出版社2007年版。
84. 罗炽、萧汉明：《易学与人文》，中国书店2004年版。
85. 王博：《易传通论》，中国书店2003年版。
86. 潘雨廷：《易学史发微》，复旦大学出版社2001年版。
87. 丁原明：《横渠易说导读》，齐鲁书社2004年版。
88. 傅佩荣：《听傅老师讲〈易经〉》，中华书局2009年版。
89. 高怀民：《先秦易学史》，广西大学出版社2007年版。
90. 高新民：《易学史论》，宁夏人民出版社2008年版。
91. 雷元星：《文明的起点——从〈周易〉出发认识世界》，东方出版中心2006年版。
92. 刘道超：《易学与民俗》，中国书店2008年版。
93. 刘纲纪：《〈周易〉美学》，武汉大学出版社1996年版。
94. 李娟：《易经——传统文化与现代人生》，中国社会科学出版社2007年版。
95. 闵建蜀：《易经解析：方法与哲理》，三联书店2013年版。
96. 任继愈：《中国哲学史论》，上海人民出版社1981年版。
97. 任继愈著，陈志明编：《一位哲人的目光 任继愈谈话录》，九州出版社2017年版。
98. 沈志权：《〈周易〉与中国文学的形成》，浙江大学出版社2009年版。
99. 谭德贵：《多维文化视野下的周易——中国易文化传统研究》，齐鲁书社2005年版。
100. 唐琳：《朱震的易学视域》，中国书店2007年版。
101. 汪学群：《王夫之易学——以清初学术为视角》，社会科学文献出版社2002年版。
102. 王章陵：《〈周易〉思辨哲学上——辩证的中道论》，齐鲁书社2007年版。
103. 吾淳：《中国哲学的起源》，上海人民出版社2010年版。
104. 杨成寅：《太极哲学》，学林出版社2003年版。
105. 杨庆中：《二十世纪中国易学史》，人民出版社2000年版。

106. 殷旵：《在北大讲易经》，当代世界出版社2007年版。
107. 翟廷晋主编：《周易与华夏文明》，上海人民出版社1998年版。
108. 张岱年：《张岱年全集》第七卷，河北人民出版社1996年版。
109. 张岱年：《中国人的人文精神》，贵州人民出版社2018年版。
110. 张岱年：《心灵与境界》，北京联合出版公司2014年版。
111. 张立文主编：《和境——易学与中国文化》，人民出版社2005年版。
112. 张立文：《中国哲学范畴发展史（天道篇）》，中国人民大学出版社1988年版。
113. 张其成：《〈易经〉感悟》，广西科学技术出版社2007年版。
114. 张善文：《象数与义理》，辽宁教育出版社1993年版。
115. 郑万耕：《易学与哲学》，上海科学技术出版社2013年版。
116. 朱兴国：《三易通义》，齐鲁书社2006年版。
117. 曾春海：《易经哲学的宇宙与人生》，（台北）文津出版社1997年版。
118. ［古希腊］柏拉图著，徐学庸译注：《理想国篇译注与诠释》，安徽人民出版社2013年版。
119. ［美］成中英：《易学本体论》，北京大学出版社2006年版。
120. ［新加坡］赖蕴慧著，刘梁剑译：《剑桥中国哲学导论》，世界图书出版公司2013年版。
121. ［日］高岛吞象著，（清）王治本译，孙正治点校：《高岛断易》，北京图书馆出版社1997年版。

二、期刊报纸类

122. 陈屹：《道器之辨中的三种范式及其转换》，《周易研究》2010年第6期。
123. 陈来：《仁学本体论》，《文史哲》2014年第4期。
124. 崔永东：《帛书〈易传〉与帛书〈德行〉中的犯罪预防思想》，《政法论坛》2001年第2期。
125. 段尊群：《"仁智统一"的哲学意蕴与现代启示》，《湖南科技大学学报》（社会科学版）2014年第6期。
126. 邓球柏：《爻变与卦变：组合创新》，《哲学研究》2003年第2期。
127. 邓球柏：《帛书〈周易〉及其数字化》，《长沙大学学报》2007年第6期。
128. 邓球柏：《〈周易〉与伏羲氏的人生智慧——中华文化传承创新之一》，《长沙大学学报》2011年第6期。
129. 邓球柏：《〈周易〉书名浅说》，《学术月刊》1984年第10期。
130. 邓球柏：《〈易经〉"中行"浅说》，《湘潭大学社会科学学报》1983年第1期。
131. 丁祯彦：《冯契对〈周易〉辩证逻辑思想的研究》，《周易研究》1997年第2期。
132. 董根洪：《"亨行时中"，"保合太和"——论〈易传〉的中和哲学》，《周易研究》2002年第3期。
133. 杜嵩：《"仁学"体系概述》，《中国哲学史》2011年第2期。
134. 冯向东：《实践观的演变与当下的教育实践》，《高等教育研究》2013年第9期。
135. 冯天瑜：《大学的天职：为社会培养德业双修人才》，《高等教育研究》1996年第2期。
136. 葛晨虹：《论民族精神的社会功能》，《道德与文明》2007年第1期。
137. 龚培：《〈周易〉本体论中的和谐精神》，《湖北大学学报》（哲学社会科学版）2010年第2期。
138. 顾相伟：《高校道德教育与法制教育的发展、关联与融合》，《思想教育研究》2012年第1期。

139. 洪晓丽:《从古"仁"字到孔子的"仁学"——"仁"的原始与变迁及其道德性的构建》,《道德与文明》2013年第3期。
140. 黄梓根、黄建新:《论孔子仁与老子仁的相关性》,《湖南大学学报》(社会科学版)2009年第1期。
141. 何炼成、邹富汉:《中国古代的和谐思想与构建和谐社会》,《当代经济科学》2005年第5期。
142. 胡甲刚:《试论主体教育思想的人性观基础》,《教育理论与实践》1999年第1期。
143. 胡启勇:《先秦儒家:"圣""君"立法思想及其法伦理意义》,《南京社会科学》2008年第10期。
144. 蒋怀柳、彭光灿:《马克思人性观的飞跃——马克思人性观的特点及其对传统人性论的超越》,《理论月刊》2014年第6期。
145. 李变变:《马克思人性观研究综述》,《宁夏大学学报》(人文社会科学版)2013年第3期。
146. 李存山:《对〈周易〉性质的认识》,《江苏社会科学》2001年第2期。
147. 李存山:《"人本"与"民本"》,《哲学动态》2005年第6期。
148. 李衡眉:《简论〈周易〉的哲学思想体系》,《烟台师范学院学报》(哲学社会科学版)1988年第2期。
149. 李秀娟:《物兼道器与一体两面——试论王船山对传统道器观的价值开新》,《船山学刊》2009年第1期。
150. 李廉:《易学是东方古代的哲学》,《南京社会科学》2001年第8期。
151. 李宗桂:《中国文化精神和中华民族精神的若干问题》,《社会科学战线》2006年第1期。
152. 缪文海:《儒家人性观的实然性与应然性思考》,《长春市委党校学报》2009年第2期。
153. 刘慧晏:《古代文化思想"时"、"位"合论》,《齐鲁学刊》1992年第5期。
154. 刘建军:《关于思想政治教育的学科内涵及建设的思考》,《思想理论教育导刊》2007年第3期。
155. 刘建军:《思想政治教育的话语转换及其路径》,《安徽师范大学学报》(人文社会科学版)2016年第4期。
156. 刘建军:《以弹性思维把握社会主义核心价值观》,《社会主义核心价值观研究》2015年第1期。
157. 刘兴明:《简论〈周易〉和谐思想》,《理论学刊》2006年第4期。
158. 刘曙初:《论〈周易〉的思维模式及现代价值》,《青海社会科学》2008年第6期。
159. 刘曙光:《民族精神、时代精神和文化自觉》,《学术论坛》2007年第1期。
160. 刘彤、张等文:《论中国共产党民本思想对传统民本思想的传承与超越》,《马克思主义研究》2012年第12期。
161. 林小妹:《论中西方人性观的差异》,《中央社会主义学院学报》2004年第1期。
162. 栾栋:《人文精神与学科建设》,《华中师范大学学报》(人文社会科学版)1996年第6期。
163. 马国华:《董仲舒人性观辨析》,《人民论坛》2011年第26期。
164. 马全智:《〈易经〉思维概观》,《思维与智慧》1995年第1期。
165. 孟程程:《传统"道器观"及其当代启示》,《长春师范学院学报》2013年第5期。
166. 蒙培元:《从仁的四个层面看普遍伦理的可能性》,《中国哲学史》2000年第4期。
167. 蒙培元:《中国哲学的诠释问题——以仁为中心》,《人文杂志》2005年第4期。
168. 莫善钊:《从〈易传〉对〈易经〉的注释谈治"易"方法——与宋祚胤同志商榷》,《国内哲学动态》1984年第7期。
169. 牛军:《熊十力"道器不二"的治化论思想研究》,《石家庄经济学院学报》2014年第3期。
170. 桑东辉:《传统慎刑思想探源——以〈周易〉为例》,《学术交流》2011年第11期。

171. 桑东辉：《"革命"溯源——从〈周易〉革卦说起》，《兰台世界》2012年第28期。
172. 桑东辉：《〈周易〉和谐思想简论》，《学术论坛》2006年第8期。
173. 桑东辉：《论〈周易〉的女性伦理观》，《山东女子学院学报》2017年第1期。
174. 石中英：《人文世界、人文知识与人文教育》，《教育理论与实践》2001年第6期。
175. 苏颖：《〈周易〉"象"思维模式对〈内经〉理论体系构建的影响》，《世界中西医结合杂志》2008年第2期。
176. 田国秀：《力量与信任：抗逆力运作的两个支点及应用建议——基于98例困境青少年的访谈研究》，《中国青年研究》2015年第11期。
177. 唐明邦：《〈易经〉中时辩证思维萌芽》，《周易研究》1989年第1期。
178. 肖群忠：《智德新论》，《道德与文明》2005年第3期。
179. 许外芳：《略论〈易经〉的类比思维及对中国古代科技的影响》，《湖北社会科学》2007年第11期。
180. 俞世伟、刘唏平：《规范·德性·德行》，《道德与文明》2007年第4期。
181. 万俊人：《马克思人性观的历史探巡》，《社会科学家》1986年第3期。
182. 王淑芹：《培育和践行社会主义诚信价值观》，《伦理学研究》2015年第3期。
183. 王树荫：《思想政治教育史学科建设构想》，《高校理论战线》2012年第1期。
184. 王新春：《阴阳之道视域下的虞翻易学》，《周易研究》2016年第5期。
185. 王南：《实践观的变迁与哲学的实践转向》，《吉林大学社会科学学报》2002年第6期。
186. 王泽应：《船山的德业观与崇德广业之旨趣》，《船山学刊》2016年第2期。
187. 王希恩：《关于民族精神的几点分析》，《民族研究》2003年第4期。
188. 吴怀祺：《〈周易〉的意象思维与历史解喻》，《史学史研究》2009年第3期。
189. 吴克峰：《〈周易〉与儒家伦理的思维方式》，《道德与文明》2006年第2期。
190. 吴潜涛：《发掘和弘扬中华民族古代优秀思想道德传统》，《学校党建与思想教育》2006年第3期。
191. 吴根友：《"保合太和，乃利贞"新解——〈易传〉论社会和平与社会功利的关系》，《周易研究》2006年第2期。
192. 武树臣：《寻找最初的"仁"——对先秦"仁"观念形成过程的文化考察》，《中外法学》2014年第1期。
193. 向世陵：《论朱熹对"继善成性"说的规范》，《周易研究》2011年第1期。
194. 杨生平：《思想政治教育目的及其实现》，《江汉论坛》2006年第11期。
195. 杨芷英：《自行慎独与当代青年道德人格培育》，《中国青年政治学院学报》2000年第1期。
196. 杨克石：《〈周易〉与楚国制器工艺的设计理念》，《周易研究》2012年第4期。
197. 杨庆中：《论〈易经〉与〈易传〉思维方式的异同》，《哲学研究》1990年第5期。
198. 宇文利：《民族精神与文化软实力的关系研究》，《毛泽东邓小平理论研究》2011年第12期。
199. 赵存生：《中国社会发展与中华民族精神》，《北京大学学报》（哲学社会科学版）2006年第5期。
200. 郑慧、张恩普：《叶适道器合一思想与其发展的文学观》，《东北师大学报》（哲学社会科学版）2013年第1期。
201. 张军、孙宁：《试论亚当·斯密的人性观》，《武汉大学学报》（哲学社会科学版）1995年第2期。
202. 张岱年：《中国哲学中"天人合一"思想的剖析》，《北京大学学报》（哲学社会科学版）1985年第1期。

203. 张岱年：《论弘扬中国文化的优秀传统》，《中国社会科学院研究生院学报》1991年年第2期。
204. 张鸿午、尹岩：《〈周易〉思维方式的特征》，《理论探讨》1991年第6期。
205. 张克宾：《朱熹理学视域中的"乾坤"》，《周易研究》2010年第4期。
206. 张立文：《中华文化精髓的〈周易〉智慧》，《社会科学战线》2013年第7期。
207. 张其成：《〈周易〉思维方式及其偏向发展》，《周易研究》1994年第1期。
208. 张锡勤、关健英：《从中国古代的知行学说论及德育的内涵》，《道德与文明》2012年第5期。
209. 张玲：《评孟子与荀子的人性观》，《贵州大学学报》（社会科学版）1995年第4期。
210. 张德春、孙希国：《试论马克思的理想的人性观》，《理论学刊》1991年第2期。
211. 张晓光：《〈周易〉中的类比推论思想》，《社会科学辑刊》2003年第5期。
212. 张小虎：《法制教育内容的原则定位》，《青年研究》2005年第3期。
213. 曾凡朝：《论杨简与朱、陆道器观的异同》，《山东教育学院学报》2007年第1期。
214. 曾勇：《周敦颐的德业精神及其当代价值》，《湖北大学学报》（哲学社会科学版）2014年第1期。
215. 曾育荣、张其凡：《"民本"思想解析》，《湖北社会科学》2008年第5期。
216. 赵卫东：《仁知合一，以仁统知——孔子处理德性与知识关系的方式》，《山东师范大学学报》（人文社会科学版）2002年第6期。
217. 周国芳、康松、康涛：《复兴人文教育，重建人文精神》，《高等农业教育》2001年第3期。
218. 周洪波：《和：一个极富张力的中国古代文论范畴》，《武汉大学学报》（人文科学版）2012年第4期。
219. 祖嘉合：《思想政治教育方法理论研究回眸与展望》，《思想政治教育研究》2008年第12期。
220. 陈立夫：《天道、人道、道统》，《周易研究》1989年第2期。
221. 中共中央办公厅、国务院办公厅印发：《关于实施中华优秀传统文化传承发展工程的意见》，《人民日报》2017年01月26日。
222. 《习近平在全国高校思想政治工作会议上强调 把思想政治工作贯穿教育教学全过程 开创我国高等教育事业发展新局面》，《人民日报》2016年12月09日。
223. 《决胜全面建成小康社会，夺取新时代中国特色社会主义伟大胜利》，《人民日报》2017年10月19日。
224. 《十三届全国人大一次会议在京闭幕 习近平发表重要讲话》，《人民日报》2018年3月21日。
225. 《习近平主持召开学校思想政治理论课教师座谈会强调 用新时代中国特色社会主义思想铸魂育人 贯彻党的教育方针落实立德树人根本任务》，《人民日报》2019年3月19日。

三、硕博学位论文类

226. 蔡鹏飞：《〈周易〉道德教化思想研究》，硕士学位论文，中共中央党校，2015年。
227. 李丽娜：《孔子思想政治教育理论研究》，博士学位论文，首都师范大学，2015年。
228. 王硕：《〈周易程氏传〉的"感应"思想》，硕士学位论文，山东大学，2015年。
229. 王贵涛：《二程易哲学思想研究》，硕士学位论文，山东师范大学，2014年。
230. 于文霞：《时空观念与宋代天象岁时赋》，博士学位论文，山东大学，2014年。
231. 赵娟：《论〈周易〉的时间观念——一个文化史的视角》，博士学位论文，复旦大学，2012年。

232. 杨生照:《易道形而上学何以可能?——以"象"为中心的〈周易〉思想研究》,博士学位论文,华东师范大学,2012年。
233. 辛亚民:《论〈周易〉的理想人格》,硕士学位论文,西北师范大学,2007年。
234. 郭胜坡:《周易生命哲学论纲——从天人关系到群几关系、身心关系》,硕士学位论文,清华大学,2005年。

后　记

《周易》蕴含丰富的思想政治教育相关思想。《〈周易〉与思想政治教育》对于中国古代思想政治教育研究，新时代思想政治教育理论与实践，以及中华优秀传统文化的传承与发扬，或具积极意义。

抚卷忆往，唯慨庆幸和感恩。无比庆幸自己作为国家公务员工作数年后，还有机会攻读硕士和博士，故相应又经历两次毕业及求职。博士毕业，有幸再为思政教师。自此，人生的"北辰"，随时间推移，愈加明晰而坚定。

我非常感恩时代赋予思想政治教育的机遇和美好！感恩博导邓球柏教授收教之恩并引领我走近《周易》等中华优秀传统文化博大精深的领域！感恩博士论文答辩期间诸位专家教授给予的鼓励和宝贵意见！感恩见证我学业成长的母校首都师范大学师长们的关怀和教诲！感恩科德学院给予我初为人师的平台和包容！感恩北京舞蹈学院给予我圆梦机会并促成本书出版！感恩文化艺术出版社诸位编辑老师对本书的辛勤付出！感恩家人无私的爱和陪伴！感恩一路走来，人生中每一份促我迁善的认可和支持！我常诚惶诚恐、如履薄冰，深怕辜负每份关心与期寄，但此亦转化为动力，励我伴我前行。

本书参考引用了诸多前辈、学者的观点和成果，在此深表挚谢！由于水平有限，书中难免有不周不到之处，敬请专家学者及读者批评指正，以助进一步完善。"遵道崇德，天地人和"，"为学为师，求实求新"。为学日益，迁善日新，愿"以无涯之学度有涯之生"。